Nick Pirog

60 MINUTEN – DIE NACHT DER ANGST

60 MINUTEN

DIE NACHT DER ANGST

NICK PIROG

DU HAST EINE STUNDE –
UM ZU ÜBERLEBEN

Thriller

Aus dem amerikanischen Englisch
von Alexander Wagner

PIPER

Mehr über unsere Autorinnen, Autoren und Bücher:
www.piper.de

Wenn Ihnen dieser Thriller gefallen hat, schreiben Sie uns unter Nennung des Titels »60 Minuten« an *empfehlungen@piper.de*, und wir empfehlen Ihnen gerne vergleichbare Bücher.

Von Nick Pirog liegen im Piper Verlag vor:
Die Henry-Bins-Serie als ebooks:
Band 1: 60 Minuten – Schrei
Band 2: 60 Minuten – Tod
Band 3: 60 Minuten – Countown
Band 4: 60 Minuten – Opfer
Band 5: 60 Minuten – Jagd

Die Henry-Bins-Serie als Paperpack:
60 Minuten – Die Nacht der Angst (Band 1–3)
60 Minuten – Die Uhr tickt (Band 4–5)

Unser Versprechen für mehr Nachhaltigkeit
• Klimaneutrales Produkt
• FSC®-zertifiziertes Papier
• Hergestellt in Europa

FSC www.fsc.org
MIX
Papier | Fördert gute Waldnutzung
FSC® C083411

ISBN 978-3-492-06319-7

Titel der englischen Originalausgabe:
»3:00 A.M.«, »3:10 A.M.« und »3:21 A.M.«

Published in agreement with the author,
c/o Baror International, Inc., Armonk, New York, USA
Satz: Satz für Satz, Wangen im Allgäu
Gesetzt aus der SwiftEF
Druck und Bindung: CPI Books GmbH, Leck
Printed in the EU

SCHREI

:01

Eine Stunde. Sechzig Minuten. Dreitausendsechshundert Sekunden. So lange habe ich jeden Tag. So lange bin ich wach. Ich will euch nicht mit dem wissenschaftlichen Aspekt des Ganzen langweilen; ich möchte lieber zur Story kommen. Eine unglaubliche Story. Und mir bleibt nur eine Stunde, um sie zu erzählen. Aber vorher solltet ihr zumindest wissen, dass ich bereits jede Menge Ärzte aufgesucht und alle nur erdenklichen Medikamente eingeworfen habe, ohne dass es irgendetwas geholfen hätte. Ich wache jeden Morgen um Punkt 3:00 Uhr auf und schlafe eine Stunde später wieder ein. Dann schlafe ich dreiundzwanzig Stunden. Bis sich das Spiel wiederholt. Nicht besonders viel Leben, aber das einzige, das ich kenne.

Ich bin sechsunddreißig Jahre alt.

Die meisten Menschen meines Alters sind seit über zweihunderttausend Stunden wach. Ich dagegen seit weniger als vierzehntausend. Den Ärzten zufolge bin ich einer von drei Menschen weltweit in diesem Zustand. Zustand, so nennen sie es. Keine Krankheit, kein Leiden, ein Zustand. Ein junges

Mädchen in Taiwan hat es. Und noch ein Typ in Island. Aber es ist nach mir benannt. Ich hatte es zuerst. Henry Bins. So nennen sie es. Ich bin Henry Bins, und ich habe Henry Bins.

Wie auch immer, ihr fragt euch vielleicht, wie ich zwei Sätze aneinanderreihen kann, obwohl ich weniger Stunden wach war als ein normaler Dreijähriger. Nun, was soll ich sagen? Ich bin ein Wunderkind. Und vielleicht, weil Gott mir Henry Bins gegeben hat – ich bin Henry Bins, und ich habe Henry Bins –, fand er es nur fair, mich mit einem brillanten Geist zu entschädigen.

Es ist jetzt 3:02 Uhr. Also lege ich besser mal los.

...

Ich öffne schlagartig die Augen.

Es ist der 18. April. Das weiß ich, weil gestern der 17. April war. Und weil der große elektronische Wecker auf meiner Kommode das Datum anzeigt. Die leuchtenden grünen Ziffern verraten mir außerdem, dass es 3:01 Uhr ist.

Eine Minute vergangen.

Ich reiße die Decke weg und springe aus dem Bett. Ich bin vollständig bekleidet. Graue Jogginghose, ein kastanienbraunes Kapuzensweatshirt und limettengrüne Asics. Nächster Halt: die Küche. Mein Laptop steht auf dem Küchentisch bereit. Ein Tippen auf das Mousepad, der schwarze Bildschirmschoner verschwindet, das eingefrorene Bild einer Burg erscheint. Eine Folge von *Game of Thrones,* die Serie, die ich mir jeweils in Zehn-Minuten-Sitzungen reinziehe. Ein weiteres Tippen auf die Leertaste, und die Folge startet. Den Blick auf den Monitor geheftet öffne ich den Kühlschrank und hole mir ein Sandwich – Roastbeef mit viel Senf – und einen Erdnussbutter-Proteinshake heraus. Beides hat mir Isabel zubereitet, eine Mexikanerin, die für mich kocht, putzt und unzählige andere Dinge tut, für die meine Zeit nicht reicht.

Ich schnappe mir mein Handy. Keine Anrufe. Aber drei Textnachrichten. Alle von meinem Vater. Zwei davon Bilder von seinem Hund. Ich schreibe ihm zurück, dass er sich endlich wieder eine Partnerin zulegen soll, dann klemme ich mich hinter den Computer. Ich verschlinge das Sandwich und spüle es mit dem Shake runter, während ich mich in mein E-Trade-Konto einlogge. Multitasking heißt das Zauberwort. Unwillkürlich spähe ich auf die Uhr am rechten unteren Bildrand.

3:04 Uhr.

Vier Minuten vergangen.

Ich checke meine Aktien, die gut stehen – ich habe in den letzten vierundzwanzig Stunden etwa achttausend Mäuse gemacht –, korrigiere dann geringfügig meine Parameter für Käufe und Verkäufe und schließe das Fenster wieder. Ich logge mich auf OkCupid ein, einem Dating-Portal, und gehe die Nachrichten durch. Nichts Lohnendes. Mein Screenname, NIGHTOWL3AM, zieht nur Verrückte an. Wie ihr euch vielleicht denken könnt, gestalten sich Treffen mit Frauen bei mir eher schwierig. Viele Jahre habe ich es mit rund um die Uhr geöffneten Buchhandlungen, Cafés oder Restaurants versucht, aber nachdem ich dreimal in der Notaufnahme gelandet war und einmal eine Frau ihren Bruder anrief, um meine vermeintliche Leiche entsorgen zu lassen, habe ich es aufgegeben.

Ich schließe die Seite und widme meine ungeteilte Aufmerksamkeit drei Minuten lang *Game of Thrones.* Ich liebe Tyrion.

Um 3:10 Uhr klicke ich auf Pause, schnappe mir mein iPhone und meine Earbuds und sprinte aus der Tür.

Es ist Frühlingsanfang, und die Luft in Alexandria ist kalt. Ich wünschte, ich hätte eine Mütze aufgesetzt, aber ich will keine Zeit damit verschwenden, umzudrehen und mir eine zu holen. Die Straßen sind menschenleer. Drei Uhr morgens muss die stillste Zeit des Tages sein. Selbst die hartgesottenen Nachtschwärmer sind inzwischen zu Hause, und die verrückten Frühaufsteher liegen noch im Bett. Andererseits habe ich keinen echten Vergleich. Ich weiß nur, dass während der halben Stunde, die ich draußen verbringe, die Wirklichkeit genauso gut auf stumm geschaltet sein könnte. Ich renne unter den Straßenlaternen dahin, die dem Sonnenlicht wahrscheinlich am nächsten kommen, und konzentriere mich auf meinen Körper. Meine Oberschenkel brennen, die kalte Luft sticht in meinen Nasenlöchern und in der Lunge.

Ich zwinge mich, im Hier und Jetzt zu bleiben. Keine Zeit für die Vergangenheit oder die Zukunft. Mein Leben ist die Gegenwart. Viele Jahre lang habe ich das Was-wäre-wenn-Spielchen gespielt. Was wäre, wenn ich ein normales Leben hätte? Wo wäre ich dann? Wäre ich verheiratet? Hätte ich Kinder? Aber auf die Art sind ruck, zuck zwanzig oder dreißig Minuten vergangen. Vergeudet. Mit Dingen, die ich ohnehin nicht ändern kann. Die unveränderlich sind.

Ich höre drei Songs von The Lumineers, meiner neuen Lieblingsband, und dann fünf Minuten lang *Feed the Pig,* einen Investment-Podcast. Es sind drei Kilometer bis zum Potomac, einer Wasserstraße, die eine natürliche Grenze zwischen Virginia und Maryland bildet, und ich verbringe eine ganze Minute damit, einen Trawler zu beobachten, der von der schwarzen Strömung stromabwärts getrieben wird. Früher habe ich mich oft gefragt, wie so etwas wohl bei Tageslicht aussehen würde, das glitzernde Wasser unter der brennenden Sonne, die weißen, hingetupften Wolken. Doch der Tag existiert für mich nicht. Nur die Nacht. Nur die Dunkelheit.

Auf dem Rückweg bemerke ich einen Wagen, der in eine Seitenstraße abbiegt. Das erste fahrende Auto seit sechs Tagen. Es ist ein Ford Focus. Ein neues Modell. Die Ford-Aktie hat bei 13,02 geschlossen. Das nur nebenbei.

Ich schaffe die sechs Kilometer in knapp achtundzwanzig Minuten, und als ich mein Apartment erreiche, ist es 3:38 Uhr.

Mir bleiben noch zweiundzwanzig Minuten.

Drei Minuten Liegestütze und Sit-ups.

Danach vier Minuten duschen.

Nachdem ich einen sauberen Satz fast identischer Klamotten übergestreift habe und wieder in die Küche zurückgekehrt bin, ist es 3:48 Uhr.

Noch zwölf Minuten.

Ich hole einen Salat aus dem Kühlschrank: Gemüse, Karotten, Tomaten, Quinoa und Huhn. Gesundes Zeug. Ich schnappe mir einen Apfel, zwei Schokoladenplätzchen und ein großes Glas Milch.

Dann setze ich mich an den Tisch und klicke auf meinen Kindle. Ich lese *Lone Survivor* über einen Navy SEAL, der eine

Schießerei mit den Taliban in den Bergen Afghanistans überlebte. Spannende Story.

Ich esse langsam, sauge dabei jedes Wort in mich auf.

Den letzten Bissen meines zweiten Schokoladenplätzchens vertilge ich um 3:58 Uhr.

Ich schalte den Kindle aus, stehe auf und schlurfe in Richtung Schlafzimmer.

Um 3:59 Uhr setze ich mich auf mein Bett.

Genau in dem Moment höre ich die Frau schreien.

Ich springe auf, renne zum Fenster. Direkt gegenüber steht ein Haus im Ranch-Stil mit einem Tor. Der Ford Focus, den ich vorhin gesehen habe, parkt direkt davor. Keine Ahnung, wer dort wohnt. Ich habe die Leute noch nie gesehen. Was so ziemlich für alle meine Nachbarn gilt.

Eigentlich sollte ich schleunigst zurück ins Bett, weil ich jeden Moment umkippen werde. Geht aber nicht. Ich klebe am Fenster. Ebenso gut könnte ich zwischen den Doppelscheiben eingeklemmt sein. Die Sekunden ticken.

Das Tor öffnet sich, und mit eiligen Schritten kommt ein Mann heraus.

Während er die Tür des Ford Focus aufschließt, steht er für einen Augenblick direkt unter der Straßenbeleuchtung. Und als würde er meinen Blick spüren, dreht er sich um und späht nach oben. Wir starren einander in die Augen. Dann steigt er ein und fährt davon.

Und während meine Lider zufallen und ich umkippe, gilt mein letzter Gedanke dem Mann mit den markanten Gesichtszügen und dem durchdringenden Blick.

Dem Präsidenten der Vereinigten Staaten.

:02

Als ich mich wieder aufrappele, ist bereits die erste Minute meines Tages verstrichen. Mein Hals ist steif, eine Folge des Schlafens in leicht verrenkter Position. Andererseits kann ich mich glücklich schätzen. Mein Kopf ist nirgendwo angestoßen. Kein Blut. Keine Gehirnerschütterung.

Ich reibe mir den Hals, während ich aus dem Fenster spähe. Vor meinem inneren Auge erscheint das Gesicht des Präsidenten, und ich schüttele heftig den Kopf, was einen stechenden Schmerz durch meinen Musculus sternocleidomastoideus jagt – den langen Kopfwendermuskel, der vom Schlüsselbein bis dicht unters Ohr verläuft. Kann das sein? War er das wirklich? Kein Zweifel. Der Mann, den ich gesehen habe, war eindeutig Connor Sullivan. Der 44. Präsident der Vereinigten Staaten.

Ich gehe in die Küche und setze mich vor den Laptop. Nach ein paar Sekunden habe ich die Biografie von Connor Sullivan auf Wikipedia aufgerufen. Der ehemalige Gouverneur von Virginia hat dunkelbraune Haare, trägt den Scheitel links und hat graugrüne Augen, ganz ähnlich wie ich. Das war's dann aber auch schon mit den Gemeinsamkeiten. Sullivan ist unser bisher größter Präsident, er stellt Lincoln um sieben und Madison um fast vierzig Zentimeter in den Schatten. Er ist einen Kopf größer als ich, und ständen wir uns gegenüber, befände ich mich etwa auf Augenhöhe mit dem berühmtesten Kinngrübchen der freien Welt. Und als wäre das nicht genug, ist der Mann auch noch Flügelspieler im All-American-Basketball-Team der Dayton University gewesen.

Ich überlege kurz, ob ich den endlosen Wikipedia-Artikel noch um ein Update ergänzen soll: 18. April – er ermordete eine Frau in Alexandria, VA.

Das bringt mich darauf, die lokalen Nachrichtenportale zu sichten, ob vielleicht Meldungen über eine schwere Körperverletzung oder einen Mord vorliegen. Nichts dergleichen.

Mein Handy summt, und ich antworte rasch auf die »Lebst du noch?«-SMS meines Vaters, damit er endlich beruhigt schlafen kann. Meine Mutter hat uns verlassen, als ich sechs war, weil sie mit meiner Krankheit nicht umgehen konnte, und überließ es meinem Vater, sich um mich zu kümmern. Er hatte zwei Jobs, arbeitete täglich sechzehn Stunden, war aber jede Nacht da, wenn ich um drei Uhr aufwachte. Er gab sich alle erdenkliche Mühe, mein Leben so normal wie möglich zu gestalten. Als ich klein war, ging ich jeden Morgen zwanzig Minuten in die Schule bei Lehrer Bins. Mathe, Naturwissenschaften, Rechtschreibung – er hat mir alles beigebracht. Mein Vater bestand vor allem darauf, dass ich soziale Fähigkeiten entwickelte. Er engagierte andere Eltern, ja, er bezahlte sie tatsächlich dafür, dass sie ihre Kinder vorbeibrachten, damit diese eine halbe Stunde lang mit mir Videospiele, Karten oder Tischtennis spielten. (Mit einigen von ihnen stehe ich immer noch auf Facebook in Kontakt.) Mein Vater forderte Gefälligkeiten ein oder gab große Summen dafür aus, um in bestimmten Einrichtungen spezielle Arrangements für mich zu treffen. An meinem zehnten Geburtstag erwachte ich in einem Vergnügungspark. Eine Stunde lang hatten wir beide den ganzen Park für uns. Als ich achtzehn war, organisierte er mir einen Abschlussball. Mein Date war die Tochter einer Arbeitskollegin, und obwohl sie keine echte Schönheit war, war es trotzdem aufregend, und ich bekam sogar einen flüchtigen Kuss. Dad bereitete mich über zehn Nächte auf den Eignungstest für die Universität vor und beugte sich mit einer Stoppuhr über mich. An meinem einundzwanzigsten Geburtstag verwandelte mein Vater unser Haus in eine Bar, und es war voller Studenten. Später erfuhr ich, dass er einer Studentenverbindung der University of Virginia ein paar Tausend Dollar gezahlt hatte, um die Hütte voll zu kriegen.

Ich überlege, ob ich meinen Vater anrufen und ihm Neuigkeiten über seinen Lieblingspräsidenten erzählen soll, aber dann würde er mich nur in endlose Fragen verwickeln, und meine Stunde würde wie nichts verfliegen.

Lieber schnappe ich mir ein Sandwich aus dem Kühlschrank und versuche, den gestrigen Abend zu vergessen. Gestern war Vergangenheit. Die Vergangenheit interessiert mich nicht. Mich interessiert nur die Gegenwart. Und gegenwärtig habe ich bereits achtzehn Minuten meines Tages verschwendet.

Ich schnappe mir mein Handy, schlüpfe in meine Asics, denke diesmal an meine Mütze und trabe aus der Tür.

Es ist 3:26 Uhr.

Ich muss meinen Lauf abkürzen. Ich renne eineinhalb Kilometer in sieben Minuten, dann die Strecke wieder zurück in sechs Minuten. Als ich unter der Straßenlaterne stehe, unter der Connor Sullivan einen Tag zuvor sein Auto geparkt hat, ist es 3:39 Uhr.

Noch einundzwanzig Minuten.

Ich drehe mich um und werfe einen Blick auf das Haus.

Alles wirkt ruhig, als würde die schmiedeeiserne Umzäunung jede Bedrohung und auch jedes Geräusch von dem Gebäude fernhalten. Ich schiebe den Ärmel meines Sweatshirts über die Hand und fummle am Torschloss herum. Der Riegel schnappt zurück, und das Tor öffnet sich mit einem leisen Quietschen. Was ich hier vorhabe, ist weder gesetzlich noch moralisch vertretbar, schon klar, aber wenn in dem Haus eine Frau dringend Hilfe braucht? Seit dem Schrei sind fast vierundzwanzig Stunden vergangen. Die Frau könnte noch am Leben sein. Oder etwa nicht? So oder so, ihr fragt euch vielleicht, warum ich nicht die Polizei rufe, damit sie nachschaut?

Ganz einfach.

Es ist das Aufregendste, was in den vierzehntausend Stunden meines Wachseins je passiert ist.

Ich schlüpfe durch das Tor und schleiche auf Zehenspitzen die Treppe hoch. Rechts und links neben der Haustür befinden sich zwei schmale vertikale Fenster, und ich beuge mich vor und spähe ins Innere. Immer noch geblendet vom Licht der Straßenlaterne erkenne ich keine scharf umrissenen Formen. Mit der Hand, die noch immer von meinem Ärmel bedeckt ist – ich habe nicht vor, Fingerabdrücke zu hinterlassen –, drücke ich auf den schmiedeeisernen Türgriff. Er gibt nach, und die Tür öffnet sich nach innen.

Vorsichtig weite ich mit meinem Fuß den Spalt, bis ich hindurchschlüpfen kann. Die Tür fällt hinter mir ins Schloss. Ich ziehe mein Handy heraus und tippe die Taschenlampe an. Der Raum wird heller.

Das ist Einbruch. Hausfriedensbruch. Was auch immer. Ich schaue mich um.

Dem Grundriss des Hauses nach zu urteilen, müsste die Garage links liegen und die Küche, das Wohnzimmer, die Schlafzimmer auf der rechten Seite. Ich atme tief durch und flüstere: »Hallo.«

Keine Reaktion.

Langsam bewege ich mich durch das Haus. Es ist größer, als es von außen wirkt, und erstreckt sich überraschend weit nach hinten. Alles wirkt gepflegt und riecht frisch und sauber. Die Küche ist makellos, bis auf zwei Teller in der Spüle, von denen offenbar gegrillter Käse und Tomatensuppe gegessen wurde. Der Kühlschrank ist gut gefüllt. Einige gesunde Nahrungsmittel, einige weniger gesunde. Im großzügigen Wohnzimmer hängt ein Flachbildfernseher, offensichtlich ein brandneues Modell, der 3-D-Brille nach zu urteilen, die neben der Fernbedienung liegt. Es gibt zwei kleinere Schlafzimmer und ein großes. Das größere ist das einzige, das bewohnt wirkt. Bilder, meist von Elefanten, schmücken jede erdenkliche Oberfläche.

Das Bett ist gemacht. Die Kissen sind perfekt aufgeschüttelt und arrangiert.

Mein Telefon vibriert. Es ist die Weckfunktion. Irgendwie hatte ich so eine Ahnung, dass ich im Haus auf der anderen Straßenseite landen würde, daher habe ich den Alarm auf 3:50 Uhr gestellt.

Ich mache mich auf den Weg zurück zur Haustür. Ich ziehe sie auf, dann blicke ich mich noch mal gründlich im Flur um. Eines erscheint mir völlig klar: Falls Connor Sullivan der Frau tatsächlich etwas angetan hat – die vielleicht die Besitzerin des Hauses ist oder auch nicht –, dann ist sie nicht hier. Also ist er entweder noch mal zurückgekommen, um sein Chaos zu beseitigen, oder es gab nie ein Chaos, und der Frau wurde gar nichts angetan. Aber egal ob A, B, C oder etwas anderes zutrifft, sie ist nicht hier.

Ein Schatten.

Mein Kopf fährt herum, und ein Blitz zuckt durch meinen Hals. Die beiden Aspirin und das Schmerzgel haben die Schmerzen deutlich gelindert, aber das Drehen meines Halses schaltet ihre Wirkung aus.

Ich stöhne den Kater an.

Er ist braun und schwarz, und seine Augen glitzern orangefarben im Lichtkegel meines Handys. Er kommt näher und reibt sich an meinem Bein.

»Hey, Kater.«

Er schweigt.

Ich lange nach unten, um ihn zu streicheln, aber da huscht er blitzschnell weg und tappt den Flur hinunter. Ich leuchte ihm hinterher. Er miaut vor einer Tür. Ich folge ihm und ziehe die Tür auf.

Der Gestank ist überwältigend.

Er springt einen förmlich an.

Die Frau liegt auf der Motorhaube eines Autos. Sie trägt ein blaues Tanktop und eine karierte Pyjamahose. Ihr Hals ist angeschwollen und schillert in Verläufen von Rot, Lila und Blau. Dieser Frau würden auch Schmerzgel und Aspirin nicht mehr helfen.

Die Katze springt auf die Motorhaube und maunzt die Frau an. Ihr Körper wirkt unterhalb des Halses komplett blutleer, pastellweiß. Die Katze hüpft auf die Brust der Leiche und rollt sich dort zusammen.

Die Tote ist schätzungsweise Anfang zwanzig. Blondes

Haar, zierlich. Augen, die einmal strahlend blau waren, aber jetzt stumpf und blutunterlaufen sind. Selbst im Tod ist sie noch attraktiv, und ich frage mich, wie viele Männerköpfe sich in ihrem Leben wohl nach ihr umgedreht haben.

Es klingelt, und ich schaue auf mein Handy. Seit sieben Minuten stehe ich jetzt neben der Leiche der Frau.

Scheiße!

Als ich mich zum Gehen wende, fällt mir auf, dass der Klingelton gar nicht von meinem Handy stammt. Er kommt von einem anderen Telefon. Möglicherweise von dem der Frau. Es läutet ein drittes Mal. Das Handy liegt unter dem Auto. Also runter auf Hände und Knie. Dann flach auf den Bauch werfen. Weiterrobben, bis der Oberkörper halb unter dem tiefergelegten Audi verschwunden ist. Meine Finger ertasten die rosa Hülle des Telefons. Ich atme aus, strecke verzweifelt die Finger, das Telefon kippt auf die andere Seite. Es braucht sieben weitere Versuche, ehe ich das Handy endlich zu mir herziehen, mich mit schmerzendem Rücken unter dem Auto hervorschieben und mich aufrichten kann.

Ich schnaufe und schniefe.

Es ist ein weißes Samsung Galaxy S4 in einer rosa Hülle. Der Anrufer hat aufgelegt. Es ist 3:59 Uhr.

Ich sprinte aus der Garage und in Richtung Eingangstür. Reicht die Zeit, um in meine Wohnung zu gelangen? Es sind knapp hundert Meter, dann drei Treppen hinauf. Was, wenn ich auf der Straße umkippe? Was, wenn ich es nur noch bis zum Vorgarten schaffe? Was, wenn mich jemand findet und kurz darauf die Leiche der Frau?

Mit ziemlicher Sicherheit werde ich im Gefängnis aufwachen.

Nicht zu schaffen. Ausgeschlossen.

Ein Versteck muss her.

Ich renne zu einem der kleineren Schlafzimmer, reiße den Schrank auf und springe hinein. Ich suche immer noch nach irgendeiner Möglichkeit, meine Beine auszustrecken, als ich in Tiefschlaf versinke.

:03

Er liegt auf meinem Bauch. Der Kater.

»Hey.«

Kater schaut zu mir auf, starrt mich aus orangefarbenen Augen an, bevor er den Kopf wieder auf meiner Brust ablegt. Die Ereignisse der vergangenen Nacht fluten mein Bewusstsein. Die Leiche der Frau. Das Handy unterm Auto. Die Tatsache, dass ich in einem Schrank versteckt bin, mit einem Kater auf der Brust.

Ich stemme mich in die Hocke, worauf Kater mit unbekanntem Ziel davonprescht. Diesmal ist es nicht mein Hals, sondern mein Rücken. Schmerzt wie die Hölle. Ich betaste die unteren Flanken und fühle eine tiefe, äußerst empfindliche Eindellung. Sanftes Mondlicht fällt durch ein offenes Fenster und beleuchtet den Plastikkleiderbügel, auf dem ich geschlafen habe.

Uff!

Sobald ich mich vollständig aufgerichtet habe, zücke ich mein Telefon.

Es ist 3:02 Uhr.

In meiner anderen Hosentasche finde ich das Handy der Frau. Das rosa Samsung. Das Display zeigt einen weißen Obelisken, das Washington Monument. Die Frau ist jetzt seit achtundvierzig Stunden tot, doch statt der zu erwartenden Flut von Textnachrichten ist da nur ein Hinweis auf den verpassten Anruf von letzter Nacht. Hatte die Frau denn keine Freunde? Kollegen? Nimmt überhaupt irgendjemand von ihrer Abwesenheit Notiz? Wer hat sie gestern Nacht angerufen? Wie ist seine Nummer? Die Felder zum Eintippen eines Codes verleiten mich zu der Annahme, dass das Handy gesperrt ist. Wie wäre es mit dem Code 1234? Fehlanzeige. Was für eine Überraschung! Ich mache mir eine geistige Notiz, das Samsung wieder unter dem Auto zu deponieren, damit die Polizei es dort findet. Nachdem ich sämtliche Fingerabdrücke darauf beseitigt habe, versenke ich es in der Tasche meiner Jogginghose.

Was die Polizei betrifft, so hat sie sich gestern nicht blicken lassen, oder es muss sich um eine verdammt nachlässige Truppe handeln. Schließlich lag ich schlafend in einem offenen Schrank. Sie hätten eigentlich über mich stolpern müssen, dann wäre ich mit Sicherheit im Gefängnis aufgewacht, und das möglicherweise nach einer ersten Entjungferung von hinten. Daher ist meine Überraschung auch nicht allzu groß, als ich die Leiche noch an Ort und Stelle vorfinde. Ihr Allgemeinzustand steht allerdings auf einem anderen Blatt. Er ist noch weit unerfreulicher als gestern. Unter einem dichten Insektenschwarm begraben, beginnt sie sich zu zersetzen. Ein unerträglicher Schwefelgestank verpestet die Luft. Daran gemessen hat sie vor vierundzwanzig Stunden geradezu nach frischer Wäsche geduftet.

Ein heftiger Würgereiz zwingt mich zum Rückzug ins Haupthaus.

Es ist 3:04 Uhr.

Ich schlurfe in die Küche, ziehe meine Hand in den Ärmel meines Sweatshirts und öffne den Kühlschrank. Ich schnappe mir zwei Päckchen Cheese-Strings, reiße eines davon auf und beginne die Schubladen zu durchforsten. Möglicherweise liegt irgendwo Post. Oder etwas mit dem Namen der Frau darauf. Fehlanzeige. Keine Stromrechnungen, keine Kataloge, keine Spur ihrer Identität. Keine Brieftasche, kein Presseausweis des Weißen Hauses, keine schlüpfrigen Briefe von Connor Sullivan.

Nach fünf Minuten des Herumspionierens beschließe ich, mein Glück nicht herauszufordern, und strebe in Richtung Haustür. Doch dann besinne ich mich eines Besseren und durchquere das Wohnzimmer, wo eine Glastür zu einer kleinen Gartenterrasse führt. Während ich die Tür hinter mir zuschiebe, werfe ich einen letzten Blick in den Raum.

Kater starrt mich durch die Glastür an.

Miau.

»Was?«

Miau.

»Tut mir leid, aber ich bin mehr so der Hunde-Typ.«

Miau.

»Weiß auch nicht, trink meinetwegen aus der Toilette.«

Miau.

»Es gibt jede Menge Cheese-Strings im Kühlschrank.«

Miau.

»Na gut.«

Rasch schiebe ich die Tür wieder auf, und Kater springt in meine Arme.

Es ist 3:13 Uhr, als wir bei mir zu Hause eintreffen.

Mindestens so durstig wie Kater genehmige ich mir drei Gläser Wasser. Dann schnappe ich mir ein Sandwich und einen Shake und öffne eine Dose Thunfisch für Kater. Er schlabbert erst noch etwas Wasser aus der Schüssel, die ich ihm hingestellt habe, dann tappt er hinüber zu seinem Fressi, das er auf diese typische Art aufschleckt, wie Katzen es tun. Ich beuge mich nach unten und untersuche seinen Nacken, aber er trägt kein Halsband.

»Tja, ich kann dich ja schlecht Kater nennen, oder?«

Ich denke daran zurück, wie er mich zur Garagentür geführt hat, und sage: »Genau wie in der Folge von *Lassie,* wo Timmy in den Brunnen gefallen ist.«

Lassie.

Er schaut auf und nickt, als wollte er sagen: »Geht in Ordnung für mich.«

»Okay, Lassie, es fällt mir nicht leicht, dir das mitzuteilen, weil ich weiß, dass du ein aufrechter Konservativer bist, aber dein Frauchen wurde vom Präsidenten der Vereinigten Staaten getötet. Tja, so was passiert, wenn man Republikaner wählt.«

Als Antwort leckt er sich selbst.

Rasch entledige ich mich meiner Klamotten, werfe sie auf die Couch und dusche zwei Minuten lang. Nachdem ich Schmerzgel auf meinen unteren Rücken gerieben habe, schlüpfe ich in eine frische Jogginghose und einen frischen

Kapuzenpullover, wühle mein Handy aus der Tasche meiner zerknüllten Hose auf der Couch und checke die Uhrzeit.

3:22 Uhr.

Noch jede Menge zu tun und nur noch achtunddreißig Minuten.

Fünfzehn Minuten später halte ich den Hörer eines Münztelefons in der Hand. Es ist das einzige mir bekannte Münztelefon weit und breit und befindet sich zufällig im Summer Park. Unwahrscheinlich, dass mich jemand dort beobachtet, trotzdem ziehe ich die Mütze tief ins Gesicht und die Kapuze meines Sweatshirts hoch, was mich vermutlich erst recht verdächtig aussehen lässt. Der Anruf bei der Polizei ist kurz und simpel: Eine tote Frau liegt in 1561 Sycamore.

Als ich zurückkehre, parkt bereits ein Streifenwagen vor dem Haus, und ich nehme den Hintereingang zu meiner Wohnung.

Während ich durch die Vorhänge spähe, sitzt Lassie auf meinem Schoß und leckt sich hingebungsvoll seine Hinterpfoten. Drei weitere Streifenwagen treffen ein, gefolgt von einem Van mit der Aufschrift *Alexandria Crime Scene Unit.*

In der letzten mir verbleibenden Minute zeigt mir ein erneuter Blick aus dem Fenster tanzende rote und blaue Lichter, dann bette ich mich auf mein Kissen. Lassie rollt sich neben mir zusammen.

Nach zwei Nächten hintereinander auf dem Boden bin ich echt froh, dass ich es zurück in mein Bett geschafft habe. Doch als ich die Augen schließe, werde ich das Gefühl nicht los, dass ich etwas vergessen habe.

Etwas Wichtiges.

...

Überraschenderweise liegt Lassie dreiundzwanzig Stunden später immer noch neben mir zusammengerollt. Er blinzelt mich an und wirkt verpennt. Vermutlich hätte er gerne noch dreiundzwanzig weitere Stunden geschlafen. Aber schätzungsweise muss er sich irgendwann um seine Geschäfte kümmern, und ich habe kein Katzenklo.

Ich öffne die Tür zu meinem kleinen Balkon im dritten Stock. Nachdem ich eine vertrocknete Pflanze aus ihrem Topf gerissen habe, kippe ich die Erde auf den Balkon.

Lassie liegt immer noch auf dem Bett, und ich erkläre ihm: »Du kannst auf diesen Erdhaufen pinkeln oder kacken.«

Erstaunlicherweise tut er genau das.

Heilige Scheiße!

»Braver Hund.«

Ein Blick aus dem gegenüberliegenden Fenster zeigt mir, dass immer noch zwei Streifenwagen vor dem Haus parken. Tatortabsperrband zieht sich rund um den schmiedeeisernen Zaun.

Ich lasse mich vor den Laptop plumpsen und gebe mir die Lokalnachrichten.

Junge Frau ermordet.

Alexandria liegt fünfzehn Minuten vom Weißen Haus entfernt, daher residieren hier jede Menge hoher Tiere. Schon allein deswegen hätte ich mir eine größere Geschichte erwartet, aber der Bericht beschränkt sich aufs Notwendigste. Kein Name. Kein Alter. Einfach nur, dass eine Frau erwürgt in der Garage ihres Hauses in Alexandria aufgefunden wurde. Keine Verdächtigen.

Nachdem Lassie und ich gefrühstückt haben, rufe ich

meinen Vater an. Weil er ohnehin übernächste Nacht zum Kartenspielen vorbeikommen will, plaudern wir nur kurz. Eigentlich rechne ich damit, dass er nach dem Mord fragt, aber das tut er nicht. In zwei Tagen werde ich ihm persönlich davon berichten. Sein überraschter Gesichtsausdruck wird unbezahlbar sein.

Ob die Polizei die tote Frau bereits mit dem mächtigsten Mann der Welt in Verbindung gebracht hat? War sie eine von Connor Sullivans Assistentinnen? Eine Praktikantin?

Und was ist mit dem Präsidenten? Wem soll ich davon erzählen? Vielleicht eine anonyme E-Mail an die Polizei von Alexandria? Es wäre naiv zu glauben, man könnte den Präsidenten der Vereinigten Staaten eines Mordes bezichtigen, ohne mit Konsequenzen rechnen zu müssen. Egal, wie sicher ich mir bin, dass er es war – zu hundert Prozent sicher –, das Ganze würde auf mich zurückfallen. Ganz zu schweigen davon, wie unwahrscheinlich die ganze Story klingt. Erstens, wo war in dieser Nacht der Secret Service des Präsidenten? Hatten sie davon gewusst? Hatten sie den Besuch sogar arrangiert? Oder hatte sich der Präsident unbemerkt aus dem Weißen Haus geschlichen? War so etwas überhaupt möglich? Keine Ahnung. Aber eines war sicher: Zu einer Zeit, in der der Präsident eigentlich friedlich im Weißen Haus hätte schlafen sollen, war er im Haus gegenüber und erdrosselte eine Frau.

Während ich im Kopf eine E-Mail formuliere, bemerke ich eine kleine rechteckige Karte, die unten durch meine Wohnungstür geschoben wurde.

»Hol die Karte«, befehle ich Lassie.

Er springt von meinem Schoß, leckt die Karte ab, vergisst aber, sie zu apportieren.

Ich schüttele den Kopf und hole sie selbst.

Ingrid Ray, Morddezernat Alexandria.

Die Polizei hat wahrscheinlich den größten Teil des gestrigen Tages damit zugebracht, die Nachbarschaft nach Zeugen abzuklappern. Als sie bei mir klingelten und niemand aufmachte, hatte sie die Karte unter meiner Tür durchgeschoben. Ich zücke mein Handy und wähle. Sie schläft garantiert, aber ich werde ihr die Nachricht hinterlassen, ich hätte von dem Mord gehört, aber nichts Verdächtiges gesehen.

Überraschenderweise geht sie dran.

»Ray, Mordkommission Alexandria.«

»Oh, hi, ähm, mein Name ist Henry Bins. Sie haben Ihre Karte unter meiner Tür durchgeschoben?«

»Wo wohnen Sie?«

Ich verrate es ihr.

»Ich bin in fünf Minuten bei Ihnen.« Sie legt auf.

Ich schaue Lassie an und sage: »Tja, das lief jetzt nicht so ganz nach Plan.«

...

Sieben Minuten später trifft sie ein.

Es ist 3:33 Uhr.

Sie hat rotbraune Haare, die zu einem Pferdeschwanz zusammengebunden sind. Sie trägt Jeans und ein Hoodie der Washington Redskins. Keine Spur von Make-up. Sie braucht keins. Hohe Wangenknochen. Blaue Augen. Zu attraktiv für eine Polizistin, was wahrscheinlich auch die Ursache für ihr betont sachliches, kühles Auftreten ist.

»Also, sind Sie um diese Zeit immer wach?«, fragt sie, setzt sich an meinen Küchentisch und streichelt mit der Hand Lassies Katzenbuckel.

Die Antwort fällt knapp aus. »Ja.«

»Sind Sie eine Art schräger Autor oder so was?«

»Nein. Day-Trader.«

»Wir haben Nacht. Macht Sie das nicht eher zum Nachttrader?«

Ich lächle. »Irgendwo ist immer Tag.«

»Richtig. Auf welchen Märkten handeln Sie? London? Tokio?«

»Äh, ja«, bringe ich hervor.

»Machen Sie sich gerade bereit für den Tag, oder schließen Sie Ihre Arbeit für die Nacht ab?«

»Bereit für den Tag.« Keine totale Lüge. Allerdings hat mein Tag nur noch fünfzehn Minuten. »Sie wissen schon, der frühe Vogel und so.«

Sie ringt sich ein Lächeln ab, und nach einem tiefen Atemzug fragt sie: »Haben Sie von der jungen Frau gegenüber gehört, die ermordet wurde? Also, trotz des ganzen Handels, den Sie so treiben?«

»Ja, ich habe davon gehört.«

»Wo?«

»Wo was?«

»Wo haben Sie davon gehört?«

»Im Internet.«

»Richtig, Sie sind ja immer online. Wegen dem ganzen Handel in Tokio.«

Ich ringe mir ein Lächeln ab.

Es ist 3:49 Uhr.

Ich muss das hier zu Ende bringen, bevor ich vor ihr zusammenklappe oder mich noch weiter aus dem Fenster lehne und dämliche Lügen absondere – von denen ich nicht einmal sicher bin, warum ich sie erzähle.

»Haben Sie etwas Verdächtiges bemerkt, jemanden, der sich hier in der Gegend herumtreibt oder so?«

Kopfschütteln. »Ich war vor zwei Nächten sehr beschäftigt und habe kein einziges Mal aus dem Fenster geschaut.«

»Wer hat etwas von vor zwei Nächten gesagt?« Sie runzelt die Stirn.

»Oh, ich dachte, ich hätte gelesen, sie wäre vor zwei Nächten getötet worden. Stimmt das nicht?« Ich stottere. »Wurde sie letzte Nacht getötet?«

Sie fixiert mich einige Sekunden lang. »Wir wissen es nicht. Die gerichtsmedizinische Untersuchung ist noch nicht abgeschlossen.«

»Nun, gestern Nacht habe ich auch nichts Auffälliges gesehen.«

»Was ist mit drei Nächten zuvor? Haben Sie vor drei Nächten etwas Verdächtiges bemerkt?«

Ich schüttele erneut den Kopf.

»Sie kennen sie?«

»Wen?«

»Die junge Frau von gegenüber. Eine Bekannte von Ihnen? Schon mal mit ihr Kaffee getrunken?«

»Nein. Bin ihr nie begegnet.«

Sie nickt. Erhebt sich. »Gut, falls Sie etwas hören oder sich an etwas erinnern, rufen Sie mich an.«

»Das werde ich.«

Mein Handy klingelt. Nein, falsch, ein Handy klingelt. Nicht meins. Mein Handy ist auf den Standardklingelton BA-RING eingestellt. Das hier ist eine Art Glockenspiel.

»Gehen Sie nicht dran?«, fragt sie und nickt in Richtung der Couch, wo meine Jogginghose und mein Kapuzenpulli verstreut liegen.

»Nein, wahrscheinlich nicht wichtig.«

»Bekommen Sie um vier Uhr morgens viele unwichtige Anrufe?«

War da nicht gestern das Gefühl, etwas Wichtiges vergessen zu haben? Nun, das hatte ich tatsächlich. Ich bemühe mich, möglichst keine Miene zu verziehen, während mir dämmert, dass hier gerade das Handy der Ermordeten klingelt. Ich hatte vergessen, es wieder unter dem Auto zu deponieren, weil mich der Gestank überwältigt hatte. Und doppelt bescheuert, dass ich das Handy dann auch noch in der Tasche meiner Jogginghose stecken ließ.

»Jede Menge«, beantworte ich ihre Frage.

»Wie viele Handys haben Sie?«

»Nur das eine.«

Sie öffnet die Tür, zieht ihr Handy heraus und tippt etwas ein. Mein Handy, das in meiner Hosentasche, macht BA-RING, BA-RING, BA-RING.

Grinsend beendet sie den Anruf. »Sie hören von mir, Mr Bins.«

Dann ist sie weg.

Ich blicke zu Lassie hinab.

»Was ist da gerade passiert?«

Er weiß es auch nicht.

:04

Ich erwache auf der Couch und halte mein Handy umklammert. Das Letzte, woran ich mich erinnere, ist, dass ich es aus meiner Jogginghose zog, die Uhrzeit checkte und das Display 4:00 Uhr zeigte. Der Versuch, noch eine anständige Schlafposition zu finden, war gescheitert. Total gescheitert. Während meine Füße auf dem Sofa hängen, liegt mein übriger Körper korkenzieherartig verdreht auf dem Boden.

Das Teppichmuster hat sich in meine Wange gedrückt, und ich sehe aus, als hätte jemand mein Gesicht mit einer Käsereibe bearbeitet. Keine Ahnung, wo Lassie geschlafen hat, aber als ich mich auf den Rücken drehe, sitzt er plötzlich auf meiner Brust und beginnt, mir die Stirn zu lecken.

»Hey, lass das«, sage ich, obwohl es mir irgendwie auch gefällt.

Ich schiebe Lassie weg, hieve mich hoch und spüre, wie meine Wirbelsäule wütend protestiert (die höchstwahrscheinlich zu einer Doppelhelix gewunden ist).

Nach einer fünfminütigen Dusche – eine Minute länger als üblich – kann ich wieder relativ gerade stehen. Beim Studium des Kühlschrankinneren entscheide ich, dass mein Magen kein weiteres Sandwich verträgt, und schnappe mir stattdessen einen Joghurt und ein Stück Bananenbrot. Lassie teilt beides mit mir.

Danach greife ich nach meinem Handy, um meinem Vater eine SMS zu schreiben. Drei verpasste Anrufe. Alle von derselben Nummer. Detective Ray.

In Anbetracht meines Auftritts gestern Nacht bin ich vielleicht kein dringend Tatverdächtiger, aber zumindest eine Person von hohem polizeilichem Interesse.

Das rosa Samsung liegt auf der Küchentheke. Wie kann man nur so bescheuert sein? Wie konnte ich vergessen, das Ding wieder unter das Auto zu legen? Zu meiner Verteidigung kann ich lediglich anführen, dass wohl einige Bröckchen sauren Mageninhalts von Henry Bins am Tatort zurückgeblieben wären, wenn ich mich nur eine Sekunde länger in der Garage aufgehalten hätte.

Keine Ahnung, welche Strategie ich gegenüber Detective Ray fahren soll. Jedenfalls ist es unmöglich, ihr das Handy zu übergeben, ohne damit meine Anwesenheit am Tatort zu verraten. Andererseits wird die Polizei ohne das Telefon vielleicht niemals in der Lage sein, die Frau mit Connor Sullivan in Verbindung zu bringen.

Zwickmühle.

Vermutlich besteht meine beste Option darin, einen anonymen Brief zu schreiben und ihn zusammen mit dem Handy an die Polizei von Alexandria zu schicken.

Aber zuerst muss ich eine Runde joggen.

Es ist 3:22 Uhr.

Während ich mir meine Mütze über die Ohren ziehe, kratzt Lassie an der Wohnungstür.

»Was ist, Kumpel? Willst du nach draußen?«

Miau.

»Versprich mir, dass du wiederkommst.«

Miau.

Er huscht durch die geöffnete Tür.

Während ich jogge, drängt sich mir immer wieder das Bild der Ermordeten auf. Indem ich jedoch fest die Augen zusammenkneife und nach oben in den Sternenhimmel blicke, gelingt es mir jedes Mal, es wieder zu verbannen. Jetzt ist meine Zeit. Nicht ihre.

Nach einem Kilometer beginnen sich die Muskeln in meinem Rücken zu entspannen, und es schmerzt nicht mehr jedes Mal beim Einatmen. Auf dem Rückweg schießt plötzlich ein Schatten hinter einem Baum hervor.

»Ahhhhh!«, schreie ich.

Unter der Straßenlaterne kann ich ihn grinsen sehen.

Nachdem mein Puls wieder unter zweihundert gesunken ist, sage ich: »Hast du die ganze Zeit dort gelauert, nur um herauszuspringen und mich zu erschrecken?«

Miau.

Ich mache ein böses Gesicht und strecke meine zur Kralle geformte Hand nach ihm aus.

Er krallt zurück.

Beste Freunde.

»Los, gehen wir.«

Ich laufe wieder los, er schließt sich mir an und trabt lautlos neben mir her.

Als wir die Treppen zu meinem Apartment hinaufsteigen, sehe ich zu meiner Überraschung, dass sich gerade zwei Leute von meiner Wohnungstür entfernen. Detective Ray hat eine braune Jacke an und trägt die Haare heute offen. Sie sind länger als erwartet und fallen über ihre Schultern. Sie erinnert mich an Rene Russo in *Die Thomas Crown Affäre.* (Es ist der Lieblingsfilm meines Vaters und einer von nur zwölf Kinofilmen, die ich je in voller Länge gesehen habe. Ich habe mir im Laufe eines Monats das Original und das Remake reingezogen. Mir gefällt das Original besser, aber vor allem gefällt es mir, Rene Russo nackt zu sehen.) Der Mann neben Ray ist doppelt so alt und dreimal so groß wie sie. Er ist kahl geschoren und trägt einen säuberlich getrimmten Spitzbart, der seine kaum vorhandenen Lippen umrahmt. Er scheint nur aus Muskeln und Sehnen zu bestehen, und sein Men's-Wearhouse-Anzug kleidet ihn perfekt.

»Läuft er immer mit Ihnen?«, erkundigt sich Ray und geht in die Knie, um den sich ihr nähernden Lassie zu streicheln.

»Manchmal.«

Sie hebt ihr Kinn nach oben und sagt: »Das ist mein Partner Cal.«

Ich nehme das nickend zur Kenntnis und schiebe mich an den beiden vorbei.

»Wir haben ein paar Fragen an Sie«, knurrt Cal, und seine Worte zielen auf meinen Rücken.

»Dann werde ich sie Ihnen beantworten«, erwidere ich und beuge mich vor, um den Schlüssel von meinem Schnürsenkel zu lösen. »Irgendwann Ende der Woche hätte ich Zeit.«

»Wie steht es mit jetzt gleich?«

Ein rascher Blick auf mein Handy. Es ist 3:48 Uhr.

»Warum schauen Sie eigentlich ständig nach der Uhrzeit?«

Mit fragend hochgezogenen Augenbrauen blicke ich zu Ray auf.

»Gestern Nacht haben Sie mindestens acht- oder neunmal auf Ihrem Handy nach der Uhrzeit geschaut.«

Hat sie wirklich mitgezählt? Ich fixiere sie mit zusammengekniffenen Augen, erwidere aber nichts.

»Was für eine Rolle spielen schon ein paar Minuten um drei Uhr morgens?«

Diese paar Minuten sind mein Leben, möchte ich am liebsten schreien. Die Minuten, die ihr für so selbstverständlich haltet, weil ihr jeden Tag Tausende davon geschenkt bekommt, sind für mich unbezahlbar. Euer Leben misst sich an erworbenen Titeln, Reichtum und Status. Mein Leben misst sich in Sandkörnern, die von der oberen Hälfte der Sanduhr in die untere rieseln.

Meine Nüstern blähen sich, wenn ich wütend werde, und ich frage mich, ob Ray den leichten Windhauch spürt. Während ich tief durchatme, erwäge ich kurz, ob ich ihr verraten soll, dass ich Henry Bins bin und Henry Bins habe. Ich unterlasse es lieber.

»Ich hatte immer schon eine leichte Zwangsstörung. Wir haben doch alle unsere kleinen Ticks, oder? Worin besteht Ihrer, Cal?« Ich schätze, es ist sein Spitzbart. Er ist zu perfekt. Beim Trimmen wurden Zirkel, Lineal und Winkelmesser herangezogen.

Cal wirkt keineswegs belustigt.

Ich stecke den Schlüssel ins Schloss, drehe ihn und schiebe die Tür ein Stück auf. Lassie huscht durch den Spalt. Indem ich die Luft aus meinen aufgeblasenen Backen entweichen lasse, sage ich: »Ist wirklich kein günstiger Zeitpunkt gerade. Wie wäre es mit morgen? Sagen wir 3:15 Uhr?«

Ich erwarte keine Antwort, obwohl ich insgeheim befürchte, dass es, wenn überhaupt, irgendetwas in der Art sein wird wie: »Wir haben einen Haftbefehl gegen Sie.«

Doch dann kommt tatsächlich eine.

»Callie Freig.«

Für einen Augenblick bin ich wie benommen. Nicht weil mir der Name etwas sagen würde – es ist einfach nur ein Name, ein Frauenname, nicht zu unterscheiden von sieben Milliarden anderen auf diesem Planeten –, sondern weil sie plötzlich eine echte Person ist. Wie ein Baby, das bei der Geburt noch ein undefinierbares, weinendes rosa Etwas ist und irgendwann zu Jake oder Molly wird, so ist diese tote Frau gerade zu Callie geworden.

Die beiden Detectives nutzen die Sekunde, in der ich wie angewurzelt dastehe, um sich an mir vorbeizuschieben. Ich weiche ihnen aus, und da sie jetzt schon zu weit drinnen sind, als dass ich sie noch gewaltsam rausdrängen könnte, gehe ich ihnen rasch zwei Schritte voraus.

Das Handy – Callie Freigs Handy – liegt auf dem Küchentisch neben dem Laptop.

»Hey, eine Bitte, könnten Sie Ihre Schuhe ausziehen?«

Keine unangemessene Aufforderung, daher bücken sich die beiden, um ihr nachzukommen. Der Küchentisch ist nur zehn Schritte entfernt, aber es würde seltsam aussehen, würde ich mich nicht ebenfalls meiner Schuhe entledigen.

»Stellen Sie sie einfach vor der Eingangstür ab.«

Etwas weniger angemessen, aber meine einzige Chance.

In den Sekundenbruchteilen, in denen die beiden ihre Schuhe nach draußen befördern, werfe ich meine Mütze. Sie dreht sich in der Luft, trifft meinen Laptop und fällt dann daneben.

»Was?«, fragt Ray und mustert mich scharf. »Was ist so lustig?«

»Nichts.« Ich bin nur ein wahnsinnig zielsicherer Mützenwerfer, das ist alles.

Indem ich meine Schuhe neben der Tür abstelle, frage ich: »Also, wer ist Callie Freig?«

:05

»Callie Freig ist die junge Frau, die Sie in den letzten drei Monaten vom Fenster aus beobachtet haben«, knurrt Cal.

Ich schüttele den Kopf. »Sorry, Mann, aber ich habe die Frau noch nie gesehen.« Was zutrifft, zumindest solange sie noch am Leben war.

»Sie wollen uns weismachen, dass Sie noch nie die Frau gesehen haben, die seit drei Monaten gegenüber gewohnt hat?«, fragt Ray.

»Sie wohnte erst drei Monate dort?«

Sowohl Ray als auch Cal wirken durch meine Frage irritiert, und ich kann es ihnen nicht verübeln. Die Frau hätte dort seit sechs Jahren wohnen können, ohne dass ich sie je zu Gesicht bekommen hätte.

»Ich habe sie nie gesehen«, wiederhole ich.

»Was ist mit dem Ehepaar Clemens?«, fragt Cal. »Haben Sie die gesehen?«

»Wer sind die Clemens?«

»Die Leute, denen das Haus gehört. Die Leute, die seit zehn Jahren dort leben.«

»Oh, die Clemens ...« Ich halte inne. »Nein, das lässt nichts bei mir klingeln.«

»Wie lange leben Sie schon hier?«, fragt Ray.

»Was stand in meinen Meldeunterlagen?«

Sie starrt mich an. »Sieben Jahre.«

»Das ist korrekt.«

»Und Sie wollen noch nie die Leute gesehen haben, die im Haus direkt gegenüber wohnen?«, grunzt Cal.

»Ich bin tagsüber nur selten wach. Ich bin eine Art Nachteule. Falls es Ihnen noch nicht aufgefallen ist, wir führen dieses Gespräch um vier Uhr morgens.« Nun ja, 3:54 Uhr. Wenn es tatsächlich vier Uhr wäre, würde er ein Gespräch mit dem Linoleum führen.

Während die beiden Detectives diese Information verarbeiten, frage ich: »Also, wer ist Callie Freig?«

Cal, unzufrieden mit meinem Rollenwechsel, kneift die Augen zusammen. Ray holt tief Luft und sagt: »Eine vierundzwanzigjährige Frau. Sie hat das Haus über Craigslist von den Clemens gemietet, die ein halbes Jahr in Florida verbringen. Sie haben ihr einen guten Preis gemacht: achtzehnhundert Dollar im Monat. Sie ist nicht auf Facebook. Kein Instagram. Sehr wenig Kreditkartenumsätze. Keine Angehörigen. Eltern unbekannt.«

Sie überlassen es mir, all diese Details zu einem schlüssigen Gesamtbild zusammenzufügen, und ich überlege gerade, wie und wann Callie wohl dem Präsidenten der Vereinigten Staaten begegnet sein könnte, als Ray mich um ein Glas Wasser bittet.

Ich nicke in Richtung Küche und sage: »Bedienen Sie sich.«

Ein Schrank öffnet und schließt sich, und sie fragt: »Wo?«

Ich folge ihr in die Küche.

»Schon komisch«, sagt Cal hinter mir. »Wir haben nirgendwo Callie Freigs Handy gefunden. Und was noch komischer ist: Letzte Nacht hörte meine Partnerin bei Ihnen zwei Handys klingeln, obwohl Sie – und jetzt kommt der lustigste Teil – behauptet hatten, Sie hätten nur das eine.«

Ich hole ein Glas aus dem Schrank, fülle es mit Wasser und reiche es Ray.

»Und Sie denken, ich hätte ihr Handy gestohlen«, sage ich und versuche, mir etwas Zeit zu verschaffen.

Cal grinst.

»Bin gleich wieder da.« Ich gehe ins Schlafzimmer.

Es ist 3:57 Uhr, als ich das Schlafzimmer wieder verlasse. Mir bleiben nur noch drei Minuten, um die beiden nach draußen zu befördern. Drei Minuten, um sie davon zu überzeugen, dass ich nichts mit Callie Freigs Tod zu tun habe.

Ich halte Ray das Handy hin. »Ich benutze es immer noch als Wecker. Überprüfen Sie es.«

Sie nimmt mir das alte iPhone ab und tippt auf den Wecker. Er ist auf 3:55 Uhr eingestellt. Sie drückt auf Start, und ein Glockenspiel ertönt. Nicht ganz dasselbe wie das auf Callies Handy, es hat aber zumindest eine gewisse Ähnlichkeit.

»Warum haben Sie den Wecker auf 3:55 Uhr gestellt?«, höhnt Cal.

»Die Tokioter Märkte schließen um vier Uhr morgens. Der Wecker ist gestellt, um mich daran zu erinnern, meine letzten Trades abzuschließen.« Keine Ahnung, wann die Tokioter Märkte wirklich schließen, aber da Tokio auf der anderen Seite der Weltkugel liegt, erscheint es immerhin plausibel.

»Warum benutzen Sie nicht den Wecker auf Ihrem neuen Handy?«, fragt Ray.

»Äh ...« Ich zögere. »Ich habe in der Zeit, als ich das alte Handy benutzte, einen Haufen Geld verdient. Eine Art Glücksbringer, schätze ich.«

Es ist 3:58 Uhr.

»Da wir gerade davon sprechen, ich muss einen Last-Minute-Trade abschließen. Danke, dass Sie vorbeigekommen sind.«

Die beiden bewegen sich widerwillig in Richtung Wohnungstür.

»Oh, noch was«, bemerkt Ray. »Wir haben im Haus gegenüber einen Haufen Katzenfutter gefunden, aber, nun ja, keine Katze.«

Lassie liegt auf einem der Stühle am Tisch, zu einem Ball zusammengerollt.

»Und als ich mir Ihre Mietunterlagen angesehen habe, fiel mir auf, dass da nirgendwo etwas von einem Haustier stand.«

»Ich wollte nur fünfzig Dollar im Monat sparen«, erkläre ich lächelnd.

»Wirklich«, sagt Cal. »Bei all dem Geld, das Sie mit dem Glücksbringer-Handy verdient haben, knausern Sie wegen fünfzig Dollar?«

Ich starre ihn an. Atme tief durch.

»Lassie.«

Er springt vom Stuhl und setzt sich zu meinen Füßen.

Erneutes tiefes Durchatmen. Bitte lass es funktionieren. Bitte.

»Mach Platz!«

Er legt sich auf den Bauch und wedelt mit dem Schwanz.

»Dreh dich um!«

Er rollt sich auf den Rücken.

»Stell dich tot!«

Er streckt seine Beine aus, schließt seine Augen, und ich schwöre, er schiebt seine kleine Zunge seitlich aus dem Mund.

»Mach einen Rückwärtssalto«, befehle ich im vollen Bewusstsein, mein Glück überzustrapazieren.

Lassie tut nichts dergleichen. Ich spähe zu den beiden Detectives hinüber – zu Cal mit seinen stark gerunzelten Augenbrauen und zu Ray, deren Mund leicht offen steht – und erkläre ihnen: »Wir arbeiten noch daran.«

Dann öffne ich ihnen die Tür, und die beiden Detectives schnappen sich ihre Schuhe und verziehen sich.

Ich liege bereits mit Lassie im Bett, als ich meinen Fehler bemerke und sofort wieder aufspringe.

Das Glas, aus dem Detective Ray getrunken hat.

Es ist verschwunden.

Inklusive meiner Fingerabdrücke.

:06

Ich rechne damit, im Gefängnis aufzuwachen. Tue ich aber nicht.

Und als ich um 3:25 Uhr immer noch kein Klopfen an der

Tür gehört habe, entscheide ich, dass eine von drei Möglichkeiten eingetreten sein muss: 1) Es dauert länger als vierundzwanzig Stunden, um Fingerabdrücke abzugleichen. 2) Ich habe keine Fingerabdrücke am Tatort hinterlassen, was durchaus möglich ist, weil ich sehr vorsichtig war und meine Hände in meine Ärmel gesteckt habe. 3) Es gab einen Durchbruch in dem Fall, und obwohl meine Fingerabdrücke mit denen am Tatort identisch sind, spielt es keine Rolle mehr, weil sie jetzt den mächtigsten Mann der Welt im Visier haben.

Doch laut Internet hat sich der Präsident gestern im Weißen Haus mit den letztjährigen NFL-Champions getroffen. Also wurde er nicht wegen Mordes verhaftet. Und so bleibt nur Möglichkeit 1) oder 2).

»Gehen wir eine Runde joggen, Kumpel?«

Miau.

Lassie trabt eine Weile hinter mir her, dann ist er plötzlich verschwunden. Ich fange gerade an, mich zu entspannen, da biegt ein Wagen in die Straße ein. Ich habe kein fahrendes Auto mehr gesehen, seit Connor Sullivan mit dem Ford Focus unterwegs war, um Callie Freig zu erwürgen.

Diesmal ist es ein Crown Vic.

Er hält fünf Meter vor mir am Straßenrand.

Ich ziehe meine Ohrstöpsel heraus und bleibe stehen.

Auf der Beifahrerseite steigt Ray aus und sagt: »Sie müssen mit uns kommen.«

Cal entsteigt der Fahrerseite und öffnet die Hecktür. »Jetzt gleich!«, raunzt er.

Ich klettere auf den Rücksitz.

Die beiden steigen wieder ein, und wir fahren los.

Es ist 3:33 Uhr.

...

»Haben Sie je das Haus auf der anderen Straßenseite betreten?«

Cal sitzt mir gegenüber. Ray lehnt hinter ihm an der Wand.

»Nein.« Vermutlich bluffen sie. Hätten sie meine Fingerabdrücke am Tatort gefunden, wäre ich sofort verhaftet worden. Stattdessen hocke ich in Vernehmungsraum B und führe eine freiwillige Unterhaltung – die sich allerdings nicht sehr freiwillig anfühlt.

»Also waren Sie niemals im Haus gegenüber?«

»Niemals.«

»Kein einziges Mal?«

»Nein.«

»Sie wurden nie eingeladen, aßen dort nie ein Sandwich, öffneten nie den Kühlschrank?«

Mein Magen krampft sich zusammen. »Nein. Niemals.«

»Wie spät ist es?«, frage ich. Mobiltelefone sind bei »freiwilligen« Vernehmungen nicht erlaubt. Die Dame, der ich es aushändigen musste, hat mich beruhigt, ich würde es ganz sicher wiederkriegen. Es war 3:43 Uhr, als ich das entsprechende Formular unterschrieben und ihr das Handy übergeben hatte. Vor mehr als fünf Minuten.

Die Tür öffnet sich, und ein Polizist kommt herein. Er reicht Ray einen Zettel, die ihn an Cal weitergibt. Cals Kinnbart zieht sich in die Breite. »Soso.«

Ich beuge mich vor.

Sie haben wirklich geblufft. Sie hatten die Ergebnisse noch nicht zurückbekommen. Anscheinend dauert es in der Tat genau vierundzwanzig Stunden, bis eine Übereinstimmung der Fingerabdrücke festgestellt werden kann.

»Raten Sie mal, wessen Fingerabdrücke im ganzen Haus sind?«

Scheiße!

»Einige auf der Motorhaube des Wagens. Einige auf dem Reifen des Autos. Einige am Griff des Kühlschranks. Jede Menge auf der Schranktür im Gästezimmer. Jede Menge auf der Glasschiebetür.«

»Woher haben Sie meine Fingerabdrücke?«

»Haben Sie nicht zugehört? Sie waren überall im Haus.«

»Ja, ich habe zugehört«, grunze ich. »Aber woher haben Sie meine Fingerabdrücke zum Abgleichen? Ich wurde bisher noch nie verhaftet. Mir wurden niemals Fingerabdrücke abgenommen.« Ich fixiere Ray. »Falls meine Fingerabdrücke zufällig von dem Glas stammen, das Sie illegal aus meiner Wohnung entwendet haben, dürfte das vor Gericht wohl kaum Bestand haben.«

»Natürlich würde das vor Gericht niemals bestehen«, lacht Cal. »Aber wir haben Ihre Fingerabdrücke von Ihrem Handy. Erinnern Sie sich an das Formular, das Sie unterschrieben und nicht gelesen haben?«

Mist.

»Also frage ich Sie noch einmal: Waren Sie schon einmal im Haus gegenüber?«

»Ja.«

»Waren Sie vor drei Nächten in diesem Haus?«

»Ja. Aber sie wurde nicht vor drei Nächten ermordet. Sie wurde vor vier Nächten ermordet.«

»Woher wissen Sie das?«

»Weil ich sie schreien hörte.«

...

»Connor Sullivan?«, höhnt Cal. »So wie der Präsident der Vereinigten Staaten?«

Ich nicke.

Er schaut zu Ray. Sie schüttelt den Kopf.

»Ich schwöre, ich hörte einen lauten Schrei. Und eine Minute später kam ein Mann aus der Haustür und trat direkt unter die Straßenlaterne. Es war Connor Sullivan.«

»Und er stieg in einen, wie sagten Sie gleich, in einen Ford Focus?«, gluckst Ray.

Ich nicke.

»Wo waren die Leute vom Secret Service? Wie soll er aus dem Weißen Haus rausgekommen sein?«

»Keine Ahnung. Fragen Sie ihn.«

»Warum haben Sie die Frau getötet?«, fragt Cal.

»Was?«

»Warum – haben – Sie – Callie – Freig – getötet?«

»Das war ich nicht. Ich habe sie nie zuvor gesehen, bevor ich in dieser Nacht da rüberging. Im Ernst.«

»Ja, das sagten Sie bereits. Und wissen Sie, was, ich habe Ihnen schon beim ersten Mal nicht geglaubt. Ihr Fenster blickt direkt auf das Haus gegenüber. Sie wollen also behaupten, Sie haben nie nach dem Wetter geschaut und dabei beobachtet, wie sie zu ihrem Auto ging? Das ist Schwachsinn. Sie waren in sie verliebt. Haben sie bei jeder Gelegenheit verfolgt. Dann gehen Sie eines Nachts da rüber und drehen ihr die Luft ab.«

»Ich habe Henry Bins.«

»Was?«

»Sie sind Henry Bins«, verbessert mich Ray.

»Ja, und ich habe Henry Bins. Das ist eine Schlafstörung. Ich bin nur eine Stunde pro Nacht wach. Von drei Uhr morgens bis vier Uhr morgens.«

Beide schütteln den Kopf so heftig wie Parkinson-Patienten. Und dabei bin ich es, der hier unter einem krankhaften Zustand leidet.

»Googeln Sie es.« Ich blicke zu Ray auf. »Im Ernst, googeln Sie es. Oder Sie können auch einfach abwarten und zusehen, was mit mir passiert, in schätzungsweise vier Minuten.«

»Und was passiert in vier Minuten, Blödmann?«, fragt Cal.

»Mein Körper wird zusammenklappen wie JFK, und ich werde dreiundzwanzig Stunden in einer Art Koma liegen. Dann werde ich um drei Uhr morgens aufwachen, eine Stunde lang wach sein, und danach wiederholt sich das ganze Spiel von vorne.«

Er stößt sich vom Tisch ab, lacht dröhnend. »Na, wenn das nicht die größte Scheiße ist, die ich je in meinem Leben gehört habe. Hast du das gerade mitbekommen, Ingrid? Hast du diesen Scheiß gehört?«

Ich stehe auf. »Deshalb sind meine Fingerabdrücke auf dem Schrank im Gästezimmer. Ich musste einen Platz zum Schlafen finden. Ich hing unter dem Auto fest, als ich versuchte, ihr Handy hervorzuholen. Mir blieb nicht die Zeit, über die Straße in meine Wohnung zurückzukehren.«

»Sie meinen das Handy, das Sie in einen Müllcontainer geworfen haben, drei Blocks entfernt?«

»Was?«

»Ja, Freundchen, Sie haben es zerstört, aber es hat immer noch sein letztes bekanntes GPS-Signal protokolliert. Es hat zwei Stunden gedauert, bis wir den Müll durchsucht hatten, aber wir haben es gefunden.«

Mein Gehirn surrt.

Ich lehne mich an die Wand.

Ray hat die letzte Minute geschwiegen und auf ihrem Handy herumgetippt. »Ähm, Cal, du solltest dir das hier mal ansehen. Ich denke, an dieser Henry-Bins-Sache könnte tatsächlich was dran sein …«

:07

Mein Schädel pocht.

Ich hebe meinen rechten Arm und betaste meine Kopfhaut. An einer Stelle fehlt mir ein Büschel Haare, stattdessen klebt dort ein Stück Verbandsmull. Ich hebe den linken Arm, damit er bei der Schadensbeurteilung assistiert, werde aber sofort einer klirrenden Einschränkung gewahr. Ich öffne die Augen. Mein linker Arm ist an das Krankenhausbett gekettet.

»Was hast du verbrochen?«, fragt eine vertraute Stimme. »Hast du eine Vierundzwanzig-Stunden-Bank ausgeraubt?«

Sara ist Japanerin, Krankenschwester im Alexandria Municipal Hospital und meine Ex-Freundin.

Nach meiner dritten Gehirnerschütterung hatten wir begonnen, uns zu verabreden. Sie arbeitete damals in der Schicht von 18:00 Uhr bis 3:00 Uhr, sodass sie nach der Arbeit einfach rüberkommen und wir zusammen abhängen konnten, bis meine Stunde abgelaufen war. Es war lustig und locker mit ihr, sechs Monate lang, aber wie die anderen Frauen vor ihr erkannte sie bald, dass es ihr nicht reichte, mich drei Tage die Woche eine halbe Stunde zu sehen. Und nach vier gescheiterten Beziehungen wurde mir klar, dass das Einzige, was schlimmer war, als Henry Bins zu haben, darin bestand, sich in Henry Bins zu verlieben. Glücklicherweise blieben wir Freunde.

»Nein. Mord.«

Sie lacht. »Nun, die gute Nachricht ist, keine Gehirnerschütterung. Die schlechte Nachricht sind dreizehn Stiche.«

»Damit habe ich jetzt über hundert gesammelt. Ist die nächste Behandlung gratis?«

»Ich werde sehen, was ich tun kann«, lacht sie. Dann, als hätte ich den Rufknopf gedrückt, verblasst ihr Lächeln, und sie sagt: »Ich muss die beiden Detectives informieren, dass du wach bist.«

Ich nicke.

Sanft drückt sie meine Wade, dann verschwindet sie durch den Vorhang.

Ray und Cal kommen herein.

Ich hebe meinen Arm, klimpere mit den Handschellen und sage: »Bedeutet das, ich bin verhaftet?«

Cal zögert nicht und klärt mich über meine Rechte auf. Als er damit durch ist, sage ich: »Lassen Sie mich eins klarstellen: Sie haben ganz offensichtlich über Henry Bins gelesen. Sie haben selbst erlebt, wie ich um Punkt vier Uhr umgekippt bin und mir den Schädel aufgeschlagen habe, und ich bin überzeugt, Sie haben bei den Krankenschwestern hier nachgefragt und wissen, dass ich kein Fremder in der Notaufnahme bin.«

Ray nickt.

»Also glauben Sie offenbar ernsthaft, dass ich trotz dieses Zustands und in einem verschwindend kleinen Zeitfenster von einer Stunde Callie Freig getötet haben könnte?«

»Das ändert nichts an der Tatsache, dass dieses Zeitfenster bestand. Sie hätten die Frau ohne Weiteres innerhalb einer Stunde töten können«, erwidert Ray. »Ihre Fingerabdrücke sind überall, sogar auf dem Auto, auf dem die Leiche gefunden wurde. Ganz zu schweigen davon, dass alles, was Sie uns erzählt haben, gelogen war, einmal abgesehen von dieser bescheuerten Schlafstörung.«

Meine Gedanken rasen.

»Ich muss einen Anruf tätigen.«

»Schon jetzt Anwälte?«, schnaubt Cal.

»Höchstwahrscheinlich denkt mein Vater, dass ich tot bin, also möchte ich ihn anrufen.«

Ray überlässt mir ihr Handy. Ich hebe die Augenbrauen, und die beiden Detectives verziehen sich.

Mein Vater ist außer sich, als er antwortet. Heute ist unsere Kartenspiel-Nacht, und nachdem er festgestellt hatte, dass ich nicht zu Hause war, versuchte er mich anzurufen. Da ich bis eben nicht drangegangen bin, ist er bereits auf dem Weg ins Krankenhaus.

»Dreh um und fahr zurück zu meiner Wohnung.«

Ich erkläre ihm, was er tun soll, sobald er dort ankommt.

Bevor ich auflege, frage ich ihn noch, ob er eine Katze gesehen hat, die vor meiner Wohnung herumstreunt.

Hat er nicht.

...

Die Krankenschwester – diesmal nicht Sara, die nach Schichtende noch vorbeikam, um sich zu verabschieden – wechselt gerade meinen Kopfverband, als mein Vater eintrifft.

Das beste Wort, um meinen Vater zu beschreiben, ist nachlässig. Er trägt Hochwasserhosen, deren Bund viel zu hoch sitzt, Pullover, die man schon vor Jahrzehnten der Wohlfahrt hätte spenden sollen, Brillengläser in Lupenstärke, mit denen man eine Raupe in Sekundenschnelle verschmoren könnte. Auf seinem Kopf wuchert ein dichter Schopf lockiger grauer Haare, und er hat einen Dreitagebart.

Ich stelle ihm Cal und Ray vor, die beide im Zimmer Platz genommen haben und darauf warten, dass ich ihnen den versprochenen Beweis meiner Unschuld liefere.

»Hast du es?«, frage ich.

Er greift in seine Manteltasche und zieht das rosa Samsung heraus.

Ich nehme es ihm ab. Das Display ist schwarz, der Akku leer.

»Was ist das?«, fragt Ray.

Ich halte das Telefon mit meiner Rechten hoch und erkläre: »Es ist das Handy, das ich unter dem Auto entdeckt habe. Und ich versichere Ihnen, das ist jetzt absolut nicht gelogen.«

»Aber wir haben Callie Freigs Handy bereits gefunden«, faucht Cal.

»Vielleicht hatte sie zwei«, bemerkt Ray mit einem Achselzucken.

Ich halte es außerhalb von Cals Reichweite und sage: »Es ist nicht Callies Handy.«

»Wem gehört es dann?«, fragt Ray.

»Es gehört dem Präsidenten.«

»Dem Präsidenten? Dem Präsidenten der Vereinigten Staaten?«, fragt mein Vater.

»Ja.«

Cal lacht. Biegt sich förmlich vor Lachen. Irgendwann kriegt er sich wieder ein und sagt: »Das ist also Ihr toller Beweis.«

Ich reiche das Handy an Ray weiter. »Es ist seins.«

»Darf der Präsident überhaupt ein Handy haben?«, fragt sie und nimmt es entgegen.

»Natürlich nicht«, stößt Cal hervor.

»Er darf eins haben, und er hat auch eins.«

Cal und Ray starren meinen Vater an. Er fährt fort: »Obama war verdammt unnachgiebig und bestand darauf, sein Blackberry behalten zu dürfen, sodass sie eine Sonderregelung einführten.«

»Wirklich?«, entfährt es mir. Ich habe zwar etwas Derartiges gehofft, bin aber trotzdem überrascht.

»Natürlich mussten sie einige Zugeständnisse an die nationale Sicherheit machen, Verschlüsselungen hinzufügen und das GPS deaktivieren, damit ihm niemand folgen konnte. Aber er durfte es behalten, und Connor Sullivan konnte seins behalten.«

»Aber es ist rosa«, ruft Cal. »Warum führen wir dieses Gespräch überhaupt? Das ist nicht das Handy des Präsidenten der Vereinigten Staaten.«

»Das Telefon ist weiß, nur das Gehäuse ist rosa«, korrigiere ich ihn. »Und es ist keine normale rosa Hülle. Schauen Sie genau hin.«

Ray dreht das Handy um. »Auf der Rückseite ist das Logo der Susan B. Komen Foundation eingeprägt.«

»Die First Lady«, bemerkt mein Vater.

Bei der First Lady war zwei Jahre zuvor Brustkrebs diagnostiziert worden. Man hatte es früh erkannt, weshalb sie erfolgreich behandelt werden konnte.

Cal schweigt.

Ray drückt den Rufknopf, und als kurz darauf eine Schwester kommt, fragt sie: »Hat jemand ein Samsung-Ladekabel hier?«

»Deb könnte eins haben«, antwortet die Krankenschwester und kommt einen Moment später mit Debs Ladekabel zurück.

Ray steckt es ein, und es dauert zehn Sekunden, bis das Telefon zum Leben erwacht.

»Es ist gesperrt«, sagt sie und zeigt es allen.

»Das Washington Monument«, sagt mein Vater.

»Was?«, fragt Cal.

»Der Sperrbildschirm. Das Bild im Hintergrund, es ist das Washington Monument.«

Das Denkmal befindet sich nur zehn Kilometer von meiner Wohnung entfernt, und ich hatte zunächst vermutet, Callie hätte es gemocht und daher ein Foto davon gemacht.

Jetzt hoffe ich, dass es einen besonderen Platz in Connor Sullivans Herzen hat.

Ich schaue erwartungsvoll zu meinem Vater. Er schüttelt den Kopf. Er weiß viel über den Präsidenten, aber über das Monument gibt es offenbar nichts zu vermelden.

»Was nützt es uns, wenn es gesperrt ist?«, sagt Cal. »Lasst es uns aufs Revier bringen, wo es einer unserer Nerds knacken kann. Je schneller wir das hinkriegen, desto schneller lässt sich bestätigen, dass dieses Telefon nicht dem verdammten Präsidenten gehört.«

»Wie viele Zahlen?«, fragt mein Vater.

»Vier«, antwortet Ray.

Mein Vater denkt nach. Er murmelt etwas. Murmel. Murmel. Murmel.

»Versuchen Sie es mit dreizehn, vierundvierzig.«

Ray tippt die Zahlen ein, und mein Vater erklärt: »Dreizehn war seine Rückennummer, als er in Dayton Basketball spielte. Vierundvierzig, weil er der vierundvierzigste Präsident ist.«

Ray schüttelt den Kopf.

»Andere Reihenfolge«, schlage ich vor.

»Was?«

»Vierundvierzig, dreizehn.«

»Vierundvierzig-eins-drei«, wiederholt sie laut. Pause. »Heilige Scheiße!«

Cal reißt ihr das Telefon aus der Hand, schaut auf den Bildschirm und reicht es ihr dann schweigend zurück. Ray zeigt es mir und meinem Vater. Das Washington Monument ist der Startseite gewichen. Das Bild des Präsidenten, alle viere von sich gestreckt, auf dem Adler-Teppich im Oval Office. Ein Bild, das sicher legendär würde, sollte es jemals an die Öffentlichkeit gelangen.

»Schau dir das an«, sagt Ray und geht die Kontakte durch. »Der Vizepräsident, der Schatzmeister, die Richter des Supreme Court, der Chef der CIA.« Sie hält Cal das Telefon vor die Nase. »Und das Bild hier. Der Präsident, der ein Selfie macht ... und hier ist eins von seinem Hund.« Dann blickt sie zu mir. »Sie haben die Wahrheit gesagt.«

Ich nicke.

»Nehmen Sie mir jetzt bitte die Handschellen ab, damit ich nach Hause gehen kann?«

Cal nickt Ray zu, und sie öffnet die Handschellen.

»Wie spät ist es?«, frage ich.

:08

Lassie leckt mein Gesicht.

Nur ist es nicht Lassie.

Es ist der siebzig Kilo schwere englische Mastiff meines Vaters.

Murdock.

Murdock hat nicht nur mein Gesicht geleckt, Gott weiß wie lange, er hat auch auf meinen Beinen geschlafen, und jetzt bin ich von der Hüfte abwärts gelähmt.

Kann ich nicht eine Nacht schlafen, ohne am Morgen das Gefühl zu haben, von Mike Tyson in die Mangel genommen worden zu sein?

Als es mir endlich gelungen ist, Murdock von mir zu wälzen, meine Beine wieder funktionsfähig zu kriegen, mein Gesicht zu waschen, den Verband auf meiner genähten Wunde zu wechseln und mich zu meinem Vater am Küchentisch zu gesellen, ist es 3:06 Uhr.

»Warum gehst du so komisch?«, fragt er.

»Dein dummer Hund hat auf meinen Beinen geschlafen.«

Er lacht.

Murdock kommt herein und vergräbt sein Gesicht im Schoß meines Vaters. »Du bist nicht dumm«, tröstet ihn mein Vater.

Nein, er ist nicht dumm. Um als dumm durchzugehen, müsste er wesentlich cleverer sein.

Ich öffne den Kühlschrank und sehe, dass Isabel eine frische Runde Sandwiches gemacht hat. Reuben-Sandwiches mit Pastrami und Sauerkraut. Meine Lieblingssorte. Ich schnappe mir zwei davon sowie einen Erdbeer-Proteinshake und stelle alles auf den Tisch, wo mein Vater die Karten mischt. Dann öffne ich eine Dose Thunfisch und stelle sie vor die Tür.

Nur für alle Fälle.

Während ich die Sandwiches verschlinge, klappe ich meinen Laptop auf.

Mein Vater teilt die Karten aus.

»Nichts in den Nachrichten über die Verhaftung des Präsidenten, falls du deswegen nachschauen wolltest«, sagt er.

Ich klappe den Laptop wieder zu und stelle ihn auf den Boden.

»Wie viel weißt du?«

»Nachdem du eingeschlafen bist, hat mir der weibliche Detective fast alles erzählt.« Er lächelt. »Sie sieht gar nicht mal so übel aus.«

Ich lache. »Stimmt.«

Er wartet, dass ich eine Karte ablege, aber ich weiß auch, dass er meine Version der Geschichte hören will. Ich komme seinen Wünschen mit einer Kreuz-Sechs und einem ausführlichen Bericht nach.

»Und du hast den Kater mitgenommen?«, fragt er mit tiefem Lachen. »Du hasst doch Katzen.«

»Ich konnte ihn nicht dort lassen. Und er denkt, er ist ein Hund, also ist es nicht ganz so übel.«

Um 3:58 Uhr umarme ich meinen Dad und lasse Murdock mein Gesicht lecken.

Und zum ersten Mal seit einer Woche schlafe ich friedlich ein.

...

Es ist 3:08 Uhr, als ich mir mein Telefon schnappe und Ray anrufe.

Sie geht dran und sagt: »Er behauptet, dass er das Handy zwei Tage zuvor verloren hat.«

»Und Sie glauben ihm?«, schreie ich ins Telefon.

»Es gibt einen offiziellen Bericht darüber«, antwortet Ray. »Ich habe einen Freund im Weißen Haus, der ihn mir gefaxt hat.«

»Könnte er manipuliert worden sein?«

»Durchaus möglich. Aber das nachzuweisen dürfte die Hölle werden.«

»Verstehe. Haben Sie wenigstens die Fingerabdrücke des Präsidenten vom Handy?«

»Nein, er muss sie abgewischt haben. Und wir haben auch keine Fingerabdrücke von ihm im Haus gefunden.«

Ich atme tief aus.

»Was ist mit dem Auto? Haben Sie die Kameras an den Kreuzungen oder an den ATM-Geldautomaten wegen des Ford Focus überprüft?«

»Klar. Ohne Ergebnis.«

»Also, was haben wir jetzt?«

»Wir?«

»Sie. Was haben Sie jetzt?«

»Nun, ohne stichhaltige Beweise können wir nichts unternehmen, und das Handy reicht nicht. Zu allem Überfluss kam auch noch der Secret Service vorbei, um es sich unter den Nagel zu reißen.«

»Im Ernst?«

»Ja. Und die hatten ein kurzes Gespräch mit meinem Captain, der mir anschließend einen gewaltigen Tritt in den Hintern verpasst hat, weil ich meinen inoffiziellen Draht zum Weißen Haus angezapft habe. Und er hat mich gewarnt, er würde nur dann gegen den Präsidenten ermitteln, wenn es ein Video gäbe, auf dem man sieht, wie er das Mädchen erwürgt, und selbst dann würden wir wahrscheinlich einen Scheiß unternehmen.«

»Was ist mit Cal? Hat er Sie nicht unterstützt?«

»Nein.«

Ich warte darauf, dass sie mir das näher erläutert. Tut sie aber nicht.

»Also kommt er einfach so davon?«

»Das Einzige, was ihn mit dem Tatort in Verbindung bringt, sind Sie und das Handy, aber das Handy ist nicht mehr in unserem Besitz.«

»Es muss irgendwo eine Verbindung geben. Sind Sie sicher, dass Callie Freig nie im Weißen Haus gearbeitet hat?«

»Sie hat im Winter ihren Abschluss an der Ohio State gemacht und ist dann vor vier Monaten hierhergezogen. Sie mag den Präsidenten irgendwo in Ohio getroffen haben, aber wir würden das nie beweisen können.«

»Was ist mit Freunden und Familie? Die könnten doch etwas wissen.«

»Keine nennenswerte Familie. Was Freunde betrifft, können wir keine auftreiben.«

»Aber Sie haben doch Unterlagen über ihre Telefonverbindungen.«

»Sicher haben wir die. Sie hat ausschließlich mit einer Nummer telefoniert. Und diese Nummer hat keinen Anschluss mehr.«

»Das ist merkwürdig.«

»Absolut. Über diesen Kanal hätte sie ohne Weiteres mit dem Präsidenten kommunizieren können, aber der Telefonanbieter rückt keinen Bericht über die Nummer heraus. Wir bräuchten einen Durchsuchungsbefehl, um tiefer zu graben, aber weil mein Arsch immer noch schmerzt, unternehme ich nichts, was auf mich zurückfallen könnte.«

»Also ist der Fall erledigt. Der Präsident kommt mit Mord davon.«

»Fürs Erste.« Sie zögert kurz. »Ja.«

Ich lege auf.

Drei Minuten später hämmern meine Füße über den kalten Alexandria-Asphalt.

Ich ziehe einen tiefen Graben um mein Bewusstsein, bevölkere ihn mit Alligatoren und postiere tausend Bogenschützen auf den Wachtürmen meines Großhirns, trotzdem kann ich meine Gedanken nicht abschirmen. Sie werden im Sturm überrannt von Connor Sullivan, Callie Freig und dem weißen Rauschen der Ungerechtigkeit.

Ich will mich nicht ärgern. Ich habe keine Zeit für Zorn. Aber in meinem Inneren züngeln heiße blaue Flämmchen.

Ein Wagen hält am Straßenrand. Die Türen fliegen auf. Männer springen heraus.

Ich biege nach links in eine Seitengasse.

Mir fällt ein, was Ray gesagt hat. Das Einzige, was Sullivan mit dem Tatort in Verbindung bringt, bin ich und das Handy, aber das Handy ist nicht mehr in ihrem Besitz.

Ich bin die einzige Verbindung.

Wenn ich tot bin, gibt es keine Verbindung mehr.

Meine Verfolger sind zehn Schritte hinter mir. Ich renne einen halben Kilometer, werfe zwei Mülltonnen um und verlasse die Gasse wieder. Scheinwerfer blenden mich. Ich biege nach rechts, sprinte drei Blocks, dann nach links in eine Seitenstraße, die zum Potomac führt. Ich spüre die Scheinwerfer sengend auf meinem Rücken, während sie näher und näher kommen. Ich kann den Fluss hören. Ich erreiche die Betonböschung und drehe mich um. Beide Autos haben angehalten. Die Türen fliegen auf, und vier Männer springen heraus. Ich blicke auf das strömende Wasser sechs Meter unter mir.

Ich springe.

Das Wasser ist kalt, aber ich bin nicht darin gelandet. Ich befinde mich in einem großen Abwasserrohr, das sich in den Potomac öffnet.

Ekelhaft, ich weiß.

Die Mündung des Rohrs ist von der Uferböschung aus nicht zu sehen, und ich kenne es nur, weil ich früher einmal als eine Art Mutprobe in den Fluss gesprungen und ganz in der Nähe wieder herausgekrochen bin. Das Rohr hat einen Durchmesser von etwa einem Meter zwanzig, und darin zusammengekauert warte ich ab.

Ein rascher Blick auf mein Handy.

3:46 Uhr.

Zwei Minuten später höre ich Reifen auf dem Asphalt quietschen.

Ich warte eine weitere Minute, dann klettere ich aus dem Abwasserrohr und die Böschung hinauf. Meine Verfolger sind verschwunden.

Während ich losrenne, plagen mich zwei Sorgen: Schaffe ich den drei Kilometer langen Lauf in der verbleibenden Zeit, und sind diese Arschlöcher immer noch da draußen unterwegs und suchen nach mir?

Weil ich ständig über die Schulter schaue und mich mehrmals irgendwo verstecke, verliere ich kostbare Zeit. Als ich noch etwa eineinhalb Kilometer vor mir habe, bleiben lediglich vier Minuten. Und da ich nicht Usain Bolt bin, bin ich im Arsch.

Eine verzweifelte Suche beginnt.

Wo kann ich dreiundzwanzig Stunden lang schlafen, ohne entdeckt zu werden?

Es gibt nur eine schlüssige Antwort.

Ich leuchte mit dem Handy in den Müllcontainer hinter dem italienischen Restaurant. Er ist zu zwei Dritteln gefüllt, und ich hoffe, dass die Leerung dementsprechend noch ein paar Tage auf sich warten lassen wird. Ich klettere hinein, wühle mich tief in den schleimigen Müll, bedecke mich mit so vielen Säcken wie möglich und schließe meine Augen.

:09

Ab und zu, wenn auch sehr selten, werde ich ein paar Minuten früher wach. 2:59. 2:58. Einmal sogar 2:57 Uhr.

Es ist wie Weihnachten, jede Minute ein schön verpacktes Geschenk, das nur darauf wartet, geöffnet zu werden. Soll ich mir eine Minute mehr unter der Dusche gönnen? Könnte ich noch drei weitere Seiten in meinem Buch lesen? Noch einen halben Kilometer laufen? Ein YouTube-Video ansehen? Mir die Swimmingpool-Szene von *Wild Things* zweimal anschauen?

Heute erwache ich um 2:58 Uhr.

Zwei zusätzliche Minuten.

Es braucht eine dieser Minuten, um mich aus dem jetzt zu drei Vierteln gefüllten Müllcontainer zu befreien. Und es dauert eine weitere Minute, meine Haare und meinen Körper von dem Potpourri aus Spaghetti, Semmelbröseln, tagealter Lasagne und Maden zu säubern. So unangenehm Maden auch sind – und sie sind unangenehm, das könnt ihr mir glauben –, ich versuche, die positive Seite daran zu sehen: Ich wurde nicht von meinen lästigen Verfolgern gekillt, ich wurde nicht von einer unterbezahlten Küchenhilfe entdeckt, die daraufhin sofort die Polizei verständigte, und ich wurde nicht auf eine Müllhalde gekippt. Alles in allem durfte ich mich richtig glücklich schätzen. Und um ehrlich zu sein, hatte ich gut geschlafen. Tagealte Lasagne funktioniert wie eine Memory-Foam-Matratze.

Ich nähere mich meinem Apartment von hinten. Der Weg ist zwei Häuserblocks länger, aber ich möchte nicht riskieren, von irgendwelchen Typen entdeckt zu werden, die auf der Straße vor meinem Apartment lauern, und als ich schließlich durch meine Wohnungstür trete, ist es 3:06 Uhr.

Ich spähe durch die Jalousien, sehe aber keine verdächtigen Autos auf der Straße. Was meine Verfolger betrifft, so bin ich mir nicht sicher, ob es sich um ein Killerkommando, den Secret Service oder wütende Kongressabgeordnete handelte, aber ich bin überzeugt, sie nicht zum letzten Mal gesehen zu haben. Nachdem das Sicherheitsschloss an der Eingangstür verriegelt ist, werfe ich meine Klamotten in einen Müllsack und dusche.

Als ich mich an den Computer setze, ist es 3:17 Uhr.

Es gibt keine Sondermeldung über eine Verhaftung des Präsidenten, und ich muss mich wohl damit abfinden, dass er mit einem Mord davonkommt und ich besser nicht daran rütteln sollte, sofern ich am Leben bleiben möchte.

Ich überprüfe meine Aktien, die in den letzten Tagen in den Keller gerauscht sind – ich habe etwa vierzigtausend Dollar verloren –, und beschließe, mit ein paar von ihnen zu überwintern und den Rest zu verkaufen.

Bei dem Versuch, eine Folge von *Game of Thrones* anzuschauen, kann ich mich nicht mehr erinnern, was in den vorherigen Episoden passiert ist, und fühle mich verloren. Was ist mit der Hand des Königsmörders passiert?

Obgleich seit der stressigen Verfolgungsjagd fast vierundzwanzig Stunden vergangen sind und sich mein Körper von der Ausschüttung von Kampf- oder Flucht-Endorphinen erholt hat, ist mein Gehirn noch lange nicht so weit. Ich fühle mich träge, meine Synapsen reagieren verzögert und stumpf.

Um 3:42 Uhr gebe ich auf und lege mich aufs Bett.

Zum ersten Mal, seit ich zurückdenken kann, schlafe ich von selbst ein.

...

Die nächsten Tage vergehen in relativer Monotonie. Ich habe ein paar kleine Optimierungen vorgenommen. Etwa habe ich entschieden, mich nicht mehr nach draußen zu wagen, um stattdessen auf meinem neuen Laufband zu rennen, das ich per Expresslieferung bestellt habe (die Zeiten, in denen ich meine Tür unverschlossen ließ, gehören der Vergangenheit an, und ich bat Isabel, die Lieferung für mich entgegenzunehmen). Wie auch immer, das Laufband ist das topaktuellste Modell und hat einen Monitor, der einem die Laufstrecke zeigt. Man kann wählen zwischen dem Appalachian Trail, den Straßen Bostons, den Stränden San Diegos oder sogar dem nahe gelegenen Potomac.

Ich meine, wer muss da noch vor die Tür, oder?

Es ist mein fünfter Tag auf dem Laufband, und ich entscheide mich für einen kleinen Run durch die Straßen von D.C. Als das Weiße Haus im Hintergrund hervorragt, schalte ich den Monitor aus.

Ich bin 3,91 Kilometer gelaufen, als ich ein Geräusch höre.

Mein Kopf zuckt in Richtung Tür, um zu überprüfen, ob das normale Sicherheitsschloss und der von mir installierte, zertifizierte Hochsicherheitspanzerriegel beide an Ort und Stelle sind. Sind sie.

Ich laufe weiter.

Beim Stand von 4,13 Kilometern höre ich es erneut.

Ich springe vom Laufband, schleiche auf Zehenspitzen zur Tür und spähe durch den Spion. Nichts.

Habe ich Halluzinationen?

Zwei Schritte zurück zum Laufband, und da ist es erneut. Ich presse mein Auge ein weiteres Mal an den Türspion. Wieder nichts.

Nachdem ich beide Schlösser entriegelt habe, öffne ich die Tür einen Spalt.

Miau.

»LASSSSSSSSSSSSSSSSSSSSSSIE!«

Er springt mir in die Arme.

Ich halte ihn hoch, meine Wangen kriegen einen Krampf, so sehr muss ich lächeln. »KUMPEL! ... WO WARST DU, ALTER! WAS IST MIT DIR PASSIERT?«

Lassie ist ein blutiges Chaos. Er hat einen großen Schnitt am Bauch, ein Ohr ist zerbissen und ein Auge zugeschwollen. Ich schwöre, er grinst, als wollte er sagen: »Du solltest mal die anderen fünf Typen sehen.«

Ich bugsiere ihn auf den Tisch und gehe mit einem warmen Tuch zu Werke. Er zuckt, wenn ich ihn berühre, aber insgesamt nimmt er es sportlich.

Ich bin so glücklich, ihn wiederzusehen, und so überwältigt von seinen vielen Wunden, dass ich gar nicht bemerkt habe, dass er nach etwas furchtbar Fiesem riecht.

»Alter, hattest du etwa Stress mit einem Stinktier?«

Miau.

»Was ist das hier?« Ich ziehe ihm zwei Stacheln aus dem Hintern. Von einem Stachelschwein.

»Alter, du hast dich mit einem Stinktier und einem Stachelschwein angelegt?«

Miau.

Ich lache unkontrolliert und umarme ihn fest.

Er zuckt zusammen.

»Tut mir leid, Kumpel.«

Ich füttere ihn mit einer Dose Thunfisch, dann bade ich ihn im Waschbecken. Ich spüle sanft das ganze getrocknete Blut von ihm ab. Er hat Schwierigkeiten, seine Augen offen zu halten. »Hab ich auch schon mal erlebt, Kumpel. Vertrau mir.«

Ich trage ihn ins Bett und reibe seinen kleinen Körper, bis er einschläft.

...

»Lassie ... Lassie!«

Seine Augen flattern, aber er bewegt sich nicht.

Es ist 3:03 Uhr.

Ich drehe ihn behutsam um. Der Schnitt an seinem Bauch ist rot und geschwollen. Ich berühre die Wunde mit dem Finger, und er wimmert.

Scheiße.

»Alter? Geht es dir gut?«

Offenbar nicht.

Mein Herz beginnt zu rasen.

»Es tut mir leid, Kumpel. Wir kriegen dich schon wieder hin.«

Miau.

Meine Augen füllen sich mit Tränen, und ich wische sie weg. Er ist nur ein dummer Kater, sage ich mir. Ich schnappe mir mein Telefon und bin gerade dabei, nach einem Notfalltierarzt zu suchen, da halte ich inne. Ich habe die Notfalltierklinik schon gesehen. Sie liegt direkt beim Park, etwa drei Kilometer entfernt.

Ich habe zwar keinen Führerschein, besitze aber eine kleine Vespa, die ich ab und zu benutze.

Ich schnappe mir Lassie und einen Rucksack und eile dann zur Vordertür.

Es ist das erste Mal seit der Verfolgungsjagd, dass ich meine heilige Wohnstätte verlasse. Ich scanne die Straße. Die Luft scheint rein.

Ich öffne den Rucksack und setze Lassie hinein.

»Nur zehn Minuten, Kumpel«, versichere ich ihm.

Ich schaffe es in sieben.

Lassie klammert sich an meine Schulter, als ich durch die Glasschiebetüren des Alexandria VCA Emergency Animal Hospital eile.

Es ist niemand sonst im Warteraum, und nachdem wir einige Papiere ausgefüllt haben, empfängt uns ein Arzt.

Es ist 3:20 Uhr.

»Also, wo liegt das Problem?«, fragt der Tierarzt mit australischem Akzent. Er hat rötlich blondes Haar, eine Brille und fordert mich auf, ihn James zu nennen. Oder wie er sagt, Dscheeehms.

»Er war etwa eine Woche weg, kam letzte Nacht völlig ramponiert zurück. Ich glaube, er hat sich mit einem Stinktier und einem Stachelschwein angelegt.«

»Ist das die Möglichkeit?« Er lacht. »Nun, lassen Sie uns einen Blick darauf werfen, oder?«

Lassie schaut mich über die Schulter hinweg an, als der Arzt mit der Untersuchung beginnt, und ich versichere ihm: »Es ist okay.«

Der Arzt dreht ihn um und schaut auf den Schnitt an seinem Bauch. »Jemand hat dich echt erwischt, oder?« Er blickt mich an und sagt: »Sieht so aus, als hätte er ziemlich viel Glück gehabt. Die Haut am Bauch ist sehr weich. Ein klein wenig tiefer, und der Schnitt hätte echten Schaden anrichten können.«

Er drückt auf Lassies Bauch, und ich erwarte, dass der Kater zusammenzuckt. Tut er aber nicht. Erst als der Arzt seine Rippen etwas weiter oben berührt, gibt er ein schmerzerfülltes Jaulen von sich.

Mein Magen verspannt sich. Wahrscheinlich wird mir der Arzt gleich sagen, dass Lassie innere Blutungen hat und garantiert sterben wird. Aber nach einer weiteren Minute sanften Tastens diagnostiziert er nur einige geprellte Rippen – nichts Dramatisches. Er verschreibt Schmerzmittel und gibt mir ein paar Salben, die ich auf Lassies Schnitte schmieren soll.

Ich stoße einen Seufzer der Erleichterung aus.

»Hörst du das, Kumpel? Nur ein paar geprellte Rippen.«

Miau.

»Er sollte in ein paar Tagen wieder fit sein.«

»Danke, Doc.« In diesem Moment erinnere ich mich an etwas, das mir aufgefallen war, als ich Lassie vor einer Woche gestreichelt hatte, und frage: »Da wir schon mal hier sind ... Haben Sie zufällig diese Verdickung an seiner Schulter gespürt?«

Er schüttelt den Kopf, und ich führe seine Hand zu dem kleinen Klumpen hinter Lassies rechter Schulter.

Ich warte darauf, dass mir der Arzt verkündet, es handele sich ganz offensichtlich um Krebs.

»Mikrochip.«

»Was?«

»Das ist sein Mikrochip. Manchmal implantieren sie ihn hinter der Schulter.«

Er bemerkt meine Verwunderung und fragt: »Sie haben den Mikrochip nicht einsetzen lassen?«

»Nein. Ich habe den Kater vor etwa einem Monat auf der Straße aufgelesen. Kein Halsband.«

»Nun, wem auch immer er gehört, der Besitzer hat einen Mikrochip implantieren lassen. Kostenpunkt so um die fünfzig Dollar, manche machen es auch umsonst.«

Meine Gedanken rasen.

»Können Sie herausfinden, wem er gehört?«, frage ich. »Ich meine, ich sollte zumindest versuchen, den Besitzer aufzuspüren, oder?«

»Sicher doch.«

Der Arzt öffnet eine Schublade, entwirrt die Kabel eines kleinen Scanners und steckt ihn an seinen Computer. Dann zieht er den Scanner über Lassies Schulter, wie bei einer

Ware im Supermarkt. Er schreibt einen Namen, eine Telefonnummer und eine Adresse auf die Rückseite seiner Visitenkarte und reicht sie mir.

Ich lese den Namen und versuche, meine Gesichtszüge unter Kontrolle zu halten.

...

Es ist 3:46 Uhr, als wir zurückkehren.

Nachdem ich zwei der winzigen Schmerztabletten in eine Heidelbeere gefriemelt habe, verfüttere ich sie an Lassie. Dann verreibe ich Salbe auf seinen Wunden und trage ihn und meinen Laptop zum Bett.

Ich ziehe die Karte heraus, die der Tierarzt mir gegeben hat.

Jessica Renoix.

Eine Adresse in Richmond.

Ich google »Jessica Renoix und Connor Sullivan«.

Ich erhalte mehrere Treffer und klicke auf die Bilder.

Bingo!

Es gibt ein Foto von Jessica Renoix und dem damaligen Gouverneur von Virginia, Connor Sullivan.

Jessica Renoix ist Callie Freig.

:10

Es war gewissermaßen ein Doppelmord. Vor zwölf Nächten wurde Callie Freig ermordet. Und mit ihr Jessica Renoix.

Es ist 3:07 Uhr.

Lassie und ich sind wieder auf meinem Bett. Ich habe ihm eine weitere Runde Schmerztabletten verabreicht, weshalb er auf dem Rücken liegend schnarcht. Der Schnitt an seinem Bauch sieht nicht mehr so schlimm aus, und er hat mir vorhin durch leichtes Gesichtslecken mitgeteilt, dass er sich ein wenig besser fühlt.

Schon seit mehreren Minuten starre ich auf das Foto von Connor Sullivan und Jessica Renoix. Darunter verkündet eine Bildunterschrift: »Wahlhelferin Jessica Renoix empfängt den Dank des amtierenden Kandidaten, Gouverneur Connor Sullivan.«

Das Foto muss sechs Jahre zuvor während seiner Wiederwahlkampagne zum Gouverneur von Virginia aufgenommen worden sein.

Insgesamt befinden sich darauf fünfzehn Personen in weißen T-Shirts, bedruckt mit dem Slogan »Der Mann mit dem Plan«. Sullivan war im Fernsehen *ad nauseam* zitiert worden mit dem Satz: »Ich habe einen Plan ...« Während seiner Kandidatur um den Gouverneursposten hieß es immer: »Ich habe einen Plan für diesen großartigen Staat.« Der Slogan mutierte dann zu: »Ich habe einen Plan für diese großartige Nation«, als er sich um das Präsidentenamt bewarb. Wobei man ihm zubilligen musste, dass er tatsächlich einen

Plan hatte und an allen Fronten ablieferte. Die Wirtschaft war die stärkste seit acht Jahren, die Arbeitslosigkeit die niedrigste seit einem Jahrzehnt, und sämtliche Truppen waren aus dem Nahen Osten abgezogen worden.

Jessica Renoix und der Präsident stehen ganz vorne in der Mitte. Jessica ist zierlich und von mittlerer Größe. Obwohl sie gerade erst ihren Highschool-Abschluss gemacht haben dürfte, künden ihr selbstbewusster Blick und ihr ironisches Lächeln davon, dass dieses Mädchen keineswegs naiv, sondern mit den Härten der Realität vertraut ist. Der Präsident trägt ein strahlend blaues Hemd unter einem schwarzen Blazer. Er überragt sie haushoch, sein rechter Arm liegt auf ihrer Schulter. Es ist nichts offensichtlich Anzügliches an seiner Haltung, und wenn diese Geste überhaupt etwas zu bedeuten hat, dann wirkt sie eher väterlich. Vermutlich hätte jeder andere der fünfzehn Wahlhelfer an Jessicas Stelle treten können.

Ich verbringe die restlichen fünfundvierzig Minuten im Bett und durchsuche das Internet nach weiteren Informationen über Jessica Renoix.

Die Ausbeute ist mickrig.

...

Es sind zehn Minuten von meinem Tag vergangen, als ich zu Rays Telefonnummer scrolle und beinahe die Anruftaste drücke, mich dann aber dagegen entscheide. Erst möchte ich noch mehr über Jessica Renoix herausfinden, bevor ich mit Detective Ray spreche.

Im Internet finde ich eine Firma, die Backgroundchecks

durchführt. Ich gebe alle Informationen ein, die ich über Jessica Renoix habe – eine sechs Jahre alte Adresse und eine längst stillgelegte Telefonnummer –, und zahle die fast zweihundert Dollar für den Eilauftrag.

»Nun, ich schätze, jetzt müssen wir einfach abwarten«, erkläre ich Lassie, der sein Frühstück aufschleckt. Innerhalb von achtundvierzig Stunden hat er sich fast vollständig erholt.

Miau.

»Man sollte meinen, es müsste dich mehr interessieren. Schließlich sprechen wir hier von deinem Frauchen.«

Miau.

»Ja, mit mir zusammenzuleben ist einfach genial, aber trotzdem.«

Miau.

»Schokolade? Welche Art von Schokolade?«

Miau.

»Alter, Twix ist ein Keks.«

Wir streiten noch eine weitere Minute darüber, dann öffne ich die Tür zum Balkon. Lassie geht zu seinem Erdhaufen und kümmert sich um seine Geschäfte. Die frische Luft fühlt sich wunderbar an, und ich beschließe, nach draußen zum Laufen zu gehen.

Die Schlägertypen können mich mal.

Auf dem Küchentisch steht ein kleiner brauner Karton mit einem Amazon-Aufkleber. Er ist zwei Tage zuvor gekommen, aber immer noch ungeöffnet.

Eine Minute später halte ich den stärksten Taser in der Hand, der auf dem freien Markt zu kriegen ist.

Ich winke damit in Lassies Richtung. »Das nächste Mal,

wenn du auf den Teppich pinkelst ... zapp! Viertausend Volt, Kumpel.«

Er lacht.

Ich setze meine Mütze auf, schlüpfe in meine Laufschuhe und öffne die Haustür. Lassie streckt den Kopf hinaus, um den Flur zu begutachten, und zieht ihn dann wieder zurück. Auch wenn ich meine Angst überwunden habe, hat Lassie das noch vor sich.

»Ich schätze, wir müssen dir auch einen Taser besorgen.«

Miau.

»Nein, ich gebe dir kein Messer.«

Miau.

»Wir klären das, wenn ich zurückkomme.«

Nach fast einer Woche Training auf dem Laufband habe ich ganz vergessen, wie erstaunlich gut frische Luft tut. Ich beschließe, eine andere Route zu nehmen, nach Norden zum Summer Park. Auf der Strecke gibt es, falls nötig, diverse Fluchtwege. Der Elektroschocker ruht in meiner rechten Hand, auf höchste Stufe geschaltet.

Während des Laufens scanne ich die Umgebung. Nichts rührt sich. Ich versuche, wachsam zu bleiben, aber meine Gedanken schweifen ständig ab. Ich versuche, sie zu vergessen, aber sie taucht ständig in meinem Kopf auf. Nein, nicht Callie Freig. Und auch nicht Jessica Renoix. Detective Ray. Ihr rotbraunes Haar, ihr schiefes Lächeln, wie sie mich anstarrte, als sie dachte, ich wäre ein Mörder. Ich versuche zu erahnen, wie ihr Körper unter diesen Jeans und den weiten Sweatshirts geformt ist. Welche Geräusche sie im Bett machen würde. Wie ihre Brustwarzen darauf reagieren würden, wenn meine Zunge sie umspielt.

Aufblendendes Licht.

Zwei Paar Scheinwerfer.

Fluchtweg D ist angesagt.

Ich sprinte quer über die Straße. Dort verläuft ein Graben, ich springe hinunter ins Wasser, krieche auf der anderen Seite den Damm hoch und befinde mich im Summer Park.

Ich husche zu den dunklen Tennisplätzen zu meiner Linken. Dort trete ich das Tor im Maschendrahtzaun auf, springe über das Netz, beginne auf der gegenüberliegenden Seite den fünf Meter hohen Zaun hinaufzuklettern, der die beiden Plätze umgibt. Ich drehe mich um und schaue über die Schulter zurück. Drei Kerle haben den Platz betreten. Alle tragen Schwarz. Alle sind bewaffnet. Ich frage mich, warum sie nicht schießen. Als ich mein Bein über den oberen Rand werfe, erreichen die drei den Zaun und rütteln wie verrückt daran. Irgendwie kann ich mich festkrallen und auf der anderen Seite runterhüpfen.

Ich starre sie durch den Zaun an. Es könnten Navy SEALs sein, so wie sie aussehen.

»Hey, Leute.«

Sie antworten nicht.

Stattdessen klettern sie den Zaun hinauf, und ich warte, bis alle drei ganz oben sind.

»Tut mir echt leid.«

Dann tasere ich den Maschendrahtzaun.

Drei Schreie, drei dumpfe Aufschläge, als sie auf den grünen Rasenplatz stürzen.

Ich drehe mich um und renne los.

»Keine Bewegung!«

Ich starre in den Lauf einer Waffe.

»Taser fallen lassen!«

Ich lasse die Betäubungswaffe fallen.

»Alles klar bei euch?«, ruft er seinen Kumpels zu.

»Dieser Wichser hat uns einen Stromschlag verpasst.«

Er hebt den Taser vom Boden auf und studiert ihn. Dann rammt er ihn gegen meine Brust, und ich schreie laut auf.

...

Ich befinde mich in einem Wagen.

»Alles in Ordnung?«

Um mich herum ist alles verschwommen. »Wie spät ist es?«, frage ich.

»3:35 Uhr.«

Ich kneife die Augen zusammen, als ich die Stimme vernehme.

»Keine Sorge, wir bringen Sie noch vor Ihrer Vier-Uhr-Ausgangssperre zurück.«

Eine bekannte Stimme, aber das Gesicht wabert immer noch im Nebel.

»Henry Bins«, sagt er. Es ist keine Frage.

Die Sicht wird langsam klarer. Ich sitze auf dem Rücksitz eines Autos. Meine Brust brennt.

Ich versuche zu sprechen, bringe aber nur ein trockenes Husten hervor.

Er reicht mir ein Perrier, ich nehme einen kleinen Schluck. Ich kriege Gänsehaut auf meinen Armen.

»Mr President.«

...

Die Innenbeleuchtung des Wagens wirft Schatten auf Connor Sullivans Gesicht, ähnlich wie die Straßenlaterne zwei Wochen zuvor. Er trägt Jeans und ein Sweatshirt der University of Dayton. Er könnte irgendein x-beliebiger Typ auf einer nächtlichen Spritztour sein. Ist er aber nicht. Er ist der Präsident der Vereinigten Staaten.

»Tut mir leid wegen meiner übereifrigen Jungs«, sagt er. »Eigentlich sollte Ihnen kein Haar gekrümmt werden.«

Meine Hand betastet meine Brust, wo ich elektrogeschockt wurde und mit Sicherheit gerade eine rubinrote Brandwunde aufblüht.

Ich nicke.

»Ich weiß, Zeit ist kostbar, und für Sie besonders, also komme ich gleich zur Sache. Mir war sofort klar, dass Sie ein Problem darstellen würden, als ich Ihr Gesicht im Fenster sah.«

Wir fixieren einander, als würden wir den Moment noch einmal erleben.

Seine Worte geben mir zu denken: *dass Sie ein Problem darstellen würden.* Callie Freig stellte ebenfalls ein Problem dar. Und nun war sie tot. Warum war ich es dann nicht längst?

»Ich habe diese junge Frau nicht umgebracht«, erklärt er.

Eher wäre ich geneigt, ihm zu glauben, würde er mir versichern, er könnte die Schwerkraft aufheben und mein Perrier zur Decke schweben lassen, wenn ich es denn losließe.

Ich lache spöttisch.

»Ich kann es Ihnen nicht verübeln«, sagt er kopfschüttelnd. »Bei Ihrem Informationsstand hätte ich wohl genauso wenig Zweifel daran, dass ich diese Frau getötet habe. Mal sehen: Sie haben einen Schrei gehört, Sie haben mich das Haus verlassen sehen, Sie haben mein Handy gefunden und eine Verbindung zwischen mir und Jessica Renoix hergestellt.«

Ich versuche, nicht zu blinzeln und frage mich, ob mein Haus verwanzt ist. Oder ob sie über meine Internetrecherchen Bescheid wissen. Oder beides.

Er atmet tief durch. »Ich lernte Jessica vor sechs Jahren kennen, als sie sich freiwillig für meine Wiederwahlkampagne meldete.« Er stößt einen anerkennenden Pfiff aus. »Erinnere mich noch genau an den Tag, an dem sie ins Büro kam. Jeder Mann zwischen achtzehn und fünfzig blieb wie angewurzelt stehen und starrte ihr nach. Sie hatte diese Ausstrahlung.«

»Wie lange hat es gedauert, bis Sie anfingen, mit ihr zu schlafen?«

»Nicht lange. Einen Monat nach der Kampagne übernachteten wir alle in einem Hotel. Sie schlich sich in mein Zimmer und, was soll ich sagen, ich habe sie nicht abgewiesen.«

»Ich hielt Sie bisher nicht für einen Womanizer.« Tatsächlich besitzt er mehr die Ausstrahlung eines treu sorgenden Familienvaters.

»Nichts, worauf ich sonderlich stolz bin«, bekennt er mit einem himmelwärts gerichteten Blick. Keine Ahnung, ob er damit Reue bekunden will oder die Innenverkleidung des Wagens auf Schäden hin prüft.

»Und dieses Verhältnis haben Sie dann sechs Jahre weitergeführt?«

»Nein. Es blieb bei einem einzigen Mal.«

Die Verwirrung ist mir offenbar deutlich anzusehen.

»Sie hatte uns auf Video aufgenommen. Kam am nächsten Tag zu mir und verlangte hunderttausend Dollar.«

Meine Augenbrauen wandern nach oben.

»Ich habe bezahlt. Sie verschwand am nächsten Tag.«

»Sie haben bezahlt?«

»Wenn das Video an die Öffentlichkeit gelangt wäre, wäre ich ruiniert gewesen. Also zahlte ich ihr hunderttausend in bar, sie nahm das Geld mit einem Lächeln entgegen und verschwand. Sechs Jahre lang hörte ich keinen Piep mehr von ihr. Dann bekam ich vor einem Monat eine E-Mail. Sie war zurück und verlangte mehr Geld.«

»Haben Sie es ihr gegeben?«

»Das habe ich. Vor zwei Wochen.«

Ich studiere sein Gesicht. Zu meiner eigenen Überraschung beginne ich ihm langsam Glauben zu schenken. Aber dass er von Callie/Jessica erpresst wurde, schloss einen Mord nicht aus. Im Gegenteil. Damit hätte er sogar ein eindeutiges Motiv gehabt.

»Ich weiß, Sie denken jetzt, damit hätte ich sogar ein noch stärkeres Motiv. Und glauben Sie mir, es ging mir tatsächlich durch den Kopf. Aber nachdem ich sie das erste Mal bezahlt hatte, war sie für sechs Jahre abgetaucht. Und ich war mir sicher, sie würde auch diesmal für weitere sechs Jahre abtauchen. Wenn sie danach mit neuerlichen Forderungen wiederkommen würde, wäre meine Präsidentschaftszeit abgelaufen, und ich könnte damit leben, wenn das Video publik würde.«

»In Ordnung, gehen wir mal davon aus, ich würde Ihnen glauben. Was ist dann in dieser Nacht passiert? Und fangen

Sie ganz von vorne an, beispielsweise wie Sie das Weiße Haus verlassen und in einen Ford Focus gelangen konnten.«

»Wissen Sie, es war das erste Mal seit fast drei Jahren, dass ich selbst hinterm Steuer saß. Mann, hat sich das gut angefühlt!« Er lacht.

Ich reagiere nicht. Für mein Gefühl sitze ich nach wie vor neben einem Mörder. Und es ist mir scheißegal, wann er das letzte Mal selbst ein Auto gefahren hat.

Er richtet sich auf.

»Ich erklärte meinen Jungs, ich wollte eine Spritztour machen und keine Aufzeichnung davon. Red, der Typ, der Sie getasert hat, leitet meine Sicherheitsmannschaft. Er war einverstanden, bestand aber darauf mitzukommen. Er brachte mich heimlich raus, schmuggelte mich ins Auto, und los ging's. Nach ein paar Kilometern fuhr ich rechts ran und forderte ihn auf auszusteigen. Einige Secret-Service-Leute hätten sich vielleicht geweigert, aber Red und ich kennen uns noch aus Collegezeiten. Wir haben zwei Jahre lang zusammen Basketball gespielt. Wir waren damals wie Brüder. Also stieg er aus. Ich versprach ihm, ihn in einer Stunde wieder abzuholen. Dann fuhr ich zu der Adresse, die Jessica – ich hatte keine Ahnung, dass sie sich jetzt Callie nannte – mir gegeben hatte. Ich gab ihr das Geld, diesmal zweihundert Riesen, und sie nahm es. Sie versuchte, mich zu küssen, aber ich schob sie weg. Da fing sie an zu schreien. Ich bedeckte ihren Mund und sagte ihr, sie solle die Klappe halten, dann rannte ich raus.«

»Was ist mit Ihrem Handy?«

Er schüttelt den Kopf. »Ich hatte den großartigen Einfall, den Austausch aufzuzeichnen, damit ich später einen

Beweis für die Erpressung hätte, für den Fall der Fälle. Aber Jessica war zu clever. Sie durchsuchte mich, fand das Handy und erklärte mir, sie würde es behalten. Es wäre jetzt *ihre* Sicherheit, falls ich je versuchen sollte zu beweisen, dass sie mich erpresst.«

»Sie wollen also behaupten, Sie sind einfach wieder gegangen, und jemand anders ist gekommen und hat sie erwürgt?«

»Jep, und er hat die zweihunderttausend Dollar mitgenommen.«

...

Um 3:50 Uhr setzt mich der Präsident fünf Blocks von meinem Haus entfernt ab.

Ich öffne die Tür und frage: »Wenn Sie sie also nicht getötet haben, wer dann?«

Er hat keine Ahnung.

:11

Ich bin mir nicht sicher, ob die Clemens schon wieder zurück sind. Wenn ja, werde ich es in den nächsten dreißig Sekunden erfahren.

Ich sammle einen Stein aus einem benachbarten Garten auf und wiege ihn in meiner Hand. Er hat einiges an Gewicht, vielleicht ein Kilo. Das wird ausreichen.

Mein Plan ist, das Schloss der Glasschiebetür zu zertrümmern und darauf zu hoffen, dass sie sich öffnen lässt. Ich hebe den Stein über meinen Kopf.

Miau.

Ich blicke nach unten.

Lassie ist mein Komplize in dieser Neuauflage von Einbruch und Hausfriedensbruch, in der Hoffnung, dass er etwas erschnüffelt, was die Polizei übersehen hat.

»Ich weiß, es ist eine blöde Idee, aber wie kommen wir sonst rein?«

Miau.

»Echt jetzt?«

Miau.

»Mann, warum hast du mir das nicht schon früher verraten?«

Er zuckt mit den Schultern und führt mich dann zu einem Blumentopf am hinteren Rand der Veranda. Die Blumen sind verwelkt, da sie seit zwei Wochen nicht mehr gegossen wurden, und die Erde ist mit kleinen verdorrten Blättern übersät. Ich stecke meine Hand in die Erde, wühle darin herum, bis ich etwas Hartes ertaste. Ich ziehe einen Schlüssel heraus.

»Gute Arbeit, Watson.«

Miau.

»Nein, Sherlock bin ich.«

Zehn Sekunden später sind wir drin.

Es ist 3:10 Uhr.

Die Fernbedienung des Fernsehers liegt an derselben Stelle, an der ich sie zuletzt gesehen habe, und ich beschließe, dass die Clemens sich immer noch in der Sonne

Floridas bräunen. Ich frage mich, was sie mit dem Anwesen vorhaben. Außerdem frage ich mich, ob sie an Geister glauben. Wenn ja, dann wette ich zehn zu eins, dass das Haus noch in diesem Jahr auf den Markt kommt. Die Immobilienpreise in Virginia steigen, einige reden sogar von einem »Verkäufermarkt«, trotzdem würde es mich wundern, wenn die Clemens auch nur sechzig Prozent ihres Wunschpreises bekämen.

Was die Cops angeht, so haben sie das Haus einigermaßen so hinterlassen, wie sie es vorgefunden hatten.

Ich gehe in die Küche und hole mir etwas String-Cheese aus dem Kühlschrank. Lassie springt auf die Theke und fängt an, an einem der Schränke zu kratzen. Ich öffne ihn und finde eine Tüte Leckerlis. Ich füttere ihn mit ein paar davon. Er schluckt sie auf einen Schlag runter.

»Alter, du hast sie nicht mal gekaut.«

Miau.

»Du wirst dir den Appetit verderben.«

Miau.

»Wenn du einen Hinweis darauf findest, wer dein Frauchen getötet hat, kriegst du noch mehr.«

Miau.

»Sieben? Wie wär's mit drei?«

Miau.

»Vier, aber nicht mehr.«

Miau.

»Gut, fünf.«

Er springt von der Theke und rast aus der Küche.

Auch meine unerwartete Unterhaltung mit dem POTUS konnte mich nicht restlos davon überzeugen, dass Jessica

Renoix nicht durch die Hand von Connor Sullivan gestorben ist. Immerhin hat er meine feste Meinung so weit erschüttert, dass ich nach einer Verbindung Jessicas zu einer dritten Person suche. Wenn dies tatsächlich eine *Ménage-à-trois* war, dann hat irgendwer gewusst, dass der Präsident mit einer großen Tasche voller Geld zu Jessica kommen würde. Ich hoffe, einen Hinweis darauf zu finden, wer diese Person sein könnte.

Ich verbringe fünf Minuten im Wohnzimmer und betrachte die zahlreichen Fotos an den Wänden. Die Clemens scheinen in ihren späten Sechzigern zu sein, aber ihr Faltenreichtum könnte auch durch UVA- und UVB-Strahlen noch verstärkt worden sein. Es gibt einen Sohn und eine Tochter. Vier Enkelkinder, wie ich aus den gerahmten Schulbildern schließe.

Ich finde nichts, was auf den Mord an Jessica Renoix hinweist, und mache mich auf den Weg ins Hauptschlafzimmer. Ich schalte die Taschenlampe meines Handys ein und beleuchte die vielen im Raum verteilten Elefantendarstellungen. Ich frage mich, ob Jessica der Elefantenfan war oder ob Mrs Clemens dafür verantwortlich ist. Ich schätze eher Letztere. Tatsächlich scheint alles im Raum, im ganzen Haus, den Clemens zu gehören. Kannten sie Jessica gut genug, um all ihre Wertgegenstände unbekümmert herumliegen zu lassen? Laut Detective Ray hatte Callie/Jessica die Clemens über Craigslist kontaktiert, also war Jessica wohl keine alte Bekannte der Familie. Ray erwähnte auch, dass sie ihr einen gehörigen Teil der Miete nachgelassen hatten. Hatte sie das alternde Ehepaar so bezirzt, wie sie den Präsidenten bezirzt hat?

Jessica hatte drei Monate in dem Haus gelebt, trotzdem gab es keine Spur von ihr.

Im Schrank sind ausschließlich Kleider der Clemens. Ebenso in der Kommode. Nun, zumindest das meiste in der Kommode. Sofern Mrs Clemens keine Tangas und Größe 2 trägt, was ich stark bezweifle, sind die unteren drei Schubladen von Jessica belegt worden. Ich durchwühle ihre BHs und ihre Höschen, dann ihre Hemden und Oberteile, schließlich ihre Jeans. Ich schiebe meine Hand in sämtliche Taschen. Im fünften Paar finde ich einen kleinen Zettel. Eine Quittung.

Ich entfalte den Zettel.

Bargeld-Sofort-Pfandleihe.

Sie hat dort etwas für tausendzweihundert Dollar verkauft.

Miau.

Ich schaue zu Lassie hinunter.

»Zu spät, Kumpel. Ich habe es schon selbst gefunden.«

Miau.

»Okay, okay.«

Ich gebe ihm noch zwei Leckerlis.

Miau.

»Gern geschehen.«

Fünf Minuten später sind wir zu Hause.

...

»Es ist da vorne links.«

»Diese Leuchtreklame?«, fragt mein Dad.

Die Bargeld-Sofort-Pfandleihe befindet sich in einem

zwielichtigen Teil der Stadt, direkt am Rand von D.C. Die Fahrt dauert fast eine halbe Stunde, weshalb ich im Auto gefrühstückt habe.

Ich drehe mich um und betrachte Murdock und Lassie auf dem Rücksitz. Sie hatten keinen guten Start. Laut meinem Vater – der gegen Mitternacht zu meinem Haus gefahren ist – kam Lassie aus dem Schlafzimmer geschossen, um nachzuschauen, als er und Murdock meine Wohnung betraten. Murdock – groß, süß, dumm, Murdock – erblickte zum ersten Mal in seinem Leben eine Katze, drehte durch, bellte sich den Arsch ab und jagte Lassie durch die ganze Wohnung, bis irgendwann die Couch umkippte und die Nachbarn unten an die Decke klopften. Mein Vater versuchte, das Riesenhündchen zur Ordnung zu rufen, als Murdock plötzlich aufhörte zu bellen. Mein Dad sah nach unten und traute seinen Augen nicht. Lassie hatte irgendwie die Tüte mit den Leckerlis gefunden, die ich in der Nacht zuvor mit nach Hause gebracht hatte, öffnete sie und ließ dem wütenden Hund ein Leckerchen vor die Füße fallen. Murdock verschlang das Leckerli, und Lassie legte ihm ein weiteres Friedensangebot zu Füßen.

Als ich ein paar Stunden später aufwachte und ins Wohnzimmer kam, schliefen die beiden nebeneinander, Murdocks riesige Pfote um die kleine Katze gelegt.

»Vergiss aber nicht, wer dich füttert«, warne ich Lassie, der auf Murdocks Rücken liegt und bei jedem Atemzug des Mastiffs sanft schaukelt.

Miau.

»Du kannst nicht zwei beste Freunde haben.«

»Geht es dir gut?«, erkundigt sich mein Vater.

Ich ignoriere ihn, zeige auf eine Stelle auf der anderen Straßenseite und erkläre ihm, er solle dort parken.

»Bist du sicher, dass der Laden geöffnet hat?«, fragt er.

»Es hieß, er hätte vierundzwanzig Stunden geöffnet.«

Vor dem Eingang steht eine Gruppe zwielichtiger Gestalten, und mein Vater fragt besorgt: »Soll ich mitkommen?«

»Nein, du bleibst besser beim Auto.«

Ich hüpfe raus, spaziere an drei grinsenden Gangstern vorbei und versuche, nicht danach auszusehen, als würde ich fünftausend Dollar in bar in meiner rechten Vordertasche herumtragen. Ich schiebe mich durch die Gittertür, und das Glockengeläut meldet meine Anwesenheit.

Der Mann hinter der Theke ist ein Weißer mit einem Pferdeschwanz. Er trägt eine Jeansjacke und fingerlose Handschuhe. Er sieht genauso aus, wie ein Kerl aussehen sollte, der um drei Uhr morgens in einem Pfandhaus arbeitet.

»Was kann ich für Sie tun?«, fragt er, als ich mich nähere.

Ich ziehe die Quittung aus meiner Tasche und reiche sie ihm. »Meine Freundin hat das verkauft, und ich möchte es zurückkaufen.«

Er fixiert mich mit zerknautschtem Gesicht, dann setzt er die Brille auf, die an einer Kette um seinen Hals baumelt, und studiert die Quittung. Es steht ein Code darauf: 2F49.

Es könnte alles sein, ein Fernseher, ein Mantel, Kunst, Schmuck. Was immer es ist, ich hoffe, es stellt eine Verbindung zwischen Jessica und der Person her, die sie getötet hat. Die sie getötet und die zweihunderttausend Dollar gestohlen hat.

»Na, dann schauen wir mal«, brummt er. Er geht am Tresen entlang, beugt sich vor und sagt: »Sie haben Glück. Nummer 49 ist immer noch da.«

Er holt eine Uhr heraus und legt sie auf die Glasplatte.

Sie ist silberfarben mit einem schwarzen Lederarmband. Der Sekundenzeiger streicht mühelos über die Ziffern. Es ist ein schönes Stück Handwerkskunst.

»Schicke Uhr«, sagt er.

Ich nicke.

»Ist es das, was Sie suchen?«

»Ja, ist es«, sage ich und hoffe, dass es so ist. »Erinnern Sie sich an das Mädchen, das Ihnen die Uhr verkauft hat?«

»Ich war nicht hier, aber Chip, einer der anderen Jungs. Er hat mir von einer heißen kleinen Braut erzählt, die hereinkam und zehntausend für eine Uhr wollte.« Er hält inne. »Klingt das nach Ihrer Lady?«

Ich nicke und denke an Jessica. Sie wollte zehn Riesen, gab sich dann aber mit zwölfhundert Dollar zufrieden. Sie muss verzweifelt gewesen sein.

»Wie viel wollen Sie dafür?«, frage ich.

»Wie viel sind Sie bereit zu zahlen?«

»Drei Riesen.«

Er lacht und sagt, dass sie dreimal so viel wert ist.

»Dreitausendfünfhundert«, schlage ich vor.

Erneutes Lachen.

»Vier.«

Weniger Lachen.

»Viertausendfünfhundert.«

Fast ein Nicken.

»Fünf.«

»Abgemacht.«

Ich blättere die fünf Riesen hin. Er poliert die Uhr für mich, dann reicht er sie mir, und mir dämmert, dass ich gerade fünf Riesen für eine Uhr ausgegeben habe, die wahrscheinlich Mr Clemens gehört. Ich stecke sie in meine Tasche, gehe schnell über die Straße und steige wieder ins Auto.

»Hast du es?«, fragt mein Vater.

»Ja.« Ich drehe mich um, schaue Lassie an und sage: »Ich hätte dich da drin wirklich gut brauchen können, Kumpel. Der Kerl hat mich ausgenommen wie eine Weihnachtsgans.«

Miau.

»Ausgeschlossen. Für fünfzig Dollar hättest nicht mal du sie bekommen.«

Er lacht.

»Lass mal sehen«, sagt mein Vater.

Die Uhr im Armaturenbrett zeigt 3:53 an.

Die Gangster starren immer noch zu uns herüber, und ich schlage vor: »Lasst uns erst mal aus diesem Viertel verschwinden.«

Wir fahren fünf Minuten, dann parken wir in einer Gegend mit eingezäunten Gärten.

»Das ist aber eine schöne Uhr«, sagt mein Vater, obwohl ich ihn kaum höre. Ich bin zu sehr damit beschäftigt, die Inschrift auf der Rückseite zu entziffern. Ich lese sie laut vor: »An Risky, mögen all deine Träume in Erfüllung gehen. Mom und Dad.«

Die Augenbrauen meines Vaters schießen ruckartig nach oben.

»Was ist?«, frage ich.

»Ich glaube, ich weiß, wem die Uhr gehört.«

Ich starre ihn an.

Er erklärt mir, dass es jemanden gibt, dessen offizieller Spitzname »Risky« lautet.

»Ricky Sullivan.«

Der Sohn des Präsidenten.

:12

Vor Jahren versuchte mein Vater einmal, meinen leblosen Körper aus seinem Auto in meine Wohnung zu schleppen, aber es ging nicht gut aus. Er brauchte über zwanzig Minuten, dabei sprangen ihm zwei Bandscheiben heraus, und mein Nachbar am Ende des Flurs dachte, mein Vater würde meine Leiche entsorgen, weshalb er die Polizei rief. Seither klappt mein Vater jedes Mal, wenn ich im Auto einschlafe, einfach den Sitz zurück, legt mir ein Kissen unter den Kopf, breitet eine Decke über mich und öffnet die Fenster einen Spalt. Und obwohl er es niemals zugeben würde, weiß ich, dass er den ganzen Tag über alle paar Stunden nach mir schaut.

Um drei Uhr wache ich auf, krieche aus dem Auto und gehe in meine Wohnung, wo mein Vater, Murdock und Lassie auf dem Bett kuscheln. Lassie und Murdock springen auf, rennen herbei und lecken mich sauber.

»Hey, Leute, hattet ihr Spaß beim Spielen?«

»Das hatten sie bestimmt«, sagt mein Vater und hievt

sich hoch. »Die beiden sind wie lange verschollene Brüder, könnte man meinen.«

Ich lache.

Wir vier gehen ins Wohnzimmer.

»Bleibst du hier?«, frage ich meinen Vater.

»Nein, ich glaube, wir gehen besser. Wir haben morgen etwas zu erledigen.«

»Kartenspielen am Mittwoch?«

»Wie üblich. Was machst du jetzt mit der Uhr?«, fragt er.

»Ich bin mir nicht sicher. Ich muss ein paar Nachforschungen anstellen. Aber wenn der Sohn des Präsidenten mit der Sache zu tun hat, werde ich es herausfinden.«

Bevor ich gestern einschlief, erzählte mir mein Vater alles, was er über Ricky Sullivan weiß. Das einzige Kind des Präsidenten ließ die Bush-Zwillinge im Vergleich dazu zahm erscheinen. Er war bereits in Schwierigkeiten geraten, als Sullivan noch Gouverneur war – obwohl er nie offiziell für etwas verhaftet wurde –, und der Aufstieg seines Vaters zum Präsidenten hatte wenig dazu beigetragen, »Riskys« unersättlichen Appetit auf schnelle Autos und schnellen Sex zu zügeln. Er war mehrmals mit Prinz Harry verglichen worden, und die beiden waren tatsächlich enge Freunde. Im vergangenen Jahr hatte er sich in Zurückhaltung geübt, und angeblich bereitete er sich auf sein zweites Jahr an der Rechtsfakultät von Georgetown vor.

»Mir ist noch etwas eingefallen«, sagt mein Vater, »über den Sohn des Präsidenten.«

Ich nicke.

»Ich schätze, er hat ein kleines Glücksspielproblem. Sein Buchmacher wurde vor ein paar Jahren wegen Kokainbesitzes verhaftet. Er dachte, wenn er die Spielgewohnheiten des Präsidentensohnes verrät, könnte das seine Strafe mildern. Tat es aber nicht. Die Geschichte ging trotzdem an die Presse. Risky schuldete ihm damals etwa achtzigtausend Dollar.«

Als hätte ich nicht längst schon eins und eins zusammengezählt, fügt mein Vater hinzu: »Die zweihundert Riesen, die gestohlen wurden.«

»Du könntest da auf etwas gestoßen sein«, bestätige ich.

Er zuckt mit den Achseln und erklärt, dass er jetzt besser gehen sollte. Er macht sich auf in Richtung Tür. Murdock scheint jedoch nicht die Absicht zu haben, seinen neuen Kumpel zu verlassen, und lässt sich neben Lassie zu Boden plumpsen.

»Verabschiede dich von deinem Freund«, sage ich zu Lassie, hebe ihn hoch und begebe mich zur offenen Tür.

Miau.

»Nein, er kann nicht über Nacht bleiben.«

Miau.

»Weil ihr die ganze Nacht aufbleiben würdet, um Limo zu trinken und Videospiele zu spielen, darum.«

Miau.

»Er kommt in ein paar Tagen wieder vorbei, und dann dürft ihr so lange aufbleiben, wie ihr wollt.«

Miau.

»*Grand Theft Auto VI?* Ist das überhaupt schon auf dem Markt?«

Miau.

»Ich werde sehen, was ich tun kann.«

Murdock springt an mir hoch und gibt Lassie einen fetten Abschiedskuss, dann schleift ihn mein Vater am Halsband nach draußen und wirft die Tür hinter sich zu. Ich höre den Koloss im Flur winseln, während mein Dad ihn von der Tür wegzerrt.

...

Lassie und ich setzen uns gerade zum Essen hin, als es an der Tür klopft.

Es ist 3:11 Uhr.

Ich schaue durch den Spion und rechne mit meinem Vater, der etwas in meiner Wohnung vergessen hat. Er ist es aber nicht.

Ich öffne die Tür.

»Was zum Teufel sollte das, Bins?«

»Und ein freundliches Hallo auch an Sie, Detective Ray.«

Sie stürmt herein. Sie trägt ein schwarzes Top und enge Jeans. Ihre Haare sind hochgesteckt. Ihre Arme sind nach oben gereckt, und innerlich ist sie auf hundertachtzig. »Sie hätten nicht zum FBI gehen müssen!«

»FBI?«

Sie starrt mich an.

»Wovon reden Sie da?«

Ihre Augenbrauen schießen nach oben, dann ziehen sie sich in der Mitte zusammen. »Sie wissen es nicht?«

Ich schüttele den Kopf.

»Morgen früh.« Sie hält inne. »Sie werden den Präsidenten wegen Mordes verhaften.«

...

»Was?«

»Callie Freig ist nicht wirklich Callie Freig.«

Ich spiele den Überraschten. Große Augen. Offener Mund. Als hätte es mir die Sprache verschlagen. Es funktioniert.

»Das FBI bekam einen anonymen Hinweis. Bevor Callie Freig ihre Identität wechselte, war sie mal eine junge Frau namens Jessica Renoix. Sie arbeitete für Sullivans Gouverneurskampagne in Virginia. Der Hinweisgeber erklärte auch, er hätte gesehen, wie der Präsident in der Nacht des Mordes das Haus der Frau verließ.«

Sie fixiert mich misstrauisch.

»Das war ich nicht«, versichere ich ihr und füge dann hinzu: »Außerdem reicht das wohl kaum für eine Verhaftung aus. Der Secret Service kam und holte das Handy, also können sie es nicht als Beweis benutzen. Man sollte meinen, das FBI müsste noch mehr in der Hand haben.«

»Das haben sie.«

Sie holt tief Luft.

»Connor Sullivan unterzog sich einer Reihe von Tests, als er Präsident wurde, einer davon war eine gründliche DNA-Analyse. Seine DNA taucht zwar bei einer Routinesuche in der nationalen Datenbank nicht auf, aber das FBI hat sie irgendwo in den Akten. Sie haben seine DNA mit ein paar Haaren verglichen, die in ihrem Bett gefunden wurden, und es gab eine Übereinstimmung.«

Diesmal muss ich die Überraschung nicht vortäuschen.

»Sie machten einen Pro-forma-Anruf bei meinem Captain, weil der Mordfall theoretisch in unsere Zuständigkeit fällt. Aber so, wie es aussieht, verhaften sie ihn morgen früh im Weißen Haus.«

»Was hat Ihr Captain gesagt?«

»Was soll er schon sagen? Er hat sich die spektakulärste Verhaftung in der Geschichte der Vereinigten Staaten durch die Lappen gehen lassen. Er stank, als hätte er eine halbe Flasche Scotch gekippt, bevor er mich und Cal in sein Büro rief, um uns die Neuigkeiten mitzuteilen.«

Ich denke an Cal, der so hartnäckig darauf bestanden hat, ich sei der Mörder. »Es wäre schön gewesen, Cals Gesicht zu sehen.«

»Er glaubt immer noch, dass es Blödsinn ist«, spottet sie. »Hält es für eine groß angelegte linke Verschwörung, um den Präsidenten abzusetzen und wieder einen Demokraten ins Amt zu hieven.«

»Schwachkopf.«

Sie nickt, und wir verfallen beide in Schweigen. Ich frage mich, ob sich in ihrem Kopf dasselbe Szenario abspielt, nämlich die morgige Verhaftung des Präsidenten und die mediale Atombombe, die daraufhin explodieren wird. Das wird zweifellos die größte Story seit 9/11.

»Ich habe mit ihm gesprochen.«

Sie fixiert mich. »Mit wem?«

»Mit dem Präsidenten.«

»Klar doch. Sie hatten einen ganz persönlichen Plausch mit Connor Sullivan.«

»Ja, ernsthaft. Vor zwei Nächten.«

Sie braucht drei Sekunden, um zu kapieren, dass ich keinen Joke mache. Sie geht zwei Schritte auf mich zu. Wir stehen jetzt direkt voreinander.

»Erzählen Sie.«

Ich beginne am Anfang. Ganz am Anfang. »Also, Lassie ist

nicht meine Katze. Ich meine, jetzt ist er es, aber er gehörte Jessica.«

Sie schaut zu Lassie, der auf der Couch sitzt. Als er seinen Namen hört, miaut er.

Ich brauche zehn Minuten, um sie auf den neuesten Stand zu bringen: der Tierarzt, der Mikrochip, Jessica Renoix, die Schlägertypen, der Elektroschocker, die Unterhaltung auf dem Rücksitz mit dem mächtigsten Mann der Welt. Nur den Teil mit dem Einbruch, der Pfandquittung und der Uhr lasse ich weg.

»Sie hat ihn erpresst?«

»Das hat er behauptet.«

»Und dieses Video ist nie an die Öffentlichkeit gelangt?«

»Vermutlich würden es sogar die Leute auf dem Jupiter mitkriegen, wenn ein Video publik würde, auf dem der Präsident eine achtzehnjährige Wahlkampfhelferin bumst.«

»Okay, und was dann? Er gibt zu, dass er in der Nacht dort war, das Geld mitbrachte und dann wieder ging. Dann kam jemand anderes, tötete sie und nahm das Geld. Aber wer?«

Nun, zum Beispiel sein Sohn. Er hat offensichtlich irgendwann Kontakt zu Jessica gehabt. Vielleicht wusste er von der Affäre seines Vaters. Vielleicht hatte sie ihm alles erzählt. Vielleicht brauchte er das Geld, um seine Spielschulden zu bezahlen. Vielleicht wollten Jessica und Risky das Geld teilen, aber er wurde gierig und brachte sie um. Ziemlich viele Vielleichts.

»Keine Ahnung«, antworte ich. »Wahrscheinlich ist es nur ein Haufen Bullshit, und Sullivan hat es doch getan.«

»Glauben Sie das wirklich? Glauben Sie, er hält uns zum Narren? Hat er gelogen?«

Ich lasse die Szene noch mal vor meinem inneren Auge ablaufen. Seine geballten Kiefermuskeln. Sein gebieterischer Blick, als er sagte: »Ich habe diese junge Frau nicht umgebracht.«

»Nein.« Dann füge ich hinzu: »Ich glaube, er hat die Wahrheit gesagt.«

Sie atmet aus.

Ich strecke die Hand aus und berühre ihren Arm. Ich bin nicht sicher, warum, aber ich tue es. Es ist eine automatische Reaktion, so unbewusst wie mein nächster Atemzug.

Sie sieht meine Hand auf ihrer Schulter an und schaut dann zu mir auf. Ich weiß nicht, was sich hinter ihren sanften blauen Augen abspielt. Aber ich will es wissen.

»Wollen Sie auf einen Kaffee bleiben?«, frage ich.

»Es ist halb vier Uhr morgens«, sagt sie lachend. »Ich muss ins Bett. Morgen wird es einen Riesenzirkus geben.«

Lassie springt von der Couch und reibt sich an ihrem Bein, als sie zur Tür geht. Sie beugt sich hinunter und streichelt ihn, dann richtet sie sich wieder auf und öffnet die Wohnungstür.

»Haben Sie ihn gewählt?«, frage ich.

Sie dreht sich um. Fixiert mich. Kurz blitzt ihr schiefes Lächeln auf.

»Das mit dem Kaffeetrinken holen wir nach«, sagt sie.

:13

Keine zehn Sekunden nach dem Aufwachen bin ich im Internet.

PRÄSIDENT VERHAFTET!
PRÄSIDENT WEGEN MORDES VERHAFTET!
PRÄSIDENT SULLIVAN EIN MÖRDER!?!
PRÄSIDENTIELLER MORD!?!
MURDERGATE!

So lauten nur ein paar der Schlagzeilen.

Ich klicke auf ein Video, das zeigt, wie der Präsident von seiner Secret-Service-Einheit und nicht weniger als fünfzehn FBI-Agenten die Stufen des Weißen Hauses hinuntergeführt wird. Der Direktor des FBI ist einer von Sullivans schärfsten Gegnern. Er gibt eine Erklärung ab. Niemand steht über dem Gesetz. Selbst der Präsident nicht.

Es gibt noch weitere Videos: Wolf Blitzer, Anderson Cooper, Bill O'Reilly, die alle ordentlich auf die Kacke hauen. Das ist der größte Skandal, seit Kain und Abel zum alten Angelplatz gingen und nur Kain zurückkehrte. Ich verbringe nicht allzu viel Zeit mit den Videos, betrachte mir dafür ein paar Ausschnitte der Pressekonferenzen: der Chef des FBI, der Pressesekretär des Weißen Hauses, es ist sogar eine dabei, in die sich Charles Barkley einschaltet (»Der Typ ist ein Idiot«). Das Fazit: Der Präsident wurde wegen des Mordes an Jessica Renoix verhaftet. Der Senat und das Repräsentantenhaus fordern ein Amtsenthebungsverfahren, das Räderwerk ist in vollem Gange. Im Moment ist Connor Sullivan noch der mächtigste Mann der Welt, aber das könnte sich schon sehr bald ändern.

»Was meinst du, Kumpel? Sollen sie ihn des Amtes entheben?«

Lassie neigt den Kopf zur Seite und denkt nach.

Miau.

»Ihn steinigen?«

Miau.

»Ihm die Hände abschneiden?«

Miau.

»Okay, kein *Game of Thrones* mehr für dich, Kumpel.«

Wir verlassen das Bett, holen uns etwas zu essen und setzen uns an den Frühstückstisch. Ich suche im Netz nach »Ricky Sullivan«.

Ich lese ein paar pikante Storys über ihn, die das meiste von dem bestätigen, was mein Dad mir bereits erzählt hat. Der letzte Eintrag war vor zwölf Stunden. Irgendeine Website namens TMZ. »Riskys wildes Frühlingserwachen.«

Ich lese den kurzen Klatschartikel und rufe dann meinen Vater an.

Er geht ran.

»Hol das Auto. Wir fahren nach Vegas.«

...

Die Fahrzeit von Alexandria nach Las Vegas beträgt etwa vierunddreißig Stunden.

Als ich wach werde, sind wir in Colorado.

»Guten Morgen«, sagt mein Dad.

»Guten Morgen.«

Ich drehe mich um.

»Hey, Leute.«

Lassie kaut an Murdocks Ohr. Er unterbricht kurz, um mir einen schnellen Kuss zu geben, dann kehrt er zu seiner Beschäftigung zurück. Murdock scheint es sehr zu genießen.

»Was dagegen, wenn du eine Stunde fährst?«, fragt mein Dad.

»Ganz und gar nicht.«

Wir halten an und tauschen die Plätze. Nach fünf Kilometern schläft mein Vater tief und fest.

Ich ziehe mein Handy raus und logge mich ins Internet ein. Ich brauche ein paar Augenblicke, um zu finden, was ich suche. Ich klicke auf »Play«.

Connor Sullivan steht hinter einem Rednerpult auf den Stufen des Weißen Hauses. Zum Zeitpunkt der Pressekonferenz ist er immer noch der POTUS.

»Meine amerikanischen Mitbürger«, beginnt er, »ich trete vor Sie nicht als Präsident, sondern als Mitmensch. Ein Mann, der zu Unrecht eines Verbrechens angeklagt wurde, das er nicht begangen hat. Ich habe volles Vertrauen in das Justizsystem der Vereinigten Staaten, und man wird mich zweifelsfrei für unschuldig erklären, dieses abscheuliche Verbrechen begangen zu haben. Ich bin nicht enttäuscht, sondern stolz darauf, dass wir in einem demokratischen Staat leben, in dem die höchsten Mächte nicht über dem Gesetz stehen, und ich hege keinen Groll gegen das FBI oder irgendeine andere Institution. Die Wahrheit wird ans Licht kommen. Gott segne diese großartige Nation.«

Nicht schlecht.

Ich frage mich, wie viel Zeit er wohl in einer Gefängniszelle verbringen musste, bevor sie ihn eilig in einen Gerichtssaal brachten und die Kaution für ihn stellten.

Spielt keine Rolle.

Was zählt, ist das, was sich im Hintergrund abspielt. Seine Frau ist anwesend. Sein Sohn nicht.

Ich lege das Handy beiseite und versuche, mich auf die Straße zu konzentrieren. Ich habe früher schon Berge gesehen, aber nichts so Majestätisches wie die schneebedeckten Rockies, die unter dem Vollmond aufragen.

Um 3:58 Uhr steuere ich den Wagen auf einen kleinen schmutzigen Parkplatz und stupse meinen Vater an. Wir tauschen die Plätze.

Wenn ich wieder erwache, werden über mir die bunten Lichter von Vegas blinken.

:14

Es gibt insgesamt 122 Casinos, 874 Clubs, über zweitausend Restaurants und mehr als fünfzig Stripclubs in Las Vegas. Fast alle Läden haben bis vier Uhr morgens geöffnet, wenn sie denn überhaupt je schließen. Und Ricky Sullivan könnte in jedem von ihnen abhängen. Das heißt, wenn die Paparazzi und die Verhaftung seines Vaters ihn nicht in den Untergrund getrieben haben. Mein Dad braucht sechs Stunden und fünf üppige Schmiergeldzahlungen, aber schließlich spürt er den Sohn des Präsidenten und dessen Gefolgschaft im XS Nightclub auf.

Um 3:06 Uhr hält mein Dad vor dem riesigen Wynn Hotel, und ich springe aus dem Wagen. Nach einer zwanzigminütigen Wartezeit in der Schlange und fünfzig Dollar Eintrittsgeld bin ich drin.

House Music dröhnt. Lila, orange und grün zuckende Stroboskoplichter drohen einen Krampfanfall bei mir auszulösen. Die Luft fühlt sich klebrig auf der Haut an, wie eine Million winziger Post-it-Zettel. Es ist, als wäre ich mitten in einen summenden Bienenstock geraten. Es ist der Wahnsinn.

Ich schiebe mich durch die wimmelnden Körper. Eine junge Frau, die circa sechs Quadratzentimeter Stoff trägt, greift mir in den Schritt und flüstert mir etwas Unverständliches ins Ohr.

Dann packt sie meine Hand und zerrt mich zur Tanzfläche.

Ich schüttele ihre Hand ab. Ich messe Frauen in Minuten, und sie ist etwa dreißig Sekunden wert. Detective Ray blitzt vor meinem inneren Auge auf. Sie kriegt die ganzen sechzig Minuten.

Als ich endlich die Bar erreiche, ist es 3:34 Uhr.

»Wo ist Ricky Sullivan?«, schreie ich den nächstbesten Barkeeper an.

Er täuscht Unwissenheit vor. Ich bin nicht der Erste, der ihm heute Abend diese Frage stellt. Ich winke ihm mit einem Hundertdollarschein. Er kommt rüber, schnappt ihn sich, deutet mit dem Kopf nach rechts und wendet sich dann dem nächsten Gast zu.

Ich brauche vier Minuten, um mir einen Weg durch die Menge zu den VIP-Tischen zu bahnen. Zwei Rausschmeißer haben sich vor einem dicken roten Seil aufgebaut, das zehn runde Tische mit Plüschsofas abriegelt, an denen derzeit drei NBA-Stars, zwei Rapper, ein Restaurantbesitzer, ein Komiker, eine Schauspielerin, ein Supermodel, der Moderator einer Late-Night-Show und der Sohn des Präsidenten sitzen.

Ricky Sullivan ist mit zwei anderen Jungs und acht spärlich bekleideten Frauen da. Sie fläzen auf einem purpurnen Plüschsofa. Neben ihnen stehen geleerte Flaschen im Wert von ein paar Tausend Dollar. Drei Männer in schwarzen Anzügen halten sich in der Nähe auf – Rickys Bodyguards vom Secret Service.

Sie wirken besonders aufmerksam, denn vermutlich hat in den letzten achtundvierzig Stunden eine Flut von Reportern und Paparazzi versucht, einen Schnappschuss oder einen Kommentar zu bekommen.

Die Rausschmeißer taxieren mich, während ich mich nähere.

Sie überprüfen mein Handgelenk auf das leuchtend grüne Band hin, das alle »Besucher« des VIP-Bereichs tragen.

Ich habe eins.

Ich habe es einem Mädchen auf der Tanzfläche für zweihundert Dollar abgekauft. Sie hat es abgestreift, und ich konnte wieder reinschlüpfen.

Was soll ich sagen? Ich habe schlanke Hände.

Sie lassen mich durch, und ich schlendere an vier Tischen vorbei. Als ich nur noch einen Meter von Ricky Sullivan und seinem Gefolge entfernt bin, springen zwei Jungs vom Secret Service vor und versperren mir den Weg.

»Hey, Leute!«

Sie reagieren nicht.

»Ich muss nur kurz mit Ricky sprechen.«

Sie werfen sich einen Blick zu.

»Verschwinde«, sagt einer.

»Ricky!«, schreie ich. Er dreht sich nicht um.

Die Jungs vom Secret Service drängen mich langsam zurück.

Ich ziehe die Uhr aus meiner Tasche und werfe sie zwischen ihnen hindurch. Sie landet auf dem Schoß eines Mädchens neben Ricky.

Als die Bodyguards mir die Arme auf den Rücken drehen, bemerkt Ricky die Uhr.

»Er ist okay.«

Der Typ, der mir das Handgelenk zu brechen droht, lässt etwas nach.

»Ich sagte, er ist okay! LASST IHN DURCH!«

Ich klopfe mich ab, nicke den beiden Secret-Service-Gorillas zu und marschiere an ihnen vorbei. Ricky hat schon alle Mädchen und seine zwei Kumpels vom Tisch verscheucht. Jetzt sind da nur noch er und die Uhr.

Ich setze mich etwas von ihm entfernt hin, schnappe mir den Vodka Ciroc und mixe mir einen Wodka-Cranberry.

»Wo haben Sie die her?«

Ich blicke auf.

Ricky Sullivan hat die braunen, sanften Augen und weichen Gesichtszüge seiner Mutter. Er hat schätzungsweise das Gewicht seines Vaters, allerdings ist er ein gutes Stück kleiner. Obwohl er in den letzten Jahren zehn Kilo abgenommen hat, ist er immer noch ein Pummelchen.

»Ich habe sie aus dem Pfandhaus, an das Jessica sie verkauft hat.«

Er atmet tief ein.

»Wann hat sie die Uhr geklaut?«

Er gießt sich einen strammen Drink ein, nimmt einen ordentlichen Schluck und sagt: »Vor etwa zwei Monaten.«

»Wussten Sie davon?«

»Ja, ich wusste es. Aber es war mir egal. Ich dachte, sie bräuchte Geld und wäre zu stolz, um mich zu fragen. Es war nicht das Einzige, was sie genommen hat.«

»Wo haben Sie sie kennengelernt?«

»In einem Café auf dem Campus. Sie meinte, sie hätte eine Vorlesung mit mir gemeinsam. Ich wusste natürlich, dass sie log, aber wen interessierte das schon?« Er zuckt die Achseln. »Sie war das schärfste Girl, das ich je gesehen habe.«

Er will wissen, wer ich bin. Ich ignoriere die Frage.

»Haben Sie sie getötet?«

Er glotzt wie ein Reh im Scheinwerferlicht. Seine sanften Augen beginnen zu tränen. Er weint. Er braucht dreißig Sekunden, um sich zusammenzureißen.

»NEIN!«, schnieft er. »Sie war das erste Mädchen, das mir wirklich etwas bedeutet hat. Jemals.«

»Wussten Sie von ihrer Verbindung zu Ihrem Vater?«

Er schüttelt den Kopf. »Nein, sie hat nie über ihre Vergangenheit gesprochen. Sie wollte, na ja, hauptsächlich nur vögeln. Zumindest am Anfang. Ich glaube, am Anfang wollte sie nur den Sohn des Präsidenten vögeln. Aber dann, glaube ich, fing sie an, mich irgendwie zu mögen.« Er lächelt verlegen, als wäre die Vorstellung, dass ein Mädchen ihn tatsächlich um seiner selbst willen mögen könnte, völlig absurd.

»Sind Sie jemals zu ihr nach Hause gegangen?«

»Nein. Ich wusste nicht mal, wo sie wohnt. Dave und Jerry«, er nickt den beiden Bodyguards zu, die mich gerade grob angefasst haben, »schmuggelten sie in meine Wohnung.«

»Wie lange waren Sie beide liiert?«

»Drei Monate.«

»Kannten Sie sie als Callie oder Jessica?«

»Zuerst war es Callie, aber nach sechs Wochen lagen wir irgendwann im Bett, und sie forderte mich auf, sie Jessie zu nennen.«

Jessie?

»Und sie hat Ihnen nie von ihrer Vergangenheit erzählt, dass sie für die Wahlkampagne Ihres Vaters tätig war?«

»Nein, niemals.«

»Worüber haben Sie dann geredet?«

»Keine Ahnung. Filme, Bücher, sie wollte irgendwann auf die Tierärztliche Fakultät, sie wollte reisen. Sie mochte Sport, besonders die Ravens. Sie liebte Kartenspiele. Wir spielten stundenlang Karten.«

»Hat sie nach Ihrem Vater gefragt?«

»Anfangs. Sie wollte wissen, wie er als Dad war. Ob er für mich da war. So was in der Art. Aber sie verabscheute Politik. Nach den ersten paar Wochen war mein Dad nur noch selten Thema.«

»Wie haben Sie herausgefunden, dass sie getötet wurde?«

»Jerry kam rein und nahm mein Handy mit. Er erklärte mir, Callie sei ermordet worden. Brachte mir ein paar Stunden später ein neues Handy mit einer neuen Nummer.«

Das würde die Telefonnummer erklären, die nicht zurückverfolgt werden konnte. Es war nicht die des Präsidenten. Es war Rickys.

»Wie sieht die Quote für das Spiel der Lakers morgen aus?«

Er zieht eine Grimasse. »Ich habe seit sechs Monaten nicht mehr gewettet. Ich habe meine Lektion gelernt.«

Ich nicke. »Was glauben Sie, wofür *Jessie* das Geld aus dem Verkauf der Uhr gebraucht hat?«

»Weiß nicht. Sie hatte keinen Job. Sie musste irgendwie Miete zahlen.«

»Und Ihnen war völlig egal, dass sie Ihnen eine Zehntausend-Dollar-Uhr gemopst hat?«

»Ich weiß, ich hätte etwas unternehmen sollen. Aber ich tat es nicht.«

»Sie haben sie geliebt.«

Er verstummt.

Also trifft es zu.

»Glauben Sie, Ihr Vater hat sie getötet?«

Seine Lippen zittern.

Ich habe genug gehört. Und mir bleibt keine Zeit mehr. Ich kippe den Rest meines Drinks, tätschle ihm die Schulter und gehe.

...

Ich fahre meine Stunde, diesmal in Tennessee.

Als ich das nächste Mal aufwache, steht das Auto meines Vaters vor meiner Wohnung. Ein Zivilfahrzeug parkt am Ende der Straße, und ich fühle das Starren der Insassen, während ich aussteige und das Gebäude betrete.

Mein Vater und Murdock verlassen uns, Lassie und ich setzen uns an den Computer.

Im Posteingang wartet auf mich die E-Mail der Firma, die ich bezahlt habe, um einen Backgroundcheck von Jessica Renoix durchzuführen. Ich klicke sie an und bin nicht überrascht, dass ich nur spärliche Informationen finde. Es gibt eine Kreditkarte auf ihren Namen, einen Telefonanschluss und eine Adresse in Oregon. Alles ist nur Show. Genau wie bei Callie Freig.

Deshalb brauchte Jessica das Geld. Sie wollte ihre Identität wechseln. Das hatte sie zuvor schon getan.

Zweimal.

In meinem bisherigen Leben hatte ich vier Jessicas kennengelernt. Einige davon wurden Jess abgekürzt, aber keine lief unter Jessie. Es ist ein gänzlich anderer Name. So wie Matthew niemals mit Mark abgekürzt wird. Passiert einfach nicht.

Ich rufe die Vermissten-Datenbank von Virginia auf und suche nach »Jessie«.

Keine Treffer.

Vielleicht liege ich falsch.

Ich erinnere mich an das, was Ricky gesagt hat. Sie mochte Sport. Besonders die Ravens.

Die Baltimore Ravens.

Ich logge mich in die Datenbank der vermissten Personen Marylands ein und versuche es erneut.

Zwei Treffer.

Einer ist ein zwölfjähriger Junge.

Die andere ist ein sechzehnjähriges Mädchen.

Jessie Kallomatix.

Sie ist jünger, aber jede Verwechslung ist ausgeschlossen.

Das ist sie.

Jessie Kallomatix ist Jessica Renoix ist Callie Freig.

Zwei Google-Recherchen später ist mir alles klar.

Was hatte Ricky gesagt? »Sie wollte wissen, wie er als Dad war. Ob er für mich da war.«

Connor Sullivan hatte gelogen.

Sie hatte ihn zwar erpresst, aber nicht, weil er mit ihr geschlafen hatte.

Sie hatte ihn erpresst, weil Connor Sullivan ihr Vater ist.

:15

Es dauert drei Tage – nun ja, drei Stunden –, bis alles organisiert ist. Drei Stunden Planung, Anrufe und Bitten um Gefälligkeiten.

Ich ziehe die Vorhänge auf.

Der Wagen ist immer noch da.

Ich werde nach wie vor überwacht.

Es ist 3:03 Uhr.

Um 3:04 Uhr höre ich die Sirene.

»Da kommen sie.«

Miau.

»Tut mir leid, Kumpel. Ich muss das alleine durchziehen.«

Miau.

»Ja, es wird gefährlich.«

Miau.

»Nein, Gefahr ist nicht dein zweiter Vorname.«

Miau.

»Weil ich es versäumt habe, dir einen zu geben.«

Miau.

»Pistole? Ich glaube eher nicht.«

Miau.

»Nein, auf keinen Fall. Ist mir egal, ob er eine dreifache Bedrohung darstellt. Wie wär's mit Roger?«

Miau.

»Also, Lassie Timberlake Bins klingt auch bescheuert.«

Miau.

»Es ist mir egal, was Murdock sagt.«

Miau.

»Schön, dann ist dein zweiter Vorname eben Gefahr.«

Miau.

Der Krankenwagen hält vor dem Apartment.

»Alles klar, Lassie Danger Bins, ich muss los.«

Drei Minuten später befinde ich mich im Krankenwagen, und wir jagen die Straße hinunter.

»Hey«, sagt Sara vom Beifahrersitz aus.

»Danke noch mal.«

Ihr Freund Clay und sein Kumpel Jake, die mich auf der Bahre rausgebracht haben, nicken beide. Clay sagt: »Es war eh eine ruhige Nacht.«

»Sind sie uns gefolgt?«, frage ich.

»Ja«, bestätigt Sara mit einem Nicken. »Sie sind zwei Wagen hinter uns.«

Eine Minute später hält der Krankenwagen beim Summer Park, und ich springe raus.

»Viel Glück!«

Ich nicke und renne los.

...

Ich klopfe an die Scheibe, und sie zuckt zusammen.

»Scheiße, haben Sie mich erschreckt«, sagt sie und klettert aus ihrem Crown Vic.

»Wie lange sind Sie schon hier?«

»Ich kam genau um drei Uhr hierher, so wie Sie es wollten.« Sie hält inne. »Sagen Sie mir jetzt endlich, was das alles soll?«

Ich scanne die Seitenstraße nach sich nähernden Autoscheinwerfern. »Noch nicht. Nicht, bis er hier ist.«

»Wer?«

Ich ignoriere sie.

Zehn Sekunden später biegen die Scheinwerfer in die Straße ein und werden heller, während das Auto auf den Parkplatz rollt und neben uns parkt.

Die Tür geht auf, und er sagt: »Steigen Sie ein!«

Rays Augenbrauen hüpfen zehn Zentimeter auf ihrer Stirn nach oben. »Ist das der Präsident?«

Ich nicke.

Wir steigen hinten in die Limousine.

Sullivan trägt das gleiche Outfit wie beim letzten Mal: Jeans und ein graues Sweatshirt.

»Das ist Detective Ingrid Ray vom Alexandria PD«, stelle ich sie vor. Er schüttelt ihre Hand.

»Freut mich, Sie kennenzulernen, Mr President.«

»Die Freude ist ganz meinerseits.« Dann dreht er sich zu mir um und fragt: »Also, worum geht es?«

Ich habe ihm nichts verraten. Tatsächlich habe ich einfach die Privatnummer angerufen, die er mir am Tag unseres ersten Treffens gegeben hatte, und ihm eine Nachricht hinterlassen, dass er mich um 3:15 Uhr am Summer Park treffen solle. Und dass es wichtig sei.

Ich reiche ihm einen Zettel. »Sagen Sie Ihrem Fahrer, er soll uns zu dieser Adresse bringen.«

Er blickt auf das Stück Papier, und falls ihm die Adresse etwas sagt, lässt er sich nichts anmerken. Er drückt einen Knopf, die Trennscheibe gleitet nach unten, und er reicht den Zettel an seinen Fahrer weiter.

»Hey, Red«, sage ich.

Red nickt.

Die Trennscheibe fährt wieder nach oben, und der Wagen setzt sich in Bewegung.

Ich kann zwei Augenpaare auf mir spüren.

»Sie haben mich belogen.«

Der Präsident verzieht keine Miene.

»Es gab kein Video.«

Sullivans Gesicht ist wie aus Marmor gemeißelt.

»Sie haben nie mit ihr geschlafen. Sie hat Sie niemals verführt.«

Ich warte darauf, dass Sullivan stinksauer wird, mir erklärt, dass ich nur Scheiße rede und mich aus seinem Auto verpissen soll.

Doch das tut er nicht.

»Sie war Ihre Tochter.«

Ray kneift mich ins Bein. Ein »Was zum Teufel machen Sie da?«-Kneifen.

»Ja, das war sie.«

»Was?«, schreit Ray. »Jessica war Ihre Tochter?«

Er nickt.

»Moment, was, wie ...«, stammelt Ray.

»Ich erkläre es Ihnen gleich«, sage ich zu ihr.

»Wie haben Sie das herausgefunden?«, fragt mich Sullivan.

»Ihr Sohn.«

Er seufzt.

»Sie hat ihn gebeten, er solle sie Jessie nennen.«

»Jessie? Ich dachte, ihr Name war Jessica?«, ruft Ray und versucht, die Zusammenhänge zu verstehen.

»Sie hat ihre Identität zweimal geändert«, erkläre ich Ray. »Ihr richtiger Name war Jessie.« Ich erzähle von der Pfandquittung, meinem Gespräch mit Ricky Sullivan in Vegas, wie ich Jessie in der Vermissten-Datenbank im Internet fand und nach einer Namensrecherche die Puzzleteilchen zusammenfügte. Dann wende ich mich an den Präsidenten. »Er glaubt, Sie haben sie getötet.«

»Das ist besser als die Wahrheit«, sagt er und lehnt den Kopf zurück an die Stütze. »Besser, als wenn er weiß, dass er drei Monate lang mit seiner Halbschwester gevögelt hat.«

»Moment!«, ruft Ray. »Kann mir einer von Ihnen erklären, was hier vorgeht?«

Ich nicke dem Präsidenten zu. »Warum fangen Sie nicht am Anfang an? Und diesmal keine Lügen.«

»Na gut, aber vorher verraten Sie mir, wohin wir fahren.«

»Die Adresse sagt Ihnen nichts?«

»Nur, dass es irgendwo in Maryland ist. Sollte ich sie kennen?«

»Ja, Sie haben mal die Frau geheiratet, die jetzt dort lebt.«

...

Es war eine Story, die Connor Sullivan angeblich die Präsidentschaft eingebracht hatte. Eine Geschichte, die in jeder Bar der Welt hätte erzählt werden können. Sie ließ ihn nahbar erscheinen, als jemanden wie du und ich. Ein Kerl, der aus Versehen die falsche Frau geheiratet hat.

Kimberly A. Bells wurde in Nevada geboren. Sie besuchte ein kleines College in Ohio, die Dayton University, wo sie einen der Stars des Basketballteams kennen- und lieben lernte. Nach ihrem Abschluss zog Kimberly mit ihrer neuen Liebe nach Virginia, heiratete ihn, brachte ihm ein Kind zur Welt und wurde schließlich die First Lady der Vereinigten Staaten von Amerika.

Kimberly S. Bells wuchs in Virginia auf, lernte mit zweiundzwanzig Jahren Paul Kallomatix kennen und bekam eine Tochter. Das Paar zog Jahre später nach Maryland, blieb sechzehn Jahre lang glücklich verheiratet und ließ sich am Ende schwer zerstritten scheiden.

Beide Ehen wurden in derselben Kirche im Norden von Virginia geschlossen. Kimberly A. Bells mit Connor Sullivan am Samstag. Kimberly S. Bells mit Paul Kallomatix am Sonntag.

Bis heute ist nicht bekannt, wie es zu der Verwechslung kam, ob der Gerichtsschreiber, der Pfarrer oder eine dritte Person verantwortlich war. Jedenfalls wurden die Dokumente vertauscht, und auf dem Papier heiratete Connor Sullivan am Ende Kimberly S. Bells.

Man sollte meinen, dass ein kleiner Buchstabe in der Mitte des Namens nicht so ein gewaltiges Problem hervorrufen könnte, und das tat er auch nicht. Zumindest nicht, bis es ans Steuerzahlen ging. Connor Sullivan brauchte zwei Wochen, um herauszufinden, warum er der Regierung der Vereinigten Staaten so viel Geld schuldete. Es lag daran, dass er die letzten drei Jahre nicht mit einer Grundschullehrerin verheiratet gewesen war, als solche arbeitete nämlich seine Frau, sondern mit einer Marketingmanagerin, die fast das Dreifache an Gehalt verdiente.

Er entdeckte schließlich den kleinen Formfehler und korrigierte die Sache mit ein paar Anrufen.

»Ich wollte sie treffen, die Frau, mit der ich verheiratet war«, sagt der Präsident lachend. »Aber nicht nur sie, ich wollte ihn ebenfalls kennenlernen.«

Ich blicke zu Ray und frage mich, was in ihrem Kopf vor sich geht.

»Laut Unterlagen wohnte sie nur eine halbe Stunde entfernt. Eines Tages war ich in der Gegend und beschloss vorbeizuschauen.« Er schüttelt den Kopf. »In der Sekunde, als sie die Tür öffnete, wusste ich, dass ich in Schwierigkeiten steckte.«

Ich habe mir Bilder von ihr im Internet angesehen. Als die ganze Geschichte während Sullivans erster Kandidatur zum Gouverneur bekannt wurde, hatten einige Journalisten sie aufgespürt und einige Fotos geschossen. Sie war mittelgroß, hatte braune Augen, hohe Wangenknochen, volle Lippen.

»Hat die Affäre an diesem Tag begonnen?«

»Nein. Wir haben nur eine Stunde geredet. Haben über die ganze Sache gelacht. Wir haben versprochen, unsere Ehepartner zusammenzubringen und irgendwann mal gemeinsam zu Abend zu essen.«

»Aber das ist nie passiert?«

Er schüttelt den Kopf. »Tatsächlich habe ich sie drei Jahre lang nicht mehr gesehen. Dann war ich in Maryland bei einem Meeting und traf sie zufällig. Sie und ihr Mann waren ein paar Jahre zuvor dorthin gezogen. Wir tranken Kaffee, und man merkte, dass sie unglücklich war. Die Ehe drohte in die Brüche zu gehen. Sie hat ihn so gut wie nie zu Gesicht bekommen. Er arbeitete ständig. Danach trafen wir uns ein paarmal im Monat.«

»Wann begann die Affäre?«

»Im Dezember desselben Jahres. Kim, meine Frau, war eine Woche lang nicht in der Stadt. Die andere Kim rief an und meinte, sie sei für ein paar Tage in Virginia, um ihre Eltern zu besuchen. Sie kam vorbei, und ... na ja.«

»Wie lange ging das so?«

»Sechs Monate. Ich beendete es, als meine Frau mir mitteilte, dass sie schwanger sei.«

»War die andere Kim damit einverstanden?«

»Ich denke schon. Ich habe nie wieder von ihr gehört.«

»Wie kam Jessie dann ins Bild?«

»Nun, sie hatte bereits ihren Namen geändert, als ich sie kennenlernte. Hätte sie für meine Kampagne arbeiten wollen und mir erklärt, ihr Name sei Jessie Kallomatix, hätte ich sie wohl kaum eingestellt. Aber als wir uns das erste Mal begegneten, nannte sie sich Jessica Renoix. Sie arbeitete drei

Monate lang hart für mich, dann kam sie eines Tages in mein Büro und erzählte mir unverblümt, wer sie sei. Dass ihre Mutter sich eines Abends betrunken und ihr von ihrer Affäre mit mir erzählt hatte. Dann zeigte sie mir einen kleinen Plastikbeutel und ein Dokument. In dem Plastikbeutel befand sich eine Haarlocke von mir, die sie mir eines Nachts, als ich an meinem Schreibtisch eingeschlafen war, abgeschnitten hatte. Das Dokument war ein DNA-Test. Sie behauptete, ich sei ihr Vater, und verlangte hunderttausend Dollar.«

»Und Sie haben ihr das Geld gegeben?«

»Ja, das habe ich. Und am nächsten Tag war sie verschwunden. Ich habe erst vor drei Monaten wieder von ihr gehört.«

»Was hat sie gesagt?«

»Es war nur eine E-Mail. Ich habe noch dieselbe private E-Mail-Adresse wie damals. Es war ein Bild von ihr und meinem Sohn.«

»Das muss Sie alarmiert haben.«

»Aber sicher.«

»Und dieses Mal hat sie von Ihnen zweihundert Riesen verlangt?«

»Ja.«

»Dafür, dass sie die Beziehung zu Ihrem Sohn beendet?«

Er nickt.

»Und dann gingen Sie in jener Nacht zu ihr, um ihr das Geld zu geben.«

»Aber sie wollte es nicht.«

»Was?«

»Sie wollte das Geld nicht. Sie hat behauptet, sie habe meinen Sohn wirklich gern, sie habe sich in ihn verliebt.«

»Und da haben Sie sie getötet?«

»NEIN!«

Ich glaube nicht wirklich, dass er es getan hat, aber ich will seine Reaktion testen.

»Warum hat sie geschrien?«

»Ich drückte sie gegen die Wand und gab ihr eine Ohrfeige. Ich erklärte ihr, dass das, was sie tat, krank sei und dass ich sie verschwinden lassen würde, wenn sie nicht aufhören würde, meinen Sohn zu treffen. Ich ließ die Tasche mit dem Geld fallen und ging.«

Das Auto wird langsamer. Ich schaue aus dem Fenster. Wir stehen vor einem kleinen Reihenhaus.

Es ist 3:34 Uhr.

Sechsundzwanzig Minuten.

Sechsundzwanzig Minuten, um ein Geständnis zu erhalten.

:16

»Kommt Ihnen dieser Ort bekannt vor?«, frage ich den Präsidenten.

Er schüttelt den Kopf.

Ich fand es selbst unwahrscheinlich, dass Kim Bells nach über zwanzig Jahren noch im selben Haus wohnen würde, aber man weiß ja nie.

Wir verlassen den Wagen. Ich weise Red an, ein paar Blocks weiter zu parken, und er prescht davon. Wir steigen die niedrigen Steinstufen hinauf. Ich gehe voraus, gefolgt von Detective Ray und dem hoch aufragenden Sullivan am Ende.

»Glauben Sie wirklich, dass sie etwas mit dem Mord an Jessie zu tun hat?«, fragt Sullivan. »Dass sie ihre eigene Tochter töten würde?«

Ich zucke die Achseln. »Es gibt nur einen Weg, das herauszufinden.«

Ich klingele an der Tür.

Nichts rührt sich.

Ich klingele erneut.

Das Licht geht an. Schritte. Die Tür öffnet sich.

»Äh, ja?« Die letzten zwanzig Jahre sind nicht gerade freundlich zu Kim Bells gewesen. Die fünfzehn Kilo, die sie seit dem Foto zugenommen hat, quellen unter einem pinkfarbenen Tanktop hervor, und die Tränensäcke unter ihren Augen schimmern schwarz. Sie trägt eine graue Jogginghose, ist doppelt so schwer wie ihre Tochter. Sie hätte es problemlos tun können: Es wäre ein Leichtes für sie gewesen, ihre Tochter zu erwürgen.

Ich ziehe Ray beiseite.

Kims Augen weiten sich. »Connor?«

»Kim«, erwidert er mit einem Nicken.

»Können wir reinkommen?«, frage ich, während ich die Straße im Auge behalte.

»Ich, ähm, schätze schon.« Sie weicht einen Schritt zurück, und wir schieben uns an ihr vorbei.

Ich betrete das Wohnzimmer, die anderen folgen.

Ich stelle mich vor, und sie schüttelt mir schlaff die Hand. Ray zeigt ihren Ausweis, worauf sich jeder Muskel in Kims Körper anspannt.

»Was soll das?«, fragt sie mit belegter Stimme.

»Es geht um Jessie«, antwortet Sullivan.

Die Zimmertemperatur sinkt um hundert Grad.

»Jessie?«

Ich versuche, ihre Gefühle zu lesen. Ihr mühsames Atmen. Das hektische Blinzeln. Das Schmatzen ihrer Lippen. Es könnten Schuldgefühle sein. Es könnte ebenso gut eine Verdauungsstörung sein.

»Ich habe sie seit acht Jahren nicht mehr gesehen«, spuckt sie förmlich aus.

Wir drei werfen uns Blicke zu.

Sullivan kauft es ihr nicht ab. Vielleicht ist es ein merkwürdiger Zug um ihren Mund, ein Flackern in den Augen. Irgendwas ist da. Ein Riss in der Fassade. Sie lügt.

»Unsinn«, höhnt er.

Sie reagiert nicht.

Sullivan sieht rot. Das ist die Frau, die ihm einen Mord angehängt hat. Er hat jedes Recht, wütend zu sein. Er hat jedes Recht, ihr körperlich wehtun zu wollen, was er jeden Moment tun könnte. Ich trete dazwischen.

»Wie konntest du das tun?«, schreit er. »Wie konntest du deine eigene Tochter töten?«

»Töten? Wen? Jessie?«

»Du hast Jessie ermordet und es mir angehängt!«

Kims Kopf zuckt nach links, dann nach rechts. »Sie ist ... Jessie ist tot?«

Sullivans Blick schwenkt zu mir. Dann wieder zurück zu Kim. Er starrt sie an. Durch sie hindurch.

»Willst du damit sagen, dass du sie nicht getötet hast?«

»Nein! Ich habe nicht einmal ... nein ... Ich würde nie ...

Ich meine, sie war eine schreckliche Person ... psychotisch ... aber ich würde ihr nie wehtun. Ich würde ihr nie ... O mein Gott, sie ist tot ... wie? WANN?«

Ich bin mir sicher, dass sie sie nicht getötet hat, aber es fällt mir schwer zu glauben, dass sie nichts vom Tod ihrer eigenen Tochter wusste.

»Sie wussten wirklich nicht, dass Jessie tot ist?«

»Nein.«

»Wirklich?«, fragt Ray, ihr erstes Wort seit über zwanzig Minuten. »Wussten Sie von der Verhaftung des Präsidenten?«

»Äh, ja, ich schätze, ich habe davon gehört.« Sie schaut zu Sullivan. »Aber ich konnte es nicht fassen. Ich wollte vor ein paar Tagen einen Artikel darüber in der Zeitung lesen, aber ich habe es nicht bis zum Ende geschafft.«

Man kann es in ihren Augen sehen, bis zum heutigen Tag. Keine Ahnung, was Sullivan damals für sie empfunden hat, aber sie hat ihn definitiv geliebt.

»Aber Sie haben Ihre Tochter noch einmal gesehen, nachdem sie sechzehn geworden war«, sage ich. Es ist keine Frage.

»Ja, einmal«, gibt sie widerwillig zu. »Sie kam vor etwa zwei Jahren vorbei und fragte nach Geld. Kein ›Hallo‹, kein ›Tut mir leid, dass ich vor drei Jahren weggelaufen bin, ohne es dir zu sagen‹, nur ›Hast du Geld?‹.«

»Haben Sie ihr welches gegeben?«

Sie schüttelt den Kopf. »Dieses Mädchen hat mein Leben ruiniert. Fing mit zwölf Jahren an, Meth zu nehmen, mit dreizehn hatte sie Sex. Hat mich meine Ehe und Hunderttausende Dollar in der Reha gekostet. Mein Haus wurde zwangsversteigert. Ich habe alles verloren. Ich habe dieser verlogenen Schlampe keinen Cent gegeben. Das Beste, was mir je passiert ist, war, dass sie an diesem Tag endgültig verschwand.«

»Warum haben Sie nicht angerufen und sie aus der Vermissten-Datenbank löschen lassen?«

Sie zuckt mit den Schultern. »Habe es vergessen, schätze ich.«

»Du hättest es mir sagen können«, wirft Sullivan ein.

»Was hätte ich dir sagen können?«

»Dass Jessie von mir ist.«

»Von dir?«

»Meine Tochter.«

»Jessie ist nicht deine Tochter.«

»Laut DNA-Test, den sie mir gezeigt hat, ist sie das sehr wohl.«

Kim höhnt: »Jessie war eine krankhafte Lügnerin. Krankhaft. Sie fing an, ihre eigenen gefälschten Zeugnisse am Computer zu erstellen, als sie sieben war. Sie waren perfekt. Nicht einmal ihr Lehrer konnte den Unterschied feststellen. Sie fälschte einen Sechzigtausend-Dollar-Scheck, als sie elf war. Mit vierzehn machte sie an der Highschool für alle anderen falsche Schülerausweise.«

Das würde all ihre Identitätswechsel erklären. Ich bin sicher, sie hatte Hilfe auf diesem Weg. Doch da sie bereits einen Fuß in dieser Welt hatte, war ihr alles Weitere wesentlich leichtergefallen.

»Aber ich habe die Firma angerufen, die den Test gemacht hat. Sie wollten mir nicht viel sagen, allerdings habe ich einer der Empfangsdamen entlockt, dass Jessie Kallomatix in ihren Akten steht.«

»Das war wahrscheinlich aus der Zeit, als ich sie in jungen Jahren testen ließ, um sicherzustellen, dass Paul ihr Vater ist und nicht du.«

»Und er ist es?«

»Ja.«

»Scheiße!«

Sullivan hätte ein Recht darauf, sauer zu sein. Er hat über dreihunderttausend Dollar gezahlt, basierend auf der Annahme, Jessie sei seine Tochter. Aber er wirkt nicht sauer. Er lächelt sogar.

Ich merke, dass er an Ricky denkt. Er ist froh, dass sein Sohn nicht mit seiner Halbschwester geschlafen hat. Das muss dem Präsidenten Albträume bereitet haben.

»Deshalb hat sie Ihnen beim zweiten Mal das Foto Ihres Sohnes geschickt«, sage ich zum Präsidenten. »Hätte sie Sie erneut mit der Behauptung erpresst, sie sei Ihre Tochter, hätten Sie diesmal vielleicht gründlicher nachgeforscht. Sie hätten möglicherweise Red oder einen anderen Ihrer Jungs auf die Sache angesetzt. Also fing sie an, sich mit Ihrem Sohn zu treffen. Sie wusste, dass Sie das für sich behalten würden.«

Sullivan nickt.

»Hat sie mit deinem Sohn rumgemacht?«, fragt Kim.

Sullivan verbringt die nächsten zehn Minuten damit, ihr alles zu erklären. Von der ersten Begegnung mit Jessie, wie sie ihn erpresste, ihm das Bild von ihr und seinem Sohn schickte, über die Nacht, als er zu ihrem Haus ging und das Geld ablieferte, bis hin zu der Tatsache, dass sie erdrosselt aufgefunden wurde.

Ich werfe einen Blick auf mein Handy.

Es ist 3:50 Uhr.

Noch zehn Minuten.

Sullivan starrt mich an. »Also, eine weitere Sackgasse.«

Scheinwerfer biegen auf die Straße ein.

Sie werden heller. Immer heller. Dann verschwinden sie.

Alle drei Augenpaare sind auf mich gerichtet.

Ich lege meinen Finger auf die Lippen.

Zehn Sekunden später klopft es.

»Bins«, ertönt eine Stimme. »Bins, ich bin's. Ich bin da.«

Ich öffne die Tür.

:17

Paul Kallomatix trägt denselben Anzug wie bei unserer ersten Begegnung. Die Stirn über den gerunzelten Augenbrauen ist stark zerfurcht. Sein perfekt gestylter Spitzbart umrahmt den offen stehenden Mund.

»Hey, Paul«, sage ich.

»Was zum Teufel ist hier los, Bins?«, sagt er und ignoriert meine Begrüßung. Sein Blick schweift über seine Ex-Frau, seine Kollegin und den Präsidenten der Vereinigten Staaten. »Kim? Ingrid? Was zum Teufel soll das?«

»Erklär du es mir, Cal. Warum erzählst du mir nicht ein bisschen von Jessie?«, faucht Ray ihn an.

Als der Präsident seine Geschichte über die Eheverwechslung erzählte und dabei der Name Kallomatix fiel, war Ray plötzlich verstummt. Ich konnte förmlich sehen, wie sie die

Puzzleteile im Kopf zusammenzusetzen versuchte. Cal? Ein Mörder?

Cal schaut über die Schulter. Denkt an Flucht. Er besinnt sich eines Besseren. Sein Spitzbart verzieht sich zu einem Grinsen, er macht zwei Schritte in den Raum hinein und schließt die Tür hinter sich.

»Sind die Typen, die Sie auf mich angesetzt haben, immer noch im Krankenhaus?«, frage ich.

»Keine Ahnung, wovon Sie reden.«

»Sicher doch. Die dienstfreien Polizisten, die mich die ganze letzte Woche beschattet haben. Die herausfinden sollten, ob ich nach Maryland fahre, um Ihre Ex-Frau zu besuchen.« Glücklicherweise wohnte sie mittlerweile in einem anderen Haus. Eines, von dem er offensichtlich nichts wusste, als er zu diesem Treffen hier fuhr.

»Noch mal. Ich habe keinen blassen Schimmer, wovon Sie reden.«

»Sie sind übrigens spät dran.« Ich hatte ihm diese Adresse gesimst, kurz bevor ich an Rays Wagenfenster geklopft hatte, und geschrieben, er solle mich hier um 3:45 Uhr treffen. Und alleine kommen.

»Warum hast du das getan, Cal?«, fragt Ray.

»Was getan?«

»Warum hast du sie getötet?«

»Was denn? Bist du jetzt auch auf deren Seite?«, höhnt er. »Komm schon, Ingrid, ich wusste nicht mal, dass es Jessie war, bis sie das Bild von ihr mit ihm da gezeigt haben.« Er nickt in Richtung Sullivan. »Und was hätte es für einen Unterschied gemacht? Er hat sie getötet.«

Er funkelt den Präsidenten hasserfüllt an.

»Wenn Sie nicht erzählen, wie es passiert ist, werde ich es tun«, sage ich.

»Ich habe dieses Mädchen nicht angerührt.«

Sie ist nicht sein kleines Mädchen. Sie ist dieses Mädchen.

Ich spähe auf mein Handy.

3:54 Uhr.

Sechs Minuten.

»Was geschah, als Jessie Sie des Missbrauchs bezichtigte?«

Es gab einen Artikel darüber im Internet. Er war eines der Ergebnisse bei meiner Suche nach »Jessie Kallomatix«. Als sie zwölf war, beschuldigte sie ihren Vater, einen Polizisten aus Maryland, sie missbraucht und vergewaltigt zu haben. Der Fall wurde irgendwann zu den Akten gelegt, aber er sorgte für Schlagzeilen.

»Welche Lügen hat sie noch über Sie verbreitet?«

Sein Gesicht läuft rot an.

»Wie viel von Ihrem hart verdienten Geld mussten Sie ausgeben, um sie in die Reha und zur Therapie zu schicken?«

Ich kann hören, wie seine Zähne knirschen.

»Es tut mir leid.«

Er schaut zum Präsidenten.

»Es tut mir leid«, wiederholt Sullivan.

Cal schnaubt. Schnaubt erneut.

»Mit dir hat alles angefangen!«, schreit er. »Weil du deinen kleinen Schwanz in Dinge gesteckt hast, die dich nichts angehen.«

Er scannt den Raum. Blickt jedem von uns in die Augen. Ich fühle es. Fühle, wie der Damm bricht.

»DIESE KLEINE FOTZE HAT MEIN LEBEN RUINIERT!«

Spucke fliegt von Cals Lippen.

»Wenn ich sie noch mal erwürgen könnte, würde ich es tun.«

Wir vier anderen wagen es nicht, uns zu rühren. Wagen es nicht, den Zug in voller Fahrt zu stoppen.

Er schüttelt wild den Kopf hin und her, während er im Kreis läuft.

»Weißt du, dass sie mir mit vierzehn Jahren sagte, wenn ich ihr keinen Range Rover kaufe, wenn sie sechzehn wird, würde sie allen erzählen, dass ich sie geschwängert und zur Abtreibung gezwungen habe? Wegen dieser kleinen Schlampe bin ich aus der Army geflogen. Niemand in Maryland oder D.C. gab mir noch eine Chance, selbst nachdem der Richter entschieden hatte, dass ich meine Tochter nie angefasst habe. Meine Frau«, er deutet auf Kim, »dachte, ich sei ein kranker Bastard, der unser kleines Mädchen vergewaltigt habe, und ließ sich von mir scheiden. Irgendwann war ich bankrott, weil meine Ersparnisse draufgegangen waren, um meine verdammte Psycho-Tochter dreimal in die Reha zu schicken. Dann wurde ich vor zwei Monaten in einen Stripclub gerufen. Eine der Stripperinnen war auf einen Kunden losgegangen, und siehe da, es war mein eigen Fleisch und Blut. Sie war total zugekokst. Ich brachte sie nach Hause, und sie erzählte mir eine lustige Geschichte über ihren richtigen Dad. Es stellte sich heraus, dass dieses verrückte Ding, das mein Leben ruiniert hat, nicht einmal meins ist. Sagte, sie habe seine Haare im Gefrierschrank, wenn ich Beweise wollte. Dann wurde sie bewusstlos, und ich fing an, ihre Wohnung zu durchsuchen. Ihre E-Mails auf ihrem Computer waren offen, und ich entdeckte eine Nachricht an den Präsidenten. Sie erpresste ihn. Er sollte in zwei

Tagen zweihunderttausend Dollar abliefern. Ich hatte nicht geplant, sie zu töten. Ich wollte nur das Geld. Ich habe es mehr als verdient, verdammt, nach all der Scheiße, die sie mir angetan hat. Aber als ich bei ihr einbrach und sah, wie sie das verdammte Handy des Präsidenten in der Hand hielt, entschied ich, dass es eine zu gute Gelegenheit war, um sie zu verpassen. Ich schleifte sie in die Garage, packte ihre Kehle – aus der sie vor einem Richter verkündet hatte, ich hätte sie vergewaltigt – und würgte sie, bis kein Leben mehr in ihr war. Ich legte das Handy des Präsidenten unter das Auto, streute einige seiner Haare auf das Bett, schnappte mir alles von Jessie, was ich finden konnte, und warf dann Handy und Brieftasche in den Müllcontainer zwei Blocks entfernt.«

»Du warst es«, sagt Ray und wendet sich kopfschüttelnd an Cal. »Du bist derjenige, der dem FBI den anonymen Hinweis gegeben hat.«

»Nun, unser Captain hat sich leider als echtes Weichei erwiesen.«

»Aber du hast selbst gesagt, Cal, dass du Sullivan nicht für den Täter halten würdest.«

»Jetzt mal ernsthaft, Ingrid. Was zum Teufel hätte ich sagen sollen? Ich weiß, dass es sein verdammtes Haar ist, weil ich es selbst da hingelegt habe?«

»Sie ist von dir«, sagt Kim.

Cal sieht seine Ex-Frau an, die fortfährt:

»Jessie hat gelogen. Sie hat immer gelogen. Connor ist nicht ihr Vater. Du bist es. Ich habe sie testen lassen, als sie ein Baby war.«

Die Farbe weicht aus seinem Gesicht.

Er taumelt.

Ich beuge mich vor, um ihn zu stützen.

»Nein ... nein ... NEIN!«, schreit er.

Er springt hinter mich, bevor ich reagieren kann. Ich fühle, wie sich eine Pistole in meine Rippen bohrt.

»Geht alle da rüber!«, schreit er und dirigiert die anderen zur Vorderseite des Wohnzimmers, mit dem Rücken zum Fenster.

»Beruhige dich«, sagt Ray. Ihre Finger strecken sich in Richtung der Waffe.

»Denk nicht mal dran!«, schreit Cal direkt neben meinem Ohr.

Sie lässt ihre Hand sinken.

»Sie müssen das nicht tun«, platzt es aus mir heraus.

Es ist 3:58 Uhr.

In zwei Minuten werde ich umkippen. Er wird denken, dass ich fliehen will, und mich erschießen.

»Du!«, schreit er mir ins Ohr. »Hättest du dich nur um deinen eigenen Scheiß gekümmert, dann wäre alles gut gegangen.«

»Mein Fehler«, sage ich, obwohl er es vermutlich gar nicht hört. Er ist zu sehr mit Denken beschäftigt. Er heckt einen Fluchtplan aus. Er atmet mir zwanzig Sekunden lang schwer ins Ohr. Dreißig.

Es ist 3:59 Uhr.

Ich muss etwas unternehmen.

Und zwar sofort.

Ich hebe meine Hand.

Ich mache das Friedenszeichen.

Zumindest hoffe ich, dass Cal das denkt.

»Keine verdammte Bewegung.«

Ich zeige erneut das Friedenszeichen.

Zwei Finger.

Ich klappe einen Finger ein.

Ray starrt mich neugierig an.

Eins.

Ich klappe den zweiten Finger ein.

Jetzt ...

Ich werfe den Kopf zur Seite.

Das Geräusch von berstendem Glas erfüllt den Raum.

Als ich nach unten schaue, sehe ich Cal auf dem Boden, ein Einschussloch direkt über seinem Nasenrücken.

Das Letzte, woran ich mich erinnere, ist Red, wie er durch die Tür hereinstürmt, das Scharfschützengewehr in der Hand.

...

POLIZIST SCHMIEDET KOMPLOTT GEGEN PRÄSIDENTEN!
DER PRÄSIDENT IST UNSCHULDIG!
SULLIVAN HAT ES NICHT GETAN!
INNOCENT-GATE!

Das sind die Schlagzeilen.

Das FBI vernahm jeden von uns – meine Vernehmung lief telefonisch –, aber der Hauptbeweis war das Band mit Cals Geständnis, das Red durch ein Mikrofon im Sweatshirt des Präsidenten aufgezeichnet hatte. Zum Glück für uns konnte er mithören und wusste daher, dass Cal mich als Geisel genommen hatte. Durch das Fenster hatte ich den Schimmer von Reds Zielfernrohr bemerkt, den Cal offensichtlich übersehen hatte.

In der darauffolgenden Nacht erwachte ich in meinem Bett und fand später heraus, dass mich der Präsident höchstpersönlich die drei Stockwerke hinaufgetragen hatte, obwohl ich wetten möchte, dass Red ihm dabei geholfen hat. Neben mir lag eine Karte. Eine orangefarbene Monopoly-Karte. »Du kommst aus dem Gefängnis frei.« Ich glaube, es war die Art des Präsidenten, mir zu versichern, dass er mir etwas schuldete.

Das war vor vier Tagen.

Lassie und ich überlegen immer noch, wofür wir die Karte einsetzen sollen.

»Was meinst du, Kumpel? Sollen wir sie für eine Flugreise mit der Air Force One einlösen?«

Miau.

»Das Taj Mahal? Findest du das tatsächlich interessant?«

Miau.

»Was hast du nur mit diesem Justin Timberlake?«

Miau.

»Eine Tüte voll mit Mäusen? Das ist ein bisschen zu simpel.«

Miau.

»Was in aller Welt willst du mit Raketenrucksäcken?«

Miau.

»Ich glaube, da hätte Jessica Albas Ehemann ein Wörtchen mitzureden.«

Miau.

»Ich bin mir ziemlich sicher, dass man das nur in Mexiko machen kann.«

Miau.

»Ich tu jetzt mal so, als hättest du das nicht gesagt.«

Miau.

»Danke. Dabei muss ich an Liliputaner denken.«

Miau.

»Er ist der Präsident, nicht der Zauberer von Oz.«

Miau.

»Zwanzig Murdock-Klone? Im Ernst?«

Höchstwahrscheinlich könnte das ewig so weitergehen, oder zumindest die siebenundvierzig Minuten, die mir von meiner Zeit noch bleiben, wenn nicht eine atemberaubende und sehr nackte Frau mit zwei Schüsseln Cornflakes hereinkommen würde.

»Frühstück im Bett.«

Ingrid plumpst neben mich.

Sie füttert mich mit einem großen Löffel Cinnamon Toast Crunch und sagt: »Ich finde, die Sache mit Justin Timberlake klingt ziemlich gut.«

»Fängst du jetzt auch schon damit an«, sage ich, worauf wir beide einen Lachkrampf kriegen.

Um 3:55 Uhr blickt sie atemlos zu mir auf und fragt: »Hast du noch Zeit für ein weiteres kleines Nümmerchen?«

TOD

:01

»Raus aus den Federn.«

Lassie öffnet ein Auge. Er hat etwas Schmiere im Augenwinkel direkt neben seiner Nase, und ich wische sie mit meinem Daumen weg. Er schüttelt den Kopf, dann legt er ihn wieder auf meine Brust.

»Komm schon, Kumpel, wir haben etwas zu erledigen.«

Miau.

»Noch zehn Minuten? Wir haben dreiundzwanzig Stunden geschlafen.« Also, ich jedenfalls. Für Lassie kann ich nicht sprechen. Obwohl ich mir fast sicher bin, dass er die ganze Zeit auf meiner Brust zusammengerollt lag. Ich schiebe den Kater von mir runter und stehe auf. Der Wecker auf der Kommode schreit mich an, dass bereits eine Minute meines Tages verstrichen ist.

Ich schnappe mir mein Handy vom Nachttisch und lese Ingrids SMS. Sie kann nicht vorbeikommen. Sie hat gerade eine Mord-Selbstmord-Ermittlung abgeschlossen und muss etwas Schlaf nachholen. Aber sie wird mich morgen ganz sicher treffen. Smiley-Gesicht.

Morgen ist der 7. Oktober, Ingrid und ich feiern sechsmonatiges Jubiläum.

Obwohl ich sie zwei Tage zuvor gesehen habe, kommt es mir vor, als wäre es Wochen her. Ich spiele mit dem Gedanken, sie zu bitten, bei mir einzuziehen. Ich habe ihr vor ein paar Monaten einen Schlüssel nachmachen lassen – eines der wenigen Dinge, die um drei Uhr morgens möglich sind –, und sie benutzt ihn, wenn sie ein- oder zweimal pro Woche zu Besuch kommt.

Aber zwei Stunden pro Woche reichen nicht aus. Ich will alle sieben.

Ich schlurfe in die Küche und hole mir die Schüssel mit den Cornflakes, die Isabel für mich vorbereitet hat. Ich ziehe die Frischhaltefolie ab und gieße das abgemessene Glas Milch hinein. Isabel kocht und putzt nicht nur, sie findet auch kleine Möglichkeiten, mir Zeit zu sparen: Auf meiner Zahnbürste ist bereits Zahnpasta, die Mikrowelle ist auf drei Minuten und dreißig Sekunden eingestellt (genau die Zeit, die nötig ist, um ihre legendären Enchiladas zu erhitzen), Lassies Futterschüssel steht gefüllt und zugedeckt im Kühlschrank, Kopfhörer und Laufschuhe liegen neben der Tür bereit, die NASDAQ- und DOW-Abschlusszahlen stehen auf einem Zettel neben dem Computer. Die Sekunden, die sie mir so verschafft, würden dem Durchschnittsmenschen nichts bedeuten, aber für mich ist jede Sekunde die Mona Lisa.

Ich verschlinge die Cornflakes, eine Banane, kippe einen Erdnussbutter-Proteinshake und schaue mir vier Minuten *Game of Thrones* an. Vor acht Monaten erzählte Dad erstmals von der Serie, und inzwischen bin ich bei Folge vier der zweiten Staffel angelangt.

Um 3:07 Uhr überprüfe ich meine Aktien auf E-Trade. Ich stoße ein paar Tausend Aktien eines angeschlagenen Pharmakonzerns ab und kaufe die gleiche Menge an Mais-Futures – was hoch gepokert ist, aber großes Kurspotenzial hat.

Es ertönt ein leises Glockenspiel, und ich beantworte den Anruf meines Vaters auf Skype.

Der Look meines alten Herrn ist so nachlässig wie eh und je. Eine große Brille rutscht seinen Nasenrücken herunter. Seine grauen Haare fliehen rasant von seiner hohen, glänzenden Stirn. Ein weißer Rollkragenpullover, möglicherweise der letzte seiner Art, stützt einen hängenden Adamsapfel.

»Hey, Sonnyboy«, murmelt er.

»Hey, Pops. Wie geht's deinem Rücken?«

»Tut verdammt weh. Ich glaube, ich muss heute bei unserer Pokerrunde aussetzen.«

Der Rücken meines Vaters hat in den letzten Wochen ziemlich verrücktgespielt, und wir waren gezwungen, unsere wöchentliche Pokerpartie online zu spielen. Letzten Mittwoch hat er mich richtig ausgenommen, und ich habe mich eigentlich auf eine kleine Revanche gefreut.

»Nimm einfach ein paar Aspirin, alter Mann.«

»Das ist es ja gerade. Das rezeptfreie Zeug hilft nichts, und wenn ich die vom Arzt verschriebenen Pillen nehme, penne ich nach fünf Minuten ein.«

An seiner Grimasse kann ich ablesen, dass er wirklich Schmerzen hat. Ich kann nicht anders, als mich mitverantwortlich zu fühlen. Meinem Vater ging es gut, bis er vor ein paar Jahren versuchte, mich aus seinem Auto in meine Wohnung im dritten Stock zu tragen. Lange Rede, kurzer Sinn:

Er hatte zwei Bandscheibenvorfälle, und mein Nachbar hatte die Polizei gerufen, weil er dachte, mein Dad würde meine Leiche mit sich herumschleppen.

»Geh und nimm diese Pillen, dann plaudern wir noch ein oder zwei Minuten.«

Er nickt und verschwindet vom Bildschirm.

Ein großer brauner Kopf nimmt seinen Platz ein. Er gehört dem siebzig Kilo schweren englischen Mastiff meines Vaters.

»Hey, Mur...«

Lassie sitzt auf meinem Schoß, bevor ich die zweite Silbe über die Lippen bringen kann. Es ist drei Wochen her, seit die beiden sich zuletzt gesehen haben, und der große dumme Murdock versteht nicht, dass Lassie nicht wirklich auf dem Tisch im Haus meines Vaters liegt. Er donnert seine Riesenpfote gegen den Computer, und die Verbindung bricht ab. Kurz darauf ruft mein Dad auf meinem Handy an und erzählt mir, dass Murdock seinen Laptop zertrümmert hat und er jetzt ins Bett geht.

Es ist 3:09 Uhr.

Ich hatte den Rest meines Tages für das Kartenspiel eingeplant und überlege, was ich mit meinen verbleibenden einundfünfzig Minuten anfangen soll. Mittwoch ist der einzige Tag, an dem ich nicht trainiere, und ich überlege, ob ich nicht trotzdem einen kurzen Lauf machen soll. Ich hebe den Vorhang und starre hinaus. Der Oktober in Alexandria war bisher ziemlich regnerisch, und der Asphalt schimmert feucht unter der Straßenlaterne. Ich schaue auf das Haus gegenüber. Es ist schon über sechs Monate her, dass ich Jessie Kallomatix' Schrei gehört habe, was ursächlich dazu führte, dass einem Mann ein Mord angehängt wurde und ein anderer eine Kugel zwischen die Augen bekam.

Letzterer, Jessies Vater, starb wie die meisten Leute, denen ins Gesicht geschossen wird. Ersterer, nun ja, er kehrte in seinen alten Job zurück, als mächtigster Mann der freien Welt.

Fast zwei Monate nachdem Connor Sullivan vom Mord an Jessie entlastet worden war, klingelte mein Telefon. Es war 3:33 Uhr. Am Apparat war Präsident Sullivan. Er konnte nicht schlafen und brauchte jemanden, mit dem er reden konnte. Ich war die einzige Person, von der er sicher wusste, dass sie um diese Zeit wach sein würde. Zehn Minuten lang machten wir Small Talk über das Wetter, seine geliebten Redskins und wie viel Zeit ich mir für meine Sitzungen auf dem Topf gönne. Einen Monat später rief er wieder an. Und zwei Wochen danach tauchte er mit einem Sixpack auf meiner Türschwelle auf. Er wusste, dass ich jeden Mittwoch mit meinem Vater Poker spiele und wollte wissen, ob er in unsere Runde einsteigen könne.

Und so kam es, dass mein Vater, ich, der Präsident und Red neunundvierzig Minuten lang pokerten.

Danach hörte ich drei Monate nichts mehr von ihm.

Verfluchte Ukraine.

Ich beschließe, mir noch fünfzehn Minuten *Game of Thrones* anzusehen und dann mit Lassie einen kurzen Spaziergang zu machen.

Ich will gerade den Play-Knopf drücken, als ein Signalton mich darauf hinweist, dass ich eine neue E-Mail habe.

Es ist 3:10 Uhr.

Über *IchhabeHenryBins@gmail.com* kommen nicht allzu

viele Nachrichten, die meisten von Amazon oder dem Online-Trading-Podcast, den ich abonniert habe, und ich erhalte üblicherweise nur eine Handvoll E-Mails, wenn ich wach bin.

Diese Mail ist von AST. Advanced Surveillance and Tracking.

Sie besteht aus vier Wörtern.

Wir haben sie gefunden.

Ich atme tief durch.

Sie haben meine Mutter gefunden.

:02

Die letzte Erinnerung an meine Mutter stammt von meinem sechsten Geburtstag. Ich weiß noch, dass ich ziemlich aufgeregt war, weil sie die beiden vorherigen verpasst hatte. In dem Moment, als ich aufwachte, suchte ich das Zimmer nach ihr ab, aber da stand nur mein Vater über mich gebeugt.

»Wo ist Mama?«

»Sie ist …«

Dieser Satz endete üblicherweise immer gleich.

»… arbeiten.«

Meine Mutter hatte den langweiligsten Job der Welt. Zumindest dachte ich, als ich klein war, *Geologin* sei der langweiligste Job der Welt. Aber das lag daran, dass ich ihren Job – die Analyse von Gestein – als Konkurrenten betrachtete. Warum war Sandstein wichtiger als ich? Was hatte Quarzit, was ich nicht hatte? Erst als ich größer wurde und erfuhr, dass meine Mutter ihre dreiwöchigen bis dreimonatigen Phasen der Abwesenheit nicht mit Gesteinssuche verbrachte, begriff ich. Sie suchte nach Öl. Die Firmen bezahlten ihr dafür viel Geld, was es meinem Vater mit seinem bescheidenen Einkommen als technischer Autor erlaubte, zu Hause zu bleiben und sich um mich zu kümmern.

»... gleich da«, beendete er den Satz.

Meine Mutter trat mit einer Geburtstagstorte ins Zimmer. Auf dem Kuchen war ein Bild von Snoopy und eine große blaue Kerze in Form einer Sechs.

Ich sehe noch immer den Gesichtsausdruck meiner Mutter vor mir. Ihre scharfen, kantigen Züge – so ziemlich das Gegenteil von denen meines Vaters –, die von ihrer tschechischen Herkunft zeugten. Sie hatte stechend grüne Augen – kleine Jadesplitter, wie sie es nannte –, aus denen man Stimmungsringe hätte machen können.

An diesem Tag blickten sie düster.

Ich frage mich, ob sie damals schon wusste, dass sie irgendwann gehen würde. Dass sie uns verlassen würde.

Nachdem ich die Kerzen ausgeblasen und fast die Hälfte des Kuchens gegessen hatte, brachten meine Eltern mein Geburtstagsgeschenk herein. Oder besser gesagt, sie rollten es herein.

Ein leuchtend rotes Kinderfahrrad.

Ich hätte nicht glücklicher sein können.

»Dad, kannst du es mir *jetzt gleich* beibringen?«

Ich ging wie selbstverständlich davon aus, dass mein Dad mir das Fahrradfahren beibringen würde. Er war derjenige, der zwanzig Minuten am Tag damit verbrachte, mir aus Geschichtsbüchern vorzulesen, mich über die Rechtschreibung auszufragen, mich dazu zu bringen, meine Schreibschrift oder Rechenaufgaben zu üben, dann noch einmal zwanzig Minuten, in denen er mir beibrachte, wie man einen Baseball wirft, einen Golfschläger schwingt, einen Handstand macht, ein Omelett zubereitet, Gin Rommé spielt und viele andere Lektionen des Lebens.

»Weißt du, deine Mom ist die Fahrradexpertin in der Familie. Vielleicht bringt sie es dir bei.«

Mein Vater muss es gewusst haben.

Falls sie sich nicht mit ihm hingesetzt und ihm erklärt hatte: »Richard, ich schaffe das nicht mehr. Ich ertrage es nicht mehr, meinen Sohn nur eine Stunde am Tag wach zu sehen. Das ist nicht das, was ich mir gewünscht habe. Ich gehe«, hatte er es mit Sicherheit in ihren Jade-Augen gelesen.

»Ich fahre einen rasanten Stil«, sagte meine Mutter mit einem Lächeln.

Die nächsten dreißig Minuten verbrachte meine Mutter damit, mir das Fahrradfahren unter den Straßenlaternen der kleinen Sackgasse beizubringen, wo mein Vater noch heute wohnt.

Ich habe es damals nicht kapiert, aber als meine Mutter den Sattel meines roten Kinderrädchens losließ, mich ganz alleine balancieren ließ, war es nicht nur das Fahrrad, das sie losließ.

Als ich alleine eine Runde gedreht hatte, war es nicht meine Mutter, sondern mein Vater, der auf mich wartete.

»Wo ist Mama?«

»Sie musste einen Anruf entgegennehmen.«

Seither hatte ich meine Mutter nicht mehr gesehen.

...

Im Laufe der Jahre fragte ich meinen Dad ab und zu nach meiner Mutter, aber es kam nie was dabei heraus.

»Sie ist weg. Verschwende deine Zeit nicht damit, an sie zu denken«, war alles, was er je sagte. Und er hatte recht, denn wenn ich anfangen würde, an sie zu denken, würde ich mich in einem schwarzen Loch verlieren, nur um irgendwann wieder aufzuschrecken, und mein Tag, meine *Stunde,* wäre verflogen. Wenn ich normal wäre, hätte ich Stunden, Tage, Monate, sogar Jahre damit verbringen können, darüber nachzugrübeln, warum meine Mutter uns verlassen hatte. Aber ich war nicht normal. Ich hatte sechzig Minuten am Tag und ließ mir nicht vorschreiben, wie ich sie zu verbringen hatte. Also errichtete ich eine Mauer. Eine Mauer, die die Berliner Mauer armselig erscheinen ließ. Eine Mauer, die meine Mutter niemals überwinden würde.

So dachte ich jedenfalls.

Vor fünf Jahren handelte ich online an der Börse. Ich wollte ein paar Öltermingeschäfte machen und stieß auf eine Aktie.

GGU.

Wann immer ich meine Mutter gefragt hatte, für wen sie arbeitete, hatte sie erwidert: Global Geologist Unlimited. Ich stellte ein paar Routinenachforschungen über das Unternehmen an. Es war 1987 gegründet worden.

Meine Mutter hatte uns 1984 verlassen.

Nachdem ich bei Global Geologist angerufen und eine E-Mail an sie geschickt hatte, fand ich heraus, dass dort niemals eine Sally Bins gearbeitet hatte.

Als Nächstes kontaktierte ich die George Mason University, die meine Mutter unter ihrem Mädchennamen Sally Petrikova besucht und an der sie ihren Abschluss in Geowissenschaften gemacht hatte.

Dort existierten keinerlei Unterlagen über sie.

Der Vater meiner Mutter war bereits verstorben, aber ihre Mutter lebte noch in Tschechien. Es gab dort zwei Deniza Petrikovas. Aber keine von beiden hatte eine Tochter.

Damals nahm ich zum ersten Mal Kontakt mit AST auf und begann, monatlich fünftausend Dollar für die Suche nach Sally Bins hinzublättern.

Ihr erster Bericht, in dem sie die Finanzen meines Vaters und meiner Mutter, ihre Heirat, die Geburtsurkunden und die Kreditauskünfte unter die Lupe genommen hatten, schlug ein wie eine Bombe.

Sally Bins hatte nie existiert.

...

Mein Vater lernte meine Mutter in einem Café kennen. Klar ist das ein Klischee, auch wenn mir selbst nie etwas Derartiges passierte. Wenn ich Frauen kennenlernte, dann meist über Match.com – NIGHTOWL3AM. Oder weil mich wie im Fall von Ingrid ein weiblicher Detective der Mordkommission wegen eines Verbrechens vernahm.

Das Café hieß *Mighty Bean.* Der Laden lag fünf Kilometer von der Wohnung meines Vaters in Arlington entfernt, an der Westseite des Potomac. Er besuchte das Lokal häufiger, saß in der Ecke und arbeitete an seinem neuesten Projekt, während er an einer Tasse des Hausgebräus nach der anderen nippte. Da er so nah bei D.C. wohnte, hatte ein Großteil seiner Arbeit mit der Buchstabensuppe der Regierungsbehörden zu tun.

Ich vermute, dass mein Vater sich in den letzten vierzig Jahren nicht groß verändert hat. Ich nehme an, er hatte vielleicht etwas mehr Haare, etwas weniger Stirnglatze und trug womöglich sogar ein Hemd mit Kragen. Aber ich kann kaum glauben, dass er auf dem Radar der attraktiven Brünetten, die am Nebentisch saß, trotzdem einen Piep auslöste. Und so wie ich mir die Szene vorstelle, war mein Vater derart in den Regierungsjargon vertieft, dass er überhaupt nichts davon mitbekam, dass die Frau am Nebentisch ihn fragend anstarrte.

»Woran arbeiten Sie so intensiv?«

Laut meiner Mutter reagierte mein Vater beim ersten Mal überhaupt nicht, und sie musste die Frage wiederholen.

Als er aufblickte, rutschte ihm seine große Brille die Nase herab, und er blinzelte sie mit dunklen Augen unter schweren Brauen an. Nachdem er seine Brille wieder hochgeschoben hatte, machte er große Augen und sagte: »Heiliger Bimbam!«

Meine Mutter war sich der Macht, die sie über das andere Geschlecht besaß, durchaus bewusst, und sie hatte seit ihrer frühen Jugend kein einziges Mal Make-up getragen. Mit ihren zu einem festen Dutt zurückgebundenen Haaren, dem kantig geschnittenen Business-Anzug, der ihre kurvenreiche Figur kaschieren sollte, und einer Brille – deren

Stärke der meines Vaters entsprach und die ihre grünen Augen zu zwei Planeten vergrößerte – war meine Mutter von der aufrichtigen Reaktion meines Vaters überrascht. Sie war in ihrem Leben noch nie errötet, doch jetzt wurden ihre Wangen heiß.

»Nun, heiliger Bimbam auch Ihnen.«

Sie verbrachten die nächsten sechs Stunden im intensiven Gespräch.

Drei Monate später heirateten sie.

Und ein Jahr danach kam ich.

Babys schlafen viel, sodass meine Eltern nicht übermäßig besorgt waren, als ich in der ersten Nacht nur eine Stunde wach war. Tatsächlich waren meine Eltern am ersten Tag davon überzeugt, dass sie das ruhigste Baby der Welt bekommen hätten. Ich schlief bis 3:00 Uhr morgens, wachte weinend auf, meine Mutter stillte mich, ich gurrte und gluckste eine Weile, und dann bumm, Punkt 4:00 Uhr morgens, schlief ich schlagartig ein. Als meine Eltern mich am nächsten Morgen nicht wecken konnten, rasten sie mit mir in die Notaufnahme.

Sie machten einen Haufen Tests mit mir, bis ich um 3:00 Uhr mit einem lauten Schrei wieder erwachte, woraufhin sich alle herzlich freuten. Zumindest eine Stunde lang.

Ich blieb die nächsten vier Monate im Krankenhaus, bis jeder Test durchgeführt worden war. Tagsüber wurde ich intravenös ernährt, nachts wurde ich dann während der Stunde, in der ich wach war, von meiner Mutter gestillt. Als ich schließlich sechseinhalb Kilo wog und man mich für so gesund hielt wie jedes andere Baby, einmal abgesehen von meinem seltsamen Schlafplan, nahmen mich meine Eltern wieder mit nach Hause. Sie fuhren fort, mich intravenös zu ernähren, und meine Mutter stillte mich weiterhin jede Nacht während der Stunde, in der ich wach war. Ich kann mir den Stress und die Sorgen, die ich ihnen verursachte, nur zu gut vorstellen.

Sie warteten und warteten, hofften und beteten, dass ich eines Tages wie ein normales Baby erwachen würde, aber es ist nie passiert.

Mein Vater brachte mich zu zwanzig Spezialisten in sechs Bundesstaaten und drei verschiedenen Ländern. Egal in welcher Zeitzone ich mich befand, ich wachte um 3:00 Uhr morgens auf und schlief um 4:00 Uhr morgens ein. Auch nach zwölf Jahren und weiteren zahllosen Tests konnte niemand sagen, warum ich nur für diese bestimmte Zeit wach war. Was sie jedoch entdeckten, war, dass ich einen Überschuss an Melatonin in meinem Blutkreislauf hatte. Melatonin ist das Hormon, das den Schlaf-Wach-Zyklus des Körpers steuert. Meine Zirbeldrüse, die sich im Zentrum des Gehirns befindet und für die Sekretion und Regulierung von Melatonin verantwortlich ist, war dreimal so groß wie normal.

Als ich vierzehn Jahre alt war, wurde ich am Gehirn operiert und die Drüse entfernt.

Es hat sich nichts geändert.

Der Zustand wurde in der Folge Henry Bins genannt.

...

Die E-Mail enthält einen Anhang, und ich klicke darauf.

Eine PDF-Datei wird heruntergeladen.

Es ist der vollständige Bericht.

Ich lese den kurzen Text des Mitbegründers von AST, Mike Lang.

> Mr Bins,
> wir bedauern, Ihnen mitteilen zu müssen,
> dass sich eine eindeutige Übereinstimmung
> der Fingerabdrücke, die Sie uns zur Verfügung
> gestellt haben, mit einer Unbekannten
> ergab, die am Montag, dem 4. Oktober, in
> Alexandria, Virginia, aus dem Potomac
> geborgen wurde.

Ich wäre gern traurig, bin es aber nicht. Ich kannte meine Mutter kaum. Ich habe nur ein paar verschwommene Erinnerungen, alles andere stammte aus zweiter Hand von meinem Dad. Es war ein Thema, das er seit dreißig Jahren tunlichst vermied. Es war sicher zehn Jahre her, seit ich in seiner Gegenwart zum letzten Mal das Wort »Mom« ausgesprochen hatte. Ich weiß nicht mehr genau, was ich sagte oder fragte, aber ich weiß noch genau, wie mein Vater die Achseln zuckte und den Kopf schüttelte. Und genau das hatte er getan: Er hatte sie vor langer Zeit abgeschüttelt. Genau wie sie uns abgeschüttelt hatte.

Für einen kurzen Moment empfinde ich fast so etwas wie – ich will nicht sagen ausgleichende Gerechtigkeit, das wäre ein bisschen makaber. Aber vielleicht so etwas wie Karma. Vielleicht war ihr Sturz in den Potomac und ihr Ertrinken wenn auch nicht verdient, so doch immerhin unbeabsichtigte Folge einer Entscheidung, die drei Jahrzehnte zuvor getroffen wurde.

Ich stelle sie mir vor, wie sie in der Nähe einer der unzähligen Leitplanken, Brücken oder Plattformen steht, die den Fluss in D.C., Virginia und weiter hinab flankieren. Vielleicht rinnt ihr eine Träne über die Wange, wenn sie an all die verlorenen Jahre mit ihrem kleinen Jungen denkt. Vielleicht stockt ihr der Atem, während sie überlegt, wie es ihm wohl geht. Ist er zu einem Mann herangewachsen? Hat ihn sein Zustand von einem normalen Leben abgehalten? Vom Glücklichsein? Schlief er noch in dem Zimmer, in dem sie ihn zuletzt gesehen hatte?

Sie springt.

Der Bericht listet die Kontaktdaten des Leichenschauhauses auf, in dem meine Mutter liegt. Dann fährt er fort, unser Vertrag sei damit erfüllt. Er spricht mir sein Beileid aus und erklärt, dass mir anteilig für den Oktober ein Betrag zurückerstattet wird. Gezeichnet, Mike Lang.

Die nächste Seite ist ein Screenshot der Fingerabdruck-Datenbank. Links ist der Abdruck, den ich vor vielen Jahren von einer Vase im Schlafzimmer meiner Eltern genommen hatte. Der Abdruck der Unbekannten ist rechts. Es gibt einen Haufen Zahlen und Wörter, aber die einzigen, die von Bedeutung sind, stehen ganz unten.

Positive Übereinstimmung.

Die nächste Seite überrascht mich. AST muss über beste Kontakte verfügen, um den Autopsiebericht so schnell bekommen zu haben.

Ich scanne das Dokument nach der Todesursache, wobei ich bereits das Wort »Ertrinken« vor meinem inneren Auge sehe. Oder vielleicht ist sie von einer Brücke gesprungen, auf der Wasseroberfläche aufgeschlagen und hat sich das

Genick gebrochen. So oder so wurde es entweder als Unfalltod oder Selbstmord zu den Akten genommen.

Wurde es aber nicht.

Es war Mord.

Meine Mutter hat sich nicht umgebracht.

Sie wurde ermordet.

:03

Miau.

Lassie starrt mich aus seinen orangefarbenen Augen an.

»Ich werde sie nicht anrufen.«

Miau.

»Ja, ich weiß, dass meine Mutter in Alexandria gefunden wurde und dass meine Freundin für die Polizei von Alexandria arbeitet.«

Miau.

»Ja, ich weiß, dass sie Detective bei der Mordkommission ist, du Idiot.«

Miau.

»Ja, und danke für den Hinweis, dass die Mordkommission in Mordfällen ermittelt und meine Mutter ermordet wurde. Was hast du in deinem letzten Zuhause gemacht, nur rumgesessen und *Law & Order* geschaut?«

Miau.

»Special Victims Unit?«

Miau.

»Du liebst Eistee?«

Miau.

»Oh, Ice-T.«

Miau.

»Alter, ich hab dir doch gesagt, ich werde sie nicht anrufen. Sie schläft. Ich werde sie morgen treffen.«

Ich schaue auf die Uhr.

Es ist 3:23 Uhr.

Ich habe die letzten sieben Minuten damit verbracht, im Internet nach Informationen über den Mord an meiner Mutter zu suchen, aber es gibt keinerlei Hinweise auf die Leiche einer Frau, die mit einem Einschussloch im Hinterkopf aus dem Potomac River gezogen wurde. Abgesehen davon ist Alexandria nur eine knappe Viertelstunde von Washington, D.C., entfernt. Wenn es also kein Politiker mit einem Loch im Kopf war, dann war es nicht weiter berichtenswert.

Miau.

»Gut.«

Ich greife zum Handy und wähle.

Ingrid nimmt beim dritten Klingeln ab.

»Hallo, mein Schatz.« Ihre Worte blubbern heraus wie kalte Melasse.

»Tut mir leid, dass ich dich wecke.«

»Schon okay. Wie war dein Morgen?«

Ingrid nennt die ersten zwanzig Minuten meines Tages den *Morgen*, die zweiten zwanzig den *Nachmittag* und die dritten die *Nacht*.

»Es ging mir schon besser.«

Ich kann fast fühlen, wie ihre Augen sich leicht öffnen.

»Ist etwas passiert?«

Ich habe ihr gegenüber meine Mutter nie erwähnt und verbringe die nächsten vier Minuten damit, sie auf den neuesten Stand zu bringen: meine Mutter, die uns verlassen hatte, meine Recherche bei Global Geologist Unlimited, meinen Auftrag an AST, sie zu finden, und ihre Fingerabdrücke, die mit denen der Leiche im Fluss übereinstimmen.

Die Laken von Ingrids Bett rascheln, als sie sich aufrichtet.

»Es tut mir leid für dich, Schatz.«

»Ist schon okay. Ich kannte sie ja kaum.« Und alles, was ich über sie wusste, war eine Lüge.

»Trotzdem, sie ist deine Mutter.«

Ich bin nicht bereit, traurig zu sein, und ignoriere sie einfach. »Sie wurde in Alexandria gefunden. Hast du von dem Fall gehört?«

»Nein. Bei meiner eigenen Arbeitsbelastung und mit Robby im Schlepptau hatte ich noch keine Zeit, mit jemandem zu quatschen.«

Ingrids neuer Partner Robby ist ein unerfahrener Detective in seinem zweiten Jahr.

Ohne dass ich fragen muss, sagt Ingrid: »Lass mich ein paar Anrufe tätigen und versuchen, etwas herauszufinden.«

»Du bist unglaublich.«

»Ich weiß.«

Wir legen auf.

Es ist 3:31 Uhr.

...

Lassie beansprucht die vollen drei Meter seiner Leine. Ich ziehe ihn von dem Baum weg, auf den er klettern will.

»Alter, ich habe keine Zeit, dich heute Nacht zusammenzuflicken.«

Lassie hat eine Vorgeschichte von Kämpfen mit anderen Tieren – Kämpfe, die er selten gewann –, sodass ich meine kostbaren Minuten schon oft damit verbracht habe, seine Wunden zu reinigen, weil er einen Waschbären gejagt hatte. Oder ich musste ihm die Stacheln herausziehen, weil er sich an ein Stachelschwein angeschlichen hatte, oder ihm den Gestank des Stinktieres abwaschen, mit dem er zu kopulieren versucht hatte.

Er zieht sich auf den Gehweg zurück, und wir laufen weiter nach Osten.

Ich trage eine Windjacke und eine Mütze, die mich vor dem Nieselregen schützt, aber Lassie ist halb durchgeweicht, sein braun-schwarzes Fell glatt und glänzend.

Wir überqueren die Straße. Lassie flitzt auf eine Pfütze zu und taucht fast komplett darin unter, bevor ich ihn zurückzerren kann.

Miau.

»Ich bin eine Spaßbremse? Tja, du bist auch alles andere als amüsant, wenn ich mit deinem stinkenden, in einer Pfütze gebadeten Körper auf meiner Brust wach werde.«

Ich weiß, wie sehr Lassie eine gute Pfütze schätzt, und normalerweise macht es mir auch Freude, wenn er mit seinen kleinen Pfötchen auf das Wasser klatscht, aber ich habe es eilig.

Wir traben an drei weiteren Häuserblocks vorbei.

Eine Minute später erreichen wir eine kleine Plattform mit Metallgeländern.

Der Potomac River rauscht vorbei. Vierhundert Meter südlich strömt der Fluss dann unter einer langen Steinbrücke hindurch. Drei Autos rasen in schneller Folge über die Brücke. Ich frage mich, ob das Auto, das den Leichnam meiner Mutter transportierte, auch über diese Brücke gefahren ist. Oder haben sie dort geparkt, ihre Leiche aus dem Kofferraum geholt und sie über das Geländer geworfen? Oder wurde sie vielleicht gleich hier getötet, wo ich in diesem Moment stehe? Schoss man ihr in den Hinterkopf und schubste sie dann über die Leitplanke? Oder wurde sie kilometerweit entfernt von hier getötet? Wer weiß, wie weit der mächtige Potomac ihre Leiche getragen hat. Laut Autopsiebericht starb sie, vierundzwanzig bis achtundvierzig Stunden bevor man sie fand. Sie wurde am Montagmorgen gefunden. Das heißt, sie wurde irgendwann am Wochenende ermordet oder hingerichtet.

Lassie und ich spazieren auf dem Bürgersteig nach Norden. Instinktiv bleibe ich über einem riesigen Abwasserrohr stehen, das in den Potomac mündet. Das etwas über einen Meter hohe Rohr ist nur sichtbar, wenn man sich weit über das Geländer beugt. Hier mündet ein Wasserstrom, der Minuten zuvor noch aus Millionen von einzelnen Regentropfen bestand, in den mächtigen Fluss.

Vor sechs Monaten versteckte ich mich zwanzig Minuten lang in diesem Abwasserrohr, während eine Wagenladung Gentlemen – die Art, die mit mir gerne das Gleiche angestellt hätte, was man meiner Mutter angetan hat – nach mir suchte. Ich frage mich, ob meine Mutter vor ihrem Tod genauso viel Angst hatte wie ich damals. Wusste sie, dass sie gejagt wurde? Gab es eine Verfolgungsjagd? Ich weiß nicht viel über meine Mutter – es scheint, als wüsste ich fast nichts –, aber ich erinnere mich an ihre Augen. Die Intensität oder die Intelligenz, die aus ihnen sprach, ließ sich nicht vortäuschen. Sie hatten sicher kein leichtes Spiel mit meiner Mutter gehabt.

Das Handy in meiner Tasche summt.

Es ist Ingrid.

Ich presse mir das Handy ans Ohr und mache mich auf den Heimweg.

Es ist 3:46 Uhr.

...

»Walker hat den Fall übernommen.«

Charley Walker war ein Fettkloß, der mit irgendjemand Wichtigem verwandt war, sonst würde er garantiert immer noch Strafzettel ausstellen. Zumindest war er das laut Ingrids letzter Tirade. Er hatte eine Vorliebe dafür, die Wahrheit zu verdrehen, und war auf dem Revier als »Walker, Texas Liar« verschrien.

»Er war nicht gerade begeistert, um drei Uhr morgens zu einem Plauderstündchen gebeten zu werden. Aber ich erinnerte ihn daran, dass ihm eine interne Ermittlung wegen illegaler Wetten droht und er das nächste Mal etwas leiser sprechen sollte, wenn er zweihundertfünfzig Dollar auf die Redskins setzen will. Das brachte ihn in Redelaune.«

Ich nicke und schleife Lassie hinter mir her, während ich durch den Nieselregen renne.

»Die Sache ist die: Er hatte den Fall nicht lange. Als er am Tatort auftauchte, durfte er dreißig Minuten lang die Ermittlungen leiten, bevor ihm ein Anzugträger auf die Schulter tippte.«

»Das FBI?«

»Nein, Homeland Security.«

Ich bleibe wie angewurzelt stehen, während Lassie weitertrabt, bis die Leine ihn abrupt stoppt.

»Das Heimatschutzministerium?«

»Ja. Der Anzugträger hat Walker angewiesen zusammenzupacken und zu verschwinden. Walker meinte, er habe eine halbe Stunde später wieder im Bett gelegen.«

Mir schwirrt der Kopf. Lassie schaut mich über die Schulter an. Er sitzt auf seinen Hinterbeinen und zittert.

»Homeland Security«, wiederhole ich.

»Ich habe ein paarmal mit dem DHS gearbeitet, sie sind ein verschwiegener Haufen. Das sind keine guten Teamspieler. Zum Glück hatte ich einen Gefallen gut von einem Kerl, dessen Sohn ich vor einer Anklage wegen Trunkenheit am Steuer bewahren konnte, und den habe ich eingelöst.«

Für einen Moment denke ich an die Monopoly-Karte, die ich in einer Schublade in meiner Wohnung verwahre. Unbeschriftet, bis auf eine mit schwarzer Tinte gekritzelte Telefonnummer. Und die drei Initialen, *CRS*. Ein Gefallen, für alles und jederzeit einlösbar.

»Also habe ich noch jemanden aufgeweckt«, fährt Ingrid fort. »Ich fragte ihn nach der Frau, die am Montagmorgen aus dem Potomac gezogen worden war. Er erklärte mir, er habe nichts davon gehört. Ich habe die Daumenschrauben angesetzt und erzählte ihm, sein Junge sei noch auf Bewährung und der UVA-Dekan ein enger Freund der Familie.«

»Wirklich? Der Dekan?«

»Nein, aber ich habe es online nachgesehen. So oder so, er glaubte es und fing an zu reden. Ein paar Minuten später rief er mich zurück, vermutlich auf einer verschlüsselten Leitung. Er erzählte mir, dass an diesem Montagmorgen eine Red Four reinkam.«

»Eine Red Four?«

»Ein behördenübergreifender Alarm. Vier hat höchste Priorität. Eine Red Four bedeutet ...«

Mir ist klar, was jetzt kommt, trotzdem schmerzt es.

»... Terrorist.«

:04

Ich lege auf.

Lassie zerrt an der Leine.

»Kumpel, gib mir eine Sekunde.«

Miau.

Ich ignoriere ihn.

Mein Gehirn hat sich noch nie so unfähig gefühlt. Als würde man versuchen, einen Marathon zu laufen, obwohl man noch nie im Leben einen gelaufen ist.

Eine Terroristin.

Meine Mutter war eine *Terroristin?*

Ich denke zurück an 9/11. Ich wachte um 3:00 Uhr morgens auf, absolvierte meine Routine und hatte keine Ahnung, dass achtzehn Stunden zuvor zwei Flugzeuge in die Twin Towers gekracht waren. Wäre es irgendeine andere Woche gewesen, hätte mein Vater mir sofort eine SMS wegen der Anschläge geschickt, aber er war im Urlaub auf den Bahamas und ohne Mobilfunkverbindung. Später erzählte er mir dann, was für ein Albtraum die Rückreise nach dem schlimmsten Terroranschlag in der Geschichte der USA gewesen war. Er hatte drei Tage auf dem Flughafen der Bahamas campiert, schließlich einen Flug nach Miami gechartert, dort ein Auto gemietet, um nach Hause nach Virginia zu fahren.

Ich erfuhr von den Anschlägen nicht durch die Nachrichten – ich habe keine Zeit für Nachrichten –, sondern als ich mich in mein E-Trade-Konto einloggte. Ich hatte am Vortag fast zweihunderttausend Dollar verloren, als der Aktienmarkt einbrach.

Ich verbrachte den Rest dieses Tages und die nächsten vier Tage damit, die Entwicklung der 9/11-Saga zu verfolgen. Ich fragte Ingrid einmal, wie viel von der Berichterstattung über die Anschläge sie gesehen hatte, und sie sagte, dass es in der ersten Woche mehr als fünfzig Stunden gewesen waren. Könnt ihr euch das vorstellen? Ich hätte fünfzig meiner Tage damit verbracht, Wiederholungen von zwei zusammenbrechenden Türmen anzusehen. Ich will da keinesfalls ein Urteil fällen, ich selbst verfolgte geradezu zwanghaft die Berichterstattung und schlief jedes Mal mit meinem Laptop auf der Brust ein. Aber nach dem vierten Tag schüttelte ich es ab. Ich wollte meine wenige Zeit nicht länger der Traurigkeit und Wut widmen.

Doch jetzt ist alles wieder da.

Meine Mutter war eine Terroristin.

Meine Mutter war eines dieser Arschlöcher.

Miau.

Miau.

Miau.

»Alter, was?«

Miau.

Ich blicke auf die Uhr.

Es ist 3:57 Uhr.

Ich schaue Lassie an.

»Lauf!«

Wir sprinten los.

Ich bin noch fünfhundert Meter von meiner Wohnung entfernt. Der schnellste Kilometer, den ich bisher gelaufen bin, liegt bei ungefähr fünf Minuten. Jetzt muss ich dieselbe Strecke in vier Minuten schaffen, wenn ich nicht auf der Straße schlafen will.

Meine Füße hämmern über den Asphalt.

Ich riskiere einen Blick auf das Handy.

3:58 Uhr.

Ich biege in meine Straße ein, Lassie flitzt neben mir her. Ich muss nicht nach unten sehen, um zu wissen, dass seine winzigen Zähne vor Konzentration zusammengebissen sind.

Wir kommen an einem Café und einer Reinigung vorbei.

Ich erblicke meine Wohnung anderthalb Blocks entfernt.

Ich überlege, ob ich Ingrid zurückrufe und sie alarmiere, dass ich es vielleicht nicht nach Hause schaffe, dass sie meine Straße entlangfahren und nach einem Typen suchen soll, der an einer Bushaltestelle pennt, mit einer Katze auf der Brust. Ich spähe auf das Handy.

Die Ziffern springen von :58 auf :59.

Ich habe immer noch Zeit.

Ich kann es schaffen.

Ich habe fünfundvierzig Sekunden, um hundert Meter zu rennen, drei Treppen zu erklimmen und meine Tür aufzuschließen.

Zwanzig Sekunden später huschen Lassie und ich durch den Vordereingang des Gebäudes und ins Treppenhaus. Ich suche nach einem Platz zum Hinlegen. Das Letzte, was ich will, ist, im Krankenhaus zu landen.

Schon wieder.

Wenn die Schwestern der Notaufnahme dir Weihnachtsgrußkarten schicken, weißt du, dass etwas nicht stimmt. Sechs Gehirnerschütterungen, gefühlte zigtausend Stiche, zwei gebrochene Arme, ein gebrochenes Schlüsselbein, zwei gebrochene Rippen und eine kollabierte Lunge. Und das alles in den letzten acht Jahren.

Wir erreichen den Flur.

Wir werden es schaffen.

Der Schlüssel ist bereits in meiner Hand.

Ich stecke den Schlüssel in die Tür und drehe den Griff.

...

Es wäre besser gewesen, wenn die Tür nicht aufgegangen wäre. Wäre sie geschlossen geblieben, wäre ich auf dem Teppichboden im Flur zusammengesunken. Aber die Tür öffnete sich, ich fiel nach vorne in die Wohnung und knallte seitlich auf den Holzboden, was das dumpfe Pochen in meiner Schulter erklärt.

Zumindest habe ich es in meinem Kopf so rekonstruiert.

Aber ich erwachte nicht auf dem Holzboden. Ich erwachte auf dem Teppich im Wohnzimmer, ein Kissen unter dem Kopf, eine Decke bis zu den Schultern hochgezogen und ein Glas Wasser sowie drei Aspirin auf dem Couchtisch neben mir.

Ich werfe die drei Aspirin ein und greife nach dem gelben Block, der neben dem Wasserglas liegt.

Hey Schlafmütze,
ich wollte dir ein paar Reste von meinem Essen vorbeibringen und hab dich auf dem Boden gefunden. Ich schätze, nach unserem Gespräch gestern Nacht hast du angefangen, an deine Mom zu denken, und die Zeit ist dir davongelaufen. Dann musstest du schnell nach Hause zurück und hast es nicht rechtzeitig geschafft. So wie du dalagst, bist du wohl gerade in dem Moment umgekippt, als du die Tür aufgestoßen hast.

Manchmal vergesse ich, dass sie ein Detective ist.

Ich habe dich gründlich untersucht, und alles schien in Ordnung zu sein. Deine linke Schulter begann anzuschwellen, vermutlich hat sie den Sturz abgefangen. Leg etwas Eis drauf, wenn du aufwachst. Du hattest Glück, dass du dir nicht die Nase gebrochen hast. Nun, ich schätze, vor allem ich hatte Glück. Schließlich bin ich diejenige, die dir beim Schnarchen zuhören müsste. (Haahahaa.) Entschuldige, wenn du irgendwelche Teppichverbrennungen am Rücken hast. Ich habe dich an den Beinen gezogen, und dein T-Shirt ist ständig hochgerutscht.

Ich lange mit dem Arm hinter meinen Rücken und ertaste ganz oben an der Hüfte tatsächlich eine große wunde Stelle.

Was deine Mutter betrifft, so konnte ich nicht viel mehr herausfinden. Ich habe die meiste Zeit des Tages mit Telefonieren verbracht, aber niemand wollte auspacken. Ich habe es im Leichenschauhaus versucht, aber sie sagten, die Leiche wurde in die Bundesgefriertruhe nach McLean gebracht. Als ich versucht habe, dort anzurufen, wurde ich von einer Stelle zur nächsten verwiesen. Aber ich bleibe dran. Ich habe morgen früh ein WICHTIGES Treffen, daher konnte ich nicht über Nacht bleiben und mit dir spielen. (Schnüff!) Das Treffen könnte interessant werden. Ich werde dir morgen alles darüber berichten.
Küsschen,
Grid
PS: Lassie hat sich über das Essen hergemacht, während ich mit dir beschäftigt war, und er hat eine Menge Thai-Food verschlungen. Ich wollte dich nur warnen für den Fall, dass er extrem herumpupst. (Smiley)
PPS: ALLES GUTE ZUM SECHSMONATIGEN JUBILÄUM!

Mein Lächeln verfliegt mit dem Ende ihres Schreibens, und der grelle Schmerz in meiner Schulter kehrt zurück. Ich schaue mich nach Lassie um und vermute, dass er auf der Armlehne des braunen Sofas schläft, aber das tut er nicht.

Ich hieve mich mit einem Grunzen hoch, presse dabei meinen linken Arm an mein Brustbein und wanke ins Schlafzimmer. Lassie schläft in der Mitte des Doppelbetts.

Der Wecker auf der Kommode zeigt 3:03 Uhr an.

»Hey!«

Lassie blinzelt und rümpft die Nase.

»Schön zu sehen, dass du dir Sorgen um mich machst.«

Miau.

»Keine Ahnung, vielleicht auf dem Boden neben mir schlafen.«

Miau.

»Ja, ich weiß, dass du kein Hund bist.«

Miau.

»Wieso wäre das nicht fair gegenüber dem Bett gewesen?«

Miau.

»Alter, vergiss es.«

Ich drehe mich um und steuere die Küche an. Die Aspirin tun meinem leeren Magen nicht gut, daher stelle ich mich vor den offenen Kühlschrank, trinke einen Smoothie und verschlinge ein Sandwich in vier Bissen.

Lassie schaut zu mir auf.

Ich schüttele meinen Kopf.

»Alter, du kriegst kein Frühstück.«

Miau.

»Weil du eine Scheißladung Thai-Food gefressen hast, das Ingrid extra für mich mitgebracht hat.«

Miau.

»Du willst mir sagen, wenn ich jetzt deinen Atem rieche, würde er nicht nach Curry stinken?«

Ich beuge mich vor, und er rennt weg.

»Das habe ich mir gedacht.«

Ich überlege, ob ich mir ein Eispack machen soll, aber ich habe keine Zeit.

Ich setze mich an den Computer.

Es ist 3:06 Uhr.

Ich drücke den Skype-Button, um meinen Vater anzurufen, dann erinnere ich mich, dass Murdock seinen Laptop zertrümmert hat. Ich finde mein Handy in der Küche, wo Ingrid es zum Aufladen eingesteckt hat, und wähle seine Nummer.

Beim dritten Klingeln geht er dran.

»Sonnyboy.«

»Hey, Pops.«

»Hör zu, tut mir leid wegen gestern Nacht.«

»Mach dir keinen Kopf. Ist Murdock noch in der Hundehütte?«

»Nein, er hat ein ganz schlechtes Gewissen. Nicht wahr, Junge?«

Ich kann die schlabberigen Küsse durch das Telefon hören.

Lassie hört sie ebenfalls und springt mir auf den Schoß. Er streckt seine Krallen nach dem Telefon aus. Ich schüttele den Kopf.

Nach ein paar weiteren Küssen fragt mein Dad: »Und, wie war dein Tag gestern?«

»Mama ist tot.«

»Was?«

Ich verbringe die nächsten drei Minuten mit Speed-Talking. Sobald ich fertig bin, herrscht nur noch Schweigen. »Dad?«

»Ich bin hier.«

»Wusstest du das?«

»Nein.«

»Aber das würde alles erklären: ihre seltsame Terminplanung, die ausgedehnten Reisen, ihren Abgang. Glaubst du, es stimmt? Glaubst du, Mom könnte eine Terroristin gewesen sein?«

Er schweigt. Ich stelle mir vor, wie er neun Ehejahre auf verdächtige Hinweise durchkämmt ...

Erneutes Schweigen.

Aus drei Sekunden werden acht.

Aus acht werden elf.

Lassie schaut zu mir auf.

Meine Nasenlöcher weiten sich.

»Lassie!« Ich stoße ihn von meinem Schoß. »Alter, lass das draußen ab.«

Es stinkt nach drei Wochen altem Curry.

»Was hat Lassie getan?«, fragt mein Dad.

Ich setze ihn über das Ende meines gestrigen Tages in Kenntnis. Meinen Sturz, Ingrid, die sich um mich gekümmert hat, Lassie, der die Essensreste gefressen hat und jetzt innerlich verfault.

»Sie ist gut, diese Ingrid. Halte an ihr fest.«

Ich frage mich, ob die Worte meines Vaters etwas mit meiner Mutter zu tun haben. Wollte er an ihr festhalten, konnte es aber nicht? Und was ist mit mir? Was wäre, wenn ich herausfinden würde, dass Ingrid Geheimnisse hat? Dunkle Geheimnisse. Würde ich damit leben können?

»Das habe ich vor«, sage ich und füge schnell hinzu: »Du hast meine Frage nicht beantwortet. Glaubst du, dass Mom eine Terroristin gewesen sein könnte?«

»Nein, deine Mutter kann keine Terroristin gewesen sein.«

Die Überzeugungskraft seiner Stimme überrascht mich.

»Und was macht dich so sicher? Woher willst du das wissen?«

»Weil deine Mutter für die CIA gearbeitet hat.« Er hält inne. »Sie war eine Agentin.«

:05

Ich warte darauf, dass mein Vater anfängt zu lachen. Um mir zu sagen, dass er mich reingelegt hat. Dass er mich zum Narren hält.

Tut er aber nicht.

»Mom war eine *Agentin?*«

»Ja.«

»Warte, wenn du das wusstest, warum hast du es mir dann nie erzählt?«

»Ich habe ihr versprochen, es nicht zu tun.«

»Na und? Das ist dreißig Jahre her. Du hättest es mir ruhig verraten können. Du hättest es mir mitteilen *müssen.*«

»Tut mir leid, mein Sohn, aber ein Versprechen verjährt nicht.«

Wenn es eine Sache gibt, die ich bei meinem Vater nie infrage gestellt habe, dann ist es seine Integrität. Aber dass er meine Mutter über mich gestellt hat, macht mich wütend. Ich presse das Handy hart gegen die Seite meines Gesichts, ein Abdruck in Samsung-Galaxy-Größe bildet sich auf meiner Wange.

»Ich kann nicht glauben, dass du es mir nicht erzählt hast«, sage ich, und meine Stimme wird lauter. »Die ganze Zeit dachte ich, sie hätte uns meinetwegen verlassen. Wenn sie für die CIA gearbeitet hat, dann ist das eine völlig andere Sache. Vielleicht hat sie uns verlassen, weil sie als Agentin auf eine Mission musste, und nicht, weil ihr Sohn ein trauriges Stundenkind war.«

»Es ist völlig unerheblich, was ihr Job war ... Geologin, Agentin, Astronautin. Sie hat ihn dir vorgezogen. Sie hat uns trotzdem im Stich gelassen. Sie hätte sich für *dich* entscheiden sollen.«

Ich lockere den Druck des Handys an meinem Ohr.

Also deshalb hat er es mir nie gesagt. Er wollte, dass ich mich über sie ärgere. Hätte er mir erzählt, dass meine Mutter für die CIA arbeitete, hätte ich sie vielleicht aus der Verantwortung entlassen. Vielleicht wäre ich sogar stolz auf sie gewesen. *Ja, meine Mutter hat mich verlassen, aber sie ist da draußen im Einsatz und rettet die Welt, also ist es okay.*

Aber mein Dad hat recht. Es war nicht okay.

Ich lenke das Gespräch in eine andere Richtung. »Wie hast du es herausgefunden? Hat sie es dir erzählt?«

»Du warst zwei Jahre alt«, beginnt er nach einer längeren Pause. »Sie war gerade von einer Reise zurückgekehrt. Ich dachte natürlich, sie wäre im Auftrag von Global Geologist irgendwo in Nordafrika gewesen.«

Ich frage: »Hat sie dich angerufen, wenn sie auf Reisen war?«

»Du musst verstehen, das war in den frühen Achtzigern.

Die Leute hatten noch keine Handys wie heute. Und ihre Projekte waren immer in ländlichen, schwer erreichbaren Gegenden. Sie rief an, wann immer sie konnte, das war etwa einmal die Woche. Meistens nur ein kurzes Hallo. Gib Henry einen Kuss von mir. Ich kann es kaum erwarten, euch wiederzusehen.«

Der Gedanke, dass meine Mutter mir vor etwa dreißig Jahren am Telefon einen Kuss schickte, ist wie eine Art seelisches Brausepulver. Erst süß, dann sauer.

»Erzähl weiter«, dränge ich.

»Sie war gerade erst zurückgekommen. Du warst auf, bist wie ein Verrückter durch die Gegend gekrabbelt. Sie und ich saßen auf der Couch. Du bist irgendwie an ihre Handtasche gekommen und hast angefangen, alles herauszukramen. Und ich meine wirklich alles: Brieftasche, Lippenstift, Puderdose, Geldbeutel, Haarbürste, Pass. Das Passfoto deiner Mutter war urkomisch«, sagt er mit einem leichten Lachen. »Sie sah stoned aus, die Augen halb offen, die Haare unordentlich, und ich habe sie gern damit aufgezogen. Ich schlug den Pass auf und erstarrte. Zuerst dachte ich, sie hätte es so sattgehabt, dass ich mich über ihr Bild lustig machte, dass sie ein neues Foto aufnehmen ließ, ohne es mir zu sagen. Aber dann sah ich mir den Namen darunter an. Ich erinnere mich noch heute an ihn: Rebecca Hulgev.«

Ich notiere mir den Namen oben auf einem Block und frage: »Wie hat sie das erklärt?«

»Hat sie nicht. Sie hat mir sofort verkündet, dass sie für die CIA arbeitet.«

»Und du hast ihr geglaubt?«

»Ich wusste nicht, was ich glauben sollte. Dann zeigte sie

mir einen kleinen Safe, den sie im Keller versteckt hatte. Es war genau wie im Film. Fünf verschiedene Pässe. Ein Haufen Geld aus verschiedenen Ländern. Und eine Waffe.«

»Heilige Scheiße!«

»Ja.«

»Hat sie dir noch was erzählt?«

»Das war's. Sie sagte, sie dürfe mir nicht mehr verraten. Ich musste ihr versprechen, niemandem davon zu erzählen, nicht einmal dir. Sie sagte, sie würde es dir selbst zu gegebener Zeit erklären.«

»Und du warst damit einverstanden?«

»Was sollte ich tun? Es war ihr Job.«

»Aber sie hat dich angelogen. Die ganze Zeit.«

»Ich weiß. Aber, Sohn, wenn du jemanden wirklich liebst, dann schaust du über so etwas hinweg. Als sie hier bei uns war, war sie Sally, und sie war großartig. Wenn sie aus der Tür ging, ging sie zur Arbeit. Wenn sie dort jemand anders sein musste, war das für mich in Ordnung.«

»Dann hat sie uns verlassen. Stellte Rebecca über Sally.«

»Richtig. Und das ist unverzeihlich.«

Unverzeihlich.

Ich möchte die nächsten fünf Stunden damit verbringen, mit meinem Vater zu reden, aber ich kann nicht. Zum ersten Mal seit vielen Jahren bin ich richtig angepisst, dass ich Henry Bins habe.

»Ich muss Schluss machen, aber ich rufe dich morgen an, und du wirst mir dann alles erzählen, was du über Mom weißt.«

Er ist einverstanden, obwohl ich das Gefühl habe, dass er das bereits getan hat.

Es ist 3:23 Uhr.

Ich stürze mich ins Internet und tippe »Rebecca Hulgev« ein. Es gibt einen Haufen Hulgevs, einen Haufen Rebeccas, aber keine Rebecca Hulgev.

Lassie springt wieder auf meinen Schoß.

Ich schnüffle.

Er riecht gut.

Ich kraule ihn hinter den Ohren, während ich nachdenke.

Meine Mutter war keine Terroristin. Sie war eine Agentin.

Sie wäre jetzt Mitte sechzig. Sie würde mittlerweile sicher nicht mehr als Agentin arbeiten, oder?

Ich stelle mir das dunkelbraune Haar meiner Mutter mit grauen Strähnen vor. Die scharfen Konturen ihres Gesichts etwas aufgeweicht, Krähenfüße um ihre grünen, glühenden Augen. Sicherlich wäre sie inzwischen im Ruhestand, würde ihre Tage als Rentnerin verbringen, irgendwo in den Tropen Piña coladas trinken.

Aber das tut sie nicht.

Sie ist tot.

In meinem Gehirn stapeln sich die Fragezeichen.

Wie war meine Mutter auf dem Radar von Homeland Security gelandet? Wenn sie eine Agentin war, warum wurde sie dann als eine Red Four gekennzeichnet? Was, wenn meine Mutter eine Kehrtwende vollzogen hatte? Was, wenn sie die Fronten gewechselt hatte? Ich bin mir nicht sicher, woher sie kam, aber meine Mutter stammte nicht aus den USA. Sie hatte einen Akzent. Das stimmte doch, oder? Osteuropäisch? So etwas kann man nicht vortäuschen. Oder doch? Wurde sie während des Kalten Krieges für die CIA rekrutiert? War sie die ganze Zeit eine Schläfer-Agentin gewesen? War sie eine Russin? Ukrainerin?

Präsident Sullivan hatte die Probleme in der Ukraine erwähnt. Könnte der Tod meiner Mutter etwa damit zusammenhängen?

Ich schüttele den Kopf und versuche, das Fantasieland zu verlassen und in die Realität zurückzukehren.

Ich blicke auf die Uhr.

3:37 Uhr.

Lassie schaut zu mir auf.

Ich kenne den Blick.

»Gut.«

Ich gehe zum Kühlschrank, decke seinen Napf mit Katzenfutter auf und stelle ihn auf den Boden. Ich nehme mir einen fertigen Cobb-Salat und hocke mich damit vor den Computer.

Ich überlege, ob ich das Bundesleichenschauhaus in McLean anrufe, wo laut Ingrid der Leichnam meiner Mutter hingebracht wurde. Aber wenn sie bereits Ingrid abgewimmelt haben, hätte ich wohl kaum eine Chance.

Ich stelle mir vor, wie sie mich nach ihrem Namen fragen und wie meine Antwort darauf lauten würde. *Ähm, er könnte Sally Bins sein, Rebecca Hulgev oder zehn andere.*

Nein, das würde nicht funktionieren.

Ich rufe erneut den Bericht von AST auf und studiere ihn. Zum ersten Mal fällt mir auf, dass darin zwar steht, meine Mutter sei vierundzwanzig bis achtundvierzig Stunden vor ihrem Auffinden getötet worden, der Gerichtsmediziner jedoch einen präziseren Todeszeitpunkt angibt – 3:30 Uhr morgens, Samstag, den 2. Oktober. Ich finde, es hat schon eine gewisse Ironie, dass meine Mutter ausgerechnet in meiner Wachphase getötet wurde. Ich überlege, was ich wohl gerade tat, als eine Kugel den Schädel meiner Mutter durchschlug. Mein Samstag war nicht viel anders als jeder andere Tag gewesen. Aufwachen, essen, *GOT*, Aktien handeln, lesen, laufen. Nichts Außergewöhnliches.

Außer ...

Als ich an dem Tag zum Laufen aufbrach, öffnete ich die Tür, und da lag ein Paket.

Das ist an sich nichts Ungewöhnliches. Ich bestelle einen Haufen Sachen bei Amazon. Aber die Pakete bekomme ich selten zu sehen. Isabel öffnet die Verpackungen für mich und macht, was auch immer es ist – Kleidung, Hanteln, Jo-Jo, Katzenpullover oder Aquarium –, fertig und einsatzbereit.

Aber Isabel kommt weder freitags noch samstags. Das sind ihre beiden freien Tage. Wenn also an einem dieser beiden Tage etwas geliefert wird, muss ich es selbst öffnen und zusammenbauen. Deshalb bestelle ich üblicherweise sonntags, weshalb es bei zweitägigem Versandweg immer vor Freitag ankommt.

Noch seltsamer kam mir an dem Tag jedoch vor, dass ich mich nicht daran erinnern konnte, die gelieferte DVD bestellt zu haben.

Ich nahm einfach an, mein Vater hätte sie für mich geordert, was er in der Vergangenheit schon öfter getan hatte. Ich erkläre ihm zwar immer wieder, dass ich die Filme online streamen kann, aber mein Vater ist von der alten Schule und kauft gerne DVDs. Als ich ihn nach dem Film fragte, der am Samstag gekommen war, meinte er, er habe ihn nicht für mich gekauft. Seine genauen Worte lauteten: *Dieser blöde Alien-Film? Ich würde dir solchen Mist nie kaufen.*

Ich dachte, er macht Witze.

Dasselbe hatte er bei *Brautalarm* gemacht.

Ist doch nur ein blöder Tussi-Film. So was würde ich dir nie schicken.

Lügner.

Außerdem war ich zu dem Zeitpunkt im Rückstand mit meiner Serie. Ich hatte immer noch zweieinhalb Staffeln *Game of Thrones* vor mir, bevor ich überhaupt daran denken konnte, mir etwas anderes reinzuziehen, und die letzten beiden Filme, die mein Vater geschickt hatte, lagen immer noch auf Halde: *Die Verurteilten* und *Midnight Express.*

Fünf Tage zuvor hatte ich auch den »dummen Alien-Film« auf den Stapel gelegt und ihn vergessen.

Aber was, wenn er ihn nicht geschickt hat?

Was, wenn es jemand anderes war?

Was, wenn er von meiner Mutter kam?

...

Mir fällt ein weiteres Szenario ein, weshalb meine Mutter als eine Red Four gekennzeichnet worden sein könnte.

Interne Ermittlung.

Sie hatte etwas gewusst, das sie nicht hätte wissen dürfen. Oder sie hatte etwas gestohlen.

Hatte meine Mutter nationale Geheimnisse höchster Sicherheitsstufe entwendet, und war Homeland deshalb eingeschaltet worden?

Wie hatte Ingrid den Mann von Homeland genannt, der am Tatort aufgetaucht war?

Einen Anzug.

Einen Mann in Schwarz.

Ich renne zu den drei DVDs, die ordentlich in einem Bücherregal im Wohnzimmer gestapelt sind. *Men in Black* ist ganz unten, und ich ziehe sie raus.

Ich öffne die Hülle und suche nach einer handschriftlichen Notiz. Fehlanzeige. Ich lege die DVD auf den Computer, dann renne ich runter zur Mülltonne, in der Hoffnung, die Amazon-Verpackung zu finden, aber der Müll wurde geleert.

Ich überlege, was wohl auf der Innenseite des braunen Kartons hätte geschrieben stehen können.

Zum ersten Mal frage ich mich, ob die Zeitangabe des Gerichtsmediziners wirklich exakt zutraf. Wie einfach wäre es gewesen, eine Amazon-Verpackung zu fälschen, vor allem für eine erfahrene Agentin, und das Paket dann vor meiner Tür abzustellen?

Meine Mutter wurde weniger als zehn Kilometer von meinem Haus entfernt aufgefunden. Konnte es ein Zufall sein? Oder lag es daran, dass sie kurz vorher meine Wohnung verlassen hatte?

Ich setze mich wieder an den Computer und lege die DVD ein.

Es ist 3:49 Uhr.

Ich warte darauf, dass hochgeheime Pläne für einen atomaren Sprengkopf aufpoppen. Oder eine Liste sämtlicher US-Spione in Russland. Oder ein Bild des Präsidenten mit heruntergelassener Hose.

Aber was ich zu sehen bekomme, ist genau das, was ich nicht sehen will.

Der Film.

:06

Zum ersten Mal seit Monaten erwache ich vorzeitig.

Der Wecker zeigt 2:58 Uhr an.

Zwei zusätzliche Minuten.

Zeit ist meine Währung, und sofort beginne ich einzukaufen. (Als ich einmal versuchte, das meinem Vater zu erklären, meinte ich, zwei Minuten seien für mich etwa so, wie wenn er aufwachen und auf dem Nachttisch zweitausend Dollar in bar vorfinden würde. Wahrscheinlich würde er sich sofort überlegen, wie er sie ausgeben sollte. Bei mir ist es nicht anders.) Soll ich die zwei Minuten auf einmal nutzen, oder soll ich sie aufteilen? Noch eine Minute länger duschen? Noch dreißig Sekunden länger auf dem Topf? Sechzig Sit-ups machen? Ein paar Häuserblocks zusätzlich laufen?

Gerne würde ich Lassie um Rat bitten, aber er ist immer noch weggetreten. Höchstwahrscheinlich würde er verlangen, dass ich die Zeit verwende, um seinen Bauch zu kraulen.

Ich beschließe, die Zeit am Telefon mit meinem Dad zu verbringen. Um zwei Minuten lang mehr Erkenntnisse über meine Mutter zu gewinnen.

»Du bist früh auf.«

Ich blinzle nach oben.

Ingrid steht in meiner Tür.

Nackt.

Meine Augen saugen ihre perfekten Brüste, ihren straffen Bauch und die wunderschöne Wölbung ihres Gesäßes ein.

Kein Zweifel, wie ich meine zusätzliche Zeit verbringen werde.

Sie springt aufs Bett, und wir fallen übereinander her.

Neun Minuten später liegen wir keuchend nebeneinander.

»Das war fantastisch«, murmele ich.

Mit geschlossenen Augen hebt sie ihre Hand.

Wir klatschen uns ab.

Lassie taucht auf, von wo auch immer er sich versteckt hat, und leckt Ingrids Nippel.

»Alter!«

Er leckt noch zweimal, dann hüpft er weg, bevor ich ihm eine verpassen kann.

Ich verbringe ein paar Minuten im Bad und gehe dann in die Küche. Mein Vater hat zweimal gesimst, und ich schreibe ihm zurück, dass es mir gut geht, Ingrid vorbeigekommen ist und ich ihn morgen anrufen werde.

Er schickt einen Smiley zurück.

Wenn der wüsste!

Ich decke Lassies Schüssel auf und stelle sie ihm hin. »Bitte sehr, du kleiner Perversling.«

Miau.

»Ja, ich hätte wahrscheinlich das Gleiche getan.«

Ich schiebe eine Lasagne in die Mikrowelle, die Isabel gemacht hat, und renne damit zurück ins Schlafzimmer.

Ingrid hat sich hinten am Bett aufgesetzt. Ich reiche ihr einen Teller Lasagne, eine Gabel und ein Glas Milch.

»Weißt du, was?«, sage ich.

Sie schiebt sich einen Riesenbissen Lasagne in den Mund und zuckt mit den Achseln.

»Meine Mutter war keine Terroristin.«

Ihre Augenbrauen heben sich.

»Sie war Agentin.«

Sie hustet, greift nach der Milch und spült den Bissen hinunter. »Was redest du da?«

Ich gebe ihr die Zusammenfassung.

»Ich kann nicht glauben, dass dein Dad es dir nie erzählt hat.«

»Er wollte nicht, dass ich ihr verzeihe.«

Nach einer längeren Pause sagt sie: »Ich schätze, das kann ich verstehen.«

Ich erläutere ihr meine Theorie, wonach meine Mutter möglicherweise CIA-Geheimnisse entwendet oder zumindest davon gewusst hatte und deshalb das DHS an ihrer Ermordung beteiligt war.

»Das würde Sinn ergeben.«

Ich führe meine Theorie weiter aus.

»Glaubst du, deine Mutter hat dir diesen Film geschickt?«

»Wer sonst sollte mir so was schicken? Mein Dad war es jedenfalls nicht.«

Ich blicke sie an.

Sie schüttelt den Kopf. »Ich war es ganz sicher nicht.«

»Nun, jemand hat es getan, und zufällig wurde es genau an dem Tag geliefert, an dem meine Mutter ermordet wurde.« Ich erzähle ihr von dem Autopsiebericht und dass die Leiche meiner Mutter weniger als zehn Kilometer von meiner Wohnung entfernt gefunden worden war.

»Walker hat mir erklärt, wo die Leiche entdeckt wurde. Aber das bedeutet nicht, dass sie dort in den Fluss geworfen wurde. Man hätte sie auch hundert Kilometer flussaufwärts in den Potomac schmeißen können.«

»Tja, ist aber schon ein großer Zufall, dass sie in der Nähe meiner Wohnung gefunden wurde.«

»Stimmt, aber in den sechs Jahren, seit ich diesen Job mache, habe ich eines gelernt: Es gibt viel mehr Zufälle, als die Leute denken.«

Ich nicke, bin aber nicht restlos überzeugt.

»Welcher Film?«, fragt sie nach einer längeren Pause.

»*Men in Black.*«

Sie lächelt. Sie hat ihn gesehen. »Und auf der DVD ist tatsächlich der Film?«

»Bislang schon.«

Gestern Nacht habe ich mir neun Minuten lang *Men in Black* angesehen, bevor ich wieder ins Bett ging. In der Anfangsszene verfolgt ein dunkelhäutiger Cop einen Dieb. Der Dieb springt von einem zehnstöckigen Gebäude, und es stellt sich heraus, dass er gar kein Mensch ist. Es ist ein Außerirdischer. Dann kommt ein weißer Typ im schwarzen Anzug dazu und lässt den schwarzen Polizisten in ein rotes Licht starren, woraufhin dieser alles vergisst, was er gerade gesehen hat.

»Was ist mit der Schachtel, in der der Film kam?«, fragt sie.

»Isabel hat sie weggeworfen.«

Sie bläst ihre Wangen auf und stößt die Luft aus.

»Ja, ich weiß. Möglicherweise hatte sie etwas auf die Innenseite geschrieben.«

Sie zuckt mit den Achseln, als wollte sie sagen: *Na ja, da kann man jetzt nichts mehr machen.* Dann sagt sie: »Auf geht's. Filmzeit.«

Ich schnappe mir den Laptop und klappe ihn auf.

»Hast du Popcorn?«

Ich lache und sage: »Könnte sein.«

Das Redenbacher in meinem Schrank ist einen Monat über dem Verfallsdatum, und ich schreie in Richtung Schlafzimmer: »Es ist abgelaufen.«

»Wen kümmert's?«, schreit sie zurück. »Ich will Popcorn!«

Ich werfe es in die Mikrowelle und begebe mich dann zur Couch, wo Ingrid ihre Kleidung vorhin abgeworfen hat. Ich falte sie sorgfältig zusammen und lege sie auf den Couchtisch. Ihr Handy ist zur Hälfte aus ihrer Handtasche gerutscht, und ich greife danach. Auf ihrem Home-Bildschirm ist ein Foto von mir schlafend mit Lassie auf der Brust, und das bringt mich immer zum Lachen. Ihr Handy blinkt. Sie hat eine verpasste SMS, und ich lese schnell den einen Satz.

Ich höre den Mikrowellen-Summer erst beim dritten Ton.

Ich lege das Telefon zurück, schnappe mir das Popcorn und klettere wieder ins Bett.

Lassie kuschelt sich an meine Brust, und Ingrid häuft mir einen kleinen Berg Popcorn auf den Bauch, den Lassie schnell verschlingt.

Es ist 3:19 Uhr.

»Okay, dann erzähl mir mal, was bisher passiert ist.«

Ich verdränge die SMS aus meinen Gedanken und fasse die bisherigen Ereignisse kurz zusammen. Wir verbringen die nächsten vierzig Minuten damit, den Film zu glotzen.

Um 3:59 Uhr klappe ich den Laptop zu, und Ingrid legt ihren Kopf auf meine Schulter.

Ich streichle ihren Kopf und sage: »Gute Nacht.«

»Gute Nacht, Schlafmütze.«

»Moment, warte, du wolltest mir doch von deinem Treffen heute Morgen erzählen.«

Ich fühle, wie ihr Kopf in meinem Arm zuckt. »Oh, daraus ist überraschenderweise nichts geworden. Tatsächlich wurde es abgesagt, und ich konnte ausschlafen.«

Ich muss erneut an die SMS auf ihrem Handy denken.

Danke fürs Kommen heute Morgen.

Aber es waren nicht die Worte, die mich beunruhigt hatten.

Es war die Telefonnummer.

Es war dieselbe Nummer, die auf meiner »Du kommst aus dem Gefängnis frei«-Karte stand.

Ingrid hatte sich mit dem Präsidenten der Vereinigten Staaten getroffen.

...

Ich verbringe die nächsten zwei Tage damit, den Film zu Ende anzusehen und mit meinem Vater zu reden. Er hat eine Liste zusammengestellt, was er über meine Mutter weiß: ihre Erziehung, ihre Eltern, ihre Schulbildung, das Auto, das sie fuhr, ihre Freunde. Alles, was er mir sagt, weiß ich entweder schon, oder es wurde von AST recherchiert und hat sich als Unwahrheit erwiesen.

Was den Film betrifft, so hat er seine Momente. Was er nicht hat, ist ein Geheimnis. Tatsächlich bekam ich ernsthafte Zweifel, ob meine Mutter wirklich dafür verantwortlich war, dass die DVD vor meiner Tür auftauchte.

Das heißt, bis ich vor zehn Minuten den 24-Stunden-Kundenservice von Amazon anrief. Nachdem ich der Mitarbeiterin meine Lieferadresse und das Eingangsdatum des Films mitgeteilt hatte, konnte sie den Kauf zu einer Kreditkarte zurückverfolgen, die unter dem Namen – zieht euch das rein – Erika Mustermann geführt wurde.

Ich bin immer noch erschüttert von dieser Enthüllung, als das Handy in meiner Hand vibriert.

Es ist eine SMS von Ingrid.

ICH HABE GESTERN NICHTS VON DIR GEHÖRT. WIE IST DER FILM AUSGEGANGEN? ICH SCHÄTZE, DU HAST KEINE HINWEISE GEFUNDEN.

Ich weiß nicht, wie ich darauf antworten soll. Oder ob ich überhaupt antworten will. Ich bin immer noch sauer, dass sie mich über ihre Verabredung mit Präsident Sullivan belogen hat. Das Treffen selbst beunruhigte mich nicht übermäßig. Immerhin hatte Ingrid die Ermittlungen in einem Mordfall geleitet, bei dem Sullivan der Hauptverdächtige gewesen war. Das Treffen hätte durchaus eine Routineangelegenheit sein können. Aber warum log sie dann und behauptete, es sei abgesagt worden?

Laut der SMS – *Danke fürs Kommen heute Morgen* – klang es so, als hätte Sullivan um dieses Treffen gebeten. Ich hatte den Kerl irgendwie fast ins Herz geschlossen, aber jemanden zu mögen und ihm zu vertrauen, sind zwei verschiedene Paar Schuhe. Ingrid und ich sind seit sechs Monaten zusammen, aber das bedeutete lediglich sechzig oder siebzig Stunden gemeinsam verbrachte Zeit. Ich bin mir nicht ganz sicher, wo unsere Beziehung gegenwärtig steht. Wie kann ich sicher sein, dass ich all ihre emotionalen und, seien wir ehrlich, physischen Bedürfnisse erfülle?

Ich schreibe zurück: DER FILM WAR OKAY. KEINE HINWEISE.

SCHADE ... HABE EINEN NEUEN FALL ... SERIENMÖRDER ... NENNT SICH SELBST DER PAPST ... VIELLEICHT WERDE ICH DICH EINE ZEIT LANG NICHT SEHEN KÖNNEN.

OKAY.

ALLES IN ORDNUNG?

JA. BIN NUR GERADE BESCHÄFTIGT.

OKAY. ICH HALTE DIE OHREN OFFEN WEGEN DEINER MUTTER.

DANKE.

VERTIEF DICH NICHT ZU SEHR IN MEN IN BLACK 2. HAB IHN NIE GESEHEN, ER BEKAM ABER FURCHTBARE KRITIKEN.

WERDE ICH NICHT. BIS BALD.

Ich bin versucht, ihr zu schreiben, dass sie Präsident Sullivan von mir grüßen soll, aber ich lege das Handy weg, bevor ich etwas Dummes tun kann.

Es ist 3:37 Uhr.

»Los geht's!«, rufe ich.

Lassie springt von der Couch. Ich greife nach seiner Leine, überlege es mir aber anders. Er war jetzt drei Tage nicht mehr draußen. Seine Nerven liegen genauso blank wie meine.

Eine Minute später sprinte ich die Seitenstraße entlang, Lassie dicht auf meinen Fersen.

Der einzige Weg, nicht an Ingrid zu denken, besteht darin, an meine Mutter zu denken. Trotzdem dauert es über einen Kilometer, bis ich Ingrid aus meinen Gedanken verbannt habe. Ich bin versucht, ihr zu simsen, ihr zu sagen, dass ich so froh bin, dass sie in mein Leben getreten ist. Dass es mir egal ist, ob sie mich über das Treffen mit dem Präsidenten belogen hat. Dass ich ihr vertraue. Dass ich sie liebe.

Ich schüttele den Gedanken ab, schalte Ingrid aus und meine Mutter ein.

Zuerst dachte ich, meine Mutter hätte ein Amazon-Paket nachgemacht und es vor meiner Tür abgelegt, aber das war nicht der Fall. Sie hatte den Film bei Amazon bestellt, daher standen auf der Verpackung keine Hinweise – es sei denn, die Person, die die DVD verpackt und verschickt hatte, hätte mit ihr konspiriert. Und das bedeutete, dass die DVD auch nicht manipuliert wurde. Wieso dann die ganze Mühe, sie zu verschicken?

Es sei denn, der Name des Films selbst hatte etwas zu bedeuten.

Men in Black.

CIA, richtig?

Das war offensichtlich. Aber steckte noch mehr dahinter? Hatte es etwas mit einem der Schauspieler zu tun?

Ich hatte die beiden Hauptdarsteller Will Smith und Tommy Lee Jones überprüft, aber nichts in ihrer Vergangenheit gefunden, was mich aufhorchen ließ.

Ich weiß nicht viel über Popkultur. Gab es irgendwo eine Anspielung, die ich einfach nicht verstand? Sollte mir *Der Prinz von Bel-Air* etwas sagen? Vielleicht fehlt mir einfach die weltliche Erfahrung, um die Punkte verbinden zu können.

Ich bleibe stehen und schaue auf mein Handy.

Es ist 3:48 Uhr.

Ich drehe um und kehre nach Hause zurück.

Es ist 3:56 Uhr, als ich meine Wohnung erreiche.

Lassie ist nirgends zu sehen, aber ich habe Vertrauen, dass er den Weg nach Hause alleine findet. Ich lasse die Tür für ihn offen stehen. Ich trinke Wasser, bis mein Magen schmerzt, dann gehe ich ins Schlafzimmer. Ich habe keine Zeit für eine Dusche, will aber nicht in meinen verschwitzten Klamotten schlafen, daher ziehe ich mich nackt aus.

Im Bett liegend öffne ich noch einmal den Chatverlauf mit Ingrid.

Ich will gerade anfangen zu tippen, um ihr zu sagen, dass ich sie vermisse und es nicht erwarten kann, sie wiederzusehen, als mich die Erkenntnis wie ein Blitzschlag trifft.

Ihre letzte SMS.

VERTIEF DICH NICHT ZU SEHR IN MEN IN BLACK 2. HAB IHN NIE GESEHEN, ER BEKAM ABER FURCHTBARE KRITIKEN.

Das war's.

Die Rezensionen.

Ich springe aus dem Bett und renne zum Computer.

Ich logge mich bei Amazon ein und suche *Men in Black*. Es gibt fünfhundertsiebzehn Kritiken. Ich scrolle bis zum Ende. Die vorletzte Rezension wurde am 2. Oktober geschrieben.

Der Tag, an dem meine Mutter getötet wurde.
Und der Verfasser bin ich selbst.

:07

Das letzte Mal, dass ich am Küchentisch auf dem Stuhl eingeschlafen bin, war vor vier Jahren, in der Nacht vor dem Börsengang von General Motors, nach der Rettungsaktion der Regierung. Ich schwankte hin und her und überlegte, ob ich Aktien kaufen sollte. Um 3:58 Uhr entschied ich mich dagegen und stand auf, um ins Bett zu gehen, änderte aber dann in letzter Sekunde meine Meinung und eilte zurück zum Computer. Ich konnte die Order nicht mehr rechtzeitig abschicken – fünftausend Aktien –, und dreiundzwanzig Stunden später erwachte ich mit einem QWERTY-Abdruck auf meiner Stirn.

In Bezug auf die Aktie hatte ich Glück. Obwohl der Börsengang der größte in der Geschichte war, fiel die Aktie im ersten Jahr um fünfunddreißig Prozent, und es hätte mich Kopf und Kragen gekostet. Allerdings hätte ich den Verlust gerne in Kauf genommen, wenn ich es in dieser Nacht ins Bett geschafft hätte. Ich musste fast den gleichen Betrag für einen Physiotherapeuten und einen Chiropraktiker ausgeben, da mir beide exorbitante Honorare für Hausbesuche um drei Uhr morgens in Rechnung stellten.

Ich atme dreimal tief ein und versuche, meinen Kopf vom Küchentisch zu heben. Unmöglich. Jeder Muskel in meinem

Körper ist wie eingefroren. Ich versuche, mit den Zehen zu wackeln, aber nicht einmal die kann ich spüren.

Das ist übel.

Ich fühle eine leichte Berührung an meiner Stirn und öffne die Augen.

»Hey, Kumpel«, flüstere ich.

Lassie leckt ein paarmal meine Augenlider ab und tritt dann einen Schritt zurück. Er grinst von Ohr zu Ohr.

»Sieht so aus, als hätte jemand Spaß gehabt.«

Miau.

»Eine Füchsin? Oder war die Katze eine rote Füchsin?«

Miau.

»Ein echter Fuchs. Wow, schön für dich. Ich wusste nicht einmal, dass das möglich ist.« Ich will lächeln, lachen, aber schon bei der kleinsten Bewegung schießt mir ein gleißend heller Blitz durch den Rücken. Ich atme tief aus.

Miau.

»Nein, mir geht es nicht gut.«

Miau.

»Ja, das Bett wäre bequemer gewesen.«

Miau.

»Ich brauche mein Telefon.«

Ich kann meinen linken Arm auf der Tischplatte vor mir sehen. Obwohl ich meinen rechten Arm nicht mehr spüre, vermute ich, dass er an meiner Seite baumelt.

Ich versuche mich zu erinnern, wo ich mein Handy gelassen habe. Liegt es auf dem Küchentresen? Oder auf der Couch?

Lassie hüpft über meinen Kopf hinweg. Ich fühle ein Kratzen.

Einen Moment später kommt er wieder in mein Blickfeld. Er schubst mit seiner Nase mein Handy in Richtung meiner Hand.

Es ist noch zu früh, um sich zu freuen. Das Telefon ist seit über einem Tag nicht aufgeladen worden. Als ich es das letzte Mal benutzt habe, war es voll aufgeladen, und es ist nicht so, dass ich in den letzten dreiundzwanzig Stunden irgendwelche Anrufe getätigt oder Daten transferiert hätte. Es besteht also die Möglichkeit, dass es noch etwas Saft hat.

Ich versuche vorsichtig, meine Finger zu bewegen.

Eine Minute lang passiert gar nichts.

Schließlich beginnt mein Zeigefinger zu zucken. Drei Minuten später fangen meine Finger langsam an aufzuwachen. Lassie stupst das Telefon unter meine Hand. Ich drücke die Home-Taste. Der Bildschirm leuchtet auf.

Gott sei Dank!

Ich drücke die Taste an der Seite für die Sprachsteuerung und überlege, ob ich den Notruf wählen soll. Ich tue es nicht. Ich belle: »Ruf Ingrid an.«

Das Handy klingelt.

Die Mailbox springt an.

»Anruf beenden.«

Mein Telefon piept. Ich habe diesen Ton noch nie gehört und schätze, es bedeutet, dass der Akku fast leer ist.

»Ruf Pops an.«

Das Handy klingelt.

Beim zweiten Klingeln nimmt er ab.

»Hey, Sonnyb...«

»Hör zu«, unterbreche ich ihn. »Mein Akku ist gleich leer.

Du musst herkommen. Bring deine Tabletten für den Rücken mit. Beeil …«

Das Telefon gibt den Geist auf.

…

Mein Dad wohnt zwanzig Minuten entfernt. Aber da er selbst einen schlimmen Rücken hat, weiß ich nicht mal, ob er aus dem Bett kommt. Doch es dauert nur fünfzehn Minuten, bis ich schweres Getrampel auf dem Flur höre, dann ein lautes Poltern, als meine Haustür auffliegt. Ich habe vergessen, dass ich die Tür für Lassie offen gelassen habe. Und da wir gerade von ihm sprechen: Er springt vom Tisch und fetzt los, um seinen besten Freund zu begrüßen. Ich höre die beiden im Wohnzimmer herumhüpfen und miteinander wrestlen. Wenn ihr »Bromance« googeln würdet, würdet ihr vielleicht ein Video von diesen beiden Vollpfosten finden.

»Beruhigt euch, ihr Spinner.«

Tun sie aber nicht.

Zehn Sekunden später kommt mein Vater rein.

Ich muss ihn nicht sehen, um zu wissen, dass er sich auf die Zunge beißt. Ich versuche mir vorzustellen, welcher Anblick sich ihm geboten hat, als er durch die Tür getreten ist: Sein einziger Sohn sitzt auf einem Stuhl am Tisch, nackt wie am Tag seiner Geburt.

Unfähig, noch länger an sich zu halten, bricht er in wieherndes Gelächter aus. »Muss ich da überhaupt fragen, mein Sohn?«

In den fünfzehn Minuten seit meinem Anruf habe ich

Fortschritte gemacht und kann den Kopf leicht anheben. Ich kann sehen, wie er sich die Tränen aus den Augen wischt.

Murdock und Lassie purzeln lautstark von der Couch und wecken zweifellos meine Nachbarn von unten aus einem angenehmen Schlummer.

»Seid still, ihr zwei!«, schreit mein Dad.

Zu ihrer Entlastung muss gesagt werden, dass sie tatsächlich aufhören. Ich fühle die Hand meines Vaters auf meiner Schulter. Er kichert immer noch, aber er weiß auch, was für eine Tortur es war, als es mir das letzte Mal passiert ist. Ich hätte meiner Wirbelsäule leicht unwiderruflichen Schaden zufügen können, und es könnten durchaus bleibende Nervenschäden in meinen Armen, Händen, Beinen und Füßen entstanden sein.

Murdock taucht neben meinem Vater auf und beginnt mein Gesicht mit seiner ellenlangen Zunge zu lecken.

»Hey, du großer Dummkopf.«

Lassie steht auf seinem Rücken und reitet ihn.

Miau.

»Ja, wie ein Pferd«, stimme ich zu.

»Los geht's«, sagt mein Dad und schiebt das Biest aus dem Weg. »Jetzt bringen wir dich zur Couch.«

Nach kurzem Nachdenken habe ich beschlossen, dass es das Beste wäre, wenn mein Vater meinen Stuhl zur Couch schiebt und mich dann über den Rücken abrollt.

Es ist nicht leicht, aber um 3:27 Uhr liege ich auf dem Sofa. Mein Dad streift mir Boxershorts über, was nicht gerade der Höhepunkt meines Lebens ist, doch er verzieht keine Miene.

Was für ein Held!

»Willst du ein paar von diesen Pillen?«

Das ist alles, was ich will. Gleichzeitig will ich die nächsten zehn Minuten bei klarem Verstand bleiben.

»Noch nicht«, stöhne ich, die Vibration der Worte verursacht ein entsetzliches Nachbeben in meinem Nacken. Ich ändere meine Meinung. »Pillen. Jetzt.«

Er bringt mir Wasser, und ich spüle die beiden Tabletten runter.

»Kannst du Lassie füttern und mir einen Shake aus dem Kühlschrank holen?«

Er macht beides.

Dann hockt er sich neben mich auf die Couch und hält den Shake, während ich trinke.

»Also, erzählst du mir, was passiert ist?«

»Schnapp dir den Laptop.«

Das tut er.

Der Bildschirmschoner, ein Foto von Ingrid, erscheint, und ich sage: »Aktualisiere die Suche.«

Er wirkt beunruhigt.

»Es ist kein Porno, Dad. Ich war nur zufällig nackt.«

»Ich urteile nicht.«

Ich verbringe die nächste Minute damit, ihm von *Men in Black* zu erzählen, wieso ich glaube, dass die Frau, die uns vor dreißig Jahren verlassen hat, mir den Film geschickt hat, und warum ich mir ziemlich sicher bin, dass sie mir eine versteckte Nachricht durch eine Rezension des Films hat zukommen lassen.

»Ich finde die Rezension nicht«, sagt er.

Er zeigt mir den Monitor. Die Pillen wirken, und der Bildschirm verschwimmt. Ich blinzle. Die Rezension ist weg.

»Sie war genau hier. Mit meinem Namen drunter.« Es gibt eine vom 8. September und eine weitere vom 7. Oktober, aber die vom 2. Oktober ist weg. »Sie haben sie gelöscht.«

»Wer?«

Das weiß ich noch nicht.

»Check den Drucker«, nuschle ich.

Ich erinnere mich, die Rezension ausgedruckt zu haben. Zumindest glaube ich das. Mein Gehirn hat aufgehört zu arbeiten. Meine Augen schließen sich.

4:00 Uhr kommt zu früh.

...

Ich erwache in meinem Bett.

Eine Seite aus meinem gelben Notizblock liegt auf dem Nachttisch, bedeckt mit der ordentlichen Großbuchstaben-Schrift meines Vaters. Es ist ein Abriss von allem, was er in den letzten dreiundzwanzig Stunden getan hat, was er für mich tun *ließ*.

Ein Chiropraktiker kam vorbei, um meine Wirbelsäule zu richten. Ein Massagetherapeut verbrachte zwei Stunden damit, meine kaputten Muskeln zu kneten. Sara, eine junge Frau, die ich durch meine Aufenthalte in der Notaufnahme kennengelernt hatte, schaute vorbei, um mir eine Infusion zu geben. Mein Vater holte uns Frikadellen-Sandwiches aus seinem Lieblingsdelikatessenladen, und meins liegt im Kühlschrank. Er rief seinen Arzt wegen ein paar Extra-Pillen für den Rücken an, hat aber auch Aleve besorgt für den Fall, dass ich meine Stunde nicht mit Halluzinieren verbringen will. Er ging mit Lassie und Murdock in den Park und kaufte ihnen Hotdogs. Und er hat den Abfluss in meiner Dusche repariert.

Er verließ uns gegen Mitternacht.

Ich schaue zu Lassie rüber.

Er ist völlig am Ende. Das Herumtollen mit Murdock hat ihn erledigt. Er hat gelbes Zeug an seinem Bart, und ich sehe mir das genauer an.

Senf von dem Hotdog.

Ich lache.

Ich stemme mich hoch, was zwar wehtut, aber im Vergleich zu meinen letzten Bewegungsversuchen einer Ekstase gleicht. Ich schnappe mir mein Handy und schreibe ihm eine SMS.

DANKE, POPS! BIST DER BESTE.

GEHT'S DIR BESSER?

JA, ICH KANN MEINEN KOPF ZUR SEITE DREHEN, OHNE ZU WEINEN.

GUT ... STELL DAS FRIKADELLEN-SUB FÜR 43 SEK. IN DIE MIKROWELLE.

ALLES KLAR.

BIN ERLEDIGT. HAB MICH HINGELEGT. BIN NICHT DAVON AUSGEGANGEN, DASS DU LUST AUF POKERN HAST, ALSO BIN ICH NACH HAUSE.

Ich kann nicht glauben, dass es schon eine Woche her ist, seit ich die E-Mail von AST erhalten habe.

Ich schreibe zurück: DAS IST OKAY.

ES IST EIN DATUM.

WAS IST EIN DATUM?

DIE REZENSION. DER JAHRESTAG. ICH DENKE, ES IST EIN DATUM.

Ich bemerke ein zweites Stück Papier auf dem Tisch. Es ist die Rezension. Ich hatte sie doch ausgedruckt. Ich habe sie schon einmal gelesen, kann mich aber an kein einziges Wort erinnern. Ich lese sie erneut, mein Lächeln droht mir aus dem Gesicht zu springen.

Ich schreibe zurück: ICH GLAUBE, DU HAST RECHT.

LASS MICH WISSEN, WAS DU HERAUSGEFUNDEN HAST. GUTE NACHT.

WIRD GEMACHT ... DANKE NOCH MAL ... GUTE NACHT.

Ich wälze mich aus dem Bett. Mein Körper ist immer noch ein verknotetes Chaos. Ich humpele ins Bad und lasse 400 ml Infusionsflüssigkeit in die Toilette fließen.

Ich stelle das Sandwich in die Mikrowelle, schnappe mir meinen Laptop und begebe mich zurück ins Bett.

Es ist 3:12 Uhr.

Auf meinem Handy sind noch zwei weitere SMS. Beide von Ingrid. Sie hat ihren neuen Fall noch nicht abgeschlossen. Sie wird heute Abend nicht vorbeikommen können. Sie vermisst mich.

Ich simse zurück, dass ich sie ebenfalls vermisse.

Ich nehme einen Riesenbissen von dem leckeren Sub und lese die Rezension noch einmal:

THIS MOVIE ROCKS!

Meine Frau und ich haben diesen Film bei unserem ersten Date vor acht Jahren gesehen. (Love at first site!) Wir schauen ihn jedes Jahr an unserem Jahrestag, dem 5. August. Smith und Jones sind fantastisch zusammen, und Heghil hat wunderbar

Regie geführt. Meine Neunjährige, April, liebt den Film auch. Sie gibt ihm zwölf Sterne.
Veröffentlicht am 2.10.2014 von Henry B.

Mein Dad denkt, dass der *5. August* und *vor acht Jahren* ein Datum ist.

Da stimme ich zu.

Ich klappe den Laptop auf und google das Datum.

Das Top-Ergebnis ist von Wikipedia, und ich beginne es zu überfliegen. Der 5. August 2006 war ein Samstag. George Bush jr. war Präsident. Die Orioles und die Dodgers spielten sechzehn Innings. SARS sorgte wieder für Schlagzeilen.

Es gibt noch ein paar andere Highlights, aber nur eins, das mich interessiert. Nur eins, das einen Sinn ergibt. Zwei hochrangige al-Qaida-Agenten wurden bei einer Explosion im Nordirak getötet.

Falls meine Annahmen zutreffen, dann wollte meine Mutter, dass ich genau diesen Satz lese. Aber warum? Was sollte mir der Tod der beiden Terroristen sagen?

Ich lese weiter.

Die beiden Männer, Abdul Al-Rahmin und Hammad Sheik-Alzar, befanden sich bei der Explosion in einem Keller im Nordirak. Eine der Bomben, die sie bauten, explodierte, und der Keller stürzte über ihnen ein.

Zwei tote Terroristen? Ist das der Grund, warum meine Mutter als Red Four gekennzeichnet wurde?

Es muss etwas geben, das ich übersehen habe.

Wieder lese ich die Rezension auf Amazon.

Und wieder.

Und wieder.

Dann geht mir ein Licht auf.

Es handelt sich nicht nur um *ein* Datum, sondern um zwei.

Meine Neunjährige. April. Zwölf Sterne.

Der 9. April 2012.

Ich google das Datum.

Nichts, was mit Terrorismus zu tun hat.

Ich tausche die Zahlen aus.

12. April 2009.

Ich überfliege die Ergebnisse.

Meine Brauen runzeln sich.

Zwei al-Qaida-Leute wurden bei einer Explosion getötet. Diesmal in Afghanistan. Fast auf dieselbe Weise. Bauten eine Bombe. Bei der Explosion stürzte die Decke ein.

Ich gehe zurück an den Anfang und lese beide Artikel noch mal.

Zwei Explosionen, zwei Einstürze. Ich kann mir nur vorstellen, in welchem Zustand die Leichen der Männer gewesen sind. Sie müssen in Stücke gerissen und dann zermalmt worden sein. Wie konnte man die Opfer überhaupt identifizieren?

Aber vielleicht ging es genau darum. Jemand wollte nicht, dass die Leichen identifizierbar waren.

Mir fehlt noch etwas.

Ich lese die Rezension erneut.

Love at first site.

Da steht nicht *sight.*

Sondern *site.*

Es muss einen Link zu einer Website geben.

Aber es gibt Millionen von Websites. Wie soll ich die richtige finden?

Ich google »Terrorist Website«.

Tausende von Treffern.

Ich scrolle durch zehn Seiten.

Auf der elften Seite gibt es eine Übereinstimmung für »Terrorist« und »Site«.

Aber es ist keine Website.

Men in Black hat nichts mit der CIA zu tun.

Es sind nicht die *Men*, auf die es ankommt.

Es ist das *black*.

Eine *Black Site*.

Ein geheimes CIA-Gefängnis.

:08

Die nächsten zwanzig Minuten verbringe ich mit Recherchen über Black Sites. Eine Black Site ist eine geheime Einrichtung, die von der CIA außerhalb der US-Gerichtsbarkeit betrieben wird, um vermeintliche illegale feindliche Kämpfer zu internieren.

Auch als *Geheimgefängnis* bekannt.

Im Jahr 2006 bestätigte Präsident Bush die Existenz solcher Geheimgefängnisse, mehr als zwanzig sowohl im Irak als auch in Afghanistan sowie weitere in Polen, Rumänien und mehreren anderen Ländern. In den folgenden Jahren kamen viele Berichte über die Misshandlung der dort Internierten an die Öffentlichkeit und auch über das, was viele Menschen als das F-Wort bezeichnen.

Folter.

Ich war schon immer für ein wenig Waterboarding, wenn dadurch ein weiteres 9/11 verhindert werden konnte. Aber alles, was darüber hinausgeht, kann ich nicht befürworten. Man muss klare Grenzen ziehen.

Nachdem all diese Anschuldigungen, Berichte und Untersuchungen über das, was die Vereinigten Staaten ihr »Extraordinary Rendition Program« nennen – was zugegebenermaßen besser klingt als »unterirdische Foltereinrichtungen« –, an die Öffentlichkeit gelangten, war die Kacke am Dampfen.

Am 7. Oktober 2007 gab die CIA zu, Videoaufnahmen von CIA-Vernehmungen Terrorverdächtiger vernichtet zu haben. Diese Bänder sollten harte Verhörtechniken dokumentieren, einschließlich Waterboarding, Unterkühlung, Stromschlag und sogar Fälle von Hunden, die benutzt wurden, um diese Jungs zu Tode zu erschrecken. Aber man kann nur vermuten, dass an diesen Männern weitaus schlimmere Handlungen vorgenommen wurden.

Im Jahr 2009 gab Präsident Obama die Anordnung, alle Black Sites zu schließen und die Gefangenen nach Guantanamo Bay zu verlegen.

Nachdem Connor Sullivan Obama im Präsidentschaftswahlkampf 2012 geschlagen hatte, setzte er diesen Kreuzzug gegen die unrechtmäßige Behandlung der Gefangenen fort.

Aber laut einem Artikel vom Februar dieses Jahres werden immer noch mehr als zwanzig Häftlinge aus diesen Geheimgefängnissen vermisst. Aus dem, was meine Mutter mir geschickt hat – die vier Terroristen, die angeblich getötet worden waren, deren Leichen aber nie gefunden wurden –, vermute ich nun, dass diese Männer zu den Verschwundenen zählen. Oder sie gehören zu einer anderen Gruppe von Gefangenen, die *angeblich* tot sind. Schließlich sind die Beschränkungen bei der Misshandlung eines angeblich toten Mannes weitaus geringer als bei einem Mann, nach dem jederzeit jemand suchen könnte.

Dass meine Mutter hingerichtet wurde, kann nur eines bedeuten.

Diese Gefängnisse existieren noch.

Und meine Mutter wusste von ihren Standorten.

Ich lese die Rezension ein letztes Mal, dann stehe ich auf und humpele in die Küche.

Ich ziehe die Karte aus der Schublade und wähle.

Es ist 3:46 Uhr.

Ich bezweifle, dass er wach ist, aber beim dritten Klingeln geht er ran.

»Ich fordere meinen Gefallen ein«, verkünde ich dem Präsidenten.

...

Dreiundzwanzig Stunden und neunundzwanzig Minuten später schlage ich die Kapuze meines Sweatshirts hoch und verkrieche mich hinter einem großen Baum am Rand des Parkplatzes. Der Summer Park schläft, die Tennis- und Basketballplätze sind dunkel und still. Ich frage mich, wie viele Leute seit meinem letzten Besuch Tennisbälle geschlagen oder Körbe geworfen haben. Wie viele Asse sind an ihren Gegnern vorbeigeflogen? Bei wie vielen Dreipunktewürfen haben die Kettennetze gerasselt?

Vor sechs Monaten holten mich der Präsident und Red von genau diesem Parkplatz ab.

Darum weiß ich, dass der Präsident auftauchen wird.

Er schuldet mir etwas.

Und zwar eine Menge.

Um 3:15 Uhr blinken Scheinwerfer in der Seitenstraße auf, und dreißig Sekunden später rollt eine schwarze Limousine auf den Parkplatz. Weitere dreißig Sekunden später folgt ein schwarzer Geländewagen.

Ich warte darauf, dass sich der Mann im Geländewagen zu dem Mann in der Limousine gesellt. Dann trete ich hinter dem Baum hervor und begebe mich zu dem einzelnen Mann neben der Limo.

Ich nicke ihm zu.

Red nickt zurück.

Ich strecke meine Hand aus, und wir schütteln einander die Hände. »Ich kann immer noch nicht glauben, dass du deinen Flush mit der River Card komplettieren konntest.«

»Karo-Neun«, bestätigt er grinsend. Er wiegt satte hundertfünfzehn Kilo bei einer stattlichen Größe von eins fünfundneunzig. Wäre er kein Geheimdienstmann, könnte er gut davon leben, im Fernsehen einen zu spielen. Er klopft mir auf die Schulter und sagt: »Hey, du hättest aussteigen können.«

»Mit drei Königen aussteigen? Auf keinen Fall.«

Er nickt zustimmend.

»War es schwierig rauszukommen?«, frage ich.

Ich bin mir nicht ganz sicher, wie sich der Präsident und Red routinemäßig aus den am besten geschützten zwanzig Hektar der Vereinigten Staaten stehlen konnten, aber sie schafften es. Einmal fragte ich Sullivan, ob er den Lincoln-Tunnel benutzen würde. Er lachte und sagte: »Klar, und ich bin mit Bidens Skateboard gefahren.« In einem Telefongespräch vertraute er mir an, dass die Öffentlichkeit verblüfft wäre, wenn sie wüsste, wie leicht man sich unbemerkt aus dem Weißen Haus verdrücken konnte.

»Zu leicht«, meint Red, schüttelt den Kopf und zieht die Hintertür auf.

Ich beuge mich nach unten und spähe hinein.

Zwei Männer sitzen sich im geräumigen Fond gegenüber. Ich gebe Sullivan die Hand, der in seiner Jeans und seinem grauen Washington-Redskins-Sweatshirt eher wie ein arbeitsloser Drehbuchautor und nicht wie der Anführer der freien Welt wirkt.

Er stellt mich dem Mann gegenüber vor.

John LeHigh.

Der Direktor der CIA.

...

Ich rechne damit, dass der Mann in Anzug und Krawatte gleich bellen wird: »Ich erwarte, dass Sie einen verdammt guten Grund dafür haben, mich hierher zu schleppen«, aber er schüttelt mir einfach nur die Hand und sagt: »Der Präsident spricht in den höchsten Tönen von Ihnen.«

John LeHigh ist um die sechzig. Sein graues Haar ist kurz geschnitten mit ein paar weißen Stoppeln an den Seiten des Schädels, die obere Haarpartie wurde schon vor langer Zeit in den Abfluss der Dusche gespült. Seine Augen ahmen seine marineblaue Krawatte nach. Sein Gesicht ist fleischig und leicht aufgedunsen, eine Folge des Weins, der Biere oder der harten Drinks, die er in den letzten Stunden konsumiert hat.

»Tja, aber verraten Sie ihm bloß nicht, dass ich für Obama gestimmt habe«, sage ich und entlocke meinem Publikum ein paar ironische Lacher. Dann füge ich hinzu: »Er spricht übrigens auch in den höchsten Tönen von Ihnen.«

Und das tat er. Als ich dem Präsidenten erzählte, wofür ich meine Karte einlösen wollte, nämlich für ein Treffen mit dem Direktor der CIA, hatte er nur Positives über die Führungsriege der Central Intelligence Agency zu vermelden.

LeHigh hatte fünfundzwanzig Jahre bei der CIA als Analyst gearbeitet, bevor er 2003 stellvertretender Direktor des neu geschaffenen Terrorist Threat Integration Center wurde. Sechs Jahre später wurde er zum Homeland-Security-Berater der Obama-Regierung ernannt und 2012 von Präsident Sullivan zum Direktor der CIA berufen.

LeHigh nickt, sagt aber nichts.

»Also, wollen Sie uns jetzt verraten, warum wir hier sind?«, fragt Sullivan und fährt sich mit der Hand durch seinen weltberühmten, grau melierten, präsidentiellen Haarschopf.

Ich habe ihm gestern nichts erzählt, nur dass ich meinen Gefallen einlösen wolle und zehn Minuten mit Direktor LeHigh bräuchte. Und zwar zehn Minuten von Angesicht zu Angesicht.

»Wegen meiner Mom«, sage ich.

Beide Männer starren mich an.

»Elena Janev.«

Nachdem ich das Gespräch mit dem Präsidenten beendet

hatte, hatte ich Ingrid eine SMS geschickt. Sie musste noch einmal ihren Kontakt bei Homeland Security für mich anzapfen. Ich brauchte den Namen meiner Mutter. Ihren richtigen Namen.

Vielleicht hatte Ingrid ein schlechtes Gewissen, weil sie sich fast eine Woche nicht bei mir hatte blicken lassen. Wie auch immer, als ich vor zwanzig Minuten aufgewacht bin, wartete der Name meiner Mutter bereits auf mich.

Beide Männer fixieren mich ausdruckslos. Wenn ihnen der Name meiner Mutter etwas sagt, so lassen sie sich jedenfalls nichts davon anmerken.

»Sie hat für die CIA gearbeitet«, fahre ich fort.

Der Präsident blickt LeHigh an, aber der Direktor zeigt keine Reaktion.

Eine Statue.

»Sie kannten sie nicht?«, hake ich nach.

»Nein«, erwidert er mit einem leichten Kopfschütteln.

Zu erwarten, dass Direktor LeHigh alle Angestellten der Central Intelligence Agency kennt, wäre etwa so, als würde man erwarten, dass der oberste Boss von Coca-Cola Jim kennt, der die lokalen Coca-Cola-Automaten in Telluride, Colorado, befüllt. Aber meine Mutter war keine graue Büromaus in Langley. Sie war eine Red Four.

Großer Unterschied.

»Tausende von Menschen arbeiten bei der CIA«, wirft Präsident Sullivan ein.

»Und wie viele dieser Menschen wurden vor zehn Tagen ermordet?«

Der Präsident richtet sich auf. »Wovon reden Sie?«

»Letzten Montag wurde aus dem Potomac River die Leiche

einer Frau gezogen. Ihr wurde in den Hinterkopf geschossen. Der Name der Frau war Elena Janev. Sie war meine Mutter.«

»Woher wissen Sie davon?«, fragt der Direktor mit einem Anflug von Verärgerung.

»Ich habe in den letzten fünf Jahren eine Überwachungsfirma bezahlt, um nach meiner Mutter zu suchen. Am Mittwochmorgen erhielt ich eine E-Mail, dass die Fingerabdrücke einer Unbekannten aus dem Potomac mit den von mir übersandten übereinstimmen.«

Zwar war es von da aus noch ein großer Sprung, um den richtigen Namen meiner Mutter zu erfahren und dass sie bei der CIA gearbeitet hatte, aber LeHigh fragt nicht, wie ich die Verbindung hergestellt habe.

»Mein Beileid«, sagt Sullivan.

Ich nicke. »Ich kannte sie nicht sehr gut. Sie ging, als ich sechs war.«

»Trotzdem.«

Ich weiß. Sie war meine Mutter.

Ich starre den Direktor an. Ich frage mich, ob er immer so schweigsam ist. Ist das eine Eigenschaft, mit der er geboren wurde, oder eine, die er in drei Jahrzehnten Agententätigkeit kultiviert hat?

»Es tut mir leid, das mit Ihrer Mutter zu hören«, sagt er schließlich. »Aber ich bin mir nicht sicher, wo ich da ins Spiel komme.«

»Das Department of Homeland Security hat sie als eine Red Four gekennzeichnet.«

Das lässt beim Präsidenten offenbar nichts klingeln, aber bei allem, was auf seinem Schreibtisch landet, kann man nicht erwarten, dass er jeden Code jeder Behörde kennt.

Doch LeHigh war der Homeland-Security-Berater von Präsident Obama, und er weiß daher verdammt gut, was es bedeutet.

»Was ist eine Red Four?«, fragt Sullivan.

Wir schauen beide zu LeHigh. Nach einem Augenblick antwortet er: »Eine Red Four ist ein Terrorist der höchsten Gefahrenstufe.«

»Moment, ich dachte, Ihre Mutter hat für die CIA gearbeitet.«

»Das hat sie.«

»Warum wurde sie dann als Red Four markiert?«

Er starrt mich an, und dann dämmert es ihm. »Richtig. Das ist es, was Sie wissen wollen. Deshalb wollten Sie sich mit dem Direktor treffen.«

Erneut schauen wir beide zu LeHigh.

»Ich bin mir nicht sicher, wie Sie über all diese Informationen gestolpert sind. Und wer auch immer sie durchsickern ließ, wird wahrscheinlich morgen keinen Job mehr haben«, sagt er. »Trotzdem klingelt da bei mir nichts. Weder kenne noch kannte ich je eine Elena Janev.«

Das sind die Worte, die er ausspricht, doch seine Augen erzählen etwas anderes. Sie verraten mir, dass ich meine Nase in Dinge stecke, die mich nichts angehen. Dass ich da einen Baum anbelle, von dem ich lieber ablassen sollte. Denn auf diesem Baum sitzt kein Eichhörnchen. Auf ihm hockt ein Bengalischer Tiger.

»Warum sind Sie nicht zur Polizei gegangen?«, fragt Sullivan.

»Der Polizei wurde von der Homeland Security auf die Schulter getippt.«

»Woher wissen Sie ...« Er hält inne. »Ingrid.«

Ich nicke.

Die SMS, die der Präsident an Ingrid geschickt hat, schießt mir durch den Kopf.

Ich schüttele den Gedanken ab.

»Ich habe Kontakte zur Heimatschutzbehörde«, sagt der Direktor. »Ich kann gerne für Sie nachforschen, wenn Sie wollen.«

Er lächelt selbstgefällig.

Er kennt meine Mutter und weiß, warum sie getötet wurde.

Ich frage: »Sagt einem von Ihnen der Ausdruck *Black Site* etwas?«

Diesmal kann LeHigh seine Augenbrauen nicht im Zaum halten.

»Was hat das damit zu tun?«, fragt Sullivan.

»Sie kennen doch all die Geheimgefängnisse, die Obama geschlossen hat?«

Der Präsident nickt.

»Was, wenn ich Ihnen sage, dass nicht alle geschlossen wurden?«

»Das ist absurd!«, bellt LeHigh.

Ich ziehe ein gefaltetes Stück Papier aus meiner Hosentasche und übergebe es dem Präsidenten. Es ist der Artikel der *Huffington Post* vom Februar, in dem die mehr als zwanzig noch vermissten Häftlinge aufgeführt sind.

Der Präsident holt eine Brille aus einem kleinen Fach zwischen den Sitzen. Sie hat zwei kleine Leselampen an den Seiten, die den ausgedruckten Text beleuchten.

»Zwanzig Häftlinge wurden niemals nach Guantanamo

Bay verlegt«, erkläre ich. »Zwanzig Häftlinge sind immer noch irgendwo eingesperrt. Und das sind nur die Gefangenen, die in den Akten auftauchen.«

»Was meinen Sie mit *in den Akten auftauchen?*«, fragt der Präsident, als er von dem Artikel aufschaut.

»Am 5. August 2006 wurden zwei hochrangige al-Qaida-Mitglieder getötet, als eine von ihnen gebaute Bombe in einem Keller explodierte. Das gleiche Szenario spielte sich am 12. April 2009 ab. Alle vier Leichen wurden bis zur Unkenntlichkeit verstümmelt.«

»Und Sie glauben, jemand hat diese Explosionen vorgetäuscht, und die Männer werden illegal irgendwo festgehalten?«

»Nicht jemand, die *CIA*. Und sie werden nicht festgehalten, sondern *gefoltert.*«

»Ich habe genug gehört«, sagt der Direktor und schüttelt den Kopf. »Ich weiß nicht, auf welche Verschwörungstheorie-Website Sie gegangen sind oder welche Art von verrückten Träumen Sie letzte Nacht hatten oder wofür Sie Ihre Mutter halten, aber diese Black Sites existieren nicht. Obama hat eine Verfügung erlassen, jede dieser Einrichtungen zu schließen, und das haben wir getan. Fragen Sie mich, ob es die richtige Entscheidung war? Scheiße, nein, war es nicht. Wir befinden uns im Krieg mit diesen Terroristen. Sie spielen nicht nach den Regeln, aber wir müssen es tun. Es ist wie Fußball spielen ohne Torwart. Es ist nur eine Frage der Zeit, bis einer ihrer Schüsse ins Netz geht. Aber das Resultat ist kein Tor, sondern zweitausend tote Amerikaner. Trotzdem, wenn eine Anordnung der Exekutive kommt, wird sie befolgt. Zweiundfünfzig Black Sites wurden innerhalb von sechs Tagen geschlossen, die Häftlinge wurden nach Guantanamo Bay oder in ähnliche Einrichtungen verlegt. Der Artikel über die zwanzig vermissten Terroristen, den Sie gelesen haben, ist Schwachsinn. Sie sind alle offiziell erfasst, jeder einzelne. Haben Sie je daran gedacht, dass einige von denen mit uns kooperieren? Dass sie in irgendeiner Weise für uns arbeiten? Dass sie neue Identitäten bekommen haben und freigelassen wurden? Dass einige entkommen sind und wir die Öffentlichkeit nicht alarmieren wollen? Dass einige sich umgebracht haben? Jeder will heutzutage alles wissen, bis er irgendwann an den Punkt kommt, an dem er dann doch lieber die Augen verschließt. Wir leben in einer Zeit der Transparenz, einer Zeit, in der Geheimnisse nicht erlaubt sind. Aber wissen Sie, was? Wenn Informationen in die falschen Hände gelangen, sterben Menschen.«

Ich lasse seine letzten Worte sacken: *Wenn Informationen in die falschen Hände gelangen, sterben Menschen.*

So wie meine Mutter.

Trotzdem hat der Direktor damit keineswegs eingestanden, dass meine Mutter aus genau diesem Grund getötet wurde. Vielmehr wollte er mir deutlich machen, dass ich, falls ich weiter Druck ausübe, ebenfalls auf dem Grund des Potomac landen könnte.

Unglücklicherweise für den Direktor habe ich einen strengen Zeitplan und keine Zeit für solche Drohungen.

»Meine Mutter wurde getötet, weil sie die Standorte dieser geheimen Einrichtungen kannte«, sage ich und beuge mich nach vorne. »Ich bin mir nicht sicher, wie sie an die Informationen gekommen ist – ob sie sie gestohlen hat oder persönlich in die Operation involviert war –, jedenfalls wusste sie davon. Vielleicht hat sie gedroht, damit an die Öffentlichkeit zu gehen, vielleicht wollte sie die CIA zwingen, die Sites zu schließen, wie es befohlen worden war. Vielleicht sah sie Dinge, unvorstellbare Taten, die man nicht einmal Mäusen antun sollte, geschweige denn Menschen, und konnte nachts nicht mehr schlafen.«

»Beschuldigen Sie die CIA, Ihre Mutter getötet zu haben?«, fragt der Präsident.

Meine Mutter hatte mir in ihrer Rezension noch eine weitere Information übermittelt. Erst beim letzten Lesen, kurz bevor ich den Präsidenten anrief, verstand ich ihre Bedeutung. Der dritte Satz: *Smith und Jones sind fantastisch zusammen, und Heghil hat wunderbar Regie geführt.*

Ich dachte, ich sollte nach Will Smith und Tommy Lee Jones suchen, aber aus irgendeinem Grund kam mir nicht in den Sinn, den Regisseur zu googeln.

Es stellte sich heraus, dass der Film von einem gewissen Barry Sonnenfeld gedreht worden war. Nicht von jemandem namens Heghil.

Warum dann der Name?

Es dauerte eine Weile. Na ja, ganze drei Minuten. Schließlich hatte ich gerade eine Internetrecherche über die CIA gemacht.

Heghil war ein Anagramm von LeHigh.

»Ich beschuldige nicht die CIA«, sage ich und deute dann auf den Direktor. »Sondern ihn. *Er* hat meine Mutter getötet.«

...

Der Präsident und ich sehen dem davonfahrenden SUV nach.

»Was fällt Ihnen ein?«, schreit Sullivan. »Den Direktor der CIA des Mordes an Ihrer Mutter zu beschuldigen! Sind Sie wahnsinnig?«

LeHigh blinzelte nicht einmal, als ich ihn beschuldigte, meine Mutter getötet zu haben. Er schaute den Präsidenten einfach nur an, als wollte er sagen: »Dafür hast du mich von meiner Flasche Wein weggeholt?«, öffnete die Tür und marschierte davon.

Ich wünschte, seine Reaktion hätte dazu beigetragen, meine Zweifel an seiner Unschuld zu bestätigen, aber das tat sie nicht. Sie brachte mich dazu, seine Schuld infrage zu stellen. Und in Übereinstimmung mit den letzten drei Worten des Präsidenten meinen eigenen Geisteszustand anzuzweifeln.

»Sagen Sie mir, dass Sie Beweise haben und dass Sie nicht nur aus der Hüfte schießen. Ich war mit LeHighs Sohn auf der Highschool. Ich kenne den Mann mehr als die Hälfte meines Lebens, deshalb habe ich ihn vor zwei Jahren persönlich zum Direktor der CIA ernannt.«

»Ich habe Beweise«, sage ich mit wenig Überzeugungskraft.

»Was?«

Ich traue mich nicht, dem Präsidenten zu sagen, dass mein Beweis eine Filmrezension über *Men in Black* ist. Er würde Red augenblicklich die Anweisung geben, mir eine seiner riesigen Pranken ins Gesicht zu schmettern.

»Vertrauen Sie mir«, ist alles, was ich hervorbringe.

»Raus hier!«, ruft er.

Ich möchte Einspruch erheben, habe aber nichts zu sagen.

»Wir sind quitt«, erklärt er.

Ich nicke und öffne die Tür. Ich bin mir nicht sicher, warum ich das Folgende tue, vielleicht weil ich denke, dass dies das letzte Mal ist, dass ich mit ihm spreche, vielleicht weil ich im Ring bleiben will, obwohl ich meine Arme nicht mehr über die Hüfte heben kann. Jedenfalls steige ich aus, drehe mich um, stütze mich auf die Tür und sage: »Tun Sie mir einen Gefallen, und halten Sie sich von Ingrid fern.«

Er lehnt sich zurück.

»Ja, ich weiß alles über Ihr kleines Treffen neulich.«

Er schüttelt den Kopf sanft von einer Seite zur anderen, und mir wird klar, dass ich zum zweiten Mal in dieser Nacht auf gut Glück einen Sprung gewagt habe – mit dem Resultat, dass ich in einem riesigen stinkenden Haufen Scheiße gelandet bin.

»Ach, wirklich?« Er hält inne. »Dann wissen Sie sicher auch, dass wir uns treffen wollten, um eine kleine Zeremonie zu besprechen, die ich für Sie geplant hatte. Sie wissen schon, weil Sie mir geholfen haben und so.« Ich schlucke so laut, dass ein Vogel auf einem nahen Baum aufgeschreckt davonflattert.

»Aber das können Sie jetzt getrost vergessen«, sagt er und zieht die Tür zu.

:09

»Nicht zu fassen, dass du ernsthaft dachtest, ich würde dich mit dem Präsidenten betrügen.«

Selbst übers Telefon sehe ich die Enttäuschung in ihrem Gesicht. »Ja, ich weiß. Bescheuert.«

»Wenn ich dich betrügen würde, dann mit diesem hübschen Senator aus Mississippi.« Sie tut, als würde sie jemandem hinterherpfeifen.

Ich weiß, dass sie versucht, etwas Unbeschwertheit in die Situation zu bringen, dass dies ihre Art ist, mir zu sagen, dass sie meine Entschuldigung annimmt. Aber das Lächeln, das sie mir entlocken will, kommt nicht. Ich habe nicht das Gefühl, dass ich sie oder ihre Freundlichkeit überhaupt verdiene.

Die letzten zehn Minuten habe ich Ingrid alles bis ins kleinste Detail geschildert. Die Rezension, die Suche nach Hinweisen, die Black Sites, der Anruf beim Präsidenten und meine Forderung nach einem persönlichen Gespräch mit dem Direktor, mein Vorstoß aus dem Hinterhalt und der Absturz in einen Bottich voller Scheiße.

»Ich hätte dir von dem Treffen erzählen sollen«, sagt sie.

»Nein, hättest du nicht. Es sollte eine Überraschung werden. Ich hätte nicht in deinem Handy rumschnüffeln sollen.«

»Ja, gruselig.« Sie spricht das Wort mit hoher, quietschender Stimme aus.

»Okay, ich hab's verstanden. Es tut mir unendlich leid.«

»Verschwende deine wenige Zeit nicht mit Bedauern. Vertrau mir einfach ein bisschen mehr, okay?«

»Okay.«

»Also, keine feierliche Übergabe des goldenen Schlüssels für die Stadt?«

»Ich glaube eher nicht.«

»Ist auch egal. Wer will überhaupt einen goldenen Schlüssel für D. C.? Und was würdest du um drei Uhr morgens dort anstellen? Ins All-Night-Diner gehen?«

»Ich bin mir nicht sicher, ob ein goldener Schlüssel zur Stadt so funktioniert.«

»Ja, er hat nicht wirklich viel über die eigentlichen Vergünstigungen gesprochen, nur dass er dir einen übergeben und eine kleine Zeremonie für dich im Weißen Haus abhalten wollte.«

»Wäre cool gewesen«, sage ich.

»Keine Sorge, ich gebe dir einen goldenen Schlüssel zu meiner Stadt.«

Ich lache.

»Was sind die Vergünstigungen?«

Sie erklärt mir die Vergünstigungen. Sie lassen mir das Wasser im Mund zusammenlaufen.

»Gut, ich muss mir das Haus noch mal mit dem Fernglas ansehen, und du musst ins Bett«, sagt sie.

Ich spähe auf mein Telefon.

Es ist 3:56 Uhr.

Es ist das erste Mal seit über einer Woche, dass Ingrid und ich miteinander sprechen, und es fühlt sich so gut an, ihre Stimme zu hören. Ich will nicht auflegen. Nie wieder.

»Hoffentlich ist der Fall in den nächsten paar Tagen in

trockenen Tüchern, und wir können unsere kleine Schlüsselzeremonie abhalten«, sagt sie.

»Ja, bitte.«

»Gute Nacht, Schlafmütze.«

»Gute Nacht.«

Ich schließe die Tür auf und trete ein. Ich hätte allen Grund, mich zu ärgern. Ich habe mich vor zwei der mächtigsten Männer der freien Welt wie ein Vollpfosten aufgeführt. Ich beschuldigte den einen Mann, meine Mutter getötet zu haben, was von Sekunde zu Sekunde lächerlicher wird, und einen anderen, meine Freundin angemacht zu haben.

Aber ich kann nicht anders, ich muss lächeln.

...

»Kumpel!«

Lassie streckt eine Kralle nach meinem Gesicht aus.

»Alter, was ist los?«

Ich setze mich auf. Lassie wimmert.

»Bist du krank?«

Ich schalte das Licht ein und untersuche ihn. Sein Haar ist verfilzt, er sieht aus, als hätte er zwanzig Stunden geschwitzt. Seine orangefarbenen Augen sind rot umrandet.

»Scheiße!«

Ich setze mich auf.

»Was ist los? Dein Bauch?«

Ich taste seinen Bauch ab. Er zuckt zusammen.

»Was hast du gegessen?«

Ich springe aus dem Bett und laufe in die Küche. Nachdem ich gestern Abend mit Ingrid telefoniert hatte, kam ich rein, schnappte mir Lassie von der Couch, und wir gingen ins Bett. Ich streichelte ihm den Bauch, bevor ich einschlief. Es ging ihm gut.

Ich suche nach allem, was er Falsches erwischt haben könnte. Könnte er an Windex-Glasreiniger geraten sein? Isabel bewahrt ihre ganzen Reinigungsmittel in einem Schrank auf, aber der ist verschlossen. Was aber nicht bedeutet, dass er nicht schon früher an etwas Falsches geraten sein könnte. Er ist dreiundzwanzig Stunden am Tag unbeaufsichtigt, in der Zeit kann alles Mögliche passieren. Er könnte von der Couch gesprungen und falsch gelandet sein. Er hätte mit dem Bauch irgendwo auftreffen und jetzt innere Blutungen haben können.

Ich hatte Lassie schon einmal zum Notfall-Tierarzt gebracht, nachdem er von einem Waschbären aufgeschlitzt worden war, und zum Glück ist die 24-Stunden-Tierklinik nur zwei Kilometer entfernt.

Ich renne zurück ins Schlafzimmer, hole einen Rucksack aus dem Schrank und schnappe mir Lassie vom Bett. »Es wird alles wieder gut. Wir kriegen dich wieder hin.«

Ich habe ein Déjà-vu.

Ich schnappe mir die Vespa-Schlüssel vom Schlüsselbund, sprinte die Treppe hinunter und zu dem kleinen Roller, der zwischen zwei Autos auf der Straße parkt.

Ich packe Lassie vorsichtig in den Rucksack.

»Zehn Minuten. Halte durch, Kumpel.«

Ich setze den Rucksack auf und biege in die Seitenstraße.

Zwei Blocks später fängt der Rucksack an, wild um sich zu schlagen.

Ich steuere die Vespa an den Straßenrand. Der Rucksack fühlt sich an, als ob ein Miniatur-Bronco versuchen würde, sich zu befreien. Ich öffne den Rucksack, und Lassie gibt Ruhe.

Er hechelt wie wild.

»Alles wird gut. Nur noch ein paar Minuten.«

Miau.

»Was?«

Miau.

»Du bist nicht krank?«

Miau.

»Du hast es vorgetäuscht? Warum tust du so was?«

Miau.

»Du musstest mich aus dem Haus locken? Warum?«

Miau.

»Zwei Männer sind reingekommen?«

Miau.

»Ernsthaft?«

Lassie erklärt, dass er letzte Nacht schlief, als plötzlich die Haustür aufging. Er dachte erst, es wäre Ingrid oder mein Dad, aber dem war nicht so. Es waren zwei Männer, die er nicht kannte. Er sprang auf sie zu, aber sie scheuchten ihn weg. Lassie versteckte sich die nächsten zwanzig Minuten, bis die Männer wieder gegangen waren.

»Die haben meine Wohnung verwanzt«, sage ich mehr zu mir selbst als zu Lassie. »Heilige Scheiße, die hören meine Wohnung ab.«

Ich sollte sauer sein, bin es aber nicht. Ich bin erleichtert. Denn die einzige logische Schlussfolgerung ist, dass mein Zuhause von der CIA verwanzt wurde. Wenn dem so ist, dann ist Direktor LeHigh dafür verantwortlich. Und unschuldige Männer verwanzen keine Wohnungen.

Ich habe ihm einen Schreck eingejagt.

Das bedeutet, ich bin auf der richtigen Spur.

Alles, was meine Mutter mir geschickt hat, trifft zu.

Miau.

Ich richte mich auf.

»Wirklich?«

Miau.

»Welches Auto?«

Miau.

Jemand folgt uns.

Ich packe Lassie wieder in den Rucksack und steuere zurück auf die Straße. Wenn meine Wohnung tatsächlich verwanzt ist, dann haben sie jetzt entweder ein Video oder eine Audioaufnahme oder beides, wie ich mir Sorgen um Lassies Gesundheitszustand mache. Und jetzt folgen sie mir.

Fünf Minuten später fahre ich beim Notfall-Tierarzt vor.

Es ist 3:13 Uhr.

Ich melde mich auf dem iPad an der Rezeption an. Vor mir sind noch zwei Leute. Ich setze mich auf einen der Plastikstühle. Da ist ein Mann um die fünfzig mit einem weißen Zwergpinscher. Der bellt mich an.

Ich hole Lassie raus und setze ihn auf meinen Schoß. Er spielt die Rolle der kranken Katze hervorragend.

Ich zücke mein Handy.

Zwei verpasste SMS von Ingrid.

Ingrids erste SMS lautet: I MISS U. Die zweite: KÖNNTE DEINE MOM DIR NOCH WAS ANDERES GESCHICKT HABEN?

Ich schreibe zurück: LASSIE IST KRANK. BEIM TIERARZT. ICH WILL MEINE MUTTER VERGESSEN, SO WIE SIE MICH VERGESSEN HAT.

Das Telefon vibriert fast augenblicklich.

OKAY. ICH UNTERSTÜTZE DICH SO ODER SO. ICH HOFFE, LASSIE GEHT ES GUT.

DAS WIRD WIEDER. WIR SPRECHEN MORGEN.

Sie simst: XOXO

Aber die Cyber-Umarmungen und Küsse sind nicht meine Hauptsorge, es ist das, was sie über meine Mutter gesagt hat. Könnte sie mir etwas anderes geschickt haben? Was, wenn meine Mutter mir vor der DVD noch etwas geschickt hatte? Sie musste erfahren haben, dass ein Kopfgeld auf sie ausgesetzt war. Dass ihre Zeit begrenzt war. Hatte sie vorher versucht, mir etwas zu übermitteln, aber ich war zu sehr mit meiner Alltagsroutine befasst, um es zu bemerken?

Ich überlege, ob Isabel jemals Pakete geöffnet hat, die ich nicht selbst bestellt hatte. Wäre meine Mutter bei der Amazon-Strategie geblieben? Sie musste die Nachricht anonym schicken, sonst wäre sie nie angekommen. Sogar die Rezension, die sie gepostet hatte, wurde sofort gelöscht, nachdem ich sie gelesen hatte.

Und das bedeutet ...

Sie wussten, dass ich sie gelesen hatte.

Hatten sie auch meinen Computer verwanzt? Hatten sie die ganze Zeit nur darauf gewartet, dass meine Mutter sich mit mir in Verbindung setzen würde? Auf welchen anderen Wegen könnte sie versucht haben, mit mir in Kontakt zu treten?

Nein, es muss eine Verzweiflungstat gewesen sein. Ich

stelle mir vor, wie sie die Rezension auf ihrem Handy tippt, während sie sich vor ihren Verfolgern versteckt. Es war ein Ave-Maria in letzter Minute. Irgendwo in der Rezension muss es noch einen Hinweis geben. Irgendwas über die Standorte. Eine Art Beweis.

Ich erinnere mich Wort für Wort an die Rezension und spreche sie leise vor mich hin.

Meine Frau und ich haben diesen Film bei unserem ersten Date vor acht Jahren gesehen. (Love at first site!) Wir schauen ihn jedes Jahr an unserem Jahrestag, dem 5. August. Smith und Jones sind fantastisch zusammen, und Heghil hat wunderbar Regie geführt. Meine Neunjährige, April, liebt den Film auch. Sie gibt ihm zwölf Sterne.

Fünf Sätze.

Ich wiederhole sie noch zweimal, aber ich habe sie für mein Gefühl restlos ausgequetscht. Sie geben nichts mehr preis.

War das alles? Habe ich die Rezension richtig verstanden? Ich glaube schon.

Trotzdem plagt mich das Gefühl, etwas übersehen zu haben.

Der Titel der Rezension.

Ich überlege noch mal.

Sie hatte doch einen Titel? Oder?

Es dauert eine ganze Weile.

This Movie Rocks!

Wie konnte ich so lange brauchen?

Rocks. Steine.

Die Jungs, die mein Haus verwanzt haben, könnten ebenso leicht mein Handy verwanzt haben, daher will ich nicht damit ins Internet. Ich stehe auf und nehme das iPad vom Ständer, direkt vor den Augen der Empfangsdame. Ich verlasse die Homepage der Tierarztklinik und suche nach *Global Geologist Unlimited.*

Die Website der Firma ist der erste Treffer, aber das ist nicht das, was ich will. Meine Mutter wäre nicht in der Lage gewesen, den Code der Website zu manipulieren.

Den Wikipedia-Eintrag hingegen schon ...

Ich lade die Wiki-Seite für GGU.

Ich habe die Seite schon einmal besucht und scrolle bis zum Ende, wo sie die Standorte und Koordinaten ihrer Bohrplätze auflisten.

Es gibt fünfundzwanzig Einträge.

Das letzte Mal, als ich nachgesehen habe, waren es nur vierundzwanzig.

Es steht eine kleine Zahl neben dem fünfundzwanzigsten Eintrag – die Referenznummer.

Ich scrolle nach unten und lese die Referenz: »SB«.

Sally Bins.

Das muss es sein.

Ich schaue zu Lassie hinunter und sage: »Grönland?«

Ich bin nicht so gut in Geografie, aber ich bin mir ziemlich sicher, dass Grönland in der Nähe der Arktis liegt, östlich von Kanada. Die Gegend dürfte ziemlich spärlich besiedelt sein, aber wenn man ein geheimes Gefängnis verstecken wollte, wäre das der perfekte Ort.

»Mr Bins, das iPad ist nur zum Anmelden.«

Ich ignoriere sie.

Wenn man bei der CIA arbeitet und ein geheimes unterirdisches Gefängnis betreibt, in dem man feindliche Kämpfer festhält und foltert, nun, ich kann mir keinen besseren Ort dafür vorstellen.

Was ich nicht verstehe, ist Folgendes: Wenn der Ort Rumänien wäre, dann könnte ich etwas unternehmen. Die Dinge aufmischen. Etwas Lärm machen. Da ich beim Tierarzt bin, denke ich an einen Welpen. Stellt euch vor, es gäbe einen Welpen, der sich irgendwo in Rumänien verlaufen hätte, und ich wüsste seine Koordinaten. Ich hätte sicher genug Geld, um den Welpen in annähernd vierundzwanzig Stunden ausfindig zu machen und nach Hause zu fliegen. Aber wenn der Welpe in Grönland verloren gegangen wäre, nun, dann würden drei Millionen Dollar nicht reichen, um auch nur seine Knochen zurückzubringen. Und wenn das alles tatsächlich in Grönland passiert, was erwartet meine Mutter dann von mir? Was soll ich mit den Informationen anstellen, und warum ist das Department of Homeland Security darin involviert?

Ich scrolle zurück zu den Standorten.

Ich studiere die Koordinaten der grönländischen Bohrstelle: 38.94445718138941 N, 77.70492553710938 W.

Meine Augenbrauen kräuseln sich.

Grönland liegt fast in der Arktis. Also wesentlich höher als knapp vierzig Breitengrade nördlich des Äquators.

Meine Herzfrequenz beschleunigt sich.

Ich suche und finde eine GPS-Website, kopiere die in Wiki angegebenen Koordinaten und füge sie dort ein.

Es ist nicht Grönland.

Sondern Virginia.

:10

Mein Dad öffnet die Tür. Er trägt Boxershorts und ein weißes T-Shirt. Seine Augen sind noch halb geschlossen.

»Was soll das werden?«

Ich schiebe mich an ihm vorbei.

Es ist 3:41 Uhr.

Murdock stürmt heran und beginnt, den Rucksack zu betatschen. Er kann Lassie drinnen hören oder riechen. Mein Dad versucht, ihn wegzuziehen, aber er ist zu stark. Er springt hoch, wirft mich zu Boden, schnappt sich den Rucksack und zerrt daran. Sekunden später schlängelt sich Lassie durch das Loch im Stoff.

Der Gefängnisausbruch ist gelungen.

Murdock badet Lassie in Küssen, dann verschwinden die beiden durch eine Glasschiebetür, die in den gepflegten Hinterhof meines Vaters führt.

»Verabschiede dich von all deinen Blumen.«

»Von denen habe ich mich schon vor langer Zeit verabschiedet.«

Mir wird zum ersten Mal bewusst, dass es über neun Jahre her ist, seit ich das Haus, in dem ich aufgewachsen bin, das letzte Mal betreten habe.

Viele Jahre fuhr mein Vater zu mir, jeden Mittwoch, zweiundfünfzigmal im Jahr, plus Thanksgiving und Weihnachten und Geburtstage. Sicher, meine Stunde ist kostbar, trotzdem hätte ich schon früher wieder hierher zurückpilgern sollen.

»Was machst du hier, Sohn?«, fragt mein Dad und zieht

die Tür hinter sich zu. »Und was ist mit dem Auto, das auf der anderen Straßenseite parkt?«

Lassie und ich verließen die Tierklinik, ohne den Arzt zu konsultieren. Wieder auf dem Roller, fuhr ich nach Hause, sauste dann aber an meiner Wohnung vorbei, nahm eine scharfe Rechtskurve und bog auf die Schnellstraße Richtung Norden. Innerhalb von fünf Minuten holte uns ein schwarzes Auto ein. Es vereitelte meine sämtlichen Täuschungsmanöver und blieb mir dicht auf den Fersen, bis ich nach zehn Kilometern wieder abfuhr, um mich durch verwinkelte Straßen zu schlängeln, und schließlich vor dem Haus hielt, in dem ich den Löwenanteil meiner siebenunddreißig Jahre verbracht hatte.

»Die Jungs im Auto sind von der CIA. Sie verfolgen mich. Und ich bin hier, weil sie meine Wohnung verwanzt haben.«

Er hebt die Augenbrauen.

»Sie haben was?«

Ich erkläre es ihm.

»Warum sollten sie das tun?«

Ich erzähle ihm von den Hinweisen, dem Treffen mit dem Präsidenten und Direktor LeHigh. »Er hat sie getötet, Dad. Er hat es sogar zugegeben.«

»Warum?«

»Weil Mom von einer geheimen Black Site hier in den Staaten wusste.«

»Sie haben hier Terroristen gefoltert?«

»Ja. Kannst du dir vorstellen, was passiert, wenn das jemals durchsickern würde?«

»Sie würden die CIA wahrscheinlich für immer dichtmachen.«

»Genau. Deshalb durften diese Informationen nicht nach außen dringen. Und deshalb wurde Mom mit einem Einschussloch im Hinterkopf gefunden.«

Das ist zu viel für meinen Dad, und er setzt sich auf die Couch in seinem Wohnzimmer.

Ich schaue auf mein Handy.

3:44 Uhr.

Ich habe noch sechzehn Minuten.

In diesen sechzehn Minuten muss ich noch eine Menge erledigen.

»Hast du noch das GPS-Gerät?«

Mein Vater hatte ein kurzes Intermezzo mit einer Freizeitbeschäftigung namens Geocaching. Die Leute verstecken überall in den USA Dinge und veröffentlichen deren Koordinaten auf einer nationalen Website. Dann versuchen andere Leute, diese Dinge aufzuspüren und einen Preis zu gewinnen oder einfach eine Kerbe in ihren Geocaching-Gürtel zu machen.

Mein Vater hatte ein paar dieser Caches gejagt und sogar einen Fünfdollarschein aus einem ergattert. Doch mein Dad war die ultimative Hobbyschlampe, und nach ein paar Monaten ging er dann zu einer neuen Sache über – ferngesteuerte Hubschrauber, Aquarellmalerei oder was auch immer.

»Ich denke schon. Irgendwo im Keller. Wieso? Du gedenkst doch nicht etwa, dorthin zu gehen, oder?«

»Es ist hier in Virginia.«

»Langley?«

»Nein, etwa fünfzig Kilometer westlich des CIA-Hauptquartiers. Draußen in der Pampa.«

»Ich fahre dich hin.«

»Nein, du wirst schön hierbleiben.«

Ich erläutere ihm meinen Plan.

Schätzungsweise wäre seine Reaktion nicht viel anders, würde ich ihm erklären, ich wolle zum Basejumping gehen. Er schiebt sich die Brille den Nasenrücken hinauf und fragt: »Bist du sicher?«

Ich nicke.

»Also gut«, sagt er. »Dann lass uns das GPS-Gerät holen.«

Ich folge ihm die Treppe hinunter.

Obwohl man es bei dem ordentlich aufgeräumten Erdgeschoss und der ersten Etage des zweihundert Quadratmeter großen Vorstadthauses nicht vermuten würde, ist mein Dad ein Messie.

Vor allem hortet er die Überbleibsel seiner verblichenen Hobbys.

Nach einem Drittel der Treppe zieht er an einer Kette, und eine einsame Glühbirne beleuchtet den Eingang zum Hobby-Friedhof.

»Ich hatte die Flugdrachen ganz vergessen«, sage ich und schüttele den Kopf.

Wir gehen weiter nach unten. Als wir die letzte Stufe erreichen, zieht mein Vater an einer weiteren Kette.

Hier stapeln sich Berge von Ersatzteilen, Zubehör und diverse andere Utensilien seiner vielen *Beschäftigungen,* zwischen denen mein Vater irgendwie einen schmalen Korridor gepflügt hat.

»Das ganze Projekt mit diesen Schiffen in Flaschen ist auch nie richtig zur Reife gelangt, oder?«

»Es liegt lediglich auf Eis.« Er hält inne. »Fürs Erste.«

Klar doch.

»Du benutzt das Laufband nicht mehr?« Es stammt aus seiner sogenannten »Fitnessphase«.

»O doch, ab und zu.«

»Das Ding wurde nicht mehr betätigt, seit ich vor neun Jahren von hier weggezogen bin.«

»Sobald mein Rücken wieder besser ist, werde ich das Ding jeden Tag benutzen.«

Ich lache.

Wir schlängeln uns durch die Töpferphase, die Klavierphase, die Erfinderphase und die Zauberphase.

»Diese ›Säg das Mädchen durch‹-Box war eine echt gute Anschaffung.«

»Ich wollte auf Geburtstagsfeiern auftreten.«

»Finden Sie mir einfach das GPS-Gerät, Copperfield.«

Er schiebt ein paar Kisten aus dem Weg, wirft einen kurzen Blick in eine und verkündet: »Da haben wir's.«

Er zieht das kleine schwarze Gerät heraus und reicht es mir. Es ist doppelt so groß wie die, die man heute kaufen kann, aber da es nur wenige Male benutzt wurde, bin ich optimistisch, dass es funktioniert.

Ich drücke den Einschaltknopf, aber nichts passiert.

»Keine Sorge, ich habe hier irgendwo Batterien.«

Er schiebt sich an mir vorbei und begibt sich zurück in die Erfinderphase.

Ich stehe nahe der hinteren Wand. In der Ecke bemerke ich eine blaue Plane. Mir kommt die Idee, ich könnte die Plane benutzen, um den Jungs auf der anderen Straßenseite ein Schnippchen zu schlagen. Ich werde sie einfach über ihre Windschutzscheibe werfen und mich aus dem

Staub machen. Ich hebe eine Ecke der Plane an und sehe drei kleine schwarze Kästen. Sie sind zu ordentlich gestapelt, um meinem Vater zu gehören.

Ich ziehe eine der Kisten heraus und klappe den Deckel auf.

»Hab sie gefunden.«

Ich drehe mich um.

Was auch immer in diesen Kisten ist, es wird einen weiteren Tag warten müssen.

Eine Minute später bin ich wieder oben und habe die Koordinaten in den GPS-Empfänger eingegeben.

Es ist 3:50 Uhr.

...

Mein Zimmer ist noch so, wie ich es verlassen habe. Halb Erinnerungsstücke aus Kindheitstagen, halb Behausung eines heranwachsenden Buchhalters. Bei nur einer Stunde am Tag ist man gezwungen, Prioritäten zu setzen. Sogar bei Comics, Sportstars, Bands und Mädchen musste ich mich beschränken. Und nicht auf ein Exemplar jeder Gattung. Auf *eine* überhaupt, Punkt. Comics waren zu kindisch, Sportveranstaltungen dauerten zu lange, Mädchen waren außerhalb meiner Reichweite. Aber Musik war einfach. Ich konnte ein paar Lieder am Tag hören, konnte die Musik im Hintergrund laufen lassen, während ich mit Aktien handelte, Liegestütze machte oder von Mädchen träumte.

Ich wählte Prince.

Er war geheimnisvoll, schräg und so andersartig, wie man es sich nur wünschen konnte. Vielleicht hatte ich das

Gefühl, er würde irgendwie verstehen, wie es war, ich zu sein. Henry Bins zu sein und zu haben. Aber vor allem liebte ich ihn, weil er immer alles gab und sich den Arsch absang.

Zwischen den Prince-Postern hängen haufenweise Whiteboards. Als ich in den frühen 2000er-Jahren mit dem Aktienhandel begann, teilte ich meinem Vater mit, dass ich einen Haufen Whiteboards benötigte. Dann verwendete ich jeden Tag zehn Minuten darauf, die Aktienkurse zu checken und Diagramme zu erstellen. Natürlich waren alle Grafiken auch im Internet verfügbar, aber ich zeichnete sie gerne selbst auf – dadurch fühlte ich mich mehr mit dem verbunden, was ich vielleicht gerade kaufte. Nicht nur als bloßer Zuschauer, sondern als aktiver Teilnehmer an den Erfolgen und Misserfolgen der Aktien. In diesen ersten fünf Jahren verlor ich eine Menge Geld, mein Vater musste sogar eine zweite Hypothek auf das Haus aufnehmen, damit sein Sohn an der Wall Street zocken konnte. Aber irgendwann wählte ich die richtigen Aktien. Vielleicht hatte ich einfach Glück. Oder vielleicht war ich aus Zeitmangel gezwungen, häufig einfach nur meinen Instinkten zu folgen. Trotzdem hatte ich immer das Gefühl, dass es etwas mit dem roten Marker zu tun hatte, mit dem ich die Vergangenheit, Gegenwart und Zukunft des Unternehmens grafisch darstellte, dass ich schließlich Erfolg hatte.

Drei Jahre nachdem mein Vater die zweite Hypothek aufgenommen hatte, zahlte ich sowohl die erste als auch die zweite Hypothek ab und erklärte ihm, ich würde ihm beide Arme brechen, wenn ich ihn je wieder über einem Handbuch der Regierung brütend erwischen würde. Also kann man mir die Schuld für die ausschweifenden Hobbys meines Vaters geben. Ich ermöglichte es ihm. Aber mit keinem Geldbetrag der Welt hätte ich zurückzahlen können, was dieser großartige Mann für mich getan hat. Für jede Stunde, in der ich wach war, hatte er acht Stunden Planung investiert, damit ich zu dem Mann werden konnte, der ich bin.

Aber Prince und das Wandeln auf den Pfaden der Erinnerung ist nicht das, was mich nach oben in mein sorgfältig aufgeräumtes Zimmer gebracht hat. Sondern ein Schuhkarton, der hinten in meinem Schrank versteckt ist.

Ich sitze auf dem Doppelbett, die braun-grün gestreifte Tagesdecke akkurat gespannt, und hebe den Deckel an. Ich lächle und erinnere mich an den Tag, an dem mein Vater mir vor zwanzig Jahren den Schuhkarton überreichte.

»Jeder Jugendliche sollte so einen haben«, hatte er lächelnd gesagt. »Einen Schuhkarton voller Feuerwerkskörper.«

...

»Lassie! Murdock! Passt auf!«

Ein kurzer Blick auf mein Handy.

3:53 Uhr.

Noch sieben Minuten.

Ich wische mit meinem Unterarm eines der Whiteboards sauber, wobei der steile Kursanstieg von Oracle meinen Arm rosa färbt, und greife mir einen der alten Marker, die in der Ablage darunter liegen.

Mein Vater sitzt mit baumelnden Beinen auf dem Bett. Murdock steht neben ihm. Lassie sitzt auf Murdocks Rücken.

Aber Lassie schaut nicht zu mir, sondern knabbert an Murdocks Ohr. Und Murdock knabbert an Lassies Schwanz.

»Jungs!«

Sie reißen sich zusammen und schenken mir ihre Aufmerksamkeit.

»Wir haben nur einen Versuch. Also, das ist unser Haus.« Ich zeichne es auf die Tafel. »Und das ist das Auto auf der anderen Straßenseite.«

Miau.

»Wo ihr seid? Ihr seid hier im Haus.«

Miau.

»Dich zeichnen? Gut, hier.« Ich zeichne ein Katzengesicht mit Schnurrhaaren.

Miau.

»Murdock? Hmmm. Na schön.« Ich zeichne einen kleinen Strichmännchen-Hund. »Und hier bist du, Dad, und das bin ich.«

Miau.

»Warum ich so groß bin? Weil ich das Sagen habe, dummer Kater.«

Ich atme aus.

»Okay, sobald ich die Garage öffne, Lassie, rennst du mit Murdock hierhin.« Ich ziehe eine Linie vom Haus zum Auto. Ich male zwei X. »Umzingelt sie. Sie werden sich nicht trauen loszufahren, wenn sie Sorge haben, sie könnten euch überfahren. Schaffst du das, Lassie?«

Miau.

»Gut. Murdock?«

Murdock lässt einen Riesenfurz fahren.

»Ich fasse das als ein Ja auf.«

Ich ziehe noch eine Linie. »Dad, das bist du.«

»Ich hab's kapiert.«

Ich schaue nach unten.

3:55 Uhr.

»In Ordnung. Die Garage geht in zwei Minuten auf.«

...

Ich drücke den Schalter für das Garagentor.

Als es halb geöffnet ist, huschen Lassie und Murdock darunter hindurch. Sobald das Tor vollständig offen ist, befindet sich Lassie einen Meter hinter dem Auto und Murdock einen Meter davor.

Ich zünde die längste Lunte eines Feuerwerkskörpers an – obwohl ich überrascht wäre, wenn die während des Ersten Irakkriegs gekauften Dinger noch funktionieren würden – und schließe den Deckel des Schuhkartons. Dann stelle ich ihn auf das Skateboard, das ich in meinem Schrank gefunden habe, und gebe ihm mit dem Fuß einen Schubs. Das Skateboard rollt die Einfahrt hinunter, quer über die Straße und unter die schwarze Limousine. Ich drücke den Schalter, und das Tor beginnt sich zu schließen.

An der Seite der Garage befindet sich eine Tür, und ich renne hinaus und spähe um die Hausecke.

Die Scheiben des Autos sind stark getönt, und ich kann die Gesichter der Männer nicht erkennen. Die Tür auf der Beifahrerseite öffnet sich, ein Mann steigt aus. Ich erwarte, dass er unter das Auto schaut, aber offenbar sind sie zu sehr von dem siebzig Kilo schweren Hund abgelenkt, der jetzt an ihrer Stoßstange lehnt.

Der Mann nähert sich Murdock.

»Weg vom Auto!«

Murdock rührt sich nicht vom Fleck.

Der Mann geht auf Murdock zu und schubst ihn. Murdock bleibt sitzen wie ein Fels. Zen. Er geht nirgendwohin.

Ein Kreischen ertönt unter dem Auto. Das ist die Fontäne, die ich angezündet habe. Es folgt ein Kanonenschlag.

Der Mann wirbelt herum und wirft sich zu Boden.

Der ganze Schuhkarton steht in Flammen. Eine halbe Sekunde später bricht Armageddon aus. Ein zweiter und dritter Kanonenschlag. Zwanzig Raketen zischen in zwanzig verschiedene Richtungen. Sonnenräder wirbeln in Hunderten von Runden. Heuler schießen heraus und schwirren in Neonfunken über die Straße. Rauchbomben fangen an, ihre farbigen Wolken auszustoßen.

Eine Lightshow, auf die Prince stolz gewesen wäre.

Mein Vater stürmt vorne aus dem Haus. Er trägt die Kleidung, die ich vorhin trug, außerdem einen Motorradhelm. Wenn die beiden Männer genau hinschauen würden, würden sie vielleicht erkennen, dass ich es nicht bin. Aber sie sind ein bisschen zu sehr damit beschäftigt, mit ihren neuen Haustieren den 4. Juli zu feiern.

Mein Dad hüpft auf den neben der Straße geparkten Roller, schmeißt den Motor an und jagt los. Er hat zehn Sekunden Vorsprung, bevor der Mann wieder auf den Beifahrersitz klettert, den Motor der schwarzen Limousine aufheulen lässt und Murdock davongaloppiert.

Ich husche zurück in die Garage und springe in den Lincoln meines Vaters.

Es ist 3:58 Uhr.

Ich drücke den Garagentoröffner, schaue nach, ob die Luft rein ist, dann gebe ich Gas. Ich biege links ab, dann rechts, dann wieder links, dann halte ich am Straßenrand.

Mir bleibt weniger als eine Minute.

Ich springe raus, schnappe mir die Plane aus dem Keller und werfe sie über das Auto. Ich habe erst drei Viertel des Autos abgedeckt, als der Alarm der Uhr, die ich mir von meinem Vater geliehen habe, losgeht, ich unter der Plane durchkrieche und mich auf die Rückbank werfe.

:11

Halb erwarte ich, in einem unterirdischen Verlies zu erwachen, angekettet an eine Wand, während Ratten meine beiden großen Zehen abnagen.

Aber es scheint, als hätte die CIA den Köder geschluckt.

Ich hatte meinem Dad befohlen, gerade so schnell zu fahren, dass sie ihn sehen konnten und er sie aus der Nachbarschaft herauslocken würde. Ich wollte nicht riskieren, dass sie ihn aus den Augen verloren, dann umdrehten und die Gegend durchkämmten, um ein Auto mit blauer Plane zu bemerken und misstrauisch genug zu werden, um das Nummernschild zu überprüfen. Wobei sie auf einen Richard Bins gestoßen wären und ich mit abgefressenen Zehen in einem Verlies gelandet wäre.

Ob die CIA-Jungs meinem Vater wirklich zu einem Motel fünfzehn Kilometer südlich folgen würden, spielte keine Rolle. Sie würden ihn auf jeden Fall finden.

Er hatte mein Handy.

Das konnten sie per GPS zum Motel 6 am Stadtrand von Alexandria zurückverfolgen und sich dort für eine weitere Nacht der Observation einrichten.

Ich hatte überlegt, das Handy meines Vaters zu behalten, aber ich durfte die CIA nicht unterschätzen. Vielleicht würden sie herausfinden, dass mein Vater nur ein Ablenkungsmanöver war, und sein Handy orten, weil sie dachten, ich könnte es haben. Nein, es war besser, unter dem Radar zu fliegen.

Außerdem bezweifelte ich, wie lange mein Vater in der Lage sein würde, den Lockvogel zu spielen. Er musste mir volle vierundzwanzig Stunden verschaffen, bevor er heimkommen konnte. Aber in einer Stunde würde ich hundert Kilometer entfernt sein, und er könnte sicher nach Hause zurückkehren.

Was Lassie und Murdock angeht, kann ich mir nur vorstellen, was die beiden unbeaufsichtigten Teenager in den letzten dreiundzwanzig Stunden getrieben haben. Murdock tut so ziemlich alles, worum Lassie ihn bittet oder wozu er ihn anstiftet. Ich bin versucht, nachzusehen, ob das Haus meines Vaters noch steht. Ob die beiden, nachdem sie durch die Glasschiebetür zurückgeschlichen sind, das Haus niedergebrannt haben. Oder ob sie alle Gewürzgurken meines Vaters aufgefressen haben ...

Aber ich habe keine Zeit.

Ich springe vom Rücksitz, reiße die blaue Plane vom Lincoln und werfe sie zu Boden. Dann hüpfe ich auf den Fahrersitz und verlasse die Gegend in Windeseile.

Der Tank ist viertelvoll, genug, um mich an mein Ziel zu bringen.

Ich ziehe das GPS-Gerät heraus und schalte es ein.

Mein Ziel ist eine Stunde und siebzehn Minuten entfernt.

Ich biege auf den Highway und fahre etwa zehn Stundenkilometer über dem Tempolimit. Ich werde zwei Tage brauchen, um dorthin zu kommen, aber ich hoffe, heute ein beträchtliches Stück des Weges zurücklegen zu können, sodass ich morgen möglichst viel von meiner Stunde habe, um die Black Site zu finden und sie mit der teuren Nikon meines Vaters zu fotografieren.

Die Bilder werde ich dann Präsident Sullivan zeigen und sagen: »Ich hab's Ihnen doch gesagt.«

Und ihm dabei möglicherweise die Zunge herausstrecken.

Der Lincoln frisst sechzig Kilometer auf der Interstate, bevor mich das GPS-Gerät anweist, die nächste Ausfahrt zu nehmen.

Es ist 3:35 Uhr.

Da ist eine große Tankstelle – ein Truck-Depot –, und ich fahre auf den Parkplatz. Ich stürze zur Toilette, dann besorge ich mir zwei Flaschen Wasser, ein Sandwich, drei Proteinriegel, ein paar Peanut M&Ms und eine große Tüte Beef Jerky.

Der Kassierer fragt: »Wo willst du hin?«

Es ist die gleiche Frage, die er dem Typen vor mir gestellt hat, und die gleiche Frage, die er dem Typen hinter mir stellen wird.

»Eine Ladung nach Ohio bringen.«

Er nickt und gibt mir mein Wechselgeld.

Zurück im Auto presche ich aus der Raststätte. Kurz darauf erreiche ich die Stadt McLean, die Heimat von Langley, der CIA-Zentrale.

Ich frage mich, wie viel Zeit die Typen vor dem Hotelzimmer meines Vaters wohl auf diesem Campus verbracht haben. Wurden sie dort ausgebildet, ihre Agentenkompetenz gestärkt und der Umgang mit feindlichen Kämpfern trainiert? Hat sie irgendetwas in den dicken Handbüchern, die sie studierten, oder in den Stunden des praktischen Trainings gelehrt, wie man mit einem englischen Mastiff umgeht, der auf der Motorhaube ihres Autos hockt?

Ich biege nach links ab und fahre in die entgegengesetzte Richtung. Die nächsten zwanzig Minuten verbringe ich auf einem einspurigen Highway, schiebe mir industriell gefertigte Lebensmittel in den Schlund, spüle mit Wasser nach und starre auf den Dreiviertelmond, der die sanften Hügel und das Grün der wunderschönen Landschaft Virginias erhellt.

Ich blicke zum Beifahrersitz. Ich stelle mir Ingrid vor, wie sie dort sitzt, den Kopf zur Seite geneigt, ihre blauen Augen nach oben in den Nachthimmel gerichtet.

Ich wünsche mir so sehr, dass sie jetzt neben mir sitzen würde.

Wir haben nicht mehr gesprochen, seit Lassie und ich beim Tierarzt waren. Hat sie ihren Fall abgeschlossen? Macht sie sich Sorgen um mich? Starrt sie auch in dieser Sekunde auf den Mond? Oder schläft sie, und Henry Bins spielt keinerlei Rolle in ihren Gedanken?

Zugegeben, ich bin nur eine Stunde am Tag wach, trotzdem erinnert mich alle paar Minuten etwas an sie, und sie reißt ein Loch in meine Gedanken wie eine Kanonenkugel.

Aber wie oft denkt sie an mich? Einmal pro Stunde? Einmal alle fünf Stunden? Ihr Tag ist durch die viele Zeit so verdünnt – selbst wenn ich ein Dutzend Mal in ihren Kopf schlüpfe, ist es bei Weitem nicht der Prozentsatz, den ich erreiche. Aber ist es überhaupt fair, so zu denken?

Der Alarm meiner Uhr unterbricht meine Träume.

Ich habe keine Zeit, nach einem guten Versteck zu suchen. Ich halte am Straßenrand, schalte das Licht aus und krabbele nach hinten.

Ich schaue auf das GPS-Gerät.

Noch neun Kilometer.

...

Ein grüner Prius fährt unter der Nachmittagssonne die Straße entlang. Das Auto passiert den weißen Lincoln, wird langsamer und beginnt dann rückwärtszufahren. Der Fahrer fragt sich, was ein so schönes Auto verlassen auf der einsamen Landstraße macht. Wo ist der Besitzer? Ist etwas passiert? Probleme mit dem Auto? Ist etwas Schlimmeres geschehen?

Der Wagen hält vor dem Lincoln, und ein Mann steigt aus. Keine Frau. Eine Frau würde nicht anhalten und mitten im Nirgendwo aussteigen. Zumindest nicht, wenn sie klug ist. Der Prius-Mann ist vierzig. Obere Mittelklasse. Erfolgreich. Gottesdienstbesucher. Eine kleine Spritztour. Ohne festes Ziel.

Er läuft auf den Lincoln zu. Überprüft den Vorderreifen. Schaut auf den Vordersitz. Sieht einen Haufen ausrangierter Verpackungen auf dem Beifahrersitz. Entdeckt den Mann auf der Rückbank.

Ein Normalbürger würde vielleicht zu seinem Wagen zurückkehren, aber Prius ist kein Normalbürger. Er recycelt, er hält den Leuten die Tür auf, er kauft jedes Jahr fünfzehn Schachteln Pfadfinderinnen-Kekse. Er nimmt an, dass der Mann auf dem Rücksitz ein Nickerchen macht. Dass er müde wurde und gestoppt hat, um ein Schläfchen zu halten. Aber warum sich die Mühe machen, auf den Rücksitz zu klettern? Es sei denn, der Mann hat die Nacht im Auto verbracht. Was ungewöhnlich wäre, aber sicher nicht merkwürdig. Allerdings ist es merkwürdig, um vier Uhr nachmittags noch zu schlafen. Sicherlich sollte der Mann aufstehen und seine Reise fortsetzen.

Prius klopft vorsichtig ans Fenster. Am besten, man sieht nach, ob der Mann okay ist. Aber der Mann reagiert nicht. Prius klopft fester. Immer noch keine Reaktion.

Dann wird das Handy herausgeholt.

Der Sheriff braucht zehn Minuten, bis er da ist.

Ab hier wird es wirklich merkwürdig.

Der Sheriff zieht einen Schlauch aus seinem Auto und steckt ihn in den Auspuff des Lincoln. Der Wagen füllt sich mit roter Götterspeise.

Götterspeise, die keine normale Götterspeise ist, löst das Auto und alles drum herum auf. Außer mir.

Jetzt sind da der Sheriff, Prius und ich in diesem roten Kokon.

Dann kommt ein anderer Mann dazu. Dann eine Frau.

Bald bin ich von Männern, Frauen, Kindern, Hunden und selbst ein paar Pferden umgeben. Und dann fangen alle an, den Wackelpudding zu essen. Sie verschlingen ihn, kommen mir mittendrin immer näher.

Der rote Radius von einem Meter achtzig ist bald nur noch ein halber Meter, dann zehn Zentimeter. Bald geht ihnen die Götterspeise aus, und dann fangen sie an, mich zu fressen.

Dann wache ich auf.

Ich schrecke hoch und blicke aus dem Heckfenster. Das Auto hat sich nicht bewegt. Ich schüttele den Traum ab, der am Ende vielleicht etwas unrealistisch geworden ist, aber es hätte leicht passieren können. Jemand hätte anhalten können. Hätte auf den Rücksitz spähen können. Hätte die Polizei rufen können. Sicher, die Straße liegt abseits der ausgetretenen Wege, aber im Laufe der letzten dreiundzwanzig Stunden sind sicher hundert Autos am Lincoln vorbeigefahren. Vielleicht hat ein Dutzend davon einen Gedanken an das Auto verschwendet, ein halbes Dutzend hat sogar darüber nachgedacht, wo der Besitzer des Wagens sein könnte. Und einer überlegte vielleicht sogar anzuhalten. Aber zum Glück für mich setzte er seinen geplanten Weg fort.

Ich springe raus, erledige mein Geschäft am Straßenrand und hüpfe dann auf den Fahrersitz. Ich starte das Auto und leere die letzte Wasserflasche, verschlinge eine halbe Tüte Beef Jerky und dann eine zweite Packung Peanut M&Ms.

Ich lege sieben Kilometer in fünf Minuten zurück.

Um 3:06 Uhr sagt mir das GPS-Gerät, dass ich rechts auf einen Feldweg abbiegen soll.

Ich steuere den Lincoln mit etwa sechzig Stundenkilometern einen großen, geschwungenen Hügel hinauf, auf der anderen Seite wieder hinunter und dann seinen fast identisch aussehenden Bruder hinauf. Zwei weitere Hügel. Ich biege nach links ab. Fahre etwa fünfhundert Meter, und die Straße endet. Da ist ein Tor. Privatgrundstück.

KEIN ZUTRITT.

Es besteht eine gute Chance, dass ich bereits einen Alarm ausgelöst habe, indem ich so weit die Straße hochfahre. Wenn ich über das Tor springe und weitergehe, werden vermutlich ein paar Kommandotruppen aus dem Gebüsch springen und mich überwältigen. Oder mir eine Kugel in den Kopf jagen. Oder Schlimmeres.

Meine einzige Hoffnung ist meine Mutter.

Dass sie ihren Sohn nicht auf eine Todesmission geschickt hat.

Ich schnappe mir die Nikon meines Vaters und eine Taschenlampe.

Zwei Minuten später bin ich über das Tor geklettert und renne den Hügel hinauf.

Es ist 3:14 Uhr.

...

Das GPS-Gerät verrät mir, dass ich ungefähr noch dreihundert Meter von meinem Zielort entfernt bin. Aber die Straße ist verschwunden. Ich bin umgeben von dichtem Gestrüpp. Falls es einen Pfad zur Black Site gibt, kann ich ihn nicht finden. Ich mache fünf Schritte in das dichte Unterholz, der Lärm von abgebrochenen Ästen, Blättern und Geröll durchschneidet die stille Nachtluft.

Ich stelle mir vor, wie die beiden Männer aus dem ersten Bericht, Abdul Al-Rahmin und Hammad Sheik-Alzar, durch dasselbe Dickicht geführt wurden. Wie lange brauchte die CIA, um die Männer an diesen Ort zu schmuggeln? Wie schwer war es, zwei *mutmaßlich* tote Männer aus dem Irak in das Hinterland von Virginia zu schaffen? Wie viele Leute waren beteiligt? War die Arbeitsteilung so, dass die Gruppe, die die Männer im Irak zum Flugzeug brachte, nicht wusste, wo die beiden landen würden? Oder war es eine kleine Einheit, die die Sache bis zum Ende durchzog? Waren die Männer, die Abdul und Hammad schnappten, dieselben Männer, die sie durch diese Bäume ihrem Schicksal entgegenführten? Wussten die beiden, was mit ihnen am Ende ihrer kleinen Wanderung geschehen würde? Dass sie schrecklichen Dingen ausgesetzt sein würden? Dass sie vielleicht nie wieder das Licht der Welt erblicken würden?

Ich stapfe weiter.

Langsam folge ich dem Pfeil auf dem GPS-Gerät, schleiche mich verstohlen durch die Bäume, bis ich genau an der Stelle von einem halben Meter Durchmesser stehe, die die Koordinaten angeben.

Ich hatte mir Bilder von Black Sites im Internet angesehen, und es gab verschiedene Arten. Einige sahen aus wie kleine Häuser, andere wirkten eher wie Industrieanlagen und wieder andere wie Regierungsbüros.

Aber hier gibt es keine Black Site.

Nur Bäume.

Hat meine Mutter mich auf eine falsche Fährte geschickt? Woher hatte sie die Koordinaten? War ihre Quelle verlässlich?

Ich schaue auf die Uhr.

Es ist 3:22 Uhr.

Ich muss ausreichend Zeit einplanen, um zurück zum Auto zu gelangen und wieder auf den Highway zu fahren. Ich schätze, ich brauche gute zwanzig Minuten, und stelle den Alarm auf 3:40 Uhr.

Mit der Taschenlampe leuchte ich in jede Richtung, aber nirgendwo ist ein Gebäude, eine Hütte oder ein im Schutz der Bäume verstecktes Wachhäuschen.

»Fuck!«

Das Wort hallt durch die kalte Luft, aber inzwischen habe ich keine Sorge mehr, dass jemand es hören könnte. Es gibt niemanden, der lauscht. Wahrscheinlich niemanden im Umkreis von Kilometern.

Aber warum dann das KEIN ZUTRITT-Schild?

Diese Wälder gehören offenbar jemandem.

Ich kehre an die durch die Koordinaten angegebene Stelle zurück, und mir fällt auf, dass der Bereich im Gegensatz zur unmittelbaren Umgebung völlig flach ist. Ich fege das abgefallene Laub beiseite und knie mich hin. Als ich etwas im Dreck wühle, stoße ich auf eine harte Oberfläche. Ich schnappe mir die Taschenlampe und leuchte nach unten.

Sperrholz.

Ich brauche eine Minute, um die etwa einen Quadratmeter große Sperrholzplatte freizulegen und anzuheben, wobei eine Metallplatte zum Vorschein kommt. Die Platte hat die Breite einer Türöffnung und ist einen Meter lang. Ein riesiges Vorhängeschloss fixiert sie auf dem Betonfundament.

Bingo!

Mit der Kamera meines Vaters, die um meinen Hals hängt,

schieße ich drei Bilder in schneller Folge. Die Platte allein ist jedoch kein ausreichender Beweis. Wenn ich dem Präsidenten das Foto einer unterirdischen Falltür mitten im Wald von Virginia zeige, zuckt er vermutlich mit den Achseln und sagt: »Sie haben also den Atomschutzbunker eines Verrückten gefunden. Na großartig.«

Ich trete mit dem Fuß gegen das runde Schloss und bin überrascht, als der Schließarm aus der Scheide rutscht.

Ich werfe das Schloss zur Seite.

Der Menge des herabgefallenen Laubes nach zu urteilen, ist es Monate, wahrscheinlich sogar Jahre her, dass dieses Grab geöffnet wurde. Was auch immer unter der Platte liegt, sei es ein Weltuntergangsbunker, eine Black Site oder sonst etwas, es ist mit Sicherheit verlassen.

Andererseits, wenn es tatsächlich ein Geheimgefängnis war und der Ort aufgeflogen ist, möglicherweise durch meine Mutter, dann ergibt es natürlich Sinn, dass die CIA ihn geschlossen hat. Was ich nicht verstehe, ist, warum sie nicht alle Beweise für seine Existenz vernichtet haben. Vielleicht war ich aber in diesem Fall zu voreilig. Möglicherweise lässt sich die Metallplatte ja anheben, und darunter kommt eine gegossene Betonplatte zum Vorschein.

Mit einem Grunzen zerre ich die Metallplatte hoch und klappe sie nach hinten. Kein Beton.

Nur eine Treppe, die in ein dunkles Loch führt.

Ich schaue auf meine Uhr.

3:28 Uhr.

Rasch mache ich zwei Fotos und steige dann hinunter.

...

Sechs Stufen. Zehn. Zwölf.

Ich schwenke die Taschenlampe in alle Richtungen. Die Betonkammer ist dreimal so groß wie der Keller meines Vaters, schätzungsweise hundert Quadratmeter.

Aber im Gegensatz zum Keller meines Dads ist diese Kammer so gut wie leer. Die Taschenlampe erleuchtet den Raum mit einem sanften Schein. Ich gehe auf ein Ensemble von drei aufklappbaren Tischen und fünf Klappstühlen zu.

Ich stelle mir Abdul vor, wie er auf einem der Klappstühle sitzt, einen Sack über dem Kopf, Arme und Beine an den Stuhl gefesselt, die anderen Stühle mit Männern besetzt, für die nur eines zählt: den nächsten 11. September zu verhindern. Und die bereit sind, alles dafür zu tun.

Ich schieße mehrere Bilder, dann gehe ich weiter an der Mauer entlang.

In der hinteren Ecke steht ein kleinerer Tisch. Direkt dahinter eine Metallwanne, die seitlich umgekippt ist. Fünf trockene, brüchige Lumpen liegen herum. Wasser tropft aus einem Wasserhahn an der Wand.

Die Waterboarding-Station.

Ich stelle mir Abdul auf dem Rücken liegend vor, den Lappen über dem Kopf, einen CIA-Mann, der ihm einen Krug Wasser übers Gesicht kippt, während er hustet und stottert und zu Allah um Kraft betet.

Ich schieße drei Fotos.

Ich schaue auf die Uhr.

Ich bin schon seit neun Minuten hier unten.

Direkt über dem Tisch hängen zwei Ketten, die mit dicken Bolzen in der zwei Meter hohen Betondecke verankert sind. Ich stoße gegen eine der schweren Stahlhandschellen, die hin und her schwingt, gegen ihre Zwillingsfessel scheppert, während ihr Echo durch die Kammer hallt. Um jemanden so zu fesseln, muss man ihn hassen. Alles andere ist ausgeschlossen. Ich denke zurück an den Tag, als die Türme einstürzten. Ich hasste es, als es passierte. Ich hasste sogar die Männer, die es getan hatten. Aber es war ein allgemeiner Hass. Natürlich starben alle Täter bei den jeweiligen Abstürzen. Aber was, wenn jemand überlebt hätte? Wäre es für mich in Ordnung gewesen, dass die CIA diese Leute angekettet und ihnen Gott weiß was angetan hätte?

Keine Ahnung.

Ich lasse die Taschenlampe über die dunklen Flecken auf dem Beton wandern.

»Es gibt keinen Abfluss.«

Mein Kopf fliegt herum, mein Atem stockt irgendwo in meiner Kehle.

Ich richte die Taschenlampe auf den Mann, der auf mich zukommt.

»Als wir diesen Ort gebaut haben, hieß es, sie könnten keine Rohrleitungen im Boden verlegen, also kein Abfluss. Wenn die Gefangenen bluten – und das tun sie, glauben Sie mir –, muss das Blut einfach antrocknen.«

»Sie sind krank«, sage ich.

Direktor LeHigh zuckt mit den Achseln.

»Ich bevorzuge einfach ergebnisorientierte Arbeit.«

»Sie haben meine Mutter getötet«, sage ich.

»Ich habe den Abzug nicht gedrückt, aber ja, ich habe Ihre Mutter töten lassen.«

»Wer war es?«

Er zuckt mit den Schultern. »Es hätte jeder unserer erfahreneren Agenten sein können.«

»Killer?«

»Nennen Sie sie, wie Sie wollen.«

Zum ersten Mal bemerke ich die Wölbung an LeHighs Hüfte. Ich scanne den Raum. Er hat sich in der Mitte aufgebaut, genau auf meinem Weg zur Treppe.

Ich reiße die Kamera hoch und schieße ein paar Bilder von ihm. Hätte ich mein Handy, könnte ich bluffen, dass ich sie sofort online stelle. Allerdings ist es ohnehin unwahrscheinlich, dass man hier unten überhaupt Netz hat. Ich knipse die Taschenlampe aus, und wir werden in eisiges Schwarz getaucht.

Dreißig Sekunden vergehen in völliger Stille. Ich warte darauf, dass LeHigh seine eigene Taschenlampe einschaltet.

Das tut er nicht.

Ich mache drei Schritte nach rechts.

Er sagt: »Die Ketten waren eine Idee Ihrer Mutter.«

Ob er mich wohl schlucken hört?

»Das ist richtig. Ihre Mutter hat geholfen, diese Einrichtung zu bauen. Verdammt, sie ist sogar nach ihr benannt. Mutters Bunker.« Er hält inne. »Ich nehme an, man braucht ein wenig Hintergrundwissen, um das zu verstehen. Ihre Mutter wurde in Mazedonien geboren, wo auch Mutter Teresa zur Welt kam. Ihre Mutter war so nett zu den Gefangenen, na ja, wenn sie nicht gerade Waterboarding mit ihnen betrieb oder ihnen einen Stromschlag verpasste oder ihnen die Fingernägel ausriss. Daher nannte sie eines Tages jemand Mutter Teresa, und der Name blieb haften.«

Mir ist klar, er will mich provozieren und dazu verleiten,

meinen Standort zu verraten, trotzdem kann ich kaum an mich halten. Ich möchte schreien: »Meine Mutter hat diese Männer nicht gefoltert, sie hätte es nicht gekonnt! Diese warme, liebevolle Frau, von der ich weiß, dass sie keiner Seele etwas antun würde!« Aber ich reiße mich zusammen. Wenn ich in den letzten zwei Wochen etwas gelernt habe, dann die Tatsache, dass ich nicht die geringste Ahnung von meiner Mutter habe.

»Ihre Mutter war diejenige, die mich ausgebildet hat. Aber andererseits hat sie so ziemlich jeden ausgebildet«, sagt LeHigh. Er steht immer noch in der Mitte des Raumes, jetzt zu meiner unmittelbaren Linken.

Ich mache drei schnelle Schritte in die Richtung, wo sich meiner Schätzung nach der Eingang befindet.

»Ihre Mutter hat ein Buch über Folter geschrieben. Wirklich, sie hat ein Buch geschrieben, *Das Spiel der Schmerzen*. Es gibt nur eine Handvoll erhaltener Exemplare, aber für eine Weile, zumindest während der Reagan-Regierung, war es Pflichtlektüre für alle Rekruten. Wussten Sie, dass die honduranische Regierung Ihrer Mutter fast hunderttausend Dollar zahlte, damit sie dort Leute darin ausbildete, wie man Gefangene foltert? Hunderttausend Dollar. Und das war 1986. So gut war Ihre Mutter.«

Die Stimme des Direktors bewegt sich auf den Eingang zu. Er weiß, was ich vorhabe, und will mir den Weg abschneiden.

Wenn ich hier lebend rauskommen will, muss ich etwas unternehmen, und zwar sofort.

Ich versuche, wie er zu denken. Er denkt, dass ich zum Eingang durchbreche. Das wäre Plan A. Aber LeHigh ist wesentlich kräftiger als ich, und er hat eine Waffe. Sicher weiß er ganz genau, wie viele Schritte er vom Eingang entfernt ist. Und wer weiß, ob er nicht die Tür hinter sich zugezogen oder abgeschlossen hat oder ob drei Agenten vor dem Eingang lauern?

Meine einzige Chance besteht darin, ihm die Waffe abzunehmen.

Die Kamera nützt mir im Moment nichts, also lege ich sie auf den Boden. In meiner unmittelbaren Nähe befinden sich die Klapptische und Klappstühle. Ich stecke die Taschenlampe in den Hosenbund und bewege mich langsam mit ausgestreckten Händen. Zwei Schritte. Mein Fuß stößt gegen einen Stuhl. Ein leises Kratzen, aber in diesem unterirdischen Verlies tönt es wie das komplette New Yorker Symphonieorchester.

»Was machen Sie da drüben?«, bellt der Direktor.

Er steht etwa fünf Meter vom Eingang entfernt.

Ich nehme den Stuhl an den Beinen und werfe ihn in seine Richtung.

Er klappert zu Boden.

»Ruhig Blut, Mr Bins«, sagt LeHigh, offensichtlich unbeeindruckt von meinem Angriff.

Ich packe einen weiteren Stuhl, schleudere ihn wütend in seine Richtung, dann einen dritten, schließlich drehe ich mich um und laufe zurück zu den Ketten. Ich reiße die Taschenlampe aus meinem Gürtel, schalte sie gerade lange genug ein, um mich zu orientieren und nachzusehen, ob einer meiner Stühle LeHigh erwischt hat. Leider nicht. Der Direktor steht aufrecht da, die Waffe in der Hand, und hebt den Arm, um zu zielen.

Ich schalte die Taschenlampe aus, greife nach den Ketten und schwinge sie mit Wucht gegen die Decke. Sie machen zwei laute Schläge, dann baumeln sie laut rasselnd immer wieder gegeneinander.

Im Schutz dieses Lärms laufe ich los, bis ich auf die hintere Wand stoße. Lautlos folge ich ihr fünfzig Schritte, bis ich zu der Ecke gelange, die dem Eingang am nächsten liegt.

Mein Atem geht rasch, und ich ziehe mein Sweatshirt über den Mund, um das Geräusch zu dämpfen.

LeHigh ist jetzt ganz nahe, weniger als sechs Meter von mir entfernt.

Nach dreißig Jahren Agententätigkeit ist er sicher nicht leicht zu täuschen, aber immerhin geht sein Atem schwerer als meiner.

»Das muss nicht so laufen. Wir können beide unbeschadet hier rausgehen«, sagt er. Seine Stimme schwankt, während er seinen Kopf von einer Seite zur anderen dreht. »Sie müssen nur ein paar Papiere unterschreiben, dass Sie niemals über diesen Ort sprechen werden, dann kann jeder von uns wieder unbeschadet seiner Wege gehen.«

So ein Quatsch!

Ich atme noch einmal tief durch.

Gleich.

Noch ein Atemzug.

Gleich ist es so weit.

Der Alarm an der Uhr geht los.

Nur dass sie nicht an meinem Handgelenk ist.

Nach dem Zusammenschlagen der Ketten habe ich die Uhr über den Boden hinüber zu den Tischen und Stühlen geschubst.

Die Füße des Direktors scharren, als er sich dem Geräusch zuwendet.

Da bin ich bereits unterwegs.

Ich knipse die Taschenlampe an.

Der Direktor dreht sich wieder um, aber einen Augenblick zu spät. Meine Taschenlampe donnert gegen seine Schläfe. Er reißt den Kopf gerade so weit herum, dass er den vollen Aufprall vermeidet, trotzdem lande ich einen ordentlichen Treffer, dessen Vibrationswellen sich durch den gesamten Raum ausbreiten.

LeHigh schafft es irgendwie auszuholen und schickt mich mit einem Schlag zu Boden. Mein Knie prallt gegen den Beton und explodiert vor Schmerz, aber das ist nicht meine dringendste Sorge. Alles, was mich im Augenblick interessiert, ist die Waffe. Hat er sie fallen lassen? Ich habe nicht gehört, dass sie zu Boden geklappert ist. Mein ursprünglicher Plan war es, seinen rechten Arm mit der Taschenlampe zu treffen, sodass ihm mit etwas Glück die Pistole aus der Hand fliegen würde. Doch in letzter Sekunde habe ich meine Strategie geändert, in der Hoffnung, ihn mit einem Schlag auf den Kopf außer Gefecht zu setzen.

Ich hieve mich hoch.

Irgendwie hat die Taschenlampe den Aufprall überlebt und leuchtet drei Meter zu meiner Rechten. In ihrem goldenen Strahl schimmert eine schwarze Pistole.

Ich hechte nach ihr.

Als meine Hand den Griff der Waffe packt, saust ein großer Schuh auf meine Finger herab. Und ich spüre, wie sich ein weiterer Schuh auf mein Gesicht zubewegt.

Dann wird alles dunkel.

:12

»Henry.«

Ich öffne meine Augen.

»Henry.«

Der Direktor steht über mir, sein Gesicht wird von der Taschenlampe angestrahlt. Das bisschen Resthaar auf seinem Kopf ist blutverschmiert.

»Wem haben Sie davon erzählt?«

»Niemandem.« Während ich die Worte ausstoße, wird mir bewusst, dass ich auf einem Tisch liege.

»Lügen Sie mich nicht an. Ihre Mutter hat Ihnen verraten, wo es ist.« Ein feuchtes Tuch wird mir über Augen, Nase und Mund gelegt. »Wer weiß noch davon?«

»Über diesen Ort? Nur ich«, stottere ich, aber schon gießt er mir Wasser ins Gesicht.

Man sollte nicht denken, dass es so schrecklich ist. Ein Handtuch auf dem Gesicht zu haben, das mit Wasser übergossen wird. Doch es ist entsetzlich. Du fühlst dich, als würdest du ertrinken. Als ob du keine Luft mehr bekämst. Als ob jeder Atemzug dein letzter wäre.

Das Wasser stoppt.

Das Tuch hebt sich.

Ich schnappe nach Luft.

Die Taschenlampe leuchtet von der hinteren Wand nach oben in die Ecken des Bunkers. Ich blinzle das Wasser aus den Augen und schiele nach oben.

Eine weitere Runde Wasser. Eine lange Minute des Schreckens.

»Wem haben Sie von der anderen Black Site erzählt?«

»Andere Black Site? Ich weiß nicht, wovon Sie reden. Bitte!« Ich flehe ihn an. Ich will keine weitere Runde Wasser. Ich werde alles tun, um das nie wieder ertragen zu müssen. »Das waren die einzigen Koordinaten, die sie mir gab. Ich schwöre es! Bitte, Sie müssen mir glauben.«

»Wissen Sie, was? Das sind genau die Worte, die der letzte Gefangene Ihrer Mutter gestammelt hat. Er hat sie ständig wiederholt, immer und immer wieder. *Sie müssen mir glauben*«, höhnt er. »Ich gebe zu, er war fast noch ein Kind, vielleicht fünfzehn, aber sein Bruder hatte neun Leute in die Luft gejagt. Ihre Mutter war überzeugt, dass der Junge wusste, wo sein Bruder und seine Bande diese Bomben bauten. Und sie wollte die Informationen aus ihm herausholen, egal was es kostet.«

Mein rechter Arm wird nach oben gezerrt.

Etwas schnappt zu. Dann der linke Arm. Neuerliches Zuschnappen. Der Tisch unter mir wird weggetreten, und meine siebzig Kilo baumeln an meinen Handgelenken. Meine Handgelenke schreien die drei Sekunden, die es dauert, bis ich wieder Boden unter die Füße bekomme.

»Fünf Tage. Fünf Tage dieser Behandlung, und der Junge bricht immer noch nicht zusammen. Ich erinnere mich, dass ich ihr sagte, der Junge habe keine Ahnung, aber sie wollte nicht hören. Sie ließ nicht locker. Sie zog dem Jungen die Fingernägel und verpasste ihm einen Elektroschock nach dem anderen. Schlafentzug und natürlich etwas, das Sie sehr gut kennen: *Schlafverstärkung.*«

»Was wollen Sie damit sagen?«, platze ich heraus.

»Wie, glauben Sie, sind Sie so geworden, wie Sie sind?

Warum sind Sie nur eine Stunde am Tag wach? Sie glauben doch wohl nicht ernsthaft, dass es eine Art Krankheit ist, oder? Nein, es ist eine klassische Konditionierung.«

»Wollen Sie damit sagen, meine Mutter habe mir das angetan, als ich ein Kind war? Und dass ich deshalb so bin, wie ich bin?«

Er verpasst mir einen Schlag in die Magengrube.

»Sie waren ihre erste Testperson.«

Ich kotze. Ob es von dem Schlag auf meinen Solarplexus herrührt oder von dem, was LeHigh mir gerade erzählt hat, kann ich nicht mit Bestimmtheit sagen.

»Der Junge ist nie zusammengebrochen. Selbst nachdem er über einen Monat nur eine Stunde am Tag wach war, blieb er bei seiner Geschichte. Aber dann hat sein Herz schlappgemacht. Vier Tage später bringen wir einen weiteren Jungen rein. Er weiß, wo die Bomben hergestellt werden. Aber er weiß auch, dass der andere Junge – der, den Ihre Mutter auf dem Gewissen hat – nichts wusste. Er weiß, dass der Junge seinen Bruder seit Jahren nicht gesehen hatte. Genau wie er es immer wieder beteuert hatte.«

Ich kann nicht mehr denken. Mein Gehirn implodiert.

»Ihre Mutter war danach nicht mehr dieselbe«, sagt er. »Sie hat Angst bekommen.«

Er schlägt mir ins Gesicht, mein Kopf wird heftig zur Seite geschleudert, sodass ich das Sternbild des Kleinen Wagens sehe.

»Sie erklärte, sie würde zu Obama gehen und ihm verraten, dass wir immer noch illegale Standorte unterhalten. Dass wir einen davon direkt vor seiner Nase in Virginia betreiben. Dass in den letzten sieben Jahren eine Gruppe hoch qualifizierter CIA-Agenten den Tod feindlicher Kämpfer vorgetäuscht und sie dann in die USA eingeschleust hat.«

Noch ein Schlag in den Magen.

»Man wird nicht ohne Risiko zum Whistleblower«, sagt er. »Sie wusste, was passieren würde, also tauchte sie unter. Aber wir durften nicht riskieren, dass sie auspackt. Also haben wir den Laden dichtgemacht. Wir brauchten fünfzehn Monate, um eine neue Einrichtung auf die Beine zu stellen, den Vatikan wieder zum Laufen zu bringen.«

»Sagten Sie Vatikan?«, murmele ich mit der letzten Kraft, die mir noch geblieben ist.

Er nickt.

»Lassen Sie mich raten, wenn man meine Mom Mutter Teresa nennt, dann macht Sie das ...«

»... zum Papst.«

Ich muss an Ingrids SMS denken.

ICH HABE GERADE EINEN NEUEN FALL BEKOMMEN ... EIN SERIENKILLER ... NENNT SICH SELBST DER PAPST.

Rasch lasse ich alles, was in den letzten zwei Wochen passiert ist, noch einmal in meinem Kopf ablaufen.

Wie konnte ich nur so blind sein?

Aber ich sehe einen Funken Hoffnung.

Ich bin noch nicht tot.

»Woher wissen Sie überhaupt, dass meine Mutter von diesem neuen Ort wusste?«, frage ich.

»Eines der anderen Mitglieder unseres Teams. Wir glauben, Ihre Mutter hat ihn zum Reden gebracht. Und dass er ihr verraten hat, wo der Vatikan ist, bevor wir ihn, na ja, zum Schweigen bringen konnten.«

»Vielleicht wusste sie es nicht. Und wenn doch, hat sie es mir nicht gesagt.«

Er starrt mich an.

»Sie sagen die Wahrheit.«

Ich nicke.

»Heilige Scheiße, sie hat es Ihnen nicht gesagt.«

Ich schüttele den Kopf.

»Wo ist es?«

Er starrt mich an.

»Ist Abdul Al-Rahmin dort?«

»Sieh mal an, Sie haben Ihre Hausaufgaben gemacht. Nein, leider hat Abdul die Versetzung dorthin nicht mehr erlebt.«

»Tot.«

Er nickt.

»Aber zehn seiner Freunde sind dort. Und die Informationen, die sie uns lieferten, halfen uns, drei al-Qaida-Ausbildungslager zu infiltrieren und einen möglichen Bombenanschlag in der Innenstadt von Minneapolis zu verhindern.«

»Ist der Vatikan unterirdisch, wie diese Site hier?«

Er sieht sich um. Zieht die Waffe aus dem Hüftholster. Ich frage mich, ob er es mir erzählt, bevor oder nachdem er abgedrückt hat.

»Aber sicher.«

Er will es mir mitteilen. Er hat einen richtiggehenden Drang, es jemandem zu erzählen.

»Hier in Virginia?«

Er schüttelt den Kopf. »Nein, unsere Freunde im Westen.«

»West Virginia?«, sage ich laut.

Er nickt.

Ich erwarte, dass sie jeden Moment durch die Tür brechen. Tun sie aber nicht. Sie brauchen mehr Details. Ich zerbreche mir den Kopf. Unterirdisch. West Virginia. »Lassen Sie mich raten, eine verlassene Kohlenmine?«

Er lächelt.

»Walton, West Virginia. Wir haben die Mine auf der Stelle gekauft und die Gefangenen auf der Pritsche eines überdachten Lastwagens verlegt. Niemand hat dem Vorgang Beachtung geschenkt. Und wenn es doch irgendwann jemand tut, können wir ein paar Stangen Dynamit zünden und das Ding in die Luft jagen.«

Ich atme tief aus.

»Okay, ihr könnt jetzt reinkommen«, rufe ich.

Er wirkt verwirrt.

»Wovon reden Sie?«

Ich nicke zur Ecke des Bunkers, wo im schwachen Schatten des Taschenlampenscheins eine winzige Videokamera hängt. Die Kamera, die ich gesehen habe, während ich dem Waterboarding unterzogen wurde.

»Sie sind im Fernsehen, Sie verdammter Idiot.«

Drei Sekunden später ertönen laute Schritte.

Ich brauche nicht zu der hereinstürmenden Gruppe zu blicken, um zu wissen, das unter ihnen der Präsident ist. Und auch Ingrid.

Der Raum wird von hellem Licht überflutet.

»Waffe fallen lassen! Hände hoch!«, schreit jemand.

LeHigh tut beides.

»Henry, o mein Gott.« Ingrid zieht mir die Handgelenke aus den Fesseln, und ich sinke zu Boden. »Ich wollte schon früher kommen, aber sie ließen mich nicht«, versichert sie mir flehend. Tränen laufen ihr in Strömen über die Wangen.

»Sie wollten nicht eingreifen, bis er den zweiten Standort preisgegeben hat.«

Jemand hilft mir auf die Beine. Es ist der Präsident. »Es tut mir so leid«, sagt er. »Ich hätte nie gedacht, dass er so weit gehen würde. Sie haben Ihrem Land heute einen großen Dienst erwiesen. Und das werde ich niemals vergessen.«

»Wie spät ist es?«, flüstere ich.

»3:57 Uhr«, sagt Ingrid und reibt mir den Rücken.

Ich bin immer noch völlig benommen.

Ich blicke über die Schulter. Drei Männer in schwarzen Tarnanzügen haben ihre Waffen auf Direktor LeHigh gerichtet. Ich nicke ihnen zu. »Hey, Leute! Was liegt an?«

Ich bin im Delirium.

Der Präsident wendet sich an LeHigh. »Als ich Sie zum Direktor der CIA ernannte, erklärte ich Ihnen, dass es null Toleranz für diesen geheimen Schwachsinn gibt. Und dann finde ich heraus, dass Sie eine Black Site in meinem eigenen Vorgarten betreiben.«

»Sie haben ja keinen Schimmer, was es braucht, um dieses Land zu beschützen«, höhnt LeHigh. »Sie haben keine Ahnung, womit wir es zu tun haben. Sie hocken da in Ihrem kleinen Büro und unterschreiben Befehle, die am Ende unschuldige Amerikaner töten. Sie könnten ihnen genauso gut selbst die Kugeln in den Kopf jagen.«

Der Direktor setzt sein Geschwafel fort, aber ich kann nur Ingrid anstarren.

Ich dachte, ich würde niemals mehr das fühlen müssen, was ich an dem Tag fühlte, als mir klar wurde, dass meine Mutter nie wieder zurückkommen würde.

Diesen Verrat.

»Du musst dich hinlegen, Henry.«

Ich verstehe ihre Worte nicht.

Ich würde lieber noch einmal Waterboarding erleben, als das zu fühlen, was ich in dieser Sekunde fühle.

Aus jedem meiner Augen fließt eine Träne, kurz bevor sie sich schließen.

:13

Das Handy vibriert.

»Das ist sie schon wieder«, sage ich zu Lassie.

Miau.

»Nein, ich gehe nicht ran.«

Miau.

»Ist mir egal, ob du sie vermisst.«

Miau.

»Okay, es ist mir egal, ob ich sie vermisse. Kumpel, sie hat mich angelogen. Und sie hat zugelassen, dass ich in Ketten gelegt wurde.«

Miau.

»Alter, hast du meine Handgelenke nicht gesehen?« Ich zeige ihm meine Handgelenke. Sie schillern immer noch grässlich violett und schwarz. »Und sie hat zugelassen, dass ich Waterboarding erdulden musste.«

Miau.

»Nicht der Rede wert? Doch, das ist ein Riesending. Komm her, ich zeig dir, wie es sich anfühlt.«

Ich schnappe ihn mir, bevor er entwischen kann, und trage ihn zum Waschbecken. Ich lasse das Wasser laufen und drehe Lassie um. Dann halte ich seinen Kopf für fünf Sekunden unter den Strahl, bevor ich ihn wieder wegziehe.

Er grinst.

Miau.

»Spaß?«

Miau.

Er will, dass ich es noch mal mache.

Ich halte seinen Kopf wieder unter den Wasserstrahl.

Er lässt es mich noch dreimal tun.

Ich trockne ihn ab und gebe ihm einen Kuss auf den Kopf. »Du bist so schräg.«

Das Handy summt erneut.

Und noch mal.

Es ist fast eine Woche her, seit ich, na ja, gefoltert wurde. Sowohl Ingrid als auch der Präsident haben mich pausenlos angerufen. Ingrid wollte zweimal vorbeikommen, aber ich habe die Schlösser ausgewechselt.

Es klingelt an der Wohnungstür.

Ich humpele zur Tür, mein rechtes Knie schreit bei jedem Schritt, und sage: »Hau ab!«

Es klingelt erneut.

»Verschwinde!«

Ich höre ein Geräusch im Schloss. Sie versucht es mit dem Schlüssel.

»Wird nicht funktionieren.«

Zwei Sekunden später öffnet sich die Tür.

»Was zum ...«

Es sind Red und der Präsident. Red steckt seinen Dietrich wieder zurück in die Tasche und sagt: »Tut mir leid.«

»Sie rufen mich nicht zurück«, bellt Sullivan, der wie üblich Jeans und einen Redskins-Kapuzenpulli trägt.

»Ich will nicht wirklich hören, was Sie zu sagen haben.«

»Nun, ich muss Ihnen ein paar Dinge erklären. Sie machen nicht wieder gut, was ich getan habe, aber sie könnten Ihnen helfen zu verstehen, warum es getan werden musste.«

Lassie flitzt zum Präsidenten und reibt sich an seinem Bein.

»Nicht«, rufe ich, laufe hin und schnappe ihn mir.

Miau.

»Weil er derjenige ist, der mich waterboarden ließ.«

Miau.

»Nein, das kann er jetzt nicht mit dir machen.« Ich setze ihn ab. »Hock dich aufs Bett.«

Er gehorcht.

»Sprechen Sie mit Ihrer Katze?«, fragt der Präsident mit hochgezogenen Augenbrauen.

Ich ignoriere ihn. »Sie haben fünf Minuten.«

Ich blicke auf mein Handy.

3:16 Uhr.

Der Präsident räuspert sich. »Erinnern Sie sich, als ich zum Pokern kam?«

Ich nicke.

»Nun, ein paar Tage zuvor brach Red mit seinem kleinen Werkzeug hier in Ihre Wohnung ein.«

»Warum?«

»Standard-Sicherheitscheck«, erklärt Red fröhlich. »Er ist der Präsident der Vereinigten Staaten.«

»Richtig.«

»Routinekram, den wir überall durchführen müssen, wo der Präsident zu Besuch ist.«

»Was zum Beispiel?«

»Überprüfung auf Wanzen, Waffen und Überwachung.«

»Richtig, ich habe nichts von dem Zeug.«

»Falsch.«

»Was?«

»Ihr Haus wurde verwanzt.«

»Ich weiß, vor ein paar Wochen.«

»Nein«, sagt der Präsident und schüttelt den Kopf. »Wir reden hier von *Monaten.*«

»Sind Sie sicher?«

»Ja«, erwidert Red. »Aber das war kein normaler Nullachtfünfzehnjob. Da waren Profis am Werk. Echter Spionage-Kram.«

»Okay.«

»Wir haben die Fingerabdrücke auf dem Zeug untersucht, in der Hoffnung, dadurch ein paar Hinweise zu kriegen.«

Ich seufze. »Meine Mutter.«

»Elena Janev«, bestätigt er mit einem Nicken. »Anscheinend hat Ihre Mutter Sie in der Vergangenheit im Auge behalten.«

Aus irgendeinem Grund bringt es mich fast zum Lächeln, dass meine Mutter meine Wohnung abgehört hatte.

»Es stellte sich heraus, dass die CIA vor sechs Jahren einen Mordbefehl gegen Ihre Mom rausgegeben hat.«

Ich nicke. »LeHigh hat ihn rausgegeben. Er hat sie umbringen lassen.«

Red und der Präsident sehen sich gegenseitig an.

»Nicht ganz«, sagt Sullivan.

»Wie meinen Sie das?«

»Dazu komme ich noch.« Er holt tief Luft. »Nachdem wir die Fingerabdrücke überprüft und herausgefunden hatten, wer Ihre Mutter war, hat Red noch ein bisschen nachgeforscht. Er stieß auf Ihre E-Mails an die Agentur für erweiterte Überwachung und Verfolgung, AST.«

»Sie wussten also, dass ich sie suche?«

»Richtig. Und wie Sie schon sagten, Sie waren nicht der Einzige. Vor einem Jahr kam Präsident Obama zu mir. Er sagte, es gebe da etwas, das ihm während seiner Amtszeit durch die Maschen gefallen sei. Es war ein Brief. Ein Brief von Ihrer Mutter, in dem das *immer noch* laufende Programm der CIA für Sonderauslieferungen dokumentiert war. Demzufolge gab es eine Black Site, die direkt vor unserer Nase betrieben wurde, hier in Virginia. Wenn das bekannt geworden wäre, hätte mir ein Amtsenthebungsverfahren geblüht, und die Kandidatur zur Wiederwahl hätte ich knicken können. Eine illegale Folterstätte auf amerikanischem Boden? Die Demokraten hätten mich in weniger als einer Woche aus dem Amt gejagt.«

»Warum haben Sie LeHigh nicht zur Rede gestellt?«

»In dem Brief schrieb Ihre Mutter, es gebe mehr als nur einen dieser Orte. Mir war klar, wenn ich den einen auffliegen lasse, würde der zweite Standort niemals gefunden werden.«

Ich nicke.

»Als wir herausfanden, dass Ihre Mutter exakt diese Frau war, mussten wir handeln. Es hat sich nicht über Nacht ergeben. Es erforderte Monate der Planung. Ich musste Leute von verschiedenen Behörden hinzuziehen, von Homeland Security, CIA ...«

»Ingrid«, sage ich.

Ich denke an das Treffen des Präsidenten mit Ingrid. Das Treffen, über das sie mich belogen hat. Das Treffen, über das der Präsident mich getäuscht hat.

»Wir haben eine Leiche platziert«, sagt er und übergeht das Thema Ingrid. »Eine Frau, auf die die Beschreibung Ihrer Mutter passte und die an einem Gehirnaneurysma starb. Red hier hatte die unangenehme Aufgabe, der Frau eine Kugel in den Hinterkopf zu jagen.«

Ich blicke zu Red. Er verzieht das Gesicht. Schaut zur Seite. Nicht stolz auf das, was er getan hat.

Ich kann's ihm nicht verdenken.

»Er warf sie in den Potomac. Dann ließen wir den Dingen ihren Lauf. Ich wies meinen Mann bei Homeland Security an, Ihre Mutter als Red Four zu kennzeichnen, den Fall zu übernehmen und eine falsche Übereinstimmung mit den Fingerabdrücken Ihrer Mutter festzustellen. Natürlich bekam AST Wind von der Übereinstimmung, und sie schickten Ihnen eine E-Mail.«

»Und von da an wurde ich zu Ihrer kleinen Marionette.«

»Mehr oder weniger, ja.«

»Wessen Idee war es, Amazon zu benutzen?«

Der Präsident schaut zu Red.

»Es schien ein ungefährlicher Weg, Informationen zu übermitteln, und gerade kryptisch genug, um plausibel zu wirken.«

»*Men in Black?*«

Der Präsident lächelt. »Meine Idee.«

Ich möchte ihn am liebsten verdreschen.

»Und dann, lassen Sie mich raten, rufen Sie Ingrid an. Sie brauchen jemanden, der mir nahesteht und mir ein paar Stupser in die richtige Richtung gibt.«

Ich denke an die SMS, die Ingrid geschickt hat: VERTIEF DICH NICHT ZU SEHR IN MEN IN BLACK 2. HAB IHN NIE GESEHEN, ER BEKAM ABER FURCHTBARE KRITIKEN.

Hätte sie diesen Text nicht geschickt, wäre ich nie auf die Idee gekommen, die Bewertungen bei Amazon zu lesen. Niemals in einer Million Jahren.

»Und Ihr Mann bei der Homeland Security. Woher wussten Sie, dass Ingrid ihn anrufen würde?«

»Das war unser Lackmustest, ob unsere kleine Scharade funktionierte. Als Ingrid ihren Kontakt bei Homeland anrief und er ihr von der Red Four erzählte, da wussten wir, dass die Informationen an die richtigen Leute durchgesickert waren. Dann traf ich mich am nächsten Morgen mit Ingrid, und wir lieferten ihr alles, was sie wissen musste.«

»Der goldene Schlüssel zur Stadt?«, frage ich.

»Es war das Einzige, was mir einfiel.«

Und klar, nachdem er mir den Grund für das Treffen mit Ingrid erzählt hatte, rief er sie an und sorgte dafür, dass ihre Geschichten übereinstimmten. Dann hatte sie mich erneut belogen.

Ich frage mich, ob der Präsident den Dampf sehen kann, der aus meinen Ohren zischt.

»Woher wussten Sie, dass ich Ihren ausgestreuten Kekskrümeln folgen würde?«

»Ich wusste es nicht. Aber Sie haben es getan.«

»Woher wussten Sie, dass ich die Verbindung zwischen *This Movie Rocks!* und Global Geologist Unlimited herstellen würde?«

»Ihre Korrespondenz mit der Advanced Surveillance. In Ihrer ersten E-Mail erwähnten Sie GGU häufiger.« Er fügt hinzu: »Das ist nichts, was wir über Nacht aus dem Ärmel geschüttelt haben.«

»Erzählen Sie mir von Ingrid.«

»Sie wollte erst nicht mitmachen. Aber ich bat sie, es für ihr Land zu tun.«

Das kann den Verrat nicht ungeschehen machen, der seit einer Woche in meiner Brust brennt.

»Sie folgte LeHigh über eine Woche lang.«

Das hatte ich mir schon gedacht. In dem Moment, als LeHigh erwähnt hatte, dass man ihn den Papst nannte, war es mir klar geworden.

»Was ist mit den beiden Typen, die mein Haus verwanzt haben?«

»Das waren LeHighs Leute.«

»Und das Treffen mit LeHigh im Auto?«

»Dafür möchte ich mich entschuldigen. Ich habe meine Rolle gespielt. Genau wie Sie Ihre gespielt haben.«

»Sie wurden keinem Waterboarding unterzogen.«

»Noch mal, es tut mir verdammt leid, dass es dazu gekommen ist«, sagt er und wirkt dabei ziemlich aufrichtig. Dann fügt er hinzu: »Und übrigens, ich weiß natürlich verdammt genau, was eine Red Four ist.«

»Ja, das habe ich mir auch schon gedacht.«

Er lächelt.

Ich frage: »Wann haben Ihre Jungs die Videokameras aufgestellt?«

»Vor sechs Wochen.« Er nickt Red zu.

»Sie haben den Eingang so gut getarnt, dass es aussah, als wäre seit Jahren niemand mehr da gewesen.«

Red sagt: »Ja, ich habe circa drei Stunden damit verbracht, die Blätter genau so zu arrangieren.«

»Ein wahrer Künstler.«

Er lacht. Er ist nicht derjenige, auf den ich sauer bin.

»Woher wussten Sie, dass der Direktor auftauchen würde?«, frage ich Sullivan.

»Die haben nicht nur Ihre Wohnung verwanzt.«

»Ich hatte mein Handy aber nicht dabei.«

Er schüttelt den Kopf.

Ich deute auf mich selbst.

»Ich? Die haben mich verwanzt?«

»Überprüfen Sie Ihre Fußsohle«, sagt Red.

Ich setze mich auf den Stuhl, ziehe meine Socke aus und hebe meinen Fuß hoch. Unter dem Spann befindet sich ein winziger durchsichtiger Kreis.

»Das ist ein Peilsender?«

»Der neueste und beste.«

Ich ziehe ihn ab und werfe ihn in den Müll.

»Und was jetzt?«

»Nun, wir werden LeHigh nicht vor Gericht bringen können. Die Öffentlichkeit soll nicht erfahren, dass wir seit sieben Jahren feindliche Kämpfer auf amerikanischem Boden foltern.«

»Was, er darf einfach weiter frei herumlaufen?«

»Nicht wirklich.«

»Was bedeutet das?«

»Der Vatikan.«

»Lassen Sie mich raten, es gab einen Einsturz.«

Er nickt.

»Und LeHigh war dort?«

Wieder nickt er.

»Was ist mit all den Gefangenen?«

»Wir konnten nicht riskieren, dass sie reden.«

»Sie haben sie also getötet?«

»Für alle anderen waren sie bereits tot.«

»Sie sind kein bisschen besser als LeHigh.«

»Sie können über LeHigh sagen, was Sie wollen, aber der Mann lieferte Resultate. Während ich im Amt war, hat er uns vor mindestens zwei separaten Angriffen gerettet, und diese Black Sites waren wahrscheinlich der Grund dafür. Aber in dieser neuen Ära der Diplomatie gibt es Grenzen, die nicht überschritten werden dürfen. Hätte die Öffentlichkeit von den geheimen Standorten erfahren, wäre die CIA verurteilt worden, vielleicht sogar geschlossen, und wir brauchen sie. Sie sind die vorderste Frontlinie in unserem Krieg gegen den Terror.«

»Und Sie hätten keine Chance, wiedergewählt zu werden.«

»Das ist ebenfalls richtig«, erklärt er mit seinem preisgekrönten Lächeln.

»Und Ingrid?«

»Nur damit Sie es wissen, sie weigerte sich zu helfen, selbst als ich sie bat, es für ihr Land zu tun. Sie sagte, sie würde den Mann, den sie liebt, nicht anlügen.«

Mir stockt der Atem.

Liebt?

»Sie hat es nur getan, weil ich ihr versprochen habe, Ihnen das hier zu überlassen.«

Der Präsident zieht eine rote Aktenmappe aus dem Hosenbund und reicht sie mir.

»Das ist die Akte Ihrer Mutter.«

Ich starre auf die Mappe in meiner Hand.

»Bevor Sie das öffnen, muss ich Sie warnen. Da stehen Dinge drin, die man nie wieder vergessen kann.«

Er und Red begeben sich zur Tür und machen sich aus dem Staub.

Ich starre erneut auf die Akte.

Ich denke zurück an das, was der Direktor behauptet hat und worüber ich die ganze letzte Woche nonstop nachgegrübelt habe. *Wie, glauben Sie, sind Sie so geworden, wie Sie sind? Warum sind Sie nur eine Stunde am Tag wach? Sie glauben doch wohl nicht ernsthaft, dass es eine Art Krankheit ist, oder? Nein, es ist eine klassische Konditionierung.*

Und nicht nur das.

Die Frau, die aus dem Potomac gezogen wurde, war gar nicht meine Mutter.

Also ist sie noch am Leben.

COUNTDOWN

:01

Es war Teil meiner täglichen Routine geworden. Manchmal war es nur ein flüchtiger Blick, ein anderes Mal holte ich sie heraus, lief damit durch den Raum und spielte ein paar Minuten lang mit dem Gedanken, sie zu öffnen. Aber wenn man nur sechzig Minuten am Tag wach ist, sind diese paar Minuten ein kostbares Gut. Das sind zwei Minuten, in denen ich nicht Ingrid küsse, Lassies Bauch kraule, mit meinem Vater Karten spiele, mit Aktien handele, jogge oder dusche. Zwei Minuten, in denen ich mein Leben nicht lebe.

Ich brachte es einfach nicht fertig, sie zu öffnen. Ich konnte die Worte und Bilder nur erahnen, die in der roten Aktenmappe auf mich warteten.

»Liebling, wir müssen gehen. Es sind zwanzig Minuten Fahrt zum Flughafen!«, ruft Ingrid aus dem Wohnzimmer.

Ich schaue auf mein Handy.

3:32 Uhr.

Der Flugplatz von Potomac liegt fünfzehn Kilometer entfernt, auf der anderen Seite des Flusses. Es wäre natürlich für alle viel einfacher, wenn wir vor 4 Uhr morgens dort eintreffen würden, obwohl ich mir sicher bin, dass Ingrid vorsorglich einen Rollstuhl organisiert hat, der auf uns wartet.

Für alle Fälle.

»Ich komme schon!«, schreie ich, meine Augen noch immer auf die Aktenmappe geheftet, die im mittleren Fach des ein Meter hohen Safes in meinem Wandschrank liegt.

Es war acht Monate her, dass der Präsident der Vereinigten Staaten mir die rote Mappe übergeben hatte. Als er sie mir reichte, sagte er: »Ich muss Sie warnen. Da stehen Dinge drin, die man nie wieder vergessen kann.«

Er hatte sie gelesen.

Er wusste es.

Er wusste, was meine Mutter mir angetan hatte.

Aber es war nicht meine Mutter, die mir Sorgen bereitete.

Es war mein Vater.

Wenn es stimmte, was Direktor LeHigh behauptet hatte – dass meine Mutter eine begehrte CIA-Folterspezialistin gewesen war und der Grund, warum ich nur von drei bis vier Uhr jede Nacht wach bin, weil sie mich durch *Schlafverstärkung* konditioniert hatte –, wo war mein Vater in der Zeit gewesen, während das alles passierte?

Ja, meine Mutter ist möglicherweise noch am Leben, aber ich habe sie seit dreißig Jahren nicht mehr gesehen und habe auch nicht die Absicht, sie jemals wiederzusehen. Aber mein Vater ist mein Fels in der Brandung. Er hat mich alles gelehrt, was ich weiß, hat mich zu dem Mann gemacht, der ich heute bin. Was, wenn er ihr gestattet hatte, mir diese schrecklichen Dinge anzutun? Was, wenn er mich dreißig Jahre lang belogen hatte?

»Nimm sie nicht mit.«

Ich drehe mich um.

Ingrid steht in der Türöffnung des großen begehbaren Kleiderschranks. Sie sieht gut aus – dafür, dass sie siebenundzwanzig Stunden am Stück wach war. Sie trägt ein typisches Outfit für den Ostküsten-Sommer: dunkelblaue Jeans, ein graues University-of-Maryland-T-Shirt und weißlila Nikes. Nachdem sie mir gestern Nacht beim Packen geholfen hatte, ging sie schon früh zur Arbeit und verbrachte die nächsten zwanzig Stunden damit, zwei offene Fälle und den ganzen Papierkram zu erledigen, der bei einem Detective der Mordkommission üblicherweise vor einem einwöchigen Urlaub anfällt.

»Diese Zeit ist allein für uns«, sagt sie.

Ich nicke.

Sie hat recht.

Obwohl wir jetzt seit sieben Monaten zusammenleben, sehen wir uns nur drei oder vier Stunden wöchentlich. Sie hat es nicht in der Hand, wann und wie lange sie an einem Fall arbeiten muss, und manchmal vergehen drei Tage, ohne dass wir beide uns sehen. Die einzigartigen Umstände unserer Beziehung scheinen auf dem Papier weniger herausfordernd, als sie sich in Wirklichkeit gestalten. Und bei allem, was in den fünfzehn Monaten, die wir zusammen sind, schon passiert ist – der Mord an Jessie Kallomatix, die Tatsache, dass Ingrid mit dem Präsidenten zusammengearbeitet hat, um mir dabei zu helfen, ein geheimes CIA-Gefängnis auf amerikanischem Boden aufzudecken (und mich dabei foltern zu lassen) –, wirkt es so, als wäre immer noch jemand anderes mit im Raum.

Ich schließe die Tür zum Safe und drehe das Einstellrad ein paarmal.

»Du hast recht.«

Sie lächelt, dann ruft sie: *»Viva la Mexico!«*

»Wir fliegen nach Alaska.«

»Viva la Alaska.«

Ich lache, ziehe sie in meine Arme und gebe ihr einen langen Kuss.

»Komm schon«, sagt sie und gibt mir einen Klaps auf den Hintern. »Ich will deinen Arsch nicht ins Flugzeug schleifen müssen.«

Ich nicke, und wir verlassen den Ankleideschrank.

»Wo ist Lassie?«, frage ich.

»Er schmollt. Ich glaube nicht, dass er mitkommen will. Höchstwahrscheinlich will er lieber zu deinem Dad und dort mit Murdock abhängen.«

Lassie schmollt in der Tat. Er liegt auf dem Küchentisch, sein schwarz-brauner Körper ist vollkommen erschlafft. Seine lohfarbenen Augen sind halb geöffnet.

»Alter, wo liegt dein Problem?«

Miau.

»Ich habe es dir doch erklärt. Murdock ist krank. Das wird kein Spaß mit ihm.« In Wahrheit ist Murdock gar nicht krank. Er wurde gegenüber einigen Hunden aus der Nachbarschaft zunehmend aggressiv, und der Tierarzt führte dies auf die enorme Menge an Testosteron in den riesigen Hoden des siebzig Kilo schweren englischen Mastiffs zurück. Er soll morgen kastriert werden, und mein Vater will nicht, dass er Lassie nachjagt, während er sich erholt.

Miau.

»Keine Ahnung, Grippe oder so. Du kannst nach unserer Rückkehr einen ganzen Monat lang bei meinem Dad übernachten.«

Er glotzt mich an.

»Alaska wird fantastisch …«

Miau.

»Nein, wir wohnen nicht in einem Iglu. Dort ist jetzt auch Sommer. Es soll wirklich sehr schön sein.«

Miau.

»Ob du auf einem Elch reiten kannst? Wenn wir einen sehen, werde ich dich nicht daran hindern, obwohl ich nicht sicher bin, ob es die in Fairbanks gibt.«

Er seufzt.

»Aber was sie haben …« Ich klappe den Laptop auf und scrolle durch die Bilder, die ich heruntergeladen habe. Im vergangenen Monat habe ich jeden Tag ein paar Minuten damit verbracht, Berichte über das wilde Alaska zu lesen. Ich klicke auf eines der Bilder und drehe den Laptop in Richtung Lassie. »… sind Polarfüchse.«

Lassie reißt die Augen weit auf.

»Jetzt geh packen.«

Zehn Sekunden später hat er seinen Lieblings-Jingle-Ball im Mund und kratzt an der Haustür.

…

»In einem Leichensack wird Alaska noch viel mehr Spaß machen.«

Ingrid wirft mir einen Blick zu, dann verziehen sich ihre gespitzten Lippen zu einem Lächeln. Sie fährt langsamer, schafft es aber trotzdem, uns drei Minuten vor der Zeit zum Potomac Airfield zu bringen.

Ein Mann in einem Caddy wartet auf uns, und wir verstauen unsere Taschen hinter dem Rücksitz. Kaum sind wir eingestiegen, rast er bereits in Richtung des Jets, der zwei Fußballfeldlängen entfernt auf der Rollbahn wartet.

Es ist 3:58 Uhr.

Der gecharterte Flug plus die Wochenmiete für eine der luxuriösesten Blockhütten in Fairbanks war nicht billig, aber mein letztes Geschäft – der Einstieg in die Mais-Futures – hat die Reise finanziert.

Ich sehe den Rollstuhl, der vor dem kleinen Dreißig-Personen-Jet auf mich wartet.

Ich werde ihn nicht brauchen.

Um genau 3:59 Uhr hält der Caddy vor dem Flugzeug. Der Mann sagt, dass er sich um unser Gepäck kümmert, und wir drei springen raus und klettern die Treppe hinauf. Der Pilot grüßt mich mit der Hand an der Mütze und streichelt Lassie kurz den Kopf.

Wir eilen den Gang hinunter und fallen in zwei der großen Liegesitze.

Lassie lässt sich auf meinem Schoß nieder, und Ingrid gibt mir noch einen schnellen Kuss, bevor es dunkel um mich wird.

Wenn ich aufwache, werde ich in Alaska sein.

Und um 3:07 Uhr werde ich zum ersten Mal die Sonne aufgehen sehen.

:02

Fairbanks liegt dreihundert Kilometer südlich des Polarkreises, jener imaginären Linie, die sich in einem Bogen quer über das obere Drittel Alaskas erstreckt. Der Polarkreis markiert die südliche Grenze des Gebiets, in dem die Sonne zur Wintersonnenwende nicht aufgeht – und zur Sommersonnenwende nicht versinkt. Obwohl es in Fairbanks keinen Polartag gibt – vierundzwanzig Stunden Sonnenlicht –, hat die Sonne mit über zweiundzwanzig Stunden immer noch eine hohe Arbeitsauslastung.

Ich hieve mich mit einem Keuchen hoch.

Mein Herz rast. Ich bin schweißbedeckt.

Fetzen eines Albtraums wirbeln um mich her.

Ein weißer Raum.

Ein Arzt im blauen Kittel.

Eine Infusionskanüle in meinem Arm.

Wo ist er?

Keine Ahnung.

Wo ist er?

Wo ist wer?

Der USB-Stick.

Was für ein USB-Stick?

Eine Spritze gefüllt mit rosa Flüssigkeit.

Ich krümme mich.

Er injiziert die Spritze in die Kanüle.

Ich schreie.

Und dann erwache ich.

Ich brauche eine lange Minute, um meinen Atem zu beruhigen. Dabei ist es nicht gerade hilfreich, dass ich mich in einem fremden Bett in einem fremden Schlafzimmer befinde. Zwar hatte ich zuvor schon Bilder des Raumes gesehen, in dem ich aufwachen würde, trotzdem ist es für das System ein kleiner Schock. Das Hauptschlafzimmer – eines von drei Schlafzimmern in der geräumigen Blockhütte – beherbergt ein Kingsize-Bett in einem Rahmen aus glänzenden Baumstämmen. Gegenüber befindet sich eine Kommode aus Eiche mit einem breiten Spiegel. Schwere champagnerfarbene Jalousien schützen die Gäste vor der prallen Sonne, die in wenigen Minuten aufgehen wird. Hier wach zu werden bedeutet, dass alles reibungslos verlaufen ist: der elfstündige Flug, der Transport im Rollstuhl zum wartenden Van, die zwanzigminütige Fahrt zur Blockhütte am Ufer des Chena-Flusses und das Abladen auf dem bereits erwähnten Riesenbett.

Ich springe aus dem Bett und streife mir die Jeans und das graue Sweatshirt über, die Ingrid für mich bereitgelegt hat. Nachdem ich in meine Schuhe geschlüpft bin, verbringe ich eine Minute im Badezimmer, wische mir den Schweiß von der Stirn und plane für die nächsten Tage ein Bad in der Jacuzzi-Wanne mit Ingrid.

Ich verlasse das Badezimmer und folge dem Geruch von brutzelndem Speck.

»Hey, Schlafmütze«, ruft Ingrid aus der todschicken, in Eiche und Marmor gehaltenen Küche.

»Guten Morgen«, sage ich.

»Geht es dir gut?«, fragt sie mit zur Seite geneigtem Kopf.

»Ja, mir geht's bestens.«

Sie soll nicht erfahren, dass ich wieder einen Albtraum hatte. Dass ich seit dem Waterboarding Albträume habe. Seit ich an den Handgelenken aufgehängt und geschlagen wurde. Sie soll nicht erfahren, dass die Albträume immer schlimmer werden. Dass der von gestern Nacht der bisher schlimmste war.

Lassie sitzt auf der Marmorplatte der Küchentheke und verspeist einen Teller mit Speck und Eiern, den Ingrid zubereitet hat. Ich kraule ihn hinter den Ohren, dann ziehe ich Ingrid in meine Arme. Sie taxiert mich eine Sekunde lang und vergewissert sich, ob ich nicht schwindele, dann reicht sie mir einen Teller und sagt: »Beeil dich und iss.«

Ich schiebe mir ein Stück Speck in den Mund und begutachte dabei den Rest der Blockhütte. Sie ist breit und geräumig, die Stämme erstrecken sich über die gesamte zehn Meter lange Decke. Sie ist mit all den Annehmlichkeiten und dem Luxus ausgestattet, den man bei einem Preis von viertausend Dollar pro Woche erwartet: ein riesiger Flachbildfernseher, Wildledersofas, Antiquitäten, Bilderrahmen und Vasen, um die sicherlich in Auktionshäusern auf der ganzen Welt gefeilscht wurde. Vier Fenster wurden aus der Decke herausgeschnitten, durch die man in den dunklen Samt des Himmels sieht.

Vier Minuten bis Sonnenaufgang.

Lassie hat sein Frühstück beendet und starrt mich mit traurigen Augen an. Ich breche ein Stück Speck in zwei Hälften und füttere ihn damit.

»Was habt ihr beiden denn so getrieben?«, erkundige ich mich.

Ingrid gibt mir einen kurzen Abriss, wie wir um 11:30 Uhr

auf dem Fairbanks International Airport gelandet sind – es war ein elfstündiger Flug, aber wir haben vier Stunden in Richtung Westen gewonnen. Vierzig Minuten später erreichten wir die Hütte. Sobald ich sicher dort verstaut war, machten sie und Lassie sich auf den Weg in die Innenstadt von Fairbanks – die nur etwas über einen Kilometer flussaufwärts liegt –, um Lebensmittel zu kaufen und die Geschäfte abzuklappern. Sie kochte etwas und ging gegen 21:30 Uhr schlafen. Vor einer Stunde wurde sie dann wach.

»Was steht auf der Speisekarte?«, will ich wissen.

Sie schüttelt den Kopf. »Das wird eine Überraschung.«

Ich suche nach dem Kühlschrank, sehe aber überall nur massives Eichenholz. Ingrid zieht an einer der Eichenplatten und enthüllt einen voll bestückten Kühlschrank. Sie nimmt einen Smoothie heraus und reicht ihn mir.

Ich greife zögernd danach, als wäre er aus radioaktivem Material. »Warum ist er grün?«

»Ich habe Isabels Rezept ein wenig Grünkohl hinzugefügt.«

Isabel, meine Haushälterin/leitende Assistentin/persönliche Einkäuferin/Köchin. Sie bereitet nicht nur Smoothies für mich, sondern jede Mahlzeit, die ich zu mir nehme.

Ich nehme einen Schluck und schaudere.

»Was ist deine Definition von ein wenig?«

»Okay, eine Menge. Aber es ist gut für dich.«

Im Laufe des letzten Monats hatte sich Ingrid zunehmend für meinen Zustand interessiert – ich bin Henry Bins, und ich habe Henry Bins – und daraufhin entschieden, mehr für meine Gesundheit zu tun. Da ich dreiundzwanzig Stunden am Tag schlafe, war sie sehr skeptisch, dass ich genug

Wasser trank und ausreichend Nährstoffe zu mir nahm, um den allnächtlichen *Winterschlaf* zu überstehen. Wann immer ich aufwachte, fand ich auf dem Nachttisch eine Flasche Mineralwasser, einen Bio-Energieriegel und eine Packung mit Vitaminen vor.

Ich erklärte ihr, dass ich essen würde, was immer sie verlangte, sofern sie sich dann besser fühlte.

Zumindest bis zu diesem Moment.

Bis zu Grünkohlgeddon.

»Trink es einfach«, sagt sie und schaut auf ihre Uhr. »Wir müssen los.«

Ich kippe es hinunter, wische mir mit dem Unterarm über den Mund, auf dem ich eine Spur grünen Schlamms hinterlasse, und stelle das Glas in die Spüle.

»Mir nach!«, ruft sie.

Es ist 3:05 Uhr.

Ich folge ihr in den Waschraum.

»Augen zu«, bellt sie und besprüht mich dann mit einem Intensiv-Mückenschutz. Viele der Artikel, die ich über die Sommerzeit in Alaska gelesen habe, warnten vor den riesigen, mörderischen Moskitos.

Nachdem ich die Gefälligkeit erwidert habe, folge ich Ingrid durch das Wohnzimmer und die Glasschiebetüre hinaus auf die hintere Terrasse.

Ich bleibe wie angewurzelt stehen.

Die Terrasse grenzt direkt an den träge dahinfließenden Chena-Fluss, der an dieser Stelle etwa siebzig Meter breit ist. Am anderen Flussufer stehen Tausende von immergrünen Bäumen, über denen eine rote und orangefarbene Aura leuchtet.

Ich bin sprachlos.

Eine Minute verstreicht in absoluter Stille.

»Da kommt sie«, flüstert Ingrid und legt mir ihre Hände auf den Rücken.

Und dann ist sie da.

Ein Hauch von strahlendem Weiß.

Die Sonne.

»Ich hätte nie gedacht, dass ich sie jemals zu sehen bekomme«, sage ich, und meine Stimme ist kaum vernehmlich.

In den nächsten zwanzig Minuten beobachte ich, wie das Gestirn millimeterweise über den Horizont kriecht. Die Rot-, Rosa- und Orangetöne werden langsam von dem vorrückenden Blau verschlungen, während die Sonne über die Baumgrenze und zentimeterweise über das plätschernde Wasser wandert. Als sie das Ufer vor uns und die niedrige Böschung hinaufkriecht, strecke ich meine Hand aus und bade sie im Licht. Ich kann die Strahlen auf meiner Handfläche spüren. Sie sind wie aus Granit gemacht.

»Komm, setz dich.«

Ich habe gar nicht bemerkt, dass Ingrid kurz verschwunden war, und drehe mich um. Hinter ihr entdecke ich zwei Liegestühle und zwei Teller mit Filet Mignon.

Falls sie die Tränen in meinen Augen bemerkt, kommentiert sie diese nicht.

Ingrid hat auch einen kleinen Teller für Lassie gemacht, und wir drei essen schweigend.

Um 3:58 Uhr piept die Taucheruhr, die Ingrid mir zu Weihnachten geschenkt hat, dreimal.

»Du solltest dich hinlegen«, sagt sie.

»Ich will hier draußen schlafen«, erkläre ich ihr. »Unter der Sonne.«

:03

»Autsch!«, schreie ich und zucke zusammen.

»Oh, hör auf, du großes Baby«, sagt Ingrid und trägt noch eine Schicht Aloe vera auf mein Gesicht und meinen Hals auf.

»Du hast schließlich nicht Verbrennungen dritten Grades erlitten.«

»Ich kann nicht fassen, dass du dich nicht mit Sonnenschutz eingecremt hast.«

»Ich kann nicht fassen, dass du mich sechs Stunden in der Sonne hast schmoren lassen, bevor dir aufgefallen ist, dass ich mich in eine Tomate verwandele.«

»Ich bin eingeschlafen. Und ich hatte keine Ahnung, dass es dreißig Grad werden würden. Das hier ist *Alaska.*«

»Ich habe dir doch gesagt, dass es heiß wird.« Am Tag vor unserer Abreise hatte ich das Wetter gecheckt. Die Zehn-Tage-Vorhersage versprach sonnigen Himmel und Temperaturen in den hohen Zwanzigern.

»Ich dachte, heiß bedeutet in Alaska etwa zehn Grad.«

»Moment«, rufe ich, »wenn du draußen eingeschlafen bist, warum hast du dann keinen Sonnenbrand?«

»Ich habe mich eingecremt«, sagt sie und versucht, wie eine Schildkröte ihren Kopf in den Körper zu ziehen.

Ich lache höhnisch.

Ich besitze UV-Lampen, die ich zweimal in der Woche an meinen Computer anschließe, um saisonale Depressionen – oder in meinem Fall Vier-Jahreszeiten-Depressionen – zu verhindern, und ich habe etwas dunklere Haut als die meisten weißen Männer. Trotzdem war es dämlich von mir, mich nicht mit Lichtschutzfaktor 1000 einzukleistern.

»Ich hole dir einen kalten Waschlappen«, sagt Ingrid und verschwindet.

Kurz darauf springt Lassie auf den Waschtisch.

Er zuckt zurück und faucht mich an.

»Alter, es ist nur ein Sonnenbrand.«

Miau.

»Nein, es ist nicht Ebola.«

Miau.

»Weil ich in letzter Zeit nicht in Liberia war.«

Miau.

»Ein Sonnenbrand. Die *Sonne* hat mich *verbrannt.*«

Miau.

»Nun, das kommt daher, weil du mit Haaren bedeckt bist.«

Miau.

»Weil je klüger eine Spezies ist, desto weniger Haare hat sie.«

Miau.

»Du bist hier nicht derjenige, der aussieht wie *wer?*«

Miau.

»Wer ist Freddie Krueger?«

»Kommt schon!«, ruft Ingrid von irgendwoher. »Das Essen ist fertig.«

Lassie springt von der Waschtischplatte und fetzt aus dem Badezimmer.

Ich schnappe mir mein Handy und schreibe meinem Dad eine SMS, dass alles glattgegangen ist, dass die Sonne prächtiger ist, als ich mir je vorstellen konnte, und dass es Murdock hoffentlich gut geht.

Einen Moment später schickt er mir ein Bild von Murdock, der mit einem gewaltigen Schutzkragen um den Hals auf der Couch liegt, sein riesiges Maul sabbert auf ein Kissen, während seine Augen Dolche auf den Fotografen abschießen.

Unter das Bild hat mein Vater etwas geschrieben.

Er weiß es.

Ich erwäge kurz, Lassie das Foto zu zeigen, besinne mich aber eines Besseren.

Ein letzter Blick in den Spiegel – meine braunen Augen, umrahmt von einem purpurroten Gesicht, auf dem eine durchsichtige grüne Schmiere schimmert –, dann schlendere ich zur hinteren Terrasse.

Ingrid hat einen großen Teller Sandwiches, einen weiteren grünen Smoothie, etwas Limonade und eine Tüte Karamell-Mais vorbereitet. Sie hat alles auf einem schönen Picknicktisch unter einem Sonnenschirm aufgebaut. Drei Zitronella-Kerzen halten die Moskitos in Schach.

»Du solltest versuchen, die Sonne zu meiden«, sagt sie und legt mir einen kalten Lappen um den Hals. Sie fügt hinzu: »Hummerjunge.«

Wir lachen beide, und ich frage: »Wer ist Freddie Krueger?«

»Warum?«

»Lassie meint, ich sehe aus wie Freddie Krueger.«

»Ach wirklich?«, sagt sie und wirft einen kurzen Blick dorthin, wo Lassie nach dem Frühstück ein Nickerchen auf einer der Liegen macht. »Freddie Krueger ist der Bösewicht in einem Haufen Horrorfilme. Sein Gesicht ist ganz verbrannt, und er hat diesen Rasierklingenhandschuh. Er jagt dich in deinen Träumen, und wenn er dich im Traum tötet, dann tötet er dich auch im echten Leben.«

»Deshalb will nie jemand schlafen gehen.«

Sie nickt.

»Klingt wie mein Leben.«

»Freddie Krueger wurde nie von einem heißen weiblichen Detective flachgelegt.«

»Richtig«, sage ich lachend.

Sie gibt mir einen langen Kuss, dann halten wir Händchen und sehen uns den Sonnenaufgang an.

...

Eine Viertelstunde später treiben drei Kanuten und zwei Kajakfahrer den Fluss hinunter. Sie winken im Vorbeifahren, Ingrid und ich winken zurück.

»Das sollten wir morgen auch machen«, sagt sie. »Ein Kanu mieten.«

»Ich habe schon alles gecheckt«, lächle ich. »Es gibt drei oder vier Verleihstellen entlang des Flusses. Sie nennen es ›Floating the Chena‹. So hohe Temperaturen kommen hier nicht allzu oft vor, und wenn doch, stürzen alle zum Wasser. Die Strecke ist insgesamt zwanzig Kilometer lang, dauert etwa vier Stunden, aber die letzten paar Kilometer könnten wir schaffen.«

»Ich packe die Sonnencreme ein«, sagt sie und klatscht mir aufs Bein. »Freddie.«

Wir lachen und geben uns einen Kuss, was zu weiteren Küssen und neckischen Spielereien führt.

Um 3:55 Uhr erinnere ich mich daran, dass ich eine kleine Überraschung eingepackt habe.

»Ich bin gleich wieder da«, sage ich und gebe ihr einen zärtlichen Kuss auf die Stirn. »Ich habe einen Nachtisch dabei.«

Mein Vater hat mir eine teure Flasche Scotch für die Reise geschenkt. Ich durchstöbere meinen Koffer und ziehe eine Flasche vierzigjährigen Macallan heraus. Ich schnappe mir zwei Gläser aus der Küche und begebe mich wieder nach draußen.

Mein Vater und ich trinken manchmal ein Bier oder ein Glas Scotch, wenn wir mittwochs Karten spielen, aber ich trinke nie wirklich viel. Vor allem, weil ich keine Zeit habe.

Ich gieße zwei Fingerbreit Scotch in beide Gläser und reiche Ingrid eines davon.

Ich hebe das Glas, um mit Ingrid anzustoßen.

Ingrid starrt ihr Glas auf dem Tisch an.

Meine Uhr piepst.

Noch zwei Minuten.

»Was?«, frage ich. »Magst du keinen Scotch?«

Sie fummelt am Glas herum.

Ich sage: »Du musst es nicht trinken, wenn du nicht willst.«

Sie schüttelt den Kopf.

Als sie zu mir hochschaut, schimmern ihre braunen

Augen feucht. Tränen tropfen sanft ihre Wangen herab. »Henry«, sagt sie leise, »ich bin schwanger.«

:04

Es ist 3:02 Uhr, als ich die Küche betrete. Ingrid sitzt am Küchentisch, die Hände um eine Tasse dampfenden Kaffee geschlungen. Sie schaut mich an. Sie wartet darauf, dass ich etwas sage.

»Du hast behauptet, du würdest verhüten.«

»Das tue ich«, antwortet sie mit einem Nicken.

»Und du hast die Pille genommen?«

»So ziemlich jeden Tag.«

»So ziemlich?«

»Manchmal vergesse ich es wegen der vielen Arbeit.«

»Wie lange? Wie lange weißt du es schon?«

»Einen Monat.«

»Einen Monat?«

»Ich wollte sichergehen.«

»Und bist du sicher?«

Sie schnauft und nickt.

Ich atme tief ein. »Ich habe dir gesagt, dass ich keine Kinder will. Ich habe dir gesagt, dass wir supervorsichtig sein müssen.« Es ist nicht so, dass ich keine Kinder will. Ich liebe Kinder oder zumindest die *Vorstellung* von Kindern. Es ist nur so, dass ich kein Ein-Stunden-Dad sein möchte. Wie kann man von mir erwarten, ein Kind großzuziehen, Vater zu sein, wenn ich nur sechzig Minuten am Tag habe? »Ich bin nur eine Stunde am Tag wach!«, rufe ich. »Was verstehst du daran nicht? Sechzig Minuten ist alles, was ich kriege, und jetzt soll ich mich um ein *Baby* kümmern?«

Ich drehe mich um. Ich will sie nicht anschauen. Ich will nicht sehen, was meine Worte in ihr auslösen. Ich stürme ins Schlafzimmer und ziehe meine Jeans aus. Schlüpfe in eine graue Jogginghose und einen passenden grauen Kapuzenpullover und schnüre meine Laufschuhe.

Lassie schläft, und ich stupse ihn an.

»Komm schon, lass uns gehen.«

Er streckt sich kurz und springt dann vom Bett.

Als eine Minute später die Sonne aufgeht, laufen Lassie und ich bereits durch die Bäume in Richtung Innenstadt von Fairbanks.

...

Der Pfad mündet zwei Blocks vom Stadtzentrum entfernt auf eine Seitenstraße. Meine Füße stampfen über den Asphalt.

Lassie gleitet auf dem Bürgersteig neben mir her.

Mein Gesicht brennt. Vor lauter Wut. Und anhaltendem Sonnenbrand.

Ich kann mich nicht erinnern, jemals so wütend gewesen zu sein.

Wie konnte sie mir das antun?

Wie konnte sie so unverantwortlich handeln? So rücksichtslos?

Wie konnte sie schwanger werden?

Sollte ich meine schäbige Stunde am Tag mit dem Wechseln von Windeln verbringen?

Wir folgen dem Chena-Fluss in Richtung Innenstadt, wobei die Umgebung weniger beeindruckend ist als auf den Bildern dargestellt. Die Vororte von Fairbanks sind öde und industriell. Ganz sicher kein Highlight im internationalen Städtevergleich. Das höchste Gebäude, an dem wir vorbeikommen, ist ein zehn Meter hohes graues Rechteck. Dort hängt ein großes goldenes Banner mit einem Eisbären und sechs mehrfarbigen Ringen.

Jeden Sommer finden in Fairbanks die Olympischen Spiele statt.

Die Weltolympiade der Eskimo-Indianer.

Diese Olympiade zieht jedes Jahr einige Tausend Zuschauer an und beginnt morgen bei Sonnenaufgang. Die Wettkämpfe sind etwas merkwürdig: der Robbensprung, das Ohrenziehen, der Zwei-Fuß-Hochkick, das indianische Stockziehen, der Mattenweitwurf und andere. Ich hatte Karten für den zweiten Tag gekauft und gehofft, dass Ingrid und ich eines der Sonnenaufgangsereignisse sehen könnten.

Etwa sechzig Menschen schwirren vor dem Gebäude herum und bauen Stände für den nächsten Tag auf.

Zwei Blocks später gelangen wir zur Cushman Street Bridge. Der Fluss ist hier doppelt so breit wie vor unserer Hütte, und die zweispurige Brücke ist vierhundert Meter lang. Sie erinnert mich an die Brücke über den Potomac River, an der man angeblich die Leiche meiner Mutter fand. Und ich erinnere mich an etwas, das mein Vater sagte, ein paar Jahre nachdem Mom uns verlassen hatte: »Es ist ihr Verlust, nicht deiner.«

Ist meine derzeitige Situation denn so anders? Sicher, mein Kind ist gerade mal so groß wie mein Fingernagel, aber es ist immer noch mein Kind, das da im Ofen schmort. Würde Ingrid in dreißig Jahren zu unserem Kind sagen: »Es ist sein Verlust, nicht deiner«?

Natürlich war es nicht meine Mutter, die aus diesem Fluss gezogen wurde. Nein, sie ist noch am Leben. Und es stellte sich heraus, dass sie möglicherweise noch weitaus schlimmere Dinge verbrochen hatte, als mich im Stich zu lassen. Aber hier geht es nicht um meine Mutter. Es dreht sich um Ingrid und mich. Und um unser Baby.

Lassie und ich joggen zur Mitte der Brücke und bleiben dort stehen.

Das Zentrum von Fairbanks ist viel geschmackvoller. Die Brücke ist mit schlanken silbernen Masten und kleinen gelben Fähnchen zur Erinnerung an die Olympiade gesäumt. Jede Fahne trägt das Bild eines anderen Wettkampfs. Auf dem Wimpel in meiner Nähe sieht man zwei Männer, die Köpfe dicht beieinander und ein breites Gummiband zwischen ihre Ohren gespannt. Vermutlich handelt es sich um das legendäre Ohrenziehen.

Von den Geländern hängen Blumentöpfe voller schriller violetter Blumen. Eine Key Bank, das Radisson Hotel, ein weiteres konkurrierendes Hotel und zwei Geschäfte drängen sich an der Straßenkreuzung vor uns. Die Parkplätze sind von Autos überfüllt, was vermutlich mit der Olympiade zu tun hat.

Auf der anderen Seite des Flusses steht die Sonne fünf Zentimeter über der Baumgrenze und sorgt für glitzernde Reflexe auf den kleinen Wellen im Wasser.

Lassie legt sich auf den Beton neben mir.

Er weiß, dass er mich in Ruhe lassen, mich schmoren lassen muss.

Alles, woran ich denken kann, ist Ingrid, die in der Blockhütte zurückgeblieben ist, allein, verunsichert und, ja, im Stich gelassen.

Ich lehne meinen Kopf zurück.

»Ich bin so ein Arsch«, sage ich zum zartblauen Himmel. Am liebsten würde ich mich zurück in die Hütte teleportieren. Möchte Ingrid sagen, wie furchtbar leid es mir tut.

Ich schaue auf meine Uhr.

Es ist 3:21 Uhr.

»Lass uns gehen«, sage ich zu Lassie.

Er schüttelt den Kopf. Er ist erschöpft.

Ich beuge mich runter und hebe ihn hoch.

Unter meinen Füßen vibriert es heftig, ich drehe mich um und schaue über meine Schulter. Ich erwarte eine Reihe von Sattelschleppern, die auf die Brücke donnern, aber es ist kein einziger Wagen in Sicht.

Ein weiteres Beben, eines, das stark genug ist, um mich gegen das Geländer zu schleudern.

»Was zum Teufel?«, stoße ich hervor, halte Lassie mit einer Hand fest, während die andere das Geländer umklammert.

Miau.

»Ich bin mir nicht sicher.«

Die Brücke schwankt, und ich falle auf die Knie. Der Blumentopf vor mir stürzt zwölf Meter tief ins Wasser. Ich trete zurück in die Mitte der Fahrbahn. Die Brücke bebt und lässt die vielen Fahnen flattern.

»Heilige Scheiße, das ist ein Erdbeben!«

Bei den Recherchen für die Reise bin ich über eine Statistik gestolpert, die besagt, dass sich über fünfzig Prozent aller Erdbeben der Vereinigten Staaten in Alaska ereignen. Da Alaska jedoch so dünn besiedelt ist, gibt es in der Regel kaum Schäden oder Verletzte.

Zu meiner Linken schwankt das Radisson Hotel. Wenn es einstürzt, sind die Schäden beträchtlich. Viele Verletzte. Zahlreiche Todesopfer.

Die Brücke bäumt sich auf und zwingt mich zurück auf die Knie. Ich halte Lassie am Halsband fest und stütze mich mit einer Hand ab. Durch das Geländer sehe ich, wie eine Reihe von Bäumen am Flussufer entwurzelt werden und ins Wasser krachen.

Ich versuche aufzustehen, aber es ist, als würde ich versuchen, auf einem bockenden Bronco zu balancieren. Es gibt eine gewaltige Explosion, als etwa fünfzehn Meter hinter mir ein großer Teil der Brücke in den Fluss stürzt. Ich starre auf die zehn Meter lange klaffende Lücke in der Straße.

Ich stemme mich hoch.

Wir müssen von der Brücke runter.

Direkt vor mir stürzt eine Fahnenstange um. Ich rolle auf die Seite, und Lassie segelt durch die Luft. Er springt zu mir zurück, hüpft mir auf den Rücken, und seine Krallen bohren sich in mein Sweatshirt. Eine weitere Stange fällt. Die Brücke zerbröckelt.

Drüben in der Innenstadt explodiert ein Atompilz aus Staub. Das erste Gebäude ist eingestürzt. Ich kann mir nur vorstellen, wie viele Menschen gerade zerquetscht wurden, tot oder sterbend in dem riesigen Trümmerhaufen liegen.

Ich stolpere auf den Staub zu. Ein Teil der Brücke vor mir kollabiert, auf Händen und Knien krieche ich rückwärts. Ich stemme mich erneut hoch und packe das Geländer. Ich befinde mich jetzt auf einer dreißig Meter langen Betoninsel.

Direkt unter mir sind die Wellen des Flusses um das Doppelte angeschwollen.

Das Beben hört auf.

Ich hole tief Luft.

»Lassie!«

Miau.

Er ist zwischen meinen Beinen.

Er zittert.

Ich hebe ihn hoch.

Mit einer Hand auf dem Geländer blicke ich in alle Richtungen. Knapp vierzig Meter hinter mir befindet sich ein zehn Meter breiter Abgrund, wo die Straße in den Fluss gestürzt ist. Dreißig Meter vor mir fehlt ein kürzeres Stück der Brücke. Von den zwanzig Fahnenmasten, die die Brücke gesäumt haben, stehen nur noch zwei aufrecht. Keiner von beiden trägt noch seine Flagge. Hinter der sich lichtenden Staubwolke tauchen die beiden Hotels auf. Sie sind teilweise eingestürzt. Ebenso wie die Bank und zwei andere Gebäude. Nur eines steht noch. Der einzige Überlebende. Ich frage mich, wie viele andere Gebäude zerstört wurden. Wie viele andere Hotels?

Die Zahl der Todesopfer könnte schwindelerregend hoch sein.

Ich muss an Ingrid denken.

Steht unsere Hütte noch?

War sie weit genug vom Epizentrum entfernt, um dem Schlimmsten zu entgehen?

Wenn die Hütte eingestürzt ist, ist Ingrid dann dort begraben? Ist sie gefangen und hilflos und schreit meinen Namen?

Ich schaue auf meine Uhr.

3:23 Uhr.

Das Beben hat über zwei Minuten gedauert.

Ich laufe nach Süden zum Rand meiner Betoninsel. Über den gezackten Straßenrand spähe ich zu dem zehn Zentimeter dicken Eisenträger, der sich hinunter zu dem großen Trümmerstück biegt, das im Fluss liegt. Ich hatte gehofft, wir könnten daran hinabklettern, aber der Fluss ist weiter angeschwollen und rauscht in braunen Wellen vorbei. Ich laufe zum nördlichen Ende. Die Lücke dort ist halb so groß, aber das Problem ist dasselbe.

Miau.

»Ich kann da nicht rüberspringen.«

Miau.

»Nun, ich bin nicht Carl Lewis.«

Ich starre in den Fluss. Keine Ahnung, ob das Erdbeben eine Wehranlage oder einen Damm beschädigt oder einfach nur eine gewaltige Welle entfesselt hat – einen Flusstsunami, falls es so etwas gibt –, aber der Fluss besteht jetzt aus braunen Stromschnellen. Ein tosender Katarakt aus Schlamm. Das Wasser flutet an den Ufern empor, reißt Bäume samt Wurzeln aus und schwemmt sie weg. Die Bäume beginnen gegen den Pfeiler meiner Betoninsel zu donnern. Eine Hütte oder das, was von ihr übrig geblieben ist, wirbelt um die Flussbiegung und brettert kurz darauf gegen den Pfeiler unter unseren Füßen.

Die Insel schaukelt, und ein riesiger Brocken bricht ab.

Unser Gletscher bröckelt.

Ich stelle mich über den Stützpfeiler. Hier werde ich ausharren. Warten, bis Hilfe kommt.

Ich schaue auf die Uhr.

3:28 Uhr.

Wo ist die Feuerwehr? Wo sind die Hubschrauber?

Die Brücke schwankt.

Ich starre nach unten.

Die Trümmer haben keinen Platz mehr unter der Brücke. Bäume stapeln sich über Bäumen, Trümmer von Anlegestegen, ein Boot, ein Auto. Ein gewaltiger Eintopf aus Opfern des Monsterbebens. Die Brücke knirscht. Sie hält nicht mehr lange durch.

Ich laufe auf die andere Seite. Dort sind nicht viele Trümmer im Wasser, alles türmt sich auf der gegenüberliegenden Seite. Und ich spüre, wie dieses Gewicht gegen den Stützpfeiler gepresst wird. Ein Elefant lehnt sich an einen Lattenzaun.

Miau.

»Wir müssen es tun.«

Miau.

»Sonst werden wir sterben, wenn das Ding zusammenbricht.«

Mia…

Die Brücke rumpelt.

Ein Nachbeben.

Ich packe Lassie am Halsband, und ohne nachzudenken, springe ich.

...

Ich werde in einer Waschmaschine voll eiskaltem Wasser herumgewirbelt. Ich versuche, die Nerven zu behalten. *Du bist in den Fluss gesprungen,* sage ich mir. *Ruhig bleiben, du treibst automatisch an die Oberfläche.* Aber ich kann nicht ruhig bleiben. Ich muss atmen. Und zwar sofort.

Ich werfe mich herum. Paddele wild mit meiner rechten Hand in die Richtung, wo der Reptilienanteil meines Gehirns instinktiv die Oberfläche vermutet. Mein Kopf stößt aus dem kalten Wasser hervor, und ich schnappe krampfartig nach Luft.

Meine linke Hand ist um Lassies Halsband geschlungen. Ich zerre ihn aus dem Wasser. Seine orangefarbenen Augen quellen hervor, während er nach Luft schnappt.

Ich nehme vier oder fünf Atemzüge, die Flusslandschaft fliegt in einem grünen Dunst vorbei. Es fühlt sich an, als würde der Fluss mit einhundert Kilometern pro Stunde fließen.

Hinter uns erblicke ich, was von der Brücke übrig geblieben ist.

Nichts.

Keine Ahnung, wie lange mein Körper in sieben Grad kaltem Wasser funktionsfähig bleiben kann, aber ich schätze, es sind nur ein paar Minuten. Spielt keine Rolle, denn wenn ich uns nicht ans Ufer bringe, bevor der Todesschlamm uns überrollt, sind wir ohnehin erledigt.

Ich presse Lassie an meine linke Schulter und versuche, ans Ufer zu schwimmen. Nach zehn langen Sekunden wird mir bewusst, dass wir es niemals schaffen werden. Wir sind dem tosenden Fluss ausgeliefert. Ich habe keine Kontrolle darüber, wohin er uns spült, was im Moment unseren sicheren Tod bedeutet.

Ich tauche unter Wasser und kämpfe mich dann wieder an die Oberfläche.

Es ist fast unmöglich, über Wasser zu bleiben, mit Lassies Körper an meiner Schulter.

Dann sehe ich es.

Am Flussufer, hinter einem flachen Gebäude, liegt eine Flotte von Kanus und Kajaks aller Marken und Größen aufgereiht. Es ist Canoe City oder Kayakville oder eine der beiden anderen Verleihstationen. Das Wasser umspült den Boden der Boote. Keine Ahnung, wie viele Kajaks und Kanus der Fluss bereits mitgerissen hat, aber allen anderen blüht ohne Zweifel dasselbe Schicksal.

Ich beobachte, wie ein grünes Kanu ins braune Wasser rutscht und davongetragen wird.

Während wir vorbeifliegen, drehe ich mich um und versuche, die Boote im Auge zu behalten.

Meine Muskeln verkrampfen sich bereits. Meine Kleidung hängt zentnerschwer an mir.

Die Strömung zieht mich unter Wasser.

Mit letzter Kraft kämpfe ich mich zurück an die Oberfläche.

Lassie schnappt nach Luft.

Das war's.

Das Spiel ist aus ...

Etwas Braunes huscht vorbei.

Es ist bereits zwanzig Meter vor mir, als ich merke, dass es ein Kanu ist.

Ich drehe mich um.

Ein weiteres Kanu zischt vorbei.

Das eiskalte Wasser peitscht mir ins Gesicht.

Zwei Kajaks driften stromabwärts. Beide blau. Sie gleiten zehn Meter zu meiner Linken vorbei.

Ein weiteres Kajak. Rot. Gekentert. Kommt direkt auf uns zu.

Ich strecke meine Hand aus und greife danach, aber meine Finger sind erstarrt, und meine Hand rutscht ab. Ich könnte genauso gut versuchen, mit Boxhandschuhen einen Zahnstocher aufzuheben.

Das rote Kajak schießt vor mir um eine Kurve und außer Sichtweite.

Scheiße!

Ich werfe mich herum und reiße die Augen weit auf.

Das Hauptfeld. Der Rest der Flotte ist etwa hundert Meter entfernt und nähert sich schnell. Der gesamte Uferabschnitt muss eingestürzt sein.

Ich greife nach einem blauen Kajak. Ich werfe meinen Arm darüber. Das Kajak dreht sich und wirft mich ab. Ich wälze mich im Wildwasser.

Ich strampele zurück an die Oberfläche.

Acht weitere treiben vorbei, keines näher als drei Meter.

Dann sind sie verschwunden. Alle sind fort.

Nein.

Nein.

Nein.

Mein rechtes Bein bekommt einen Krampf. Ich kann uns kaum noch über Wasser halten.

Miau.

Ich schaue über meine Schulter.

Ein einsames Kanu.

Ein grünes Kanu.

Fährt genau auf uns zu.

Auf den Fluss gesetzt, nur für uns.

Unsere Rettung.

Ich beiße die Zähne zusammen.

Fünfzig Meter.

Vierzig.

Dreißig.

Zwanzig.

Zehn.

Fünf.

Zwei.

Ich strampele mit aller Kraft, drehe mich auf die Seite. Ich schaffe es, erst den rechten Arm, dann den linken über den Rand zu werfen. Ich lasse Lassie hineinfallen. Das Kanu schaukelt unter meinem Gewicht. Ich versuche, mich hochzuziehen. Es geht nicht. Mein Körper ist wie eingefroren.

Mein linker Arm rutscht ab.

Wenn ich jetzt mit dem rechten Arm loslasse, bin ich verloren.

Ich denke an Ingrid.

Ich denke an das Baby, das in ihrem Bauch wächst.

Ich werfe meinen linken Arm wieder hinüber. Das Kanu schaukelt unter meinem vollen Gewicht, ich schaukele mit ihm. Dann nutze ich den Schwung in die entgegengesetzte Richtung, beiße die Zähne zusammen und ziehe mich mit einem Grunzen nach oben. Ich hänge mit dem Bauch auf dem Rand. Lehne mich nach vorne, lasse mich ins Boot fallen.

Ich krabbele zu Lassie und greife nach seinem Halsband.

Mehrere Minuten bleibe ich keuchend liegen.

Dann halte ich meine Uhr vors Gesicht.

Die Ziffern verschwimmen vor meinen Augen.

Ich schiele.

3:37 Uhr.

Seit dem Beben sind sechzehn Minuten vergangen.

Es erfordert meine letzte Kraft, auf die Knie zu kommen. Wenn ich liegen bleibe, sterbe ich an Unterkühlung. Ich muss in Bewegung bleiben. Ich muss uns in den nächsten dreiundzwanzig Minuten ans Ufer bringen. Muss uns vom Fluss wegbringen.

Halb aufgerichtet klappe ich zusammen.

Ich kann nicht mehr.

:05

Ich erwache japsend. Wieder bin ich unter Wasser. Ertrinkend. Nach Luft ringend. Es dauert eine lange Minute, meinen Atem zu beruhigen, dann eine weitere lange Minute, bis die Realität zuschlägt. Das Erdbeben. Die Brücke. Der Fluss. Das Kanu.

Jeder Muskel, jede Sehne, jede Faser meines Körpers schmerzt.

Was ich nicht begreife, ist, warum ich noch am Leben bin. Wieso ich nicht an Unterkühlung gestorben bin. Ich nehme an, die einzige Erklärung ist die intensive Hitzewelle. Reichte das aus, um mich wieder aufzutauen, nachdem ich fast sechs Minuten in eiskaltem Wasser verbracht hatte?

Ich drehe mich auf die Seite und stemme mich hoch in eine Sitzposition. Der Himmel zeigt das Purpur-Gelb eines verschwindenden Blutergusses.

Das Kanu treibt lautlos auf dem Wasserspiegel. Der Fluss ist breit, doppelt so breit wie in meiner Erinnerung. Das Wasser wird begrenzt von Sandbänken, von dichtem Gras und sanften bewaldeten Hügeln.

Ich betrachte das Kanu genauer.

Es ist sechs Meter lang, einen Meter hoch und etwa einen Meter breit. Es gibt zwei Sitzplätze, obwohl man auch zu dritt Platz hätte, wenn man es darauf ankommen ließe.

»Lassie?«

Ich richte mich auf und setze mich auf eine der beiden Holztrennwände, die als Fußstützen dienen.

»Lassie?«

Ich krabbele im Boot umher.

Er ist verschwunden.

Mein Magen zieht sich zusammen, dann beginnt er zu krampfen. Es kostet mich ziemliche Mühe, das Essen, das ich noch in mir habe, bei mir zu behalten.

Was habe ich erwartet? Dass Lassie auf meiner Brust sitzt, wenn ich aufwache? Er wog etwas über zwei Kilo. In meiner Vorstellung ist er ohne jeden Zweifel erfroren. Wir sind in ein paar Stromschnellen geraten, und er wurde aus dem Boot geschleudert.

Ich versuche mir einzureden, dass er nur eine Katze war.

Ich atme lange und tief ein.

Meine Augen werden feucht.

»Verdammt!«

Vielleicht hat er es geschafft. Vielleicht kam das Kanu nahe genug ans Ufer, und er sprang heraus.

Ich würde das gerne glauben, aber wenn Lassies Körper in der gleichen Verfassung wie meiner war, dann hätte er sich nicht bewegen können. Andererseits war es dreiundzwanzig Stunden her. Die heiße Sonne hätte ihn wieder aufwärmen können, dann hätte er den Sprung möglicherweise geschafft.

Aber ich weiß, dass es unmöglich ist.

Sosehr Lassies Tod mich schmerzt, der Gedanke an Ingrid, die irgendwo in den Trümmern der Hütte mit unserem ungeborenen Kind in ihrem Bauch begraben ist, quält mich noch weit mehr.

Ich muss zu ihnen zurückkehren.

Ich muss sie finden.

Sie retten.

Ich rechne schnell nach. Wenn es vier Stunden braucht, um auf dem Chena zwanzig Kilometer zu treiben, ist man also normalerweise mit etwa fünf Stundenkilometern unterwegs. Nach dem Beben floss der Fluss doppelt so schnell, vielleicht sogar dreimal so schnell, aber irgendwann flussabwärts würde er sein natürliches Fließtempo wiedergefunden und sich verlangsamt haben. Wie viele Kilometer oder wie viele Stunden das gedauert hat? Hier und jetzt bewegt er sich im Kriechgang, drei Kilometer pro Stunde, vielleicht sogar weniger. Also lege ich einen Durchschnitt von sechs Kilometern pro Stunde zugrunde. Das Kanu hätte sich irgendwo verfangen können, möglicherweise stundenlang, aber ich muss vom Schlimmsten ausgehen, nämlich dass ich dreiundzwanzig Stunden lang getrieben bin. Bei sechs Kilometern pro Stunde wären das fast hundertvierzig Kilometer.

»Hundertvierzig Kilometer«, murmele ich.

Wenn ich jeweils einen ganzen Tag Zeit hätte, könnte ich diese Strecke in einer Woche zurücklegen. Auf dem Laufband schaffe ich zwölf Kilometer pro Stunde, aber in diesem Gelände könnte ich im besten Fall sechs Kilometer pro Stunde zurücklegen. Ich bräuchte dementsprechend einen ganzen Tag, um jede Stunde, die ich auf dem Fluss war, zurückzugewinnen.

Dreiundzwanzig Tage.

Ich schaue auf meine Uhr.

Es ist 3:04 Uhr.

Die Sonne wird in den nächsten Minuten aufgehen, und ich merke, dass ich friere.

Hoffentlich wird es wieder richtig heiß.

...

Der Fluss reicht mir bis zur Hüfte. Ich beiße mir auf die Lippen und wate durch das eiskalte Wasser, wobei ich das Kanu mit der rechten Hand hinter mir herziehe. Das Wasser wird flacher, geht erst bis zu meinen Oberschenkeln, dann bis zu meinen Knien. Ich stapfe durch den Sand, ziehe mein halbnasses Sweatshirt und meine durchnässte Jogginghose, Schuhe und Socken aus. Ich zittere, beinahe krampfartig, und zwinge mich zu zweihundert Jumping Jacks. Als ich fertig bin, lugt die Sonne hinter den Hügeln hervor.

Ich atme durch und fange an zu denken.

Wie stehen meine Chancen auf Rettung?

Ich bin sicher, dass der Himmel am vergangenen Tag voller Flugzeuge und Hubschrauber gewesen sein muss – vom Roten Kreuz über die FEMA bis hin zur Nationalgarde –, die medizinische Ausrüstung, Vorräte, Soldaten, Lebensmittel und Wasser zum Katastrophenort brachten. Lokale und nationale Nachrichtenhubschrauber müssten immer noch rund um die Uhr über den Trümmern kreisen. Die Wahrscheinlichkeit, dass jemand über mich hinwegfliegt – vom sich erhellenden Himmel und vom Fluss her zu schließen, bin ich hundertvierzig Kilometer westlich von Fairbanks –, schätze ich gering bis nicht vorhanden ein.

Was die Rettung zu Wasser betrifft, so gebe ich mir eine geringfügig bessere Chance. Der Sommer ist die Hauptsaison auf dem Wasser, und jeden Moment könnte ein Boot, Kajak oder Kanu vorübertreiben. Allerdings sind die meisten Touristen oder Sportler in Fairbanks, und sie sind jetzt entweder tot, trauern, helfen bei den Rettungsarbeiten oder haben das erste Flugzeug zurück nach Tampa genommen. Außerdem muss ich in Betracht ziehen, dass der Fluss unpassierbar sein könnte. Vermutlich liegen überall Berge von Trümmern, die die Navigation erschweren oder gar unmöglich machen.

Die einzige Person, die möglicherweise nach mir sucht,

ist Ingrid. Und selbst wenn Ingrid überlebt hat, wird sie alle Hoffnung verlieren, wenn sie mich nicht in absehbarer Zeit findet. Ich stelle mir vor, wie sie den Rettungskräften verzweifelt zu erklären versucht, dass ich überall eingeschlafen sein könnte.

»Was ist Henry Bins?«, würden sie ungläubig fragen. »Nie davon gehört«, würden sie sagen. Und Ingrid würde den mysteriösen Zustand ihres Freundes erklären müssen, der nur eine Stunde am Tag wach war und mit dem sie fünftausend Kilometer gereist war, damit er einmal in seinem Leben die Sonne sehen könnte.

So ist die Lage.

Es sind fast vierundzwanzig Stunden vergangen, seit die ersten Gebäude eingestürzt sind. Morgen werden es achtundvierzig sein. Ab morgen würde ich nicht mehr vermisst werden. Ich würde als tot gelten.

Ich würde mich selbst retten müssen.

...

Das Knurren meines Magens unterbricht meine Gedanken. Das Letzte, was ich zu mir genommen habe, waren das Sandwich und der Smoothie achtundvierzig Stunden zuvor.

Mein Körper ist an lange Phasen ohne Essen und Trinken gewöhnt, aber plötzlich wird mir bewusst, wie durstig und hungrig ich bin. Ich kann noch eine Woche ohne Nahrung auskommen, aber ich brauche Wasser.

Ich blicke auf den Fluss hinab. Das seichte Wasser hat die Farbe der Steine und des Schlicks direkt darunter angenommen. Mit geschlossenen Händen schöpfe ich etwas davon.

Es riecht leicht moschusartig. Es ist so klar wie das Wasser aus meinem Wasserhahn in Virginia, was jedoch nicht bedeutet, dass es nicht von tödlichen Mikroben, Bakterien oder Darmparasiten wimmelt.

Ich öffne meine Hände und lasse es zurück in den Fluss rinnen.

Ich schaue auf meine Uhr.

3:13 Uhr.

Meine Augen wandern zu dem Kanu, das oben auf der Sandbank liegt. Was, wenn ich weiter flussabwärts fahre? Wenn ich das Kanu zurück in den Fluss schiebe und so lange treibe, bis ich auf eine kleine Siedlung am Fluss stoße? In jedem anderen Staat wäre dies eine gute Möglichkeit, aber in Alaska, wo menschliche Siedlungen Tausende von Kilometern auseinanderliegen, ist das ein reines Glücksspiel.

Drei große Felsen ragen am Rand des Buschlandes auf, und nachdem ich meine Klamotten ausgewrungen habe, drapiere ich sie über zwei davon. Auf den dritten Felsen stelle ich mich, nur mit meiner Boxershorts bekleidet – die zum Glück aus Nylon und fast trocken ist –, um Ausschau zu halten. Weit und breit nichts als grüne Hügel und gelbe Täler.

»Ich bin mitten im verdammten Nirgendwo«, sage ich und lache über die Absurdität des Ganzen.

Ohne meine Schuhe werde ich nicht weit kommen, also bleibe ich auf der Sandbank. Ich finde einen Stock und versuche, ihn auf einem der Steine anzuspitzen.

Ich habe in meinem Leben sechzehn Filme gesehen, und einer davon war *Cast Away – Verschollen.*

Es war der Film in meinem Leben, der einem Horrorfilm am nächsten kam.

Tatsächlich konnte ich ihn nicht bis zu Ende ansehen. Als er seinen stummen Freund verlor, einen Volleyball namens Wilson, schaltete ich den Film aus. Aber nicht bevor ich ein oder zwei Dinge gelernt hatte.

»Du schaffst das«, versichere ich mir. »Du bist in guter Verfassung. Du kannst lange Zeit ohne Essen und Wasser auskommen. Du bist dafür geschaffen.«

Die nächsten zwanzig Minuten bewege ich mich auf der Sandbank auf und ab und benutze meinen Stock, um HILFE! in elefantengroßen Buchstaben in den Sand zu kratzen.

Um 3:50 Uhr überprüfe ich meine Kleidung. Mein Sweatshirt ist fast trocken, und ich schlüpfe hinein. Alles andere ist noch durchnässt, aber die Felsen haben begonnen, die Sonnenwärme zu absorbieren, und wenn ich morgen aufwache, wird alles trocken sein.

Mein Herz rast.

Die Dehydrierung setzt ein.

Mein Körper kann keinen Tag mehr ohne Wasser auskommen. Wenn ich das Flusswasser trinke, könnte mir schlecht werden. Aber wenn ich das Wasser nicht trinke, werde ich sterben. Ich tauche meine Hände in den Fluss und trinke ausgiebig. Es schmeckt wie Wasser, das man aus einem Becher trinkt, der am Vortag für Milch verwendet wurde. Ich trinke zehn Handvoll, spritze mir ein bisschen davon ins Gesicht und ziehe mich dann wieder auf den Sand zurück.

Um 3:54 Uhr schleife ich das Kanu zum dritten Felsen hinauf.

Ich darf nicht lange in der prallen Sonne verbringen, also plane ich, das Kanu umzudrehen und mit einer Seite nach oben auf den Felsen zu legen. Ein provisorischer Sonnenschutz.

Ich kippe das Kanu auf die Seite und hebe das vordere Ende an.

Etwas fällt heraus.

Es gibt einen Hohlraum in der Bugspitze. Vermutlich ist es dort warm. Deshalb hat er sich dort verkrochen.

Ich lasse das Kanu fallen und sinke auf die Knie.

»Lassie!«

Seine Augen flattern und öffnen sich halb.

Ich trage ihn hinunter zum Flussufer, und mit der Hand träufele ich vorsichtig etwas Wasser in seinen Mund. Seine kleine Zunge leckt jeden Tropfen auf.

Eine Minute später rutsche ich unter das Kanu und drücke Lassie an meine Brust.

Er schläft noch vor mir wieder ein.

:06

Ich wache auf, weil mein Magen knurrt. Zumindest hoffe ich, dass es mein Magen ist. Wenn in der Wildnis Alaskas etwas knurrt, möchtest du unbedingt, dass es nur der Magen ist.

Aber es ist nicht mein Hunger, der mich am meisten beunruhigt.

Es sind meine Beine.

Ich rolle mich unter dem Kanu hervor und blicke hinab.

»Ach du Scheiße!«

Sie sind von tausend Mückenstichen übersät. Es gibt keinen Zentimeter Fleisch, der nicht von einer wütenden roten Schwellung bedeckt ist.

Ich kratze mich mit den Fingernägeln und bändige kurzzeitig den wahnsinnigen Juckreiz.

Wie konnte ich nur so dumm sein?

Egal, wie nass meine Kleidung war, ich hätte jeden Zentimeter Haut bedecken sollen.

Miau.

Ich drehe mich um.

Lassie kauert noch unter dem Kanu.

»Nein, ich bin nicht an Lepra erkrankt«, sage ich und kratze erneut meine Beine. »Ich wurde von tausend Moskitos gestochen.«

Miau.

»Mein *Gesicht?* Was stimmt nicht mit meinem Gesicht?«

Ich betaste mein Gesicht mit den Händen. Ich fühle etwas Trockenes, Schuppiges auf meiner Stirn und ziehe daran. Ich blicke auf meine Hand. Es sieht aus wie ein gezacktes Stück Wachspapier.

Haut.

Ich schäle ein weiteres Stück von meiner Nase, das doppelt so groß ist.

Miau.

»Nein, ich werde es nicht essen.«

Miau.

»Nein, du wirst es auch nicht essen.«

Kannibalismus ist keine Option.

Noch nicht.

Miau.

»Ich auch, Kumpel.« Was ich im Moment nicht alles für einen Smoothie tun würde! Sogar für einen grünen.

Miau.

»Nein, ich habe kein Gourmet-Katzenfutter dabei. Warum fängst du uns nicht was zum Frühstück?«

Miau.

»Dein Bein? Was hast du mit deinem Bein gemacht?«

Zum ersten Mal bemerke ich, wie Lassie dahockt. Auf den Hinterläufen, das vordere rechte Bein nach innen gekrümmt.

Ich beuge mich nach unten und berühre es vorsichtig.

Er wimmert.

»Was ist passiert?«

Miau.

»Ich bin schuld? Wie habe *ich* das gemacht?«

Miau.

»Ich habe dich nicht ins Kanu gestopft, als wäre ich LeBron James.«

Miau.

»Nun, ich habe es zumindest nicht mit Absicht getan. Kannst du es bewegen?«

Er wackelt mit der Pfote und winselt. Wenn der Vorderlauf nicht gebrochen ist, so ist er zumindest stark verstaucht. So oder so wird Lassie uns in absehbarer Zeit kein Abendessen liefern können.

Nachdem ich mir dreißig Sekunden lang mit den Fingernägeln die Beine geharkt habe, hole ich meine Jogginghose von dort, wo sie über einem der schwarzen Felsen drapiert liegt. Sie ist trocken. Ich streife sie über in der Hoffnung, dass sie den Juckreiz lindert. Tut sie aber nicht. Ich ziehe meine Socken und Schuhe an und humpele dann zurück zum Kanu.

Ich hebe Lassie hoch.

»Wir haben zwei Möglichkeiten«, erkläre ich. »Wir können nach Fairbanks zurückwandern, aber ich schätze, wir sind über hundertvierzig Kilometer entfernt. Ich kann sechs Kilometer am Tag zurücklegen, acht, wenn wir die Sandbänke nutzen können. Wir haben also fast einen Monat vor uns. Oder wir steigen in Mr Kanu dort drüben und versuchen unser Glück auf dem Fluss. Ich denke, wir können auf die Art jeden Tag ungefähr die gleiche Strecke zurücklegen. Es wird leichter, aber wir werden noch tiefer in die Wildnis gelangen, und wir werden vielleicht innerhalb von tausend Kilometern auf keine Siedlung stoßen.«

Miau.

»Es ist Sommer. Es gibt keine Iglu-Leute.«

Miau.

»Keine Ahnung, vielleicht in Hütten oder so. Jedenfalls müssen wir uns bald in Bewegung setzen«, sage ich. »Was meinst du? Land oder Wasser?«

An Land weiß ich, was mich erwartet. Wenn wir den Fluss entlang stromaufwärts wandern – nach Osten, dem Sonnenaufgang entgegen –, wird er uns schließlich zurück nach Fairbanks führen. Außerdem besteht zumindest die Möglichkeit, dass wir unterwegs auf ein paar »Hüttenmenschen« oder auf eine Ansiedlung stoßen. Bei dem Weg flussabwärts – nach Westen und im Kanu – gibt es keinerlei Garantien. Es könnten uns Stromschnellen erwarten. Der Fluss könnte versperrt sein. Wir wären dem Wasser hilflos ausgeliefert.

Miau.

»Tut mir leid, ich bin für Land.«

Miau.

»Kannst du laufen? Oder kannst du das Kanu steuern?«

Miau.

»Nun, dann *zählt* deine Stimme nicht.«

Die nächsten fünf Minuten verbringe ich damit, eine Nachricht in den Sand neben das Kanu zu kratzen.

Gestrandet. Unterwegs flussaufwärts Richtung Fairbanks. 23. Juni. Henry Bins.

Miau.

»Meinetwegen.«

... und Lassie, der Kater.

Ich mache eine kurze Bestandsaufnahme. Ein Sweatshirt. Eine Jogginghose. Ein T-Shirt. Ein Paar Boxershorts. Zwei Socken. Zwei Schuhe. Ein Stock. Eine Uhr. Eine Katze.

»In Ordnung«, sage ich, beuge mich hinunter und nehme Lassie auf den Arm. »Los geht's.«

...

Das Wasser ist niedrig und die Sandbank durch die hohen Temperaturen der letzten Zeit ausgetrocknet, was ein gemächliches Joggen entlang des Flussufers ermöglicht. Wenn der grobe Sand und die feinen Kieselsteine die ganze hundertvierzig Kilometer lange Strecke flussaufwärts säumen würden, könnten wir die Reise in zwei Wochen schaffen. Was aber leider nicht der Fall ist. Alle paar Hundert Meter überschwemmt der Fluss den Sand, und ich bin gezwungen, durch hüfthohes Gras und einen Parcours aus Birken, Tannen und Kiefern zu stapfen. Jeder Schritt erfordert große Umsicht. Es geht nur langsam voran, und alles wird noch durch die schwärmenden Insekten erschwert, die meine Hände, den Hals und das Gesicht attackieren.

Lassie hat sich in meine linke Armbeuge vergraben. Ich klatsche mir mit der rechten Hand auf den Hals und inspiziere meine Handfläche im sanften Tageslicht.

Das Insekt hat die Größe eines Kolibris.

Miau.

»Nein, es ist keine Fledermaus«, sage ich lachend und füge dann hinzu: »Sei einfach froh, dass du mit diesem räudigen Fell bedeckt bist.«

Miau.

»Ich weiß, war nur ein Scherz. Aber denk mal an den armen Murdock.«

Miau.

»Wahrscheinlich liegt er auf der Couch herum und erholt sich.«

Miau.

»*Katzen können keine Grippe bekommen?* Kannst du irgendwelche Untersuchungen vorweisen, die das bestätigen?«

Nein, kann er nicht.

Nach einer langen Minute sage ich zu Lassie: »Ich muss dir etwas gestehen.«

Miau.

»Ich habe gelogen. Murdock hat keine Grippe.«

Miau.

»Er wurde kastriert.«

Miau.

»Das bedeutet, dass ihm die Eier abgeschnitten wurden.«

Lassie schlägt mir mit seiner guten Pfote ins Gesicht.

Ich drücke ihn so lange, bis er sich beruhigt hat.

»Es war nicht meine Entscheidung.«

Miau.

»Weil er den Pudel des Nachbarn fast zu Tode gebumst hat.«

Miau.

»Ja, Mitzy.«

Miau.

»Nein, er wird genau derselbe sein, nur ein paar Kilo leichter.«

Miau.

»Keine Ahnung, was sie damit anstellen. Ich bezweifle jedenfalls, dass sie in der Gefriertruhe meines Vaters liegen.« Ich atme tief durch und füge hinzu: »Ich wollte es dir einfach nur mitteilen.«

Nur für den Fall, dass wir es nicht schaffen sollten. Für den Fall, dass dies unser letzter gemeinsamer Tag sein sollte.

Das bringt mich dazu, darüber nachzudenken, was ich Ingrid jetzt sagen würde, wenn ich wüsste, dass die Sache hier dem Ende entgegengeht.

Ich schaue auf meine Uhr.

3:32 Uhr.

Was würde ich ihr sagen, wenn ich nur noch achtundzwanzig Minuten mit ihr hätte?

Ich würde ihr erklären, dass ich sie liebe. Dass ich nie gedacht hätte, dass ich jemanden so sehr lieben könnte wie sie. Und wie wütend es mich macht, dass ich nur sechzig Minuten am Tag habe, aber auch zutiefst glücklich, dass ich einige dieser kostbaren Minuten mit ihr verbringen kann.

Ich würde ihr sagen, wie leid es mir tut. Dass ich, auch wenn ich eigentlich kein Kind wollte, sie hätte unterstützen sollen. Und dass ich, egal wie schwer es mir fallen würde, meine kostbaren Minuten einem Baby zu schenken, es trotzdem tun würde. Ich würde versuchen, nicht egoistisch zu sein. Würde versuchen, das Baby nicht als eine kleine Uhr zu betrachten, die meine Minuten frisst. Ich würde versuchen, nicht daran zu denken, was wäre, wenn das Kind älter würde und um 3:00 Uhr morgens aufstehen müsste, um etwas Zeit mit seinem alten Herrn zu verbringen. Ich würde versuchen, nicht an all die Ereignisse, kleinen Erfolge und Misserfolge in seinem oder ihrem Leben zu denken, die ich verpassen würde. Und dass ich ständig versuchen würde, den Rückstand aufzuholen. Wie ein Fahrrad, das versucht, ein Flugzeug einzuholen. Und das alles nur, weil sie vergessen hatte, ihre Pille zu nehmen.

Ich schüttele den Kopf.

Wie bin ich bei solchen Grübeleien gelandet? Wie konnte ich nur so egoistisch sein? Was stimmt nicht mit meinem Gehirn?

Meine Gedanken werden durch einen erfreulichen Anblick unterbrochen. Die Sandbank ist wieder da.

Ich jogge los, und wir legen weitere anderthalb Kilometer zurück.

Um 3:55 Uhr halten wir an. Nach meiner Schätzung haben wir fast acht Kilometer bewältigt.

Ich setze Lassie neben den Fluss, und wir trinken uns beide satt.

Lassie versucht, die Vorderpfote aufzusetzen, und zieht sie dann unter Schmerzen zurück.

»Tu es nicht«, bitte ich ihn. »Es macht mir nichts aus, dich zu tragen.« Nach drei Tagen ohne Nahrung kann er nicht mehr als anderthalb Kilo wiegen.

Miau.

Ich nicke. *Ich bin auch hungrig, Kumpel.*

Ich suche nach einem weiteren Stock – den ersten musste ich wegwerfen, um mit der freien Hand die Mücken zu bekämpfen – und finde am Flussufer ein perfektes Exemplar. Es hat bereits den Ansatz einer Spitze, und ich verbringe drei Minuten damit, sie weiter zu formen. Zumindest so weit, um einen Fisch damit aufspießen zu können.

Dann ziehe ich meine Schuhe und Socken aus, krempele meine Hosenbeine hoch und wate in ein Becken mit flachem Wasser. Der kalte Fluss beruhigt die brennenden Mückenstiche. Ein bunter Fisch schießt durch das klare Becken, und ich stoße mit meinem Stock zu.

Nicht einmal annähernd getroffen.

:07

Ich war am Verhungern, als ich einschlief. Es existiert kein Wort, um zu beschreiben, wie hungrig ich bin, als ich wieder erwache.

Lassie liegt eingerollt neben mir, auf einem dicken Bett aus Kiefernnadeln. Ich streichle seinen Rücken, dabei reibt meine Hand über seinen mageren Brustkorb. Vor wenigen Tagen wog ich noch zweiundsiebzig Kilo, und mein Körper ist längere Zeiträume ohne Nahrung gewohnt. Ich bin ein genetisches Kamel. Lassie hingegen ist ein genetischer Bandwurm, und ohne Nahrung verkümmert sein Körper.

Ich stemme mich hoch, wische die herabgefallenen Kiefernnadeln von meinem Schoß und strecke meine Arme. Meine Beine, Hände und mein Hals jucken wie wild. Ich beiße mir auf die Zunge, atme tief ein und bekämpfe den Drang, meinen Körper mit den Fingernägeln zu zerkratzen.

Ich halte drei Atemzüge lang durch.

Nach einer langen Minute – auf meinen Händen sind jetzt blutrote Striemen von meinen Fingernägeln – reiße ich mich wieder zusammen.

Auf meiner Schulter liegen ein paar Kiefernnadeln, die ich aufpicke und in meinen Mund schiebe. Ich kaue die Nadeln gründlich, würge, während sie meine Kehle passieren, und schlucke sie irgendwie hinunter.

Lassie starrt mich an, und ich frage: »Willst du ein paar probieren?«

Miau.

»Nein, sie schmecken nicht wie ein in Honig gebackener Schinken.«

Miau.

»Nein, ich habe keinen Honigschinken.«

Miau.

»Nein, ich glaube nicht, dass es hier irgendwo in der Nähe einen in Honig gebackenen Schinken gibt.«

Ich hebe ihn hoch, und wir vollziehen unser tägliches Ritual am Flussufer. Ich bemerke, dass mein Herz schneller schlägt als sonst und dass der Autofokus meiner Augen ausgeschaltet ist.

Wie lange ist es jetzt her, seit ich etwas gegessen habe?

Das Letzte, was ich zu mir genommen habe, war das Sandwich, der Smoothie und der Karamell-Mais vier Tage zuvor. Oder waren es fünf? Oder waren es drei? Oder sechs? Mein normalerweise Bruce-Lee-artiges Gehirn ist zu einem ausgeleierten Sumoringer geworden.

Ich lecke mir die Lippen und blinzle zum Himmel empor.

»Vier Tage«, sage ich und nicke. »Es sind schon vier Tage.«

Ich schnappe mir Lassie, und wir wandern weiter den Fluss hinauf.

...

Die Fische sind dreißig Zentimeter lang. Einer ist silbern. Der andere rot. Sie schwimmen in einem engen Kreis in einem flachen Wasserbecken. Ich stehe auf einem niedrigen Felsen, halte den Stock – jetzt richtig angespitzt – über meiner rechten Schulter. Lassie wartet am Ufer, zehn Meter vom Fluss entfernt. Er liegt zusammengerollt neben meinen Schuhen, Socken und meiner Jogginghose, die ich für den kurzen Marsch zum Felsen und zur seichten Wasserstelle ausgezogen habe. Selbst aus dieser Entfernung sehe ich seine orangefarbenen Augen, die mich anflehen, einen Fisch zu fangen.

Ich beobachte, wie die beiden Fische durch das flache Becken flitzen. Ich versuche, in ihren Bewegungen ein Muster zu erkennen. Muster sind mein Brot und meine Butter, sie sind mein Lebensunterhalt. Zehn Jahre lang hat der So-und-so-Fonds dies und jenes getan. Wie würde sich dieses Muster zukünftig in einem völlig anderen Markt auf den So-und-so-Fonds auswirken? Alles drehte sich um Prognosen. Aber wenn Silber oder Rot in ihrem Wahnsinn irgendeine Methode verbergen, dann fehlt mir die kognitive Kompetenz, diese zu entschlüsseln.

»Okay, Fische«, flüstere ich. »Einer von euch wird das Abendessen.«

Ich atme noch zweimal ein, hole mit dem Speer noch ein Stück aus und stoße ihn ins Wasser.

Ich ziehe ihn heraus.

»HEILIGE SCHEISSE!«, schreie ich.

Silber zappelt am Ende des Stocks.

»ICH HABE IHN!«

Das Letzte, was ich will, ist, dass sich der Fisch zurück in den Fluss schlängelt. Ich hebe den Stock langsam an. Er ist durch den Bauch des Fisches gedrungen und ragt auf der anderen Seite drei Zentimeter heraus.

Ich drehe mich um und präsentiere Lassie stolz meinen Fang.

Er erhebt sich auf seinen Hinterpfoten.

Der Fisch ist nicht so groß, wie er unter Wasser aussah, aber er ist immer noch über zwanzig Zentimeter lang und wiegt ein halbes Kilo oder mehr. Das wird eine feine Mahlzeit.

Miau.

»Ich komme, ich komme, beruhige dich.« Ich muss immer noch vom Felsen runter und zehn Meter durch den knietiefen Fluss waten. Ich lasse mich behutsam auf den Felsen herab, bis ich halb auf meinen Nylon-Boxershorts sitze.

Ich lächle Lassie zu. Er ist so aufgeregt, dass er an den Rand des Flusses gehoppelt kommt.

Miau.

»Was ist Einelch? Heißt so diese Art von Fisch?«

Miau.

»Einelch, ich weiß, ich verstehe, du kennst dich mit Fischnamen aus. Gut für dich.« Ich gleite mit den Füßen ins Wasser.

Miau.

»Ein Elch?«

Miau.

Ich drehe mich um.

Zehn Meter hinter mir, zur Hälfte im Fluss untergetaucht, steht ein verdammter Riesen-Elch.

Ein gewaltiger, fünfhundert Kilo schwerer Alaska-Bulle. Sein Geweih sieht aus wie zwei eineinhalb Meter große Muschelhälften mit Stacheln. Er starrt mich an.

Ich springe ins Wasser, stolpere drei, dann zehn Meter weit.

Ich bin auf halbem Weg zum Ufer, als ich mich umdrehe und über die Schulter schaue.

Der gesamte Rumpf des Elchs befindet sich jetzt über Wasser. Er ist fünf Meter hinter mir. Und er kommt näher. Ich werde es auf keinen Fall bis zur Sandbank schaffen. Er wird mich auf sein riesiges Geweih spießen und mich dann wie Pizzateig herumwirbeln.

Ich stolpere.

Ich spüre, wie ich falle, und dann bin ich unter Wasser. Mein linker Ellbogen sinkt in den weichen Schlamm des Flussbodens. Das Wasser ist nur dreißig Zentimeter tief, ich krabbele mit der linken Hand vorwärts, den Stock und den Fisch immer noch fest in der rechten.

Es ist nicht der Elch, sondern der Schatten seines riesigen Geweihs, der sich über mich und die Sandbank legt und andeutet, dass mir nur noch Sekunden bleiben.

Sein Geweih gleitet unter mein rechtes Knie, hebt mich hoch und lässt mich vorwärtstaumeln. Ich stolpere zweimal, dann lande ich flach auf dem Rücken. Ich hebe meinen Kopf. Der Elch hält zwei Meter vor mir inne. Er steht über meinem Stock.

Silber zappelt hin und her. Er wird mit einem einzigen schnellen Biss gefressen.

Der Elch starrt mich an, dann galoppiert er zwischen den Bäumen davon.

...

»Das mit dem Fisch tut mir leid.«

Miau.

»Ja, aber es wäre schön gewesen, etwas zu essen zu haben.«

Miau.

»Was? Wie sehe ich dich an?«

Miau.

»Ich sehe dich nicht an, als wärst du ein Hackbraten.«

Miau.

»Wenn überhaupt, dann muss ich mir Sorgen machen, dass du mich frisst. Ich bin derjenige, der dreiundzwanzig Stunden schläft. Ich werde mit zwei Zehen weniger aufwachen.«

Er schweigt.

»Denk nicht einmal daran.«

Miau.

»Großes Indianerehrenwort, dass wir uns nicht auffressen?«

Er hebt seine Pfote zum Schwur.

»Und du hast gar nicht versucht, auf dem Elch zu reiten?«

Miau.

»Richtig. Nächstes Mal.«

Eine Minute später bin ich eingeschlafen.

Keine Ahnung, ob ich je wieder aufwachen werde.

:08

Ich ziehe mir das T-Shirt vom Gesicht und blinzle. Meine Augen fokussieren nicht. Sie zoomen heran und gleich wieder weg. Ich schüttele den Kopf und starre auf meine Hand. Im sanften Dämmerlicht kann ich eine Sekunde lang jede haarfeine Linie auf meiner Handfläche erkennen und in der nächsten Sekunde nur noch einen verschwommenen rosafarbenen Fleck.

Ich stemme mich hoch. Lassie und ich haben auf dem Sand geschlafen. Ich habe mir das T-Shirt über das Gesicht gezogen, damit ich keinen Sonnenbrand kriege. Ich greife danach und wische mir damit den Sand vom Hinterkopf.

Ich strecke meine Hand nach unten und betaste mein Bein. Ich habe eine oberflächliche Platzwunde und einen fetten Bluterguss. Es hätte viel schlimmer sein können. Der Elch ist freundlich zu mir gewesen. Er wollte lediglich meinen Fisch.

Ich tappe runter zum Fluss und pinkle ausgiebig.

»Logbuch des Captains«, sage ich. »Heute ist der 25. Juni. Tag vier im Outback von Alaska. Tag fünf ohne Essen. Wir sind fünfzehn Kilometer gewandert. Lassie kann immer noch nicht laufen. Ich wurde fast von einem Elch getötet. Moskitos saugen mich jede Nacht aus. Der Juckreiz ist unerträglich. Ich habe einen Adler gesehen ...«

Ich palavere weiter, und als ich endlich auf die Uhr schaue, ist es 3:06 Uhr.

Ich drehe mich um und gehe zurück zu dem Ort, an dem Lassie noch schläft.

Ich bleibe stehen.

Ich kneife die Augen zusammen.

»Was zum Teufel?«

Einen Meter oberhalb der Stelle, wo Lassie und ich geschlafen haben, liegt ein großer Haufen schwarzer Kieselsteine. Ich beuge mich nach unten und inspiziere den makellosen Haufen. Es sind keine Kieselsteine. Es sind Beeren.

Ich schüttele Lassie. Er öffnet seine Augen.

»Wo hast du die her?«

Miau.

»Die da. Wo hast du die her? Und wie hast du das geschafft? Ich dachte, du kannst nicht laufen.«

Miau.

»Nun, ich habe sie nicht gesammelt.«

Hat der Fluss sie angespült? Sind sie von einem Baum gefallen und das Ufer hinuntergerollt?

Nein, dazu bilden sie einen zu perfekten Haufen.

Schätzungsweise hundert Stück.

Es ist mir eigentlich egal, wo sie herkommen. Hauptsache, sie sind essbar.

Miau.

»Probier du mal eine.«

Miau.

»Manchmal wünschte ich, du wärst ein Versuchskaninchen.«

Miau.

»Schwarz ist nicht die Farbe des Todes. Okay ...«, sage ich. »... wir essen gleichzeitig eine.«

Ich gebe ihm eine.

Miau.

»Warum muss ich mehr als eine essen?«

Miau.

»Gut, ich esse zwanzig, damit *wir zusammen sterben können.«*

Ich schnappe mir eine Handvoll, dann atme ich tief ein.

»Eins ... zwei ... drei.«

Ich werfe sie mir in den Mund.

Sie schmecken süß und erdig. Anders als alle Beeren, die ich je gekostet habe. Was allerdings nicht beantwortet, ob sie giftig sind oder nicht.

Lassie und ich starren uns an und warten darauf, dass der andere sich an die Kehle greift und Schaum vorm Mund bekommt.

Eine Minute später halten wir die Beeren für ungefährlich. Es ist erstaunlich, was ein paar Kalorien in einem glukosehungrigen Gehirn bewirken können. Meine Augen beginnen langsam, sich wieder zu fokussieren.

Jetzt, da mein Gehirn wieder auf ein paar Zylindern

läuft, stellt sich die große Frage: Woher kommen diese Beeren?

Ich stehe auf.

Die Sonne hat die Dunkelheit vom Himmel vertrieben, und ich wandere zur Spitze der Sandbank, an den Rand des dichten Buschlandes.

Hier liegt die Antwort.

Buchstäblich.

Im weichen Gras zu einer Kugel zusammengerollt schläft ein kleiner Junge. Er trägt ein gelbes T-Shirt, auf dem die hintere Hälfte des Eisbären und die ersten beiden Ringe des Olympia-Logos erkennbar sind. Soweit ich das beurteilen kann, ist er ein Indianer und kein Eskimo, obwohl mir die Unterschiede nicht wirklich klar sind. Aber da wir uns in Alaska befinden, ziehe ich es vor, ihn als kleinen Eskimojungen zu betrachten.

Ich schleiche auf Zehenspitzen zurück zu der Stelle, wo Lassie auf der Sandbank hockt, und berichte: »Da schläft ein kleiner Junge im Gras. Er trägt ein T-Shirt von der Eskimo-Indianer-Olympiade, also vermute ich, dass er in Fairbanks in den Fluss gespült wurde.«

Miau.

»Sie konkurrieren in einer Reihe von seltsamen Sportarten. Der Wettbewerb hätte eigentlich am Tag nach dem Erdbeben beginnen sollen.«

Miau.

»Ja, ich glaube, das hat er. Ich meine, wer sonst hätte die Beeren für uns dort deponieren sollen?«

Miau.

»Nein, ich werde seine Taschen sicher nicht nach mehr

Beeren durchsuchen.« Erneut bewege ich mich die Sandbank hinauf. »Warte hier, ich will versuchen, ob ich ihn aufwecken kann.«

Ich schaue auf meine Uhr.

Einundvierzig Minuten bleiben mir noch übrig von diesem Tag.

Ich bahne mir einen Weg durch das hohe Gras. Halb erwarte ich, dass der Junge schon verschwunden ist. Doch er ist immer noch da, die Hände zwischen die Knie geklemmt und zu einer kompakten Kugel zusammengerollt. Vorsichtig nähere ich mich. Bei genauerem Hinsehen hat er hellbraune Haut, eingerahmt von fast schwarzem Haar. Er trägt das bereits erwähnte gelbe T-Shirt, weiße Shorts, weiße Socken, die bis zur Mitte der Wade hochgezogen sind, und rote Turnschuhe. Ich schätze sein Alter auf fünf Jahre, obwohl ich keinerlei wissenschaftlich gesicherte Beweise dafür habe.

Während ich noch zwei Schritte näher trete, sage ich: »Hey, Junge!«

Er rührt sich nicht.

Noch ein paar Schritte, dann stehe ich direkt über ihm. Ich beobachte, wie sich seine Brust ein paarmal hebt und senkt, dann gehe ich in die Hocke. Behutsam lege ich meine Hand auf seine rechte Schulter und schaukele ihn ganz sanft.

Seine Lider flattern, und er öffnet die Augen.

Ich erwarte, dass er vor Schreck zurückzuckt, aber das tut er nicht. Er starrt mich einfach aus seinen mandelförmigen, milchschokoladenfarbenen Augen an. Dann blickt er nach unten, wo meine Hand noch auf seiner Schulter ruht.

Ich ziehe sie zurück.

Er richtet sich auf, bis er schließlich im Schneidersitz dahockt.

Dabei starrt er mich weiter an.

»Hallo«, sage ich.

Er erwidert etwas. Es ist kein »Hi«, »Hey« oder »Hallo«. Es ist ein Laut, den ich noch nie zuvor gehört habe.

»Sprichst du Englisch?«

Aus seinem Mund quellen eine ganze Reihe seltsamer Töne.

O Mann!

Pantomimisch deute ich an, wie ich etwas vom Boden pflücke und es in meinen Mund stecke. Dann sage ich: »Danke für die Beeren.«

Er lächelt.

Seine Zähne sind klein, weiß und ebenmäßig.

Ich richte mich auf.

Er erhebt sich ebenfalls.

Sein Kopf reicht mir bestenfalls bis knapp über die Hüfte.

Ich gehe ein paar Schritte, dann drehe ich mich um. Er hat sich nicht bewegt. Ich sage: »Komm, ich will dir etwas zeigen.« Obwohl meine Worte ihm offenbar nichts sagen, versteht er meine Geste, stürzt auf mich zu und folgt mir dann in einigem Abstand.

Zehn Sekunden später berühren meine Füße die Sandbank, und ich trete einen Schritt zur Seite.

»PUSSI!«, schreit er.

Er rennt auf Lassie zu, der vor Angst sein Maul weit aufreißt. Mit seinem verletzten Bein ist er hilflos und kann nicht flüchten. Der Junge fällt auf die Knie und beginnt, ihn zu streicheln.

»Pussi [Kauderwelsch] [Kauderwelsch] [Kauderwelsch] Pussi [Kauderwelsch] [Kauderwelsch] [Kauderwelsch] Pussi.«

Ich lache. Ich glaube, ich kenne jetzt ein Wort auf Eskimo.

Lassie ergibt sich in sein Schicksal, schließt die Augen und genießt die Bauchmassage.

Nach einer längeren Weile entlässt der Junge Lassie wieder aus seinen Fängen.

Lassie deutet mit dem Kopf in Richtung des Jungen.

Ich weiß, ich weiß.

Noch mehr Beeren.

Die kleine Mahlzeit hat mich zurück in die Welt der Lebenden versetzt, aber nur bis zu dem Punkt, an dem mir zutiefst bewusst wurde, wie hungrig ich eigentlich bin. »Wo können wir noch mehr Beeren finden?«, frage ich, wobei ich die Worte durch eine Pantomime des Pflückens, des In-den-Mund-Steckens und des Reibens meines vollen und zufriedenen Bauches ergänze.

Der kleine Junge nickt und zeigt auf die Hügel.

Ich schaue auf meine Uhr.

Es ist 3:31 Uhr.

Neunundzwanzig Minuten.

Ich beuge mich hinunter, hebe Lassie hoch, und zu dritt machen wir uns auf den Weg ins Buschland.

Die Beerensträucher sind nicht weit, ein fünfminütiger Marsch in Richtung der Hügel. Lassie besteht darauf, von dem kleinen Jungen getragen zu werden, und ich folge den beiden. Auf der Hälfte der Strecke entdeckt mich ein schwarzer Insektenschwarm, der mich mit einem Blitzkrieg von Stichen überfällt. Ich ziehe mir die Kapuze über, aber das

Baumwoll-Sweatshirt und die Jogginghose wehren die zentimeterlangen Injektionsnadeln und rasiermesserscharfen Beißwerkzeuge nur unzureichend ab. Der Schwarm scheint nicht im Geringsten an dem Jungen interessiert, und ich frage mich, ob er irgendwo eine Dose Insektentod versteckt hält oder ob sein Volk einen langjährigen Vertrag mit den Moskitos geschlossen hat.

Der Schwarm verflüchtigt sich, und ich zähle meine Stiche, während ich eilig durch das hohe Gras stapfe, um den Rückstand aufzuholen.

Der kleine Junge steht in der Nähe eines Strauches. Er pflückt eine rote Beere und erklärt etwas. Von Bedeutung ist dabei vor allem das Schütteln seines Kopfes. Ich merke mir, dass die »kleine rote Beere mit schwarzem Punkt« schlecht ist. Er zeigt mir noch ein paar Beeren, die Kopfschütteln auslösen, dann ein paar, die Kopfnicken bewirken. Ich falte die untere Hälfte meines Sweatshirts zu einem Beutel, und wir verbringen die nächsten zehn Minuten damit, diesen mit einer Auswahl an Kopfnickern zu füllen.

Als wir zur Sandbank zurückkehren, ist es fast 3:45 Uhr.

Wir drei hocken uns in einem kleinen Kreis zusammen und verschlingen schweigend die Beeren.

Ich beobachte, wie der kleine Junge Lassie eine Beere hinhält und sie im letzten Moment wieder wegzieht. Lassie berührt daraufhin seine Faust mit der Pfote, der kleine Eskimo öffnet sie, und Lassie frisst die Beere von seiner Handfläche.

Ich gehe zum Fluss und schöpfe mit den Händen etwas Wasser. Meine Lippen berühren gerade die Flüssigkeit, als ich einen scharfen Laut höre.

Der kleine Junge rennt auf mich zu. Er schüttelt den Kopf.

Er will nicht, dass ich das Wasser trinke.

»Wir trinken das Wasser schon seit vier Tagen«, sage ich und zeige ihm vier gestreckte Finger.

Er klopft mir mit der Hand auf den Bauch und schüttelt den Kopf. Dann geht er fünf Meter die Sandbank hoch, fällt auf die Knie und beginnt zu graben.

Nach ein paar Minuten hat er ein Loch von etwa einem Meter Tiefe gebuddelt.

Ich beuge mich über ihn und schaue nach unten.

Eine Weile lang passiert gar nichts.

Dann beginnt sich das Loch langsam mit Wasser zu füllen.

Es sickert von unten durch den Sand empor, der wie ein Filter wirkt.

Der kleine Junge taucht seine Hand in das sich füllende Becken und trinkt.

Er winkt mich heran.

Ich nehme einen Schluck.

Es schmeckt besser als zuvor. Der grobe Sand, der eigentlich nur aus winzigen Steinchen besteht, filtriert den Schlick vom Flussgrund. Ich bezweifle, dass diese Methode das Wasser ungefährlicher macht, trotzdem kehre ich nicht einfach dreitausend Jahren Eskimoerfahrung den Rücken.

Um 3:58 Uhr piept meine Uhr.

Der kleine Junge gibt Lassie Wasser aus seiner Hand zu trinken.

Ich atme tief durch.

Wie kann ich dem Jungen vermitteln, dass ich die nächsten dreiundzwanzig Stunden schlafen werde? Wie soll ich ihm erklären, dass er eine bessere Überlebenschance hat, wenn er ohne mich weitergeht, nach Fairbanks zurückkehrt und Hilfe findet? Wie mache ich ihm klar, dass ich nur ein siebzig Kilo schwerer Klotz bin, der an sein Fußgelenk gekettet ist?

Aus irgendeinem Grund bringt mich das zum Nachdenken.

Wo ist Ingrid? Ist sie bei dem Erdbeben umgekommen? Lebt sie noch und trauert um mich? Ist die Nachricht bereits zu meinem Vater vorgedrungen? Was, wenn ich überlebe? Was, wenn ich den Weg zu ihr zurückfinde? Was, wenn sie am Ende einen kleinen Jungen zur Welt bringt? Wie würde ich ihm erklären, dass sein Vater sich für eine Weile hinlegen müsse und er mich dreiundzwanzig Stunden lang nicht mehr sehen würde?

Der kleine Junge hält Lassies verletzte Pfote in der Hand und inspiziert sie genau. Lassie zuckt zusammen, und der Junge streichelt ihm sofort entschuldigend den Kopf.

Ich schnappe mir einen Stock und kehre zu den beiden zurück.

Ich hocke mich neben den Jungen, nach indianischer Art (oder Eskimoart). Ich strecke mein Handgelenk aus und zeige auf meine Uhr. Ich sage: »Ich muss mich jetzt hinlegen.« Ich falte meine Hände und bette meinen Kopf darauf wie auf ein Kissen. »Ich werde jetzt dreiundzwanzig Stunden lang schlafen.«

Seine dünnen Augenbrauen runzeln sich.

Ich zeige ihm meine Uhr. Sie ist sowohl digital als auch analog. Ich deute auf den Stundenzeiger. »Ich werde schlafen, bis er zweimal umläuft«, erkläre ich und ziehe meinen Finger langsam zweimal um das Zifferblatt.

Mir wird klar, dass er nicht versteht.

Ich strecke zwei Finger hoch, dann drei. »So viele Stunden schlafen.« Ich zeige erneut meine Finger.

Er schüttelt den Kopf.

Natürlich versteht er nicht.

Denn es ist absurd.

Die Hälfte aller Menschen, denen ich das erzähle, kapieren es nicht. Wie sollte ein kleines Kind, das kein Wort Englisch spricht, das verstehen?

Ich zeige auf ihn und dann auf den Fluss. »Du gehst weiter. Nicht auf mich warten.«

Er schüttelt den Kopf.

»Geh«, sage ich und schiebe ihn in Richtung des Buschlandes. »Du musst gehen.«

Er starrt mich an, dann huscht er davon und verschwindet wie der Elch zwischen den Bäumen.

:09

Lassie und ich schlemmen zum Frühstück die übrig gebliebenen Beeren.

Nach der Hälfte unserer Mahlzeit starrt mich Lassie an. Er hat etwas auf dem Herzen.

»Was denn?«, frage ich. »Warum siehst du mich so an?«

Miau.

»Was vermisst du?«

Miau.

»Was ist Opik? Ist das irgendeine Katzenminze oder so etwas?«

Miau.

»Der kleine Junge? Warum hast du ihn Opik genannt?«

Miau.

»Er hat es dir gesagt? Was, jetzt sprichst du auch noch Eskimo?«

Miau.

»Ich war nicht gemein zu ihm. Er hat nur eine viel bessere Überlebenschance, wenn er sich alleine durchschlägt. Wir haben ihn aufgehalten.«

Miau.

»Richtig, *ich* habe ihn aufgehalten.«

Miau.

Ich halte ihm eine Beere zum Essen hin und ziehe sie dann blitzschnell weg.

Miau.

»Wieso, ist das nicht dasselbe?«

Er schüttelt den Kopf.

Ich atme tief ein. Wenn ich ganz ehrlich bin, vermisse ich *Opik* auch. Ich habe ihn zwar aufgefordert zu gehen, ich habe ihm befohlen: *Du musst gehen.* Aber im Grunde wollte ich es nicht beziehungsweise rechnete ich nicht damit, dass er tatsächlich gehen würde. Wie egoistisch bin ich? Ich wollte ihn in unserer Nähe behalten, damit er uns half, Beeren zu suchen, den Weg hier raus zu finden, obwohl ich genau wusste, dass er alleine viel bessere Chancen hatte. Er könnte jetzt schon dreißig Kilometer flussaufwärts sein.

Er könnte bereits gerettet sein. Verdammt, er könnte wieder bei den Olympischen Spielen sein und in diesem Moment an einem seltsamen Wettkampf im Anstarren teilnehmen.

Aber das spielt jetzt alles keine Rolle mehr. Er ist weg.

Ich hebe Lassie hoch, der sich so lange in meinen Armen windet, bis er mir den Rücken zugedreht hat.

»Sehr erwachsen.«

Miau.

»Er war nicht der beste Freund, den du je hattest«, sage ich. »Und außerdem ist das verletzend.«

Wir stapfen durch das Gebüsch, zurück zu den Beerensträuchern. Ich pflücke fünf Minuten lang Beeren, dann marschieren wir wieder zu unserem Lager.

Es ist 3:17 Uhr.

Ich grabe ein Loch in den Sand, etwa zwei Meter von der Stelle entfernt, an der Opik gestern seines gegraben hat, und trinke ausgiebig. Dann hebe ich Lassie hoch und gebe ihm Wasser aus meiner Hand. Er schmollt. Ich sage: »Trink! Wir wissen nicht, ob es da vorne wieder eine Sandbank gibt.«

Er trinkt.

Ich suche einen Stock und kritzle eine aktualisierte Nachricht in den Sand: *Gestrandet. Am 26. Juni. Unterwegs nach Osten flussaufwärts. Henry Bins. Und Lassie, der Kater.*

Miau.

»Nein, ich füge Opiks Namen nicht hinzu.«

Miau.

»Weil er weg ist, wahrscheinlich ist er schon dreißig Kilometer von hier entfernt.«

Miau.

Ich drehe mich um.

Opik steht am Rande des Unterholzes.

Er lächelt.

Und er hält zwei Fische in der Hand.

...

Lassie und ich verfolgen, wie Opik den Fisch mit einem kleinen Stock aufschlitzt. Zuerst vermute ich, dass er den Fisch ausnehmen will. Tut er aber nicht, er sorgt einfach nur dafür, dass man die Eingeweide des Fisches auf die Art leichter essen kann. Er puhlt die schleimige Masse heraus und bietet sie mir an.

»Nein, fang du ruhig an«, sage ich mit leichtem Kopfschütteln. »Du hast sie gefangen.«

Ich habe nur einmal in meinem Leben Sushi gegessen, und das war nichts für mich. Es ist eine Frage der Konsistenz. Der Schleim des Fisches, wenn er dir die Kehle runterrutscht.

Nein danke.

Opik bietet Lassie die Eingeweide an, der sie sofort verschlingt.

Als Opik mein Zögern bemerkt, sobald es an die Augen, das Herz, die Nieren und ein paar andere Dinge geht, von denen ich bisher nicht wusste, dass sie Teil der Anatomie eines Fisches sind, reißt er ein großes Stück Filet ab und reicht es mir. Es ist durchscheinend weiß.

Ich nehme einen Bissen und zerre an der dicken Silberhaut.

Nach fünf Tagen des Beinahe-Verhungerns kann ich den Fisch gar nicht schnell genug verspeisen. Ich probiere sogar eines der Organe des zweiten Fisches – ich glaube, eine seiner Nieren –, was weniger eklig ist, als ich erwartet hätte. Doch bei den Augäpfeln ziehe ich dann eine Grenze und sage: »Vielleicht morgen«, woraufhin Lassie sie verschlingt.

Ich klopfe Opik auf die Schulter und sage: »Danke.«

Er lächelt.

»Mein Name ist Henry.« Ich zeige auf mich selbst. »Henry.«

»En-Ray«, sagt er.

»Beinahe.«

»Opik«, sagt er und deutet auf sich selbst.

Ich nicke und wiederhole seinen Namen.

Dann zeige ich auf Lassie und sage: »Lassie.«

»Pussi!«, ruft er aus.

Ich lache. »Beinahe.«

Lassie scheint es nicht zu stören. Solange Opik ihm immer wieder Essen bringt und ihm den Bauch reibt, kann er ihn nennen, wie er will.

Opik geht auf das Gebüsch zu und winkt mir, dass ich ihm folgen soll.

Ich nehme Lassie mit. »Komm schon, *Pussi,* gehen wir.«

Ich stapfe hinter Opik her. Er wartet auf mich, bis ich ihn einhole. Ich zeige ihm meine Uhr. Ich zeige auf die Ziffer vier. »Ich muss vor vier Uhr zurück sein.«

Er nickt.

Ist es möglich, dass er es verstanden hat? Ist er gestern gegangen und dreiundzwanzig Stunden später zurückgekehrt, weil er wusste, dass ich gerade dann aufwachen würde?

Unmöglich.

Es ist lediglich ein Zufall.

Opik marschiert weiter. Der Busch weicht einem wilden, grünen Grasland. Ich ertappe mich dabei, wie ich staunend in alle Richtungen blicke. Mit einem halb vollen Bauch kann ich nun sogar den Reiz der Landschaft um mich herum wahrnehmen. Zum ersten Mal seit dem Erdbeben erfreue ich mich wieder einmal an der Kraft der Sonne. Sie hat sich über die fernen Hügel erhoben und taucht das Tal in ihr Gold.

Ich spüre ein Ziehen an meiner Hand.

Opik.

Ich folge ihm, seine kleine Hand in meiner.

Zehn Minuten später nähern wir uns einem Dickicht. Opik lässt meine Hand los. Seine Augen schweifen über jeden Busch, untersuchen ihn, prüfen ihn genau.

»Wonach suchst du?«, frage ich.

Sucht er nach mehr Beeren? Kartoffeln? Wachsen Kartoffeln auf Sträuchern? Nüsse? Ein Tier, das im Busch lebt? Will er ein riesiges Alaska-Wildschwein aufstöbern, das dann direkt auf mich zustampft?

Mein Körper ist in höchster Alarmbereitschaft.

Opik reißt eine gelbe Blume ab. Er riecht daran. Er streckt mir seine Hand entgegen.

Ich schüttele den Kopf.

Er streckt sie mir ein zweites Mal entgegen.

Ich schnüffle daran.

Der Duft ist süß.

Er schüttelt den Kopf und wirft sie fort.

Er bewegt sich ungefähr zehn Meter weiter und kommt zu einer weiteren Ansammlung von Büschen. Sie haben kleine violette Blüten. Er riecht an einer. Er nickt. Er reicht sie mir zum Riechen. Sie duftet würzig und scharf.

Er bricht einen Zweig ab, mit langen, schmalen grünen Blättern.

Es ist 3:47 Uhr, als wir zu unserem Lager auf der Sandbank zurückkehren.

Opik steht am Wasser und streift die grünen Blätter vom Zweig, bis ein Haufen von fünfzehn oder zwanzig davon neben ihm liegt.

Lassie und ich sitzen auf dem Sand hinter ihm und schauen in gebannter Stille zu.

Miau.

»Ich habe keine Ahnung. Vielleicht sollen wir sie essen? Vielleicht ist es wie Grünkohl.«

Der Gedanke an Grünkohl beschwört das Bild von Ingrid herauf. Ich frage mich, wo sie steckt. Wenn sie überlebt hat, hat sie inzwischen die Hoffnung aufgegeben, ich könnte noch am Leben sein? Ist sie schon wieder in unserer Wohnung in Alexandria? Hat sie schon richtig getrauert? Arbeitet sie schon wieder? Bekämpft das Verbrechen? Was wird sie heute Abend essen?

Opik wirft das, was von dem Zweig übrig ist, nämlich die violetten Blüten und die Stängel, in den Fluss. Er bückt sich, hebt eines der Blätter auf und taucht es ins Wasser. Er zerquetscht es in seiner Hand. Er tut dies noch mehrere Male. Dann kommt er zu uns zurück. In seinen Händen hält er eine Matsche aus grünen Blättern. Er geht langsam auf die Knie und streckt Lassie dann vorsichtig die Hand entgegen.

Er will dessen Pfote.

Lassie streckt sie mit einem Wimmern aus.

Opik wickelt die grünen Blätter nacheinander darum, bis sie in einem dicken grünen Kokon verschwunden ist.

Als er fertig ist, hält er die Pfote fest und murmelt ein paar Worte.

Dann steht er auf und verschwindet.

Er ist immer noch weg, als ich mich zum Einschlafen hinlege.

:10

Als wir erwachen, wartet ein Festmahl auf uns. Fische, Beeren und Nüsse unterschiedlichster Sorten.

Opik schläft sechs Meter von uns entfernt auf dem Sand.

Ich schiebe Lassie von meiner Brust und stehe auf.

Ich neige meinen Kopf zur Seite.

Etwas ist anders.

Ich fühle mich anders als in den letzten fünf Tagen.

Meine Augenbrauen ziehen sich zusammen.

Der Juckreiz.

Es juckt nicht.

Ich schaue auf meine Klamotten hinab. Sie sind mit einem weißen Puder bedeckt. Meine Hände auch. Ich wische mir das Gesicht ab. Ebenfalls von dem weißen Puder bedeckt.

Ich lächle.

Was immer es ist, es hat in den vergangenen dreiundzwanzig Stunden die Moskitos abgewehrt.

Ich schlendere dorthin, wo Opik schläft, und schaukle ihn sanft.

Er öffnet seine Augen.

»Hallo.«

Er lächelt.

»Danke für das Pulver«, sage ich, zeige auf meine Sachen und lächle.

Er umschlingt mit der Hand seine Kehle.

»Richtig, das lässt sie ersticken.«

Ich helfe ihm auf die Beine, und wir essen von dem Haufen, den er gesammelt hat. Er untersucht Lassies Fuß, der sich laut Lassie bereits besser anfühlt. Opik macht noch einen neuen Wickel mit den Resten der Blätter. Während er Lassies Pfote versorgt, zeige ich auf den Fluss und markiere mit meinen Fingern Laufbewegungen.

Er nickt.

Um 3:07 Uhr packen wir unsere Sachen zusammen und brechen auf.

Die nächsten fünfzig Minuten kommen wir gut voran, dann suchen wir uns einen Platz auf einer Sandbank, wo wir lagern können. Lassie und Opik verschwinden im Gebüsch. Ich bin mir nicht sicher, was die beiden machen, während ich schlafe, und es ist mir auch egal, solange sie mit Essen und magischem Moskitopulver zurückkommen.

Und das tun sie auch.

Drei Fische, eine Sammlung verschiedenster Beeren und eine matschige, kaktusähnliche Frucht, die köstlich schmeckt, sofern es einem nichts ausmacht, ein paarmal ins Gesicht gestochen zu werden.

Wir essen zügig, um dann auf der nicht enden wollenden Sandbank möglichst viel Strecke zu machen. Lassie erzählt von seinen dreiundzwanzig Stunden mit Opik. Wie Opik auf einen Baum kletterte und mit diesen köstlichen Nüssen herunterkam. Wie er Lassies Fuß massierte und dabei sang, und dass Lassie seine Pfote jetzt fast ohne Schmerz belasten kann. Wie Opik mit einem Stock Fische fing. Nicht so wie ich. Er watete ins Wasser und klopfte leicht auf den Fluss, wodurch winzige kräuselnde Wellen entstanden, wie sie vielleicht ein Käfer erzeugen würde, und die anscheinend den Fisch anzogen, und dann schlug er den Fisch mit dem Stock, betäubte ihn und schnappte ihn sich mit seinen Händen.

Meiner Einschätzung nach haben wir in den letzten drei Tagen jeweils acht Kilometer zurückgelegt, zuzüglich der acht bis zehn, die wir vor unserem Treffen mit Opik gewandert sind. So wie es aussieht, haben wir jetzt genug Essen, um durchzuhalten, und ich bin zuversichtlich, dass wir, wenn wir in diesem Tempo vorwärtskommen, innerhalb von zehn Tagen wieder in Fairbanks sein werden.

Meine Zuversicht war zehn Minuten zuvor noch gestiegen, als Lassie auf etwas hinwies, das zwischen drei Baumstämmen auf der gegenüberliegenden Seite des Flusses hing. Es war hellgelb. Eine Flagge. Vermutlich eine der Flaggen von der Brücke.

Wir sind auf dem richtigen Weg.

Wir traben noch eineinhalb Kilometer die Sandbank entlang, müssen dann jedoch zusehen, wie sie zunehmend im Fluss verschwindet.

Opik greift nach meiner Hand. Ich glaube, er spürt meine Angst, durch das hohe Gras zu laufen, in dem sich alles Mögliche verbergen könnte. Zum Beispiel ein Elch. Es ist eine Sache, auf der Sandbank unterwegs zu sein, wo man einen guten Überblick über die Umgebung hat und auf alles, was möglicherweise auf einen zugeschossen kommt – ganz zu schweigen davon, dass dort der Fluss als letzter Fluchtweg ist –, aber zwischen den Bäumen und im dichten Busch fühle ich mich wie eine Antilope in der afrikanischen Savanne.

Wir bahnen uns einen Weg durch das Gestrüpp, durch die Bäume, über dicke Wurzeln, unter tief herabhängenden Ästen, zwischen Büschen und über Felsen.

Es ist 3:43 Uhr, als wir sie erblicken.

Mir stockt der Atem.

Sie ist so überwuchert, dass sie ein Teil des Waldes zu sein scheint. Sie ist mit Gras bewachsen, und kleine Bäume wurzeln auf dem Dach. Aber sie ist nicht zu übersehen.

Eine Blockhütte.

Die Hütte ist eine Ruine.

Die Holzstämme sind trocken und brüchig, haben eine verblichene grau-schwarze Farbe. Das Gewicht des kleinen Wäldchens hat die Decke an mehreren Stellen einstürzen und die untersten Stämme der Außenwände in der Erde versinken lassen. Die ursprünglich drei Meter hohe Hütte ist mittlerweile nur noch zwei Meter hoch. Etwas, das wie ein Fensterladen aus Holz aussieht, lehnt unter einem rechteckigen Loch von fast gleicher Größe. Eine Leiter, die aus den gleichen alten Rundhölzern gebaut ist, liegt am Dach an.

Opik schlüpft durch eine große dunkle Öffnung ins Innere – wenn es jemals eine Tür gab, ist sie längst verschwunden oder irgendwo in einem Museum ausgestellt. Lassie und ich folgen ihm.

Durch die Fenster und die natürlichen Oberlichter scheint genug Sonnenlicht, um die kompakte Konstruktion zu beleuchten.

Denn so ungepflegt das Äußere der Hütte auch ist, das Innere ist relativ sauber. Es ist zwar voller Staub und Spinnweben, kleinere Pflanzen und einige Nagetiere haben sich als Hausbesetzer dort eingenistet, aber es ist offensichtlich, dass derjenige, der dort einmal gewohnt hat, für Ordnung sorgte. An der Wand hängt ein kleiner Spiegel in der Größe eines Buches. Ich fahre über seine Mitte und wische eine Handbreit Staub ab. Dann beuge ich mich nach vorne und studiere mein Gesicht. Üblicherweise rasiere ich mich alle paar Tage in der Dusche mit einem elektrischen Rasierer und habe daher meist leichte Stoppeln. Jetzt, nach acht Tagen, trage ich einen schmutzigen braunen Bart. Und obwohl ich mich so weit wie möglich von der Sonne fernzuhalten versuche, ist meine Haut um fünf Schattierungen dunkler geworden.

Ich sehe wild aus, rau und verwegen, ein Mann, der gelebt hat. Kein Mann, der sein Leben größtenteils verpennt hat.

Ich lächle den Mann im Spiegel an und gehe dann weiter zu einem kleinen Bereich mit einem Holzofen. Auf der Küchenarbeitsplatte sind immer noch Teller gestapelt. Salz- und Pfefferstreuer stehen in der Mitte des alten Tisches. Es gibt verschiedene Arten von Konserven, manche verbeult, manche nicht. Neben den unverderblichen Waren, die längst abgelaufen sind, steht eine verstaubte Flasche. Ich streiche mit dem Finger über das Plastik und lächle.

Ich rufe Opik und Lassie herbei.

Ich weiß nicht mehr, wo ich es gelesen oder wo ich diese obskure Tatsache gehört habe, jedenfalls gibt es nur ein Nahrungsmittel auf dem Planeten, das niemals schlecht werden kann.

Honig.

Ich schraube den Deckel auf, quetsche einen Klacks davon auf meinen Finger und koste ihn. Er schmeckt hervorragend.

Ich reiche die Flasche an Opik weiter, und nachdem er sich etwas in den Mund gedrückt hat, lässt er Lassie den Honig von seinen Händen schlecken. Unter dem Fenster steht eine große Truhe, die ich mit einem lauten Knarren aufziehe. Sie enthält Schneeschuhe, eine Pelzmütze, einen Pelzmantel und eine Laterne. Alles tolle Sachen, aber nicht unbedingt das, was einen in unserer aktuellen Situation in Jubel ausbrechen lässt.

Ich wühle mit der Hand in der Truhe und ziehe etwas heraus.

Eine Karte.

Es ist 3:57 Uhr.

Ich laufe zum Tisch und breite die Karte aus. Ich habe schon einige Straßenkarten gesehen, und diese hier ist nicht viel anders. Allerdings sind auf ihr keine Straßen verzeichnet, sondern Flüsse.

Opik und Lassie drängen sich dicht an mich.

Da ist ein schwarzer Punkt mit einem Kreis drum herum, von dem ich annehme, dass er die Lage unserer Hütte markiert.

Ich starre lange auf die Karte.

»O mein Gott!«

Dann donnere ich meine Faust auf den Tisch und sorge dafür, dass Lassie in Opiks Arme hüpft.

»Wir sind dem falschen Fluss gefolgt!«, rufe ich.

Ich war davon überzeugt, wir wären die ganze Zeit entlang des Chena-Flusses gewandert.

Sind wir aber nicht.

Ich starre auf die Karte.

Der Chena ist ein kleiner Nebenfluss, der südwestlich durch Fairbanks fließt und dann in den viel größeren Tanana mündet. Der Tanana fließt etwa einhundertvierzig Kilometer nach Nordwesten, bevor er in den Yukon River mündet, der den ganzen Weg von Kanada durch Alaska nach Westen macht, bevor er sich in die Beringsee ergießt.

Als ich im Kanu erwachte, war ich auf dem Yukon River. Lassie und ich waren fünfzehn Kilometer flussaufwärts gewandert, wo wir Opik begegneten. Dann waren wir zu dritt flussaufwärts gelaufen, wobei wir am nördlichen Ufer geblieben waren und ins Landesinnere gezwungen wurden, entweder wegen der Dunkelheit oder weil die Sandbank verschwunden war. Wir verpassten die Gabelung an der Stelle, wo der Yukon und der Tanana zusammenfließen. Unser verhängnisvoller Fehler bestand darin, weiter nach Nordosten entlang des Yukon zu marschieren statt nach Südosten entlang des Tanana in Richtung Chena, Fairbanks und Rettung.

Ich denke zurück an die gelbe Flagge, die ich in den Baumstämmen hängen sah. Sie war nicht von den Olympischen Spielen. Das war unmöglich. Sie konnte nicht stromaufwärts getrieben worden sein.

In der rechten unteren Ecke der Karte entdecke ich den Maßstab und messe die Entfernung mit dem Finger aus.

»Zweihundert Kilometer«, sage ich und werfe mich auf den Tisch. »Zweihundert Kilometer.«

:11

Ich erwache auf dem Küchentisch. Lassie und Opik sind weg. Die Karte liegt neben mir.

Ich greife nach ihr und messe erneut die Entfernung – in der Hoffnung, ich könnte den Maßstab irgendwie falsch gelesen haben und ein Zentimeter könnte zwei Kilometern entsprechen und nicht zwanzig. Aber der Maßstab stimmt. Hier am Fluss sind wir zehn Zentimeter von Fairbanks entfernt. Zweihundert Kilometer.

Luftlinie beträgt die Entfernung von unserem Standort nach Fairbanks im Südosten nur sechseinhalb Zentimeter, also hundertdreißig Kilometer. Aber wir müssten uns durch dickes Gestrüpp schlagen und über eine Reihe kleinerer Hügel wandern, zwischen die tiefe Flusstäler eingekerbt sind. Ganz zu schweigen davon, dass wir uns leicht verirren könnten, was unsere Reise um Tage oder sogar Wochen verlängern würde.

Also müssen wir den Flüssen folgen.

Und das bedeutet:

1) Den Yukon überqueren vom Nordufer zum Südufer.
2) Fünfundzwanzig Kilometer flussabwärts zurückgehen, bis zur Mündung des Tanana in den Yukon.

3) Dem Tanana hundertvierzig Kilometer flussaufwärts folgen in südöstlicher Richtung bis zum Chena.
4) Am Chena entlang die letzten fünfundzwanzig Kilometer stromaufwärts nordöstlich nach Fairbanks wandern.

Wenn wir heute aufbrechen, werden wir dafür voraussichtlich einen Monat brauchen.

Mit etwas Glück sind wir bis Ende Juli wieder zurück.

Ich atme tief aus.

So elend und niedergeschlagen habe ich mich bisher selten gefühlt.

Das Einzige, was ich jetzt will, ist, Ingrid zu umarmen. Die ganzen sechzig Minuten meines Tages mit ihrem Kopf an meiner Brust liegend zu verbringen.

Ich schaue auf meine Uhr.

Es ist 3:04 Uhr.

Ich klettere wieder auf den Tisch und lege mich hin. Ich schließe meine Augen und bete darum, dass vier Uhr vorzeitig kommt.

Tut es nicht.

Ich fühle Hände auf meiner Schulter, die mich sanft rütteln.

Ich öffne meine Augen.

Opik lächelt mich an. Er hält eine Frucht oder eine Nuss in der Hand – eine, die ich noch nie gesehen habe. Er bietet sie mir an. Ich schüttele den Kopf.

Ich will nichts essen.

Er stellt die Nahrung neben mich, dann klettert er auf den Tisch. Er legt beide Hände auf meine Seite und schiebt mich.

»Stopp.«

Er zieht die Karte unter mir hervor und klettert wieder herunter.

Eine Minute vergeht.

»En-Ray! En-Ray!«

Ich öffne meine Augen.

Er sticht mit dem Finger auf die Karte.

Ich setze mich auf.

»Was?«

Er winkt mir, dass ich vom Tisch steigen soll.

Ich rutsche herunter, er breitet die Karte auf der Tischplatte aus, klettert auf einen der knarrenden Holzstühle und hockt sich auf die Knie. Er zeigt auf den kleinen schwarzen Punkt, der die Hütte markiert, dann folgt er mit dem Finger acht Zentimeter den Yukon hinunter zu einem weiteren kleinen schwarzen Punkt am Fluss.

Ich schüttele den Kopf.

Er zeigt auf die Stelle am Fluss und beginnt, auf Eskimo zu palavern.

»Was? Junge, ich habe keinen Schimmer, was du meinst.«

Er schüttelt den Kopf, bläst die Wangen auf. Seine Augenbrauen heben sich. Er zeigt auf sein T-Shirt, auf dem das Wort »Indianer« steht.

»Dort gibt es Indianer?«

Er nickt. Er muss das Wort »Indianer« kennen.

Für einen kurzen Moment spüre ich einen Hoffnungsschimmer, bis ich merke, dass die acht Zentimeter noch weiter weg sind als Fairbanks.

»Zu weit«, sage ich und deute dann mit dem Finger auf den Weg nach Fairbanks. »Es ist besser, diesen Weg zu gehen.«

Er schüttelt den Kopf, fährt mit dem Finger über den Weg nach Fairbanks. Dabei bewegt er seinen Finger ganz langsam. Dann fährt er mit dem Finger über den Yukon River zu der Stelle, wo er vermutlich eine indianische Siedlung am Fluss kennt. Diesmal bewegt er seinen Finger rasch.

Es braucht weitere fünf Minuten, bis ich kapiere, was er meint.

Dazu muss er erst meine Hand ergreifen, mich aus der Hütte durch das Dickicht hinunter zum Fluss ziehen.

Lassie ist dort.

Er sitzt in einem kleinen Boot.

Miau.

»Du hast das Boot bewacht? Wovor?«

Miau.

Ich deute auf den hölzernen Schandfleck von einem Boot. Das Boot ist vier Meter lang und zwei Meter breit. »Dieses Teil steht seit dreißig Jahren hier draußen. Glaubst du ernsthaft, jemand würde es stehlen, in den zehn Minuten, die Opik gebraucht hat, um mich zu holen?«

Miau.

»Ein Bär? Du hast nie und nimmer einen Bären gesehen!«

Miau.

»Und du hast ihn schon gar nicht zweimal verscheucht.«

Ich spüre ein Klopfen auf meinem Handgelenk.

Es ist Opik, er tippt auf meine Uhr.

Es ist 3:18 Uhr.

Er weiß, dass ich nur noch wenig Zeit habe. Er will mir Dampf machen.

Ich nicke.

Dass Opik bei uns ist, ändert alles. Wenn Opik nur halb

so gut über die Navigation auf dem Fluss Bescheid weiß wie über das Fischen oder die Nahrungssuche, dann sind wir in guten Händen. Mit ihm am Ruder können wir den Yukon hinabtreiben und es innerhalb von zwei Tagen bis zum Indianerdorf schaffen. Ich sehe schon die Schlagzeilen des *Fairbanks Forager* oder der *Yukon River Daily* vor mir: SIEBENUNDDREISSIGJÄHRIGER MANN UND SEINE KATZE VON FÜNFJÄHRIGEM ESKIMOJUNGEN GERETTET.

Opik und ich laufen zurück zur Hütte. Wir schnappen uns alles, was wir tragen können – Karte, Honig, Pelzmütze und Mantel –, und rennen dann zurück zum Boot.

Der Horizont färbt sich bereits rosa, als wir die Gegenstände im Bug deponieren und ich das Boot oberflächlich untersuche. Dass es aus Holz ist, beunruhigt mich, obwohl ich vermute, dass Boote jahrhundertelang aus Holz gefertigt waren und das problemlos funktioniert hat. Es scheint funktionstüchtig zu sein, und als zusätzlicher Bonus liegt ein hölzernes Paddel darin.

Opik und ich stellen uns ans Heck des Bootes. Es ist flach, fast konkav, und wir stemmen beide unsere Hände gegen das weiche Holz und drücken uns vom Boden ab.

»Und ... los ...«

Ein lautes Gebrüll ertönt, worauf Opik und ich den Kopf herumreißen. Er entspricht so ziemlich genau den Bildern, die ich in Dokus schon mal gesehen habe. Er steht auf den Hinterbeinen. Das Maul weit aufgerissen. Rasierklingenkrallen, die die Luft zerfetzen.

Miau.

Ja, du hast es mir gesagt.

»Was sollen wir tun?«, flehe ich Opik an.

Opik hebt einen Stein auf und wirft ihn auf den braunen Grizzlybären. Das scheint den Bären noch mehr zu verärgern, und er drischt mit seinen riesigen Tatzen auf einen kleinen Baum ein, wobei er den Stamm spaltet und den Baum zu Boden schickt.

Ich schätze die Entfernung zum Wasser ein. Wir brauchen mindestens fünf Sekunden, um das Boot an den Rand des Flusses zu schieben. Im Gegensatz zu den sandigen Stellen, die nach und nach in das fließende Wasser übergehen, rauscht der Fluss hier schnell und direkt am Uferrand vorbei. Wenn das Boot ins Wasser gleitet, müssen wir alle drei bereits drinnen sitzen.

Der Bär ist zehn Meter entfernt. Wenn er tatsächlich hinter dem Boot her ist und sieht, wie wir es von ihm wegstoßen, könnte er angreifen.

Mir fällt ein Witz ein, den mein Vater immer gerne erzählt: *Zwei Freunde gehen durch den Wald, da verfolgt sie plötzlich ein Bär. Der erste Freund fängt an zu rennen, während der zweite ausruft: »Einem Bären kann man nicht entkommen!« Der erste Freund erwidert: »Das muss ich auch nicht. Ich muss nur schneller sein als du.«*

»Steig ein!«, rufe ich Opik zu.

Er tut es.

Der Bär zermalmt einen weiteren Baum.

Ich renne zum vorderen Teil des Bootes. Ich will ihn mit dem Paddel verscheuchen, aber während ich danach greife, kommt mir ein besserer Plan. Ich wühle mit der Hand herum, finde, was ich suche, und laufe dann zum Heck des Bootes.

Lassie winselt.

Zuerst denke ich, dass er sich um mich Sorgen macht. Es dauert eine lange Sekunde, bis ich kapiere, dass seine einzige Sorge der Honigflasche in meiner Hand gilt.

Ich drücke so viel Honig heraus wie möglich und beschmiere damit die Flasche von außen. Dann schleudere ich sie über den Kopf des Bären hinweg.

Ich wage nicht nachzuschauen, ob er den Köder geschluckt hat.

Ich wirbele herum, stemme meine Füße in den Boden und schiebe mit aller Kraft.

Das Boot bewegt sich nicht.

Ich drehe mich um.

Der Bär steht über der Honigflasche, inzwischen zwanzig Meter weit entfernt.

Ich atme tief ein und schiebe mit aller Kraft.

Das Boot rutscht ein paar Zentimeter nach vorne. Opik will herausspringen und helfen.

Ich winke ab. »Bleib im Boot!«

Ich schaue über die Schulter. Der Bär richtet sich kurz auf den Hinterbeinen auf. Dann stürmt er los.

Ich schreie.

Ich stoße das Boot vorwärts. Es schaukelt. Ich stoße erneut. Es knirscht, als das Boot sich von dem löst, was auch immer es zurückhält, und es beginnt über das weiche Unterholz zu gleiten. Ich höre, wie hinter mir Bäume zertrampelt werden, während ich das Boot die letzten fünf Meter schiebe und dann hineinhechte.

...

Lassie leckt meine Hand – seine Art, mir zu sagen, dass ich schwer in Ordnung bin.

»Danke, Kumpel.«

Er schaut zu mir auf, und mir wird zum zweiten Mal klar, dass mein Wohlbefinden die geringste seiner Sorgen ist. Er leckt den Honig ab, der noch an meinen Händen klebt, weil ich die Außenseite der Flasche beschmiert habe.

O Mann!

Opik steht hinten im Boot. Er sagt: »En-Ray«, und winkt mich zu sich. Ich hieve mich hoch und krabbele zu ihm. Er zeigt einen Bereich im Holz, der aufgerissen ist.

»Aklark«, sagt er.

Ich brauche einen Moment, um zu verstehen. Die Späne im Holz. Die vier Kratzer direkt darunter. Opik hebt die Hände und krümmt seine Finger, reißt den Mund auf und knurrt.

Aklark.

Bär.

Der Bär muss direkt nach mir geschlagen haben, während ich sprang. Er muss mich knapp verfehlt haben.

Mein Herz rast.

Ich war kurz davor, von einem Alaska-Grizzly filetiert zu werden. Mein erster Gedanke ist: *Ich kann's kaum erwarten, es Ingrid zu erzählen.*

Um 3:53 Uhr verteile ich unsere Vorräte und wir essen.

Um 3:55 Uhr schiebe ich mir den Pelzmantel unter den Kopf und lege mich hin.

Um 3:56 Uhr krabbelt Lassie auf meine Brust.

Um 3:57 Uhr beginnt das Boot zu sinken.

...

»Wo kommt all das Wasser her?«

Es begann als kleines Rinnsal, jetzt sickert es immer schneller herein. Opik und ich suchen den Boden nach dem Leck ab.

Miau.

»Wir verlassen das Boot nicht!«, rufe ich. »Wir müssen das Leck finden und es stopfen.«

Nach dreißig Sekunden entdecke ich eine kleine gurgelnde Lücke zwischen zwei der Holzplanken. »Hier ist es!«, brülle ich und stampfe mit dem Fuß darauf, um den Durchfluss zu blockieren. Ein lautes Krachen ertönt, als mein Fuß durch den Boden bricht und ein Riesenloch hinterlässt.

Das Wasser strömt hinein.

Ich zerre mein Bein heraus, reiße das Paddel aus Opiks Händen und lenke das Boot ans Ufer. Wir sind erst hundert Meter in den Fluss hinausgefahren.

Mir bleibt weniger als eine Minute, bevor ich bewusstlos werde.

Ich stoße das Paddel ins Wasser.

»Schnapp dir Lassie!«, schreie ich Opik zu.

Er schaut mich verwirrt an.

»Pussi!«

Er schnappt sich Lassie.

Wir sind auf halbem Weg zum Ufer. Der Fluss treibt uns in die richtige Richtung, und nach drei weiteren Paddelschlägen rammt der Bug des Bootes das weiche Gestrüpp des Flussufers.

»Los!«

Das Boot ist schon halb unter Wasser. Es wird jede Sekunde sinken.

Opik hüpft mit Lassie ins Unterholz. Ich reiche ihm das Paddel, dann die Pelzmütze und den Mantel. Ich überprüfe noch einmal, ob die Karte in meiner Tasche steckt, dann springe ich auf die Uferböschung und ziehe mich am langen Gras hoch.

Als ich über die Schulter spähe, sehe ich die letzten Zentimeter des Bootes im Wasser versinken.

:12

Ich erwache.

Leises Wimmern.

Ich rolle mich herum und öffne die Augen.

Fünf Meter entfernt, neben einem Baum, sitzen Opik und Lassie.

Ich habe dieses Wimmern schon öfter gehört. Es ist das Geräusch, das Lassie macht, wenn er einen Albtraum hat. Gelegentlich wache ich auf, und er liegt auf meiner Brust, während ein leiser, gutturaler Laut aus seiner Kehle dringt. Das Geräusch wird gewöhnlich von einem Zucken seiner Vorderpfoten begleitet.

Ich schlendere zu dem Duo hinüber und schaue nach unten.

Lassie schläft tief und fest.

Opiks Kopf ist zwischen den Knien verborgen, sein Körper bebt vor Schluchzen.

Wie dumm bin ich eigentlich? Warum ist mir nicht in

den Sinn gekommen, dass die Laute von Opik stammen könnten? Er war bisher so stoisch angesichts dieser Notlage, als ob ihm das alles Spaß machen würde – ein großes Abenteuer in der Wildnis –, sodass ich nie daran gedacht hatte, er könnte Angst haben. Es war mir nie eingefallen, dass er eine Mutter, einen Vater, Brüder und Schwestern haben könnte, die er wahnsinnig vermisste.

Ich lasse mich neben ihm nieder und lege meine Hand sanft auf seinen Rücken.

»Hey, Kumpel«, sage ich.

Er schnieft.

»Kannst du mich mal ansehen?«, frage ich und versuche, seinen Kopf anzuheben.

Er hält den Kopf fest zwischen seinen Beinen eingeklemmt.

»Es wird alles gut. Wir finden den Weg zurück.«

Ich weiß, dass er meine Worte nicht versteht, und selbst wenn er es täte, würden sie ihm wohl kaum sonderlich viel bedeuten, da sie von dem weißen Mann stammen, der nur sechzig Minuten am Tag wach ist und seit einer Woche nur dank genialer Eskimotricks überlebt. Aber ich muss sie sagen. Denn aus irgendeinem Grund glaube ich daran.

Ich hebe seinen Kopf mit der Hand an.

Er wehrt sich, die Muskeln in seinem Nacken spannen sich an.

Er will nicht, dass ich seine Tränen sehe. Ich weiß nichts über die Eskimokultur, kann mir aber vorstellen, wie wichtig Männlichkeit und Zähigkeit in einer Gesellschaft sind, die jeden Winter in Alaska überdauern muss. Ganz zu schweigen vom sogenannten Ohrenziehen.

Ich reibe ihm eine Weile den Rücken. Er schnieft erneut. Eine Minute später hebt er seinen Kopf. Seine Augen sind geschwollen, ihre schöne Mandelform ist zu kleinen braunen Schlitzen geschrumpft.

»Es ist in Ordnung zu weinen«, sage ich ihm. »Ich weine ständig.«

Er starrt mich an.

Ich bewege meine Hand über einen Stock, tue so, als wenn ich mir dabei einen Splitter reinziehen würde, dann reibe ich mir mit den Fäusten die Augen.

Er grinst, dann lacht er.

Lassie wacht auf und springt auf Opiks Schoß. Er leckt die Tränen von Opiks Wangen.

Einige Minuten später wischt sich Opik die Tränen ab, aber man kann immer noch die Besorgnis in seinen Augen sehen. Auch bei Lassie ist sie spürbar. Es ist, als ob all unsere Hoffnung mit dem Boot untergegangen wäre. Meine ist es jedenfalls.

Bis ich mich an etwas erinnere. Ich erinnere mich daran, dass wir ein Kanu haben.

...

Einmal haben Ingrid und ich *Pictionary* gespielt. Wir haben abwechselnd gezeichnet und geraten. Wenn wir die richtige Antwort in der vorgegebenen Zeit fanden, durften wir beide ein Kleidungsstück ausziehen. Wenn die Antwort falsch war, mussten wir einen weiteren Hinweis zeichnen. Und da wir nur sechzig Minuten hatten, um uns sowohl auszuziehen als auch übereinander herzufallen, standen wir unter

Druck. Es hat Spaß gemacht. Zuerst. Aber dann stellte sich heraus, dass ich ein furchtbar schlechter Zeichner bin. Wäre ich in eine normale Schule gegangen, hätte ich sicher wie alle anderen Kinder zeichnen gelernt, aber bei nur einer Stunde am Tag war das nicht Teil des Lehrplans meines Vaters gewesen. Das Einzige, was ich je gezeichnet hatte, waren die Kursverläufe der Aktien, die an meiner Schlafzimmerwand hingen.

Wenn ich also einen Hinweis zeichnen sollte, zum Beispiel *Niesen,* dann hatte meine Hand weder das Muskelgedächtnis noch die geringste Ahnung, wie sie sich über das Papier bewegen sollte, um die Form einer Nase oder einer Hand zu erzeugen. Nach dreißig Minuten voller Schnörkel, Pfeile sowie Ingrids Geschrei, ich solle besser zeichnen, riss sie sich aus Protest alle Klamotten vom Leib und schleifte mich ins Schlafzimmer.

Nun ist *Kanu* viel einfacher zu zeichnen als *Niesen,* oder zumindest sollte es das sein.

Opik starrt meine Zeichnung im Sand an und schüttelt den Kopf.

»Es ist ein Kanu«, sage ich ihm zum fünften Mal. »Kahnuh.«

Miau.

»Das ist keine Banane.«

Ich wische mit der Hand über den Sand und versuche es erneut.

Ich kann die Umrisse des Kanus in meinem Kopf sehen, aber jedes Mal, wenn ich sie in den Sand kritzle, geht etwas schief.

Miau.

»Murdock?«

Miau.

Ich lache. »Richtig, keine Klöten.«

Opik nimmt mir den Stock weg. Ich sehe zu, wie er gekonnt ein Kanu mit zwei Personen zeichnet, die jeweils ein Paddel halten.

»Kah-nuh«, sagt er.

Ich nicke.

Der Himmel ist immer noch reichlich dunkel, als wir den Rückweg zum Kanu antreten. Nach zwanzig Minuten erreichen wir die Sandbank. Die verbleibende Zeit traben wir zügig, dann schlagen wir unser Lager auf. Das magische Anti-Mückenpulver hat seine Zauberwirkung verloren, und ein schwarzer Schwarm fällt über mich her.

Nachdem die Wolke mich leer gesaugt hat, verflüchtigt sie sich wieder, und ich flehe Opik an, mir noch etwas Würgepulver zu besorgen.

Er schüttelt den Kopf.

Es muss etwas gewesen sein, das er nur dieses eine Mal mit Glück gefunden hatte. Ich bezweifle, dass ich jemals herausfinden werde, was es war.

Während meiner letzten wachen Minute werde ich Zeuge von Opiks perfekter Fischfangkunst. Er watet mit einem Stock in den Fluss und beginnt, leicht auf das Wasser zu klopfen, um dann den Stock mit all der Kraft, die in seiner schmalen Gestalt wohnt, herabsausen zu lassen. Während ich ihm zuschaue, fängt er zwar keinen Fisch, aber ich weiß, dass ein paar für mich bereitliegen werden, sobald ich wieder aufwache.

Was auch der Fall ist.

Opiks Kopf ruht in meiner Armbeuge, und er hat seine Hand um Lassies Schwanz geschlungen. Eigentlich will ich mich erheben, um rasch voranzukommen, doch ich liege einfach nur da und höre ihm beim Atmen zu. Ich lasse die beiden noch fünf Minuten schlafen, dann erst wecke ich sie auf.

Nach meiner Schätzung sind es noch fünfzehn Kilometer bis zum Zusammenfluss von Yukon River und Tanana River, dann noch mal zwölf bis fünfzehn Kilometer bis zum Kanu.

Wir essen während des Laufens.

Am nächsten Tag dasselbe Programm, der einzige Unterschied sind die drei Minuten weniger Sonnenlicht, denn mittlerweile geht sie erst halb vier auf.

Am dritten Tag kommt der Regen.

Laut Lassie zog der Sturm zwölf Stunden nach dem Schlafengehen auf. Etwa eine Stunde später öffnete der Himmel seine Schleusen, und ein sintflutartiger Regen setzte ein.

Zum Glück war ich hoch oben auf der Sandbank eingeschlafen, sonst wäre ich Gefahr gelaufen, von den steigenden Wasserfluten weggespült zu werden. Das Wasser steht einen Meter höher am Ufer als am Vortag, und der Fluss fließt mit der doppelten Geschwindigkeit.

Es ist unmöglich, trocken zu bleiben.

Es gibt keinen Zufluchtsort, keinen Baum, keinen Busch, nichts, an oder unter dem man sich vor den monsunartigen Regenfällen verstecken könnte. Das macht das Fischen unmöglich. Ebenso schwierig gestaltet sich die Nahrungssuche, und wir marschieren einen ganzen Tag lang ohne Essen.

Sturm und Regen haben die Büsche und Bäume verwüstet, daher sind die meisten Früchte, die Opik findet, entweder aufgeplatzt oder bis zur Unkenntlichkeit zermatscht. Und da die Flüsse hoch und trübe vom Regen sind, gelingt es Opik nicht, auch nur einen einzigen Fisch zu fangen.

Der Eiweißmangel fordert seinen Tribut. Ich kann jede einzelne meiner Rippen zählen. Wenn ich mit den Fingern darüberfahre, gibt es ein hohles Geräusch. Ich kann meine Finger um den Unterarm legen, sodass die Fingerspitzen sich fast berühren. Meine Jogginghose ist so eng wie möglich geschnürt, trotzdem rutscht sie mir beim Laufen immer wieder herunter. Nach elf Tagen in der Wildnis Alaskas habe ich schätzungsweise sieben Kilo verloren.

Als wir uns am Vortag durch den Regen schleppten, waren wir an der Stelle vorbeigekommen, an der der Tanana in den Yukon mündet. Es war leicht zu erkennen, warum wir die Stelle beim ersten Mal verpasst hatten, denn das Gestrüpp war über weite Strecken sehr dicht und schirmte die Flussgabelung ab.

Der Yukon war immer noch vom Regen angeschwollen, aber nicht mehr so stark, sodass wir wieder die Sandbank nutzen konnten, was uns ein ungehindertes Vorankommen und ein höheres Tempo ermöglichte.

Lassie hat sich in meine Armbeuge verkrochen, und Opik trabt direkt hinter mir her. Ich halte beim Laufen den Blick nach vorn gerichtet und erwarte ständig, die drei Felsen und das Kanu am Horizont auftauchen zu sehen.

Um 3:40 Uhr kriechen die ersten Sonnenstrahlen über die Berge.

Einen guten Kilometer später bleibe ich stehen.

»Da sind sie!«, schreie ich und zeige mit dem Paddel auf die drei schwarzen Felsen hinter der Flussbiegung.

Doch bald merke ich, dass es nur die Felsen sind.

Das Kanu ist weg.

»Der Fluss hat es mitgerissen«, rufe ich. »Er hat es *weggespült.*«

Der Fluss fließt fünf Meter unterhalb der Felsen. Auf dem Höhepunkt des sintflutartigen Regengusses hätte er leicht bis zu der Stelle ansteigen können, an der das Kanu an den Felsen gelehnt war. Ich hätte es wohl vorhersehen müssen, aber das habe ich versäumt. Ich war blind vor ungezügeltem Optimismus.

Opik sitzt auf dem Felsen, wo ich das Kanu vor fast zwei Wochen abgestellt hatte. Ich frage mich, was er wohl denkt. Denkt er, was ich denke, dass wir jetzt wieder dort stehen, wo wir angefangen haben? Dass wir hundertsechzig Kilometer von Fairbanks entfernt sind? Dass wir, wenn wir von Anfang an in die richtige Richtung gegangen wären, fast auf halbem Weg nach Hause wären? Oder denkt er an die Indianersiedlung, die über zweihundert Kilometer flussabwärts liegt?

Ich nehme die Karte heraus und klappe sie auf.

Flussaufwärts oder flussabwärts?

Eine Minute später nehme ich einen Stock und ritze eine Nachricht in den Sand.

Gestrandet. Am 3. Juli. Flussabwärts unterwegs. Henry Bins, Lassie, die Katze und Opik, der Eskimo.

Als ich fertig bin, sage ich: »Lasst uns gehen.«

:13

Als ich aufwache, miaut es laut, und Opiks Gesicht ist kaum eine Handbreit von meinem entfernt. Am Tag zuvor waren wir noch zehn Minuten die Sandbank entlanggejoggt – flussabwärts in Richtung der Indianersiedlung –, bevor wir einen Platz zum Schlafen hoch oben auf dem Sand fanden.

»Was ist?«, rufe ich und springe auf. »Ein Elch? Ein Bär?«

Miau.

»Du hast es gefunden?«

Miau.

»Du hast das Kanu gefunden?«, kreische ich, dann ertappe ich mich dabei, wie ich Opik hochreiße und ihn im Kreis schwinge. Das war der Grund, warum ich mich entschied, flussabwärts zu gehen. Um unser Glück auf dem Yukon zu versuchen. Ich hatte das Gefühl, das Kanu könnte in eine der vielen Holzansammlungen entlang des Flusses geraten sein.

Endlich ein Lichtblick.

Wir lösen unser Lager auf und laufen drei Kilometer flussabwärts. Es ist immer noch dunkel, bis zum Sonnenaufgang sind es noch dreißig Minuten, aber es ist hell genug, um das Kanu auf der gegenüberliegenden Seite des Flusses zu erkennen.

Ohne zu zögern, ziehe ich mich bis auf die Unterwäsche aus, schnappe mir das Paddel und wate ins Wasser. Es ist kälter als in meiner Erinnerung und presst mir den Atem aus der Lunge. Ich beiße die Zähne zusammen und benutze das

Paddel als provisorische Schwimmhilfe, um das gegenüberliegende Ufer zu erreichen.

Fast einen Kilometer flussabwärts ziehe ich mich aus dem Wasser und laufe das Ufer wieder hinauf zu der Stelle, wo das Kanu sich in einem wilden Verhau aus Baumstämmen und Gestrüpp verfangen hat. Ich brauche fünf Minuten, um es frei zu zerren, dann weitere fünf, um das Kanu über den Fluss zu paddeln und es auf eine Sandbank zu ziehen, wo Lassie und Opik auf mich warten.

Es ist 3:28 Uhr.

Mein Körper zittert vor Kälte. Opik wickelt den Pelzmantel um mich und zieht mir die Pelzmütze über den Kopf.

Er verschwindet für zehn Minuten. Als er zurückkehrt, hält er mir eine Handvoll Nüsse hin. Das ist leider alles, was er finden konnte, wie er mit einem bedauernden Kopfschütteln andeutet.

Es ist bemerkenswert, wie gut die Verständigung zwischen uns beiden funktioniert. Wir sind erst seit zehn Tagen zusammen unterwegs, doch ich kann ihn bestens verstehen, als er mir mit Gesten klarmacht: *Du bleibst hier und versuchst dich aufzuwärmen, während ich loslaufe und schaue, ob ich etwas zu essen für uns finde, dann springen wir in das Kanu und fahren flussabwärts, sobald sich der Himmel aufhellt.*

Um 3:42 Uhr, als der Himmel feuerorangerot glüht, machen wir drei uns auf den Weg stromabwärts.

Als ich am nächsten Morgen aufwache, befinden wir uns immer noch auf dem Yukon. Opik sitzt auf der hinteren Bank, das Paddel über die Seite des Kanus gelegt. Ich erhebe mich und gehe zu ihm. Mit einer Geste fordere ich ihn auf, mir das Paddel zu reichen.

»Zeit für eine Pause«, sage ich.

Er nickt.

Ich blicke flussabwärts. Der Strom ist breit. Breiter, als ich ihn bisher gesehen habe. Einen halben Kilometer breit. Das Kanu treibt in der Mitte dahin.

Mein Blick wandert beide Flussufer entlang auf der Suche nach Lebenszeichen. Ein Licht, ein Feuer, ein Mann, der am Ufer fischt.

Wir sind ganz allein.

Ich frage mich, ob Opik und Lassie, während ich schlief, an irgendeinem Punkt mit dem Kanu angelegt haben. Die Frage wird wenige Augenblicke später beantwortet, als Opik mir die von Früchten und Nüssen überquellende Pelzmütze überreicht. Ich esse eine Handvoll von dem, was ich inzwischen als *Alaska-Müsli* bezeichne, und sage ihm: »Geh schlafen.«

Er nickt.

Lassie tappt zu meinem Platz und bettet sich auf meinen Schoß.

»Vermutlich habt ihr Jungs außer Nüssen und Beeren gestern nichts entdeckt, weswegen es sich gelohnt hätte anzuhalten.«

Er schüttelt den Kopf.

»Geht es dir gut?«

Miau.

»Die Scheißerei?«

Miau.

»Oh, Durchfall.«

Ich atme tief aus. Ich bin überrascht, dass es so lange gedauert hat, bis die Diarrhöe einsetzte. Nachdem ich die ersten paar Tage das Flusswasser getrunken hatte, erwartete ich das Schlimmste, aber weder Lassie noch mich hatte es erwischt. Dann hatten wir Opiks Grab-ein-Loch-im-Sand-Methode übernommen, die mir, da ich nicht mit einem außerhalb meines Körpers befindlichen Darm erwacht war, sinnvoll erschien. Vielleicht ist es also nicht das Wasser, das Lassies Innereien rebellieren lässt. Möglicherweise ist es die Diät aus Nüssen und Beeren, ein verfaulter Fisch oder etwas anderes, an das er geriet, während ich schlief. Oder er ist einfach krank.

Wie aufs Stichwort krümmt sich Lassie heftig und übergibt sich.

Als er fertig ist, schaut er zu mir hoch.

Wenn wir zu Hause in Alexandria wären, würde ich ihn sofort mit meinem Roller zum Notfall-Tierarzt fahren.

Ich kann ihm nicht helfen. Ich kann es ihm nur bequem machen und hoffen, dass wir am nächsten Tag die Indianersiedlung erreichen. Ich hebe ihn vorsichtig hoch und wickle ihn in den Pelzmantel.

Er wimmert.

»Morgen finden wir Hilfe.«

Miau.

»Du hattest nie eine Chance? Um was zu tun?«

Miau.

Ich schüttele den Kopf. *Der Polarfuchs.* Nur Lassie auf seinem Sterbebett würde sich darüber Gedanken machen, wie er noch mehr Action erleben könnte.

Ich schaue nach Opik. Er liegt vorne im Kanu zu einer Kugel eingerollt.

Ich beuge mich hinunter und flüstere ihm ins Ohr: »Wenn

ich einen Sohn habe, hoffe ich, dass er genauso wird wie du.«

Dann, wie von einem Schuss in den Bauch getroffen, erinnere ich mich, dass die Chancen, dass Ingrid und das Baby das Erdbeben überlebt haben, schlechter sind – wenn nicht sogar erheblich schlechter – als die, dass wir drei gerettet werden.

Die nächste halbe Stunde verbringe ich damit, auf die Flussufer zu starren.

Um 3:45 Uhr beginne ich, zum südlichen Ufer zu paddeln – in der Hoffnung, eine Sandbank zu finden, an der ich das Kanu festmachen kann. Doch dort ist alles dicht bewachsen.

Um 3:55 Uhr wecke ich Opik.

»Du bist dran, Kumpel.«

Er lächelt und nimmt mir das Paddel ab.

Ich deute auf das Ufer, und er nickt.

Er wird die nächste Sandbank ansteuern und die dringend benötigte Ruhepause einlegen. Ich bewege meine Hand vor und zurück.

»Fischi«, sagt er mit einem Lächeln.

Ich beuge mich hinunter und umarme ihn fest.

:14

Ich erwache.

Völlig durchnässt und frierend.

Ich stemme mich hoch und schütze dann blitzschnell mein Gesicht mit den Händen.

Wir treiben mitten in eine gewaltige Stromschnelle, und eine große Welle aus eiskaltem Wasser klatscht gegen meinen Körper.

Das Kanu wackelt, fast kippt es um.

Ich richte mich auf.

Opik hat sich zusammengerollt, die Augen vor Angst weit aufgerissen. Lassie kauert neben ihm und sieht ebenso entsetzt aus.

»Was ist ...«

Ich drehe mich gerade noch rechtzeitig, um die nächste Stromschnelle zu bemerken. Schnell setze ich mich wieder und bedecke meinen Kopf mit den Armen. Die tosende Wasserwand bricht über uns dreien zusammen.

Mit weißen Knöcheln umklammere ich den Sitz, während das Kanu sich seinen Weg durch einen engen Kanal bahnt. Das kleine Gefährt ist den Felsen und dem Wildwasser hilflos ausgeliefert. Selbst ein erfahrener Kanute hätte kaum eine andere Chance, als das Boot frei tanzen zu lassen und auf das Beste zu hoffen.

Allerdings würde ein erfahrener Steuermann auch versuchen, den Weg des geringsten Widerstands zu wählen. Ich blicke zurück zu Opik.

»Wo ist das Paddel?«, schreie ich.

Er schüttelt den Kopf.

Nicht mehr da.

Ich atme tief ein und drehe mich um. Eine Reihe weiterer Stromschnellen. Ein weiterer heftiger Schauer eiskalten Wassers.

Fünf Sekunden später hat sich der Fluss wieder beruhigt.

Für die nächsten paar Hundert Meter scheint er glatt dahinzuströmen, aber es ist dunkel, und ich will nicht riskieren, dass uns bei einer möglichen weiteren Stromschnelle der endgültige Todesstoß versetzt wird.

»Lassie, geht's dir gut?«, frage ich und wende mich zu meinen beiden Gefährten um.

Er ist durchnässt. Er zittert. Er sieht aus, als wiege er nicht mehr als ein Kilogramm.

»Bist du immer noch krank?«

Er antwortet nicht.

Kein gutes Zeichen.

Opik weint. Ich habe keine Ahnung, wie er das Paddel verloren hat, aber mir ist klar, dass er sich schrecklich fühlt.

»Es ist okay, wir haben es geschafft. Wir haben es überstanden. Es geht uns gut.«

Ich strecke meinen Arm über die Seite des Kanus und versuche, ans Ufer zu paddeln. Der Fluss ist immer noch schmal, und wenn wir es schaffen, fünf Meter in die eine oder andere Richtung zu manövrieren, dann könnten wir versuchen, uns einen Ast oder das hohe Gras zu schnappen und das Kanu aus dem Wasser zu ziehen, was uns dreien die Chance gäbe, uns zu erholen und einen Schlachtplan zu entwerfen, möglicherweise auch einen Stock oder etwas anderes zu finden, das uns als Paddel dienen könnte.

»O Scheiße!«

Selbst in der Dunkelheit erkenne ich vor uns den weißen Schaum brodelnder Stromschnellen.

Es gibt keine Möglichkeit, rechtzeitig ans Ufer zu gelangen.

»Geh nach vorne«, rufe ich und winke Opik verzweifelt zu.

Er plumpst auf die Vorderbank.

Vermutlich ist mein Gewicht hinten besser aufgehoben, und ich krieche zur Bank bei Lassie. Ich packe ihn am Halsband und rufe: »Halt dich fest!«

Das Kanu jagt zwischen zwei Felsen hindurch, poltert mehrfach dagegen, dann trifft uns eine riesige Welle. Und bevor wir uns von dem ersten eiskalten Schwall erholen können, erwischt uns schon ein zweiter.

Das Kanu schlingert hart nach rechts. Wir krachen frontal gegen einen Felsen.

Opik wird nach vorne geschleudert und fliegt über Bord.

»Opik!«

Das Kanu schießt vorwärts. Ich schaue zurück über meine Schulter. Opiks Kopf taucht im Wildwasser auf, dann sehe ich, wie er hilflos zwischen den Felsen umhergewirbelt wird.

O mein Gott!

Das Kanu durchquert die letzte Stromschnelle.

Ich blinzle in Richtung des Wildwassers und suche nach Opiks Körper.

»Komm schon, komm schon.«

Ich entdecke ihn.

Er treibt vier Meter links von uns, seine Arme rudern verzweifelt im Wasser.

Trotz all seiner Weisheiten und Tricks kann er nicht schwimmen.

Ich blicke zu Lassie hinunter und dann zurück zu Opik.

Miau.

»NEIN.«

Miau.

»Wie ...«

MIAU.

Ich hechte über Bord.

Zwei Sekunden später saust Opiks kleiner Körper auf mich zu, und ich kriege ihn zu fassen.

Als ich Lassie zum allerletzten Mal sehe, sitzt er auf dem Heck des Kanus und starrt uns an.

...

Als ich vierzehn Jahre alt war, haben mein Dad und ich einen Ringkampf veranstaltet. Das war im Wohnzimmer desselben Hauses, in dem er heute noch lebt. Ich hatte zu Ende gefrühstückt, und wir hatten uns zusammengesetzt, um zwanzig Minuten Algebra zu pauken. Vermutlich wusste er, wie gering meine Lust war, zwanzig meiner kostbaren Minuten mit Textaufgaben zu verschwenden, und er versprach mir, wenn ich seine Schulter auf den Boden drücken und festhalten könnte, hätte ich einen Tag »schulfrei«.

Wir rangen häufiger miteinander, aber jedes Mal presste der kleine, mürrische Mann im Pullover schließlich eine meiner Schultern zu Boden und zählte: »Eins, tausend ... zwei, tausend ... drei, tausend«, um anschließend mit einem Siegestanz zu feiern.

Mir war klar, dass er mich beim Ringen schonend behandelte, aber was er nicht wusste, war, dass ich ihn in den letzten sechs Monaten ebenfalls schonend behandelt hatte. Ich hatte begonnen, während der zehn Minuten »Ich«-Zeit in meinem Zimmer drei Minuten lang Liegestütze und Situps zu machen. Obwohl man körperlich wenig davon sah – ich war immer noch ein mageres Kerlchen –, war ich viel stärker, als mein Vater dachte.

Und dieser Tag war der Tag, an dem ich meine Kraft entfesseln würde.

Zur Hölle mit Algebra.

»Was hast du gegessen?«, fragte mein Vater nach zwei Minuten.

Ich lachte und wand mich aus seinem Griff.

Nach ein paar weiteren lahmen Versuchen meines Vaters, mich festzunageln, konnte ich spüren, wie er müde wurde.

Ich rollte mich auf ihn. Ich verbog meinen Körper, sodass meine Beine in der Nähe seines Kopfes schwebten. Ich packte seinen Ellbogen mit meiner linken Hand. Dann schlang ich ein Bein um seinen Kopf und klemmte meinen Knöchel unter das andere Bein.

»Hast du mich gerade mit der Vierertechnik gepackt?«, keuchte mein Dad, während sein Kopf zwischen der »4«-Form meiner Oberschenkel gefangen war.

»Jawohl, Sir«, antwortete ich, spannte meine Beine an und presste mein ganzes Gewicht auf seine Schulter.

»Eins, tausend ... zwei, tausend ... drei ...«

Mit einem Kraftakt warf mein Vater mich herum.

Nun lag er auf mir, lächelte und sagte: »Dachtest du wirklich, ich lasse mich von dir schlagen?«

»Mein Fuß«, keuchte ich.

Er rollte sich von mir herunter.

Als mein Vater mich herumgeworfen hatte, war sein ganzes Gewicht auf meinem rechten Fuß gelandet, der hinter meinem linken Knie eingeklemmt war. Er war gebrochen.

Zehn Minuten später erreichten wir die Notaufnahme. Der Arzt richtete den Knochen wieder, was den Schmerz auf einer Skala von zehn auf sechs reduzierte, und begann dann, ihn einzugipsen.

Um 4:00 Uhr morgens war der Gips zur Hälfte fertig, und am nächsten Tag erwachte ich in meinem Bett.

Ich erinnere mich, dass ich auf meinen limonengrünen Gips hinunterblickte und lächelte. Am Tag zuvor hatte ich mir Sorgen gemacht, dass niemand etwas draufkritzeln oder dort unterschreiben würde, aber mein Vater hatte mich im Krankenhaus herumgerollt, damit die Leute etwas auf meinen Gips schrieben, weshalb er mit guten Wünschen bedeckt war.

Opik hat keinen Gips, den jemand signieren könnte.

Er muss mit dem Fuß gegen einen Felsen geknallt sein, denn sein linker Knöchel ist um zwanzig Grad weiter nach außen gedreht, als die Schöpfung es vorgesehen hat. So böse sein Knöchel auch aussieht, es ist nicht die schlimmste seiner Verletzungen. In Opiks Seite klafft eine Wunde, aus der Blut strömt.

Ich reiße ein Stück meines T-Shirts ab und drücke es gegen die bösartige Signatur des Steins.

Opik schreit.

Es ist 3:11 Uhr.

Neunundvierzig Minuten.

Ich übe fünf Minuten lang Druck auf seine Flanke aus, dann ziehe ich das T-Shirt weg. Es ist rot getränkt von Opiks Blut. Der Himmel ist immer noch relativ dunkel, aber ich brauche kein Tageslicht, um zu erkennen, dass die Wunde ziemlich übel ist. Sie klafft tief, und wenn ich meinen Finger hineinstecken würde, würde ich wohl ziemlich bald auf den Knochen stoßen.

Opik jammert laut. Ob wegen der Schmerzen in seiner Seite oder wegen seines gebrochenen Fußes, kann ich nicht beurteilen.

Ich schüttele den Kopf.

Ich weiß nicht, was ich tun soll.

Er muss sofort in die Notaufnahme. Er muss mit fünfzehn Stichen genäht werden. Sein Bein muss gerichtet werden. Und vor allem braucht er Schmerzmittel.

Ich atme zweimal tief ein und erstelle dann eine Dringlichkeitsliste in meinem Kopf.

Ich lege Opiks Hand über das T-Shirt und drücke sie nach unten. »Du musst hier Druck ausüben!«

Dann krieche ich durch den Sand, bis ich über sein Bein gebeugt bin.

»Das wird wehtun«, sage ich.

Ich greife seinen Schuh mit beiden Händen und drehe ihn in eine neutrale Position.

Opiks Schrei lässt alle vorherigen im Vergleich dazu harmlos erscheinen.

Ich packe Sand unter seinen Knöchel, sodass er erhöht liegt, dann häufe ich Sand drum herum, damit er sich nicht unkontrolliert bewegen kann.

»Ich weiß, dass es wehtut, Kumpel«, sage ich, ergreife

seine Hand und drücke sie fest. »Ich muss ein paar Sachen holen. Ich bin so schnell wie möglich zurück.«

Mit zusammengebissenen Zähnen nickt er mir zu.

Es ist 3:22 Uhr.

Noch zwanzig Minuten bis zum Sonnenaufgang, aber ich kann im Dämmerlicht genug sehen, um mir einen Weg durch das Gebüsch zu bahnen. Ich brauche zehn Minuten, um einen Busch zu finden, der jenem ähnelt, den Opik für die Herstellung von Lassies Verband verwendet hat.

Ich reiße zwei ganze Zweige ab, dann suche ich zwei ausreichend große Stöcke.

Um 3:43 Uhr bin ich wieder zurück bei Opik auf der Sandbank.

Er weint immer noch.

Er schreit immer noch.

Ich nehme die beiden Stöcke, die ich gefunden habe – dreißig Zentimeter lang und zwei Zentimeter dick –, und lege sie zu beiden Seiten von Opiks Knöchel. Ich binde seinen Schuh auf und hole seinen grässlich geschwollenen Fuß heraus. Er zuckt zusammen, und ich sage: »Es tut mir so leid.«

Ich ziehe den Schnürriemen aus seinem Schuh und binde damit die beiden Stöcke wie eine provisorische Schiene um seinen Fuß. Das Resultat ist nicht schön, aber zumindest wird es seinen Knöchel daran hindern, hin und her zu wackeln.

Als Nächstes tauche ich die Blätter in den Fluss und zerdrücke sie in meiner Hand, bis ich eine dicke grüne Paste habe.

Ich ziehe das T-Shirt von Opiks Seite und wasche dann das Blut weg.

Die Sonne ist aufgegangen, und ich kann nicht anders, als vor dem zehn Zentimeter langen, gezackten Schnitt in der Mitte seiner Rippen zurückzuschaudern. Ich bedecke die Wunde sanft mit dem grünen Schlamm. Opiks Körper krümmt sich vor Schmerz. Seine Schreie steigern sich bei jeder Berührung um zwei Oktaven.

Um 3:55 Uhr rolle ich mich neben ihm zusammen, ziehe seinen Kopf in meine Schulterbeuge und beginne, ihn zu streicheln.

»Es wird alles gut, Kumpel. Ich bin bei dir.«

Ein paar Minuten später hört er auf zu weinen.

:15

Sonne und Moskitos haben meinem Körper stark zugesetzt, und ich keuche laut, als ich mich auf dem Sand hochhieve. Ich krieche dorthin, wo Opik liegt. Sein Fuß sieht aus wie eine Schlange, die gerade eine Grapefruit verschlungen hat. Sofern er überhaupt Ähnlichkeit mit meinem Fuß am Tag nach dem Knochenbruch hat, dann ist es die violettschwarze Färbung, die wiederum dem Sommerhimmel über mir ähnelt.

Auf dem Sand sind Kriechspuren zu sehen, die zum Gebüsch führen, und ich schließe daraus, dass Opik irgendwann im Laufe der letzten dreiundzwanzig Stunden auf die Toilette musste. Anstatt ein paar Meter weiter zu krabbeln und sich auf der Sandbank zu erleichtern, hat er sich dreißig Meter bis zum Rand des Buschlandes geschleppt. Ich kann nur erahnen, welche Qualen ihm diese Prozedur bereitet haben muss.

Ich verbringe meine gesamte Stunde mit der Suche nach Beeren und finde weniger als eine Handvoll. Drei behalte ich für mich, mit den übrigen füttere ich Opik. Er schluckt sie mit geschlossenen Augen. Ich grabe ein Loch in den Sand und tropfe ihm etwas Wasser in den Mund. Dann trage ich ihn bis zum Rand der Büsche, um zur Toilette zu gehen. Er wiegt nur zwanzig Kilo, aber ich bin so schwach, dass es sich wie das Doppelte anfühlt. Ich wechsle den Wickel auf der Wunde an seiner Seite.

Anschließend suche ich einen großen Stock und wate in den Fluss. Ich versuche zwanzig Minuten lang Opiks Angelmethode, ohne jeden Erfolg.

Es scheint mir so unendlich lange her zu sein, dass ich mit Ingrid auf der Terrasse der Blockhütte saß und zum ersten Mal die Sonne sah. Meine Wertschätzung war damals rein oberflächlich. Ja klar, die Sonne war wunderschön. Und natürlich, sie verwandelte das Schwarz-Weiß-Foto, das mein Leben bisher gewesen war, in eine lebendige, atmende, bunte Landschaft. Aber jetzt, nach fast drei Wochen in der Wildnis, sehe ich in ihr so viel mehr. Ihre Wärme hat mich davor bewahrt, nach einem Sturz in den Fluss zu erfrieren. Ihr Licht nährt die Pflanzen und Bäume, deren freundliche Gaben mich am Leben erhalten.

Ich möchte die letzten Minuten des Sonnenlichts genießen – morgen wird sich die Sonne nicht mehr über die sanft geschwungenen Hügel erheben, bevor ich einschlafe –, doch es ist mir unmöglich. Es ist genau dieses diffuse Licht, das die üble Infektion beleuchtet, die sich an Opiks Seite ausbreitet.

Ich berühre vorsichtig das angeschwollene rote Fleisch mit den Fingern.

Zu Opiks Schreien schlafe ich ein.

...

Am nächsten Tag nach dem Erwachen schlage ich Steine aneinander. Ein kleiner Funke fliegt, aber das Gras fängt kein Feuer. Ich schmettere die Steine erneut aneinander. Und wieder. Und wieder. Und noch einmal. Meine Arme brennen. Meine Hände bluten.

Ich donnere die Steine gegeneinander. Und wieder.

»Komm schon! Komm schon!«

Ein paar Grashalme fangen Feuer. Ich lege ein kleines Büschel darauf. Auch das fängt Feuer. Dann ein größeres Büschel. Und ein noch größeres Grasbüschel. Ich werfe die ersten Ästchen auf den schwelenden Haufen. Ich puste in das Gras. Ein Ast beginnt zu brennen.

Zwei Minuten später flackert ein kleines Feuer. Ich lege so viele Äste und so viele vertrocknete Büsche darauf, wie ich finden kann. Das Feuer muss bis zum Tagesanbruch brennen. Ich entdecke zwei große Baumstümpfe und rolle sie ins Feuer.

Als ich mich neben Opik zum Einschlafen bette, prasselt das Feuer.

...

Opiks Stirn gibt mindestens so viel Hitze ab wie das Feuer, das keine Rettungsmannschaften herbeilocken konnte. Wir haben beide seit Tagen nichts gegessen. Seine normalerweise runden, rosigen Wangen sind vom Hunger eingefallen. Sein Atem geht stoßweise und flach.

Ich tropfe mit meiner Hand etwas Wasser in seinen Mund.

»Wir schaffen das«, lüge ich. »Wir schaffen es, wir beide, du und ich.«

Nach diesen wenigen Sätzen ringe ich bereits nach Luft. Mir ist schwindelig. Der Tunnelblick ist wieder da.

Ich humpele ans Flussufer. Mein Körper gibt allmählich den Geist auf. Er ist von der Sonne verbrannt, zerbissen und ausgehungert.

Tränen laufen mir über die Wangen.

»Hilfe!«, schreie ich. »Hilfe! Ist da jemand? Ist da draußen jemand? Bitte helfen Sie uns! Wir brauchen Nahrung! Und Antibiotika! Ist da jemand? Bitte!«

Ich schaue auf meine Uhr.

Die Zahlen verschwimmen vor meinen Augen.

Es ist 3:38 Uhr.

Ich schreie seit dreißig Minuten.

Ich hole tief Luft, taumele einen halben Kilometer weiter das Flussufer hinunter und bilde mit den Händen eine Art Schalltrichter um meine trockenen, aufgesprungenen Lippen.

»Hilfe!«

...

»Opik.« Opik. Mühsam verdrehe ich den Hals. Ich will mich erheben. Um nach ihm zu sehen, auch wenn ich sicher bin, dass er tot ist. Aber wenn ich nicht nach ihm schaue, kann ich es nicht wirklich sicher wissen. Und ich bin mir nicht sicher.

Ich habe ihn im Stich gelassen.

Ich lecke über meine sonnenverbrannten Lippen und murmele: »Da ist also diese rote Aktenmappe bei mir zu Hause.«

Ich atme tief durch.

Es ist die Akte meiner Mutter. Sie hat schreckliche Dinge verbrochen. An anderen Menschen und vielleicht auch an mir. Ich bin nur eine Stunde pro Nacht wach, weil sie mein Gehirn manipuliert hat. Gehirnkonditionierung. Schlafverstärkung. Wer tut seinem Sohn so etwas an? Aber das ist nicht das, was mir Angst macht. Opik? Opik, hörst du das? Ich will die Wahrheit über sie gar nicht wissen. Wenn ich die Akte nie öffne, dann besteht noch die Chance, dass meine Mutter gar nicht dieses Monster ist, das sie zu sein vorgibt. Dann ist sie einfach nur diese Frau, die mich als Kind im Stich gelassen hat. Wie der Elch und der Bär. Der Elch wollte nur Silber, er wollte nur den Fisch fressen. Das war meine Mutter für mich, als ich aufwuchs. Sie ging einfach weg. Dann der Bär. Der verdammte Bär wollte *mich* auffressen. Ich will nicht, dass meine Mom ein Bär ist. Opik? Hörst du mich? Ich will nicht, dass meine Mom ein Bär ist!

Wenn ich es zurückschaffe, wenn wir beide es schaffen, werde ich drei Dinge tun. Ich werde Ingrid küssen. Ich werde sie etwa eine Stunde lang küssen. Dann werde ich ihr den Bauch streicheln. Ich werde ihr sagen, dass ich dabei bin.

Junge oder Mädchen, eine Stunde am Tag, hundert Stunden am Tag, egal, ich bin dabei. Dann werde ich eine Katze kaufen. Eine Pussi! Ich dachte nicht, dass ich eine Katze mögen könnte, aber ich habe Lassie geliebt. Er war der Beste. Manchmal war er etwas pervers, wie dieses eine Mal, als er Ingrids Brustwarze geleckt hat. Aber kann man es ihm verübeln? Mann, er war großartig! Findest du nicht auch? Opik? War Lassie nicht der Beste? Ja, also Ingrid küssen, ihren Bauch reiben, eine Katze kaufen, dann die Aktenmappe öffnen.

Ich muss es wissen, weißt du. Ich muss wissen, ob meine Mutter dieses Monster ist. Das ist noch nicht alles. Da ist mein Vater. Wenn meine Mom dieses Monster ist, zu was macht ihn das? Jedenfalls pflückt er keine Beeren für mich in Alaska. Und rate mal, was er in seinem Keller aufbewahrt. Nein, das würdest du nie erraten. Das könntest du nicht, Opik. Du würdest niemals vermuten, was im Keller meines Vaters so passiert. Es ist ein Hobby-Friedhof. Da gehen Hobbys hin, um zu sterben. Flugdrachen. Drohnen. Magie. Diese blöden Boote mit dem Glas drin. Äh, Gläser mit blöden Booten drin, meine ich.

Was wollte ich noch erzählen – ach ja, diese Kisten. Mein Vater hat diese Kisten. Sie sind in seinem Keller versteckt. Ich glaube, sie gehören meiner Mutter. Aber weißt du, was? Ich, Lassie und Ingrid waren über Weihnachten dort und sind nach unten geschlichen. Oh, und Murdock. Murdock war auch da ... da hatte er noch seine Eier. Was? Ich kann dich nicht hören? Sprich lauter. Und jetzt rate mal, was? Die Kisten waren weg.

Opik? Das ist doch verrückt, oder? Die Kisten waren weg. Am nächsten Tag hätte ich beinahe die rote Aktenmappe geöffnet. Ich hatte sie in der Hand, aber ich brachte es nicht über mich. Was, wenn mein Vater auch ein Monster ist?

Ich warte auf seine Antwort.

Aber er ist tot.

Ingrid.

Lassie.

Opik.

Alle tot.

»Genau dort. DA DRÜBEN.«

»Siehst du sie? Auf der anderen Uferseite. Sieht aus, als wären es zwei.«

Ich öffne meine Augen.

Ich hieve mich hoch.

Ein Lichtstrahl scheint mir ins Gesicht.

»Henry?«, fragt das Licht.

Die Rettung.

:16

»Henry?«

Ich schlage die Augen auf. Der Raum ist ganz weiß. Aus meinem rechten Arm ragt ein Venenkatheter.

»Wo bin ich?«, frage ich. »Ist hier das Krankenhaus in Fairbanks? Wo ist Opik? Ist er am Leben?«

Ein Arzt steht über mir. Er trägt einen blauen Krankenhauskittel. Eine weiße Atemschutzmaske verdeckt sein Gesicht.

»Haben Sie gut geschlafen?«, fragt er.

Ich hole tief Luft. Mein Gehirn ist benebelt, aber das war zu erwarten. »Ja, ich habe geschlafen. Danke, dass Sie mich gerettet haben.«

Er neigt den Kopf zur Seite und schaut zu jemandem hinüber. Unter seiner blauen Haube ist gerade genug Platz, um zu erkennen, wie er die Augenbrauen runzelt.

»Ist Opik hier? Und Ingrid?«

Er ignoriert mich.

Eine Tür öffnet sich, und ich höre Schritte.

Ein Mann in einem schwarzen Anzug beugt sich zu mir herab.

»Hallo, Mr Bins.«

»Sind Sie der Kajakfahrer, der uns gefunden hat?«

Er reagiert fast genauso wie der Arzt im Kittel. Ein leichtes, seitliches Neigen des Kopfes. Ein Runzeln der Augenbrauen.

»Wissen Sie, welcher Tag heute ist, Mr Bins?«

Ich denke zurück. »Der 12. Juli.«

Erneuter Blick zur Seite. Seitliches Neigen des Kopfes. Runzeln der Brauen.

»Wo ist Ingrid? Geht es ihr gut? Hat sie überlebt?«

Er dreht sich um und verschwindet.

Einige schier endlose Minuten vergehen. Ich bemerke, dass mein Krankenhauszimmer kein Fernsehgerät und keine Stühle hat.

Plötzlich ertönt eine Stimme über die Sprechanlage: »Ingrid ist in Sicherheit.«

»Sie hat das Erdbeben überlebt?«

Es folgt eine längere Pause.

»Es gab kein Erdbeben«, ruft es aus der Sprechanlage.

»Äh, doch, es gab eins. Ich kann Ihnen versichern, dass es ein verdammtes Riesenerdbeben gab. Ich habe selbst gesehen, wie die Gebäude eingestürzt sind.«

Eine Tür öffnet sich. Weitere Schritte.

Diesmal ist es eine Frau.

Sie trägt ein langes Jackett. Ihr schwarz-graues Haar ist zu einem straffen Pferdeschwanz zusammengebunden. Über ihrem Gesicht trägt sie eine weiße chirurgische Maske.

»Sie sind niemals in Fairbanks angekommen«, erklärt sie.

»Doch, ich war dort.«

»Die Piloten haben Sie hierhergebracht, in unsere Einrichtung. Erinnern Sie sich nicht mehr?«

»Sie sind verrückt. Ich war in Fairbanks. Es gab ein Erdbeben, ich bin in den Fluss gefallen und wurde über hundert Kilometer flussabwärts gespült, und ich habe die letzten einundzwanzig Tage damit verbracht, in der Wildnis Alaskas zu überleben.«

»Sie sehen nicht so aus, als wären Sie drei Wochen in der Wildnis gewesen.«

Ich schaue auf meinen Arm hinunter. Ich schließe die Finger um mein Handgelenk. Sie berühren sich nicht einmal annähernd. Ich öffne meinen Krankenhauskittel am Hals und blicke an mir hinab. Ich rechne mit hervorstehenden, mageren Rippen. Nichts dergleichen. Ich betaste mein Gesicht mit meiner rechten Hand. Statt meines dichten, verfilzten Barts nur Ein-Tages-Stoppeln.

»Was zum Teufel ist hier los?«

»Wie lange waren Sie in Alaska?«

Bei all den Dingen, die mir gerade durch den Kopf schießen, fällt mir das Nachdenken schwer. Ich war einundzwanzig Tage in der Wildnis, plus die zwei Tage vor dem Erdbeben. »Dreiundzwanzig Tage.«

»Wie viele Stunden im Wachzustand sind das? Für Sie?«

»Dreiundzwanzig.« Ich schlucke, während ich die Worte ausspreche.

Die Frau nickt. »Vor dreiundzwanzig Stunden stiegen Sie in ein Flugzeug nach Fairbanks. Das Flugzeug hat Sie stattdessen hierhergebracht.«

Ein Schauer läuft mir über den Rücken.

»Warten Sie. Warum? Und wo ist Ingrid? Und wo sind wir hier?«

»Ingrid geht es gut. Der Katze auch. Sie erhielten vor dem Start ein leichtes Beruhigungsmittel und wurden im Auto zurückgelassen.«

Ein leichtes Beruhigungsmittel? Im Auto zurückgelassen?

»Okay, aber warum bin ich hier?«, frage ich. »Was ist das für ein Ort?«

Die Frau starrt mich aus ihren grünen, glühenden Augen an.

»Das hier ist eine verfeinerte Verhörpraxis der Zukunft.«

Es trifft mich wie ein Schlag.

Die letzten dreiundzwanzig Stunden habe ich geschlafen.

Ich wurde *gefoltert.*

Gefoltert von meinem eigenen Gehirn.

Ich denke zurück.

Ein weißer Raum.

Ein Arzt im blauen Kittel.

Eine Infusionskanüle in meinem Arm.

Wo ist er?

Keine Ahnung.

Wo ist er?

Wo ist wer?

Der USB-Stick.

Was für ein USB-Stick?

Eine Spritze gefüllt mit rosa Flüssigkeit.

Ich krümme mich.

Er injiziert den Inhalt der Spritze in die Kanüle.

Ich schreie.

Das war real. Alles andere, die Blockhütte, der Sonnenaufgang, die Schwangerschaft, das Erdbeben, der Fluss, das Kanu, der Elch, Opik, die Hütte, der Bär, die Wut, der Hunger, der Schmerz, der Tod, es war alles ...

»Was haben Sie mir gespritzt?«

»Nur einen Cocktail, den wir in den letzten vierzig Jahren perfektioniert haben.«

»Ein Albtraum-Serum?«

»So was in der Art.«

Sie beobachtet mich einen Moment lang. Sie weiß genau, was ich denke. »Wir erzeugen den Albtraum nicht«, sagt sie. »Wir manipulieren nur Ihre Schlafarchitektur, und Sie erledigen den Rest.«

Die Erdbebenstatistik. Die Eskimo-Indianer-Spiele. Der Elch. Der Bär. Alles Dinge, die ich im Internet gelesen hatte. Ingrids Schwangerschaft. Lassies Krankheit. Opiks Tod. Die Lügen meines Vaters. Verloren, hungrig und verlassen. All das sind meine größten Ängste.

Ich hatte diese Welt geschaffen.

Die Frau zieht die weiße OP-Maske herunter.

Der Herzfrequenzmonitor zu meiner Rechten schnellt um achtzig Punkte nach oben.

Ich schlucke.

»Willkommen im Schlafkontrollprogramm der CIA«, sagt meine Mutter. »Es ist lange her, dass du hier warst.«

…

Der Arzt im blauen Kittel kehrt zurück.

»Ich frage noch einmal«, sagt meine Mutter. »Wo ist der USB-Stick?«

»Welcher USB-Stick? Ich weiß nicht, wovon du sprichst.«

»Der USB-Stick«, wiederholt sie und hält dann inne.

Der Arzt im blauen Kittel hebt eine Spritze.

»Der, den der Präsident dir gegeben hat.«